Mary Renault, 1905 in London geboren, schrieb über ein Vierteljahrhundert Romane, in denen Epochen und Figuren der Antike kunstvoll dargestellt werden. Sie starb im Dezember 1983.

Mary Renault

Der Stier aus dem Meer

Roman

Aus dem Englischen von
N. O. Scarpi

Knaur

Von Mary Renault sind außerdem erschienen:

Feuer vom Olymp (Band 63008)
Ein Weltreich zu erobern (Band 63059)
Tödlicher Tanz (Band 63081)
Die Maske des Apoll (Band 63098)

Deutsche Erstausgabe November 1997

Titel der Originalausgabe: »The Bull from the Sea«

Originalverlag: Vintage Books/Random House, New York
Umschlaggestaltung: Agentur Zero, München
Umschlagabbildung: Artothek, Peißenberg
Satz: Ventura Publisher im Verlag
Druck und Bindung: Elsnerdruck, Berlin
Printed in Germany
ISBN 3-426-63088-5

2 4 5 3 1

1

Es war ein herrlicher Tag, als ich mit meinen Gefährten vom kretischen Stierhof in den Piräus einfuhr. Knossos war gefallen, Knossos, das seit Menschengedenken die Meere beherrscht hatte. Der Rauch des brennenden Labyrinths haftete noch immer an unseren Gewändern und Haaren.
Ich sprang an Land und füllte beide Hände mit attischer Erde. Sie klebte an meinen Handflächen, als liebte sie mich. Dann sah ich, wie die Leute uns anstarrten, statt uns zu begrüßen, und wie sie einander zuriefen, man solle doch die kretischen Fremdlinge betrachten.
Ich musterte meine Gruppen, die Burschen und die Mädchen des athenischen Tributs, die nach Kreta geschickt worden waren, um dort auf blutigem Sand den Stiersprung und den Stiertanz für den Minotauros zu erlernen. Und sie zeigten mir, wie ich selber für attische Augen ausgesehen haben mußte. Ein Stiertänzer aus Kreta, glattgeschabt, durch die Übung geschmeidig wie eine Peitschenschnur, mit einem vergoldeten Riemen gegürtet, mein seidenes Gewand mit Pfauenaugen bestickt, meine Lider noch mit Kohle geschwärzt. Nichts Hellenisches war an mir, nichts bis auf mein flachsblondes Haar. Mein Halsband und meine Armspangen waren nicht die ernsten Schmuckstücke eines königlichen Hauses, sondern der kostbare Tand des Stierhofs, Gaben von sportliebenden großen Herren und männerliebenden großen Damen für einen Stiertänzer, der mit der Musik einzieht und mit den Hörnern in die Höhe fliegt.
Es war kaum zu verwundern, daß keiner mich erkannte. Der

Stierhof ist eine Farbe, die bis in die Seele einsickert. Bevor meine Füße attischen Boden berührt hatten, war der größere Teil von mir Theseus der Athener gewesen, der Führer der Kraniche, auf den man gesetzt hatte, der Purzelbaumschläger, der Erste unter den Stierspringern. Sie hatten mich auf die Wände des Labyrinths gemalt, in Elfenbein geschnitzt; an den Armbändern der Frauen hatten kleine goldene Theseuse geklirrt. Die Dichter hatten sich und mir tausend Jahre Dauer ihrer Lieder verheißen. An diese Dinge war mein Stolz noch immer gebunden. Jetzt aber war es an der Zeit, meines Vaters Sohn zu sein.

Großes Geschrei erhob sich rund um uns. Die Menge hatte gemerkt, wer wir waren. Man umdrängte uns, rief die große Neuigkeit nach Athen und dem Felsen und richtete die Blicke auf des Königs Sohn, der angetan war wie ein Gaukler. Frauen kreischten vor Mitleid, als sie die Narben auf meiner Brust und meinen Flanken sahen, wo Stierhörner mich getroffen hatten. Solche Narben hatten wir alle. Aber die Leute meinten, wir wären gepeitscht worden. Ich merkte, wie die Gesichter meiner Gefährten, selbst in der Freude, ein wenig beschämt dreinschauten. In Kreta hatte alle Welt die Narben als Ehrenzeichen anerkannt, als Merkmale höchster Geschicklichkeit. Ich dachte an die feierliche Trauer um mich, als ich abgesegelt war, an die Tränen, das geraufte Haar, die Totenklage um mich, der sich selbst dem Gott als Sündenbock dargebracht hatte. All das, was sich nicht erzählen ließ, brach in einem Lachen aus mir heraus; und eine alte Frau küßte mich.

Im Stierhof hatten die Stimmen der Burschen und Mädchen den ganzen Tag nicht geschwiegen. Ich hörte sie noch immer. »Seht, wir sind zurück! Ja, jeder von uns, seht, dies ist euer Sohn. Nein, die Kreter werden uns nicht verfolgen, es gibt keinen Minos mehr. Das Haus des Beils ist gefallen. Wir haben nach dem Erdbeben eine große Schlacht dort ausgekämpft. Theseus hat

den Erben, den Minotauros erschlagen. Wir sind frei. Und es ist kein Tribut an Kreta mehr zu zahlen!«
Die Leute schauten und murmelten. Das war zu gewaltig, als daß man sich freuen konnte. Eine Welt ohne Kreta war etwas Neues unter der Sonne. Dann aber sprangen die jungen Männer auf und sangen den Päan.
Lächelnd sagte ich zu meinen Gefährten: »Zum Abendessen daheim!« Mein Herz aber dachte: ›Laßt die Geschichte, wie sie ist, liebe Gefährten unseres Geheimnisses. Ihr habt ihnen alles erzählt, was sie verstehn können; schreit nicht gegen den Wind!‹
Sie schwatzten weiter; jetzt konnte ich es mit einem attischen Ohr hören, es klang fremd wie ein Vogelsang. »Wir sind die Kraniche! Die Kraniche, die Kraniche! Die erste Mannschaft des Stierhofs! Ein ganzes Jahr im Hof, und noch immer alle am Leben; das erste Mal in den Annalen, und sie gehen auf sechshundert Jahre zurück. Theseus hat das getan, er hat uns eingeübt. Theseus ist der größte Stierspringer, den es je in Kreta gegeben hat. Selbst hier in Athen müßt ihr doch von den Kranichen gehört haben!«
Die Familien umarmten ihre Lieblinge, schüttelten die Köpfe und schauten nur. Väter griffen nach meinen Händen und küßten sie, weil ich ihre Kinder heimgebracht hatte. Ich antwortete ihnen. Wie hatten wir gebetet, wie hatten wir uns im Stierhof verschworen, um davonzukommen! Und wie schwer war es jetzt, das alles von uns abzuschütteln, dieses dem Untergang geweihte, wilde Leben, darin die Zuversicht stärker war als die Liebe! Es hinterließ eine blutende Wunde. Ein Mädchen sagte zu ihrem Verlobten, der sie kaum erkannt hatte: »Rhion, ich bin eine Stierspringerin. Ich kann auf den Hörnern Handstand machen. Einmal habe ich den Rückwärtssprung gewagt. Sieh nur diesen Schmuck. Ich gewann eine hohe Wette für einen Fürsten, und er gab ihn mir.« Ich sah das Grauen in seinem Gesicht, und ihre Blicke trafen sich hilflos. Im Stierhof waren Leben und Ehre

wichtiger als Bursche oder Mädchen. Das fühlte ich noch. Für mich waren diese schlanken Athleten meiner Mannschaft schön. Ich sah mit den Augen dieses Webersohns, wie geschmeidig und fest und braun sie neben den milchsanften Mädchen von Athen wirkten. Wenn ich an alles dachte, was die Kraniche miteinander geteilt hatten, hätte ich den Dummkopf prügeln und das Mädchen in meine Arme nehmen können. Doch der Stierhof war Asche und geschwärzter Stein, die Kraniche waren mir aus den Händen genommen, meine Herrschaft war vorbei.

»Findet mir ein schwarzes Bullenkalb«, sagte ich zu den Leuten. »Ich muß es Poseidon, dem Erderschütterer, opfern, zum Dank für unsere sichere Rückkehr. Und schickt einen Boten zu dem König, meinem Vater.«

Das Kalb kam demütig heran und beugte zustimmend den Kopf; ein gutes Omen, das dem Volk gefiel. Selbst beim Todesstreich wehrte es sich kaum. Doch als es niederbrach, richtete es die Augen, vorwurfsvoll wie Menschenaugen, auf mich. Ein seltsamer Widerspruch nach seiner Demut! Ich opferte es und goß das Blut auf die Erde. Als ich die Flammen mit Wein löschte, betete ich: »Vater Poseidon, Herr der Stiere, wir haben für dich getanzt an deinem heiligen Ort und unsere Leben in deine Hand gelegt. Du hast uns heil heimgebracht; sei uns auch weiterhin gnädig und stütze die Pfosten unserer Dächer! Und für mich selbst bitte ich, jetzt, da ich zu des Erechtheus Bollwerk komme, möge mein Arm nicht versagen. Schenke meines Vaters Haus deine Gunst! So möge es geschehn, wie wir es von dir erbitten!«

Sie riefen Amen; doch das Geräusch veränderte sich. Hinten in der Menge summte es von neuen Nachrichten. Mein Bote kehrte zurück, lange bevor er die Burg erreicht haben konnte. Langsam kam er auf mich zu, und die Leute machten ihm Platz. Da wußte ich, daß er mir eine Todesbotschaft brachte. Schweigend stand er vor mir, doch nicht lang. Keine Nachricht kann so

schlimm sein, daß ein Athener sie nicht als erster bringen wollte.
Sie führten mir ein Pferd zu. Einer der Hofherren meines Vaters kam herunter, mir entgegen. Als wir vom Piräus zum Felsen ritten, war die Freude verstummt, und ich hörte das Klagen.
Auf der Rampe vor den Toren, wo es zum Reiten zu steil ist, kamen die Palastbewohner, um mir die Hände und den Saum meines kretischen Gewandes zu küssen. Sie hatten mich tot geglaubt und sich selber herrenlos, Sklaven, wenn es ihnen nicht gelang zu fliehen, bevor die Pallantiden heranschwärmten, um sich das Königreich anzueignen.
»Zeigt mir meinen Vater«, sagte ich.
Der älteste Hofherr erwiderte: »Ich will sehen, Herr, ob die Frauen ihn gewaschen haben. Er ist vom Sturz blutig gewesen.«
Er lag in seinem obern Gemach, auf seinem großen Bett aus Zedernholz, mit der roten, wolfsfellgefütterten Decke; er hatte immer die Kälte gespürt. Man hatte ihn in ein blaues Gewand mit goldener Borte gekleidet, ganz still lag er zwischen den klagenden Frauen, die ihr Haar rauften und sich die Brüste schlugen. Eine Seite seines Gesichts war weiß, die andere blau von dem Aufprall auf die Felsen. Der Schädel war eingeschlagen wie eine Schale, doch sie hatten ein sauberes Tuch darum gewickelt und seine gebrochenen Glieder gestreckt.
Mit trockenen Augen stand ich da. Ich hatte ihn weniger als ein halbes Jahr gekannt, als ich nach Kreta gefahren war. Bevor er wußte, wer ich war, hatte er versucht, mich zu vergiften. Just in diesem Raum. Ich trug es ihm nicht nach. Ein zerschmetterter alter Mann, ein Fremder. Der alte Großvater, der mich aufgezogen hatte, Pittheus von Troizen, war der Vater meiner Kindheit und meines Herzens. Um ihn hätte ich weinen können. Doch Blut ist Blut, und man kann nicht fortwaschen, was darin geschrieben ist.

Die blaue Seite seines Gesichts sah streng aus; die weiße hatte ein leises, geheimes Lächeln. Am Fußende des Bettes lag sein weißer Jagdhund, die Schnauze auf den Pfoten, und starrte in das Nichts.

»Wer hat ihn sterben sehen?« fragte ich.

Die Ohren des Hundes spitzten sich, und sein Schweif schlug sachte den Boden. Die Frauen spähten durch ihr Haar; dann kreischten sie noch lauter, und die jüngste entblößte ihre Brüste, um sie zu schlagen. Doch die alte Mykale kniete stumm am Bettpfosten. Meines Vaters Großvater hatte sie in irgendeinem Krieg erbeutet. Sie war mehr als achtzig Jahre alt. Ihre schwarzen Augen mit den zahllosen Fältchen begegneten den meinen, ohne zu blinzeln. Ich hielt ihren Blick aus, aber es war nicht leicht.

Der Hofherr sagte: »Er war von dem Wächter an der Nordmauer und dann von dem Wächter auf dem Dach gesehen worden. Sie beide bezeugen, daß er allein war. Sie sahen ihn auf die Terrasse treten, die oberhalb der Klippe vorragt; dann stieg er auf die Schanze, hob die Arme und sprang hinunter.«

Ich betrachtete die rechte Seite seines Gesichts, dann die linke. Doch ihr Zeugnis wollte nicht zusammenpassen.

»Wann geschah das?« fragte ich.

Er schaute zur Seite. »Ein Bote war von Sunion gekommen mit der Botschaft, daß ein Schiff um das Vorgebirge fuhr. ›Was für Segel?‹ fragte er. Der Mann erwiderte: ›Kretische Segel, Herr. Schwarzblau mit einem Stier darauf.‹ Da ließ er dem Boten Speise reichen und ging in den Palast. Das war das letzte Mal, daß wir ihn lebend gesehen haben.«

Ich erkannte wohl, daß er wußte, was er sagte. Und so erhob ich meine Stimme, damit jeder es hörte: »Dies wird mein Gram für immer sein. Jetzt erinnere ich mich, wie er mich bat, weiße Segel zu setzen, wenn ich gesund heimkäme. Ich war seither ein Jahr bei den Stieren gewesen und hatte das große Erdbeben und den

Brand des Labyrinths und den Krieg erlebt. Mein Gram ist es, daß ich vergessen habe.«
Ein alter Kämmerer, weiß und geglättet wie Silber, trat aus der Menge hervor. Manche Pfeiler von Königshäusern sind erdbebenfest. »Herr«, sagte er, »mach dir nie einen Vorwurf. Er starb den Tod der Erechthiden. So ging König Pandion zu seiner Zeit dahin, von dem gleichen Ort. Und König Kekrops von der Klippe in Euboia. Das Zeichen des Gottes wurde ihm gesendet, dessen magst du gewiß sein, und dein Gedächtnis hat geschlafen, weil es der Wille des Himmels war.« Er schenkte mir ein ernstes, helles Lächeln. »Die Unsterblichen kennen den Geruch der neuen Lese. Sie lassen einen großen Wein nicht warten, bis sein Bestes verraucht ist.« Daraufhin entstand ein Gemurmel, leise und geziemend, und doch so eifrig wie das Geschrei von Kriegern vor einer Bresche, die ein anderer geschlagen hat. Ich sah meines Vaters Lächeln in seinem frischgekämmten Bart. Er hatte fünfzig Jahre lang über ein unruhiges Reich geherrscht; er wußte etwas von den Menschen. Er sah kleiner aus als damals, da ich gegangen war, oder vielleicht war ich ein wenig gewachsen. Ich sagte: »Ihr mögt gehn, Männer.«
Sie gingen. Die Frauen sahen von der Seite her nach mir. Auch sie entließ ich mit einem Wink. Doch sie vergaßen die alte Mykale, die sich an den Bettpfosten klammerte, um sich auf die steifen Knie zu helfen. Ich trat zu ihr und hob sie auf, und wir sahen einander an.
Sie verbeugte sich und wollte gehn. Doch ich faßte ihren Arm, die weiche lockere Haut über gebrechlichen Knochen, und sagte: »Hast du es gesehen, Mykale?«
Ihre Runzeln zitterten, und sie wand sich wie ein verlegenes Kind. Der Knochen drehte sich, während das schlaffe Fleisch mir in der Hand blieb. Ihr Schädel war durch das dünne Haar hindurch rosig wie ein Kinderschädel.
»Antworte mir«, sagte ich. »Hat er zu dir gesprochen?«

»Zu mir?« fragte sie blinzelnd. »Mir sagen die Leute nichts. Zur Zeit des Königs Kekrops schenkte man mir mehr Achtung. Er, ja, er sagte es mir, als er gerufen wurde. Wem auch sonst, da ich in seinem Bett war? ›Hör doch, Mykale, hör noch einmal! Beug dich zu mir, Mädchen, leg dein Ohr an meinen Kopf. Du wirst es hören wie eine tönende Muschel.‹ Und so beugte ich mich zu ihm, um ihm gefällig zu sein. Doch er schob mich mit dem Arm fort und ging hinaus, wie ein Mann in Gedanken versunken, geradewegs aus seinem Bett zur nördlichen Schanze und hinunter ohne einen Schrei.«

Diese Geschichte hatte sie sechzig Jahre lang erzählt. Aber ich hatte sie satt. »So war es mit Kekrops. Hier aber liegt Aigeus tot. Nun! Was hat er gesagt?«

Sie spähte zu mir herauf, eine weise Frau, ihrem Ende nahe; ein verwittertes Kind mit dem Blick der alten Hausschlange in den Augen. Dann blinzelte sie und sagte, sie sei nur eine arme alte Sklavin, deren Gedächtnis nichts tauge.

»Mykale«, sagte ich, »weißt du, wer ich bin? Treib keinen Scherz mit mir!«

Sie hüpfte ein wenig. Dann, wie eine alte Pflegerin zu einem Kind, das mit dem Fuß nach ihr tritt: »O ja, ich kenne dich, so ausländisch du auch geworden bist, wie der Lustknabe eines reichen Fürsten oder ein tanzender Komödiant. Der junge Theseus, den er nach Troizen gesandt hatte zu dem Mädchen des Königs Pittheus. Der flinke Knabe mit der Hand, die sich in alles mischt. Du hast von Kreta durch einen Gaukler eine Botschaft gesandt, er solle alle seine Schiffe gegen König Minos schicken, um dich zu holen. Da hat eine mächtige Aufregung ihn gepackt. Nicht viele wußten, was er hatte. Zu mir aber dringen die Neuigkeiten.«

»Er hätte besser getan zu segeln«, sagte ich, »als sich aufzuregen. Kreta war reif zum Fall, und ich wußte es. Ich habe es auch bewiesen. Darum bin ich hier.«

»Das Vertrauen kommt schwer, wenn eines Mannes eigener Bruder mit ihm um das Geburtsrecht gekämpft hat. Hätte er lieber Apollos Orakel vertraut, bevor er deiner Mutter Gürtel löste. Ja, ja, er weckte ein Schicksal, das zu stark für seine Hände gewesen war, der arme Mann.«
Ich ließ sie los. Sie stand da und rieb sich den Arm und brummte vor sich hin. Meine Augen wandten sich zu meinem Vater. Unter dem Tuch, das seinen Schädel umspannte, rann das Blut in dünnem Faden.
Ich trat einen Schritt zurück. Ich hätte zu ihr aufschreien mögen wie ein Kind zu seiner Pflegerin: ›Mach dies ungeschehen!‹ Doch sie hatte sich schon zurückgezogen wie die Hausschlange, die bei einem Schritt in ihr Loch schleicht. Ihre Augen waren wie Onyx. Sie entstammte dem alten Küstenvolk und kannte den Zauber der Erde und die Sprache der Toten in dem Hause des Dunkels. Ich wußte, wessen Dienerin sie war, und meine Dienerin war sie nicht. Wo die Toten sind, ist die Mutter nicht mehr fern.
Kein Mensch wird lügen, wenn die Töchter der Nacht lauschen.
»Er hat mich immer gefürchtet«, sagte ich. »Als ich zum ersten Mal zu ihm kam, als Sieger vom Isthmus, da versuchte er aus Furcht, mich zu töten.«
Sie nickte. Es war richtig, daß alle Nachrichten zu ihr drangen.
»Doch als er wußte, daß ich sein Sohn war, da taten wir beide, was sich geziemte. Ich kämpfte seine Kriege, er erwies mir Ehren. Es schien, als liebten wir uns, wie wir sollten. Du hast uns gesehen, wie wir beim Feuer sprachen.«
Ich wandte mich zu dem Bett. Das Blut hatte zu rieseln aufgehört, doch noch immer lag es feucht auf seiner Wange.
»Wollte ich ihm einen Schaden zufügen, hätte ich ihn da auf dem Schlachtfeld gerettet? Ohne meinen Schild wäre er auf Sunion vom Speer durchbohrt worden. Und doch fürchtete er mich noch immer. Wäre ich nach Kreta gegangen? Und doch spürte

ich, wie seine Furcht noch immer wartete. Nun, jetzt mag er den Grund erkennen. Er hatte mich mit den Schiffen im Stich gelassen. Das war es, was wir miteinander auszumachen hatten. An seiner Stelle wäre ich vor Scham gestorben.«
Als die Worte heraus waren, erschreckten sie mich. Es war unziemlich vor seinem Angesicht, und die Töchter der Nacht hören solche Dinge. Etwas Kaltes berührte meine Hand. Mein Fleisch löste sich von den Knochen, doch es war die Nase des weißen Jagdhundes, die sich in meine Handfläche schmiegte. Er drängte sich gegen meinen Schenkel, und diese Wärme war eine gewisse Tröstung.
»Als es an der Zeit war, die Segel zu hissen, da betete ich zu Poseidon um ein Zeichen. Ich wollte vor ihm erscheinen, bevor er von meinem Kommen erfuhr, um ihm zu zeigen, daß ich in Frieden kam, daß ich ihm nicht grollte, weil er mich im Stich gelassen hatte, daß ich in Geduld auf das Königreich warten könne. Ich betete, und der Gott sandte mir das Zeichen, um das ich gebetet hatte.«
Die Hüter des Toten nahmen meine Worte in ihr Schweigen auf. Worte waschen Blut nicht ab. Es würde eine Abrechnung geben. Und doch hätte ich gern zu ihm gesprochen, Mann zu Mann. Ich hatte befürchtet, er werde es aus Angst tun, und nun hatte er es aus Kummer getan. Hinter all seiner Verschlagenheit war doch auch diese Güte gewesen. War es aber wirklich so? Er war der König. Kummer oder nicht, er hätte einen Erben ernennen müssen, über das Königreich verfügen, kein Chaos hinter sich lassen. Das wußte er. Vielleicht war es richtig, daß der Gott ihn gerufen hatte.
Ich musterte Mykale und sah nur eine alte Sklavin aus dem Küstenvolk; und ich bedauerte, daß ich so viel gesagt hatte.
Sie humpelte zu der Bahre, nahm ein Tuch, das die Frauen zurückgelassen hatten, und wischte ihm das Gesicht. Dann drehte sie die Hand um, was nicht leicht war, denn die Leiche

wurde steif, und schaute in die Fläche. Und dann ließ sie sie wieder sinken und nahm meine Hand. Ihre Hand schien noch von der Berührung des Toten kalt zu sein. Der Hund drängte sich dazwischen und winselte. Sie verscheuchte ihn und strich sich das Kleid glatt.

»Ja, ja, ein Schicksal, zu stark für ihn.« Eine schwache Flamme regte sich in ihren wäßrigen Augen. »Geh mit seinem Schicksal, aber nicht darüber hinaus. Dort führt es in das Dunkel. Wahrheit und Tod kommen aus dem Norden in einem fallenden Stern …« Sie kreuzte die Arme und wiegte sich hin und her, und ihre Stimme erhob sich schrill, als klagte sie um den Toten. Dann richtete sie sich auf und schrie laut: »Entfeßle nicht den Bullen aus dem Meer!«

Ich wartete, doch es kam nichts mehr. Ihre Augen waren wieder leer geworden. Ich trat auf sie zu, dachte aber: ›Welchen Zweck hat es? Ich werde keinen Sinn ergründen.‹

Dann wandte ich mich ab. Und ich hörte ein Knurren. Es war der Hund, er zeigte die Zähne, sein Schweif legte sich um den Bauch. Dann war ein Schlurfen von Füßen zu hören wie das Rascheln alter, trockener Blätter, und sie war fort.

Die Edlen warteten. Ich ging hinaus, die Schnauze des Hundes preßte sich an mich, und ich schickte ihn nicht fort.

2

Ich richtete meinem Vater ein üppiges Begräbnis auf dem Hang von des Ares Hügel, bei den andern Königen. Sein Grab war mit behauenen Steinen ausgelegt, die Nägelköpfe mit Blumen umwunden und vergoldet. Seine Opfer an Speise und Trank standen in schön bemalten Schalen auf Gestellen, die mit Elfenbein verziert waren. Ich hatte einen hohen, prächtigen Totenwagen machen lassen und umhüllte ihn mit Behängen, darein Löwen gestickt waren. Er bekam mit Schmelzglas überzogene Truhen, seinen schönsten Dolch, sein bestes Schwert, zwei große goldene Armreifen und sein prunkvolles Halsband. Als der Hügel sich über dem Grab aufrichtete, opferte ich acht Stiere darauf und einen Kriegshengst, auf dem er in dem Land dort drüben reiten könnte. Als das Blut in die Erde sickerte, stimmten die Frauen ein Klagelied an und sangen sein Lob. Der Jagdhund Aktis folgte mir; doch als er vor dem Blut zu winseln begann, ließ ich ihn fortführen und zwei von den Jagdhunden im Palast an seiner Stelle opfern. Hätte er bis zu Ende getrauert, so hätte ich ihn zu meinem Vater hinabgeschickt; doch das Tier hatte aus eigenem Willen mich erwählt.

Das Volk begann den Grabhügel festzutreten. Nur die offene Türe blieb innerhalb des Dammes, damit der Tote die Leichenspiele mitansehen konnte. Das Singen stieg und sank, die Leute bewegten sich in seinem Rhythmus wie das Blut nach dem Herzschlag. Ich stand da, bespritzt von den Opfern, und dachte an ihn. Was für ein Mann war er gewesen? Er hatte meine Botschaft erhalten, daß er nur gegen Kreta segeln müsse, und die Leibeigenen würden sich erheben und wir Stiertänzer würden das Labyrinth erobern. Ruhm und Sieg hatte ich ihm angeboten und den Schatz von tausend Jahren als Beute. Doch daran wollte er sich nicht wagen. Das ist etwas, das ich nicht verstehn kann, noch je verstehn werde, ein Mann, der etwas wünscht und es doch nicht tut.

Er war tot. Die Stammesführer von Attika waren den ganzen Tag gekommen, zu dem Fest und zu den Spielen von morgen. Vom Dach des Palastes konnte man die Scharen der Speerträger sehen, die die Hügel hinaufzogen. In der Ebene hoben sich die Helmbüsche hinter den Wagenführern, und unter dem Fußvolk wallte der Staub auf. Doch ich hatte vom Labyrinth aus die breiten, gepflasterten kretischen Straßen gesehen, die von Küste zu Küste führten, und nie waren Waffen zu erblicken, ausgenommen vor den Wächterhäusern. Für mich waren diese Scharen nicht der geziemende Anblick, für den sie selber sich hielten. Sie kamen, bis an die Zähne bewaffnet, und sie hatten guten Grund dazu. Diese attischen Großen hatten nie ein gemeinsames Gesetz gekannt. Manche waren aus hellenischem Blut wie wir selber, Wagenvolk aus dem Norden; man konnte sie von weitem erkennen, denn die andern Fahrer ließen ihnen die Straße frei. Doch gab es auch Küstenvolk, das manches starke Tal oder manchen Felsenhorst gehalten und mit den Siegern einen Frieden zusammengeflickt hatte; Seeräuber von den Vorgebirgen, mit ein paar Feldern im Land, aber noch immer ihrem Gewerbe ergeben. Und Männer von meinem und meines Vaters Schlag, die uns im Pallantidenkrieg geholfen und einen Anteil von der Beute erhalten hatten.

Sie alle, wenn man es recht betrachtete, wären mir, ihrem Großkönig, untertan gewesen, sofern sie mir wenigstens in den Krieg folgen, nicht aber meine Feinde schützen würden. Einige bezahlten einen Tribut an Vieh oder Wein oder Sklaven an das königliche Haus oder an dessen Götter. Doch sie herrschten über ihr eigenes Gebiet nach den Sitten ihrer Vorväter und hielten darauf, daß man sich nicht einmischte. Da die Sitten ihrer Nachbarn von ihren Sitten abwichen und die Geschlechter seit Generationen in Blutfehde liegen mochten, waren diese Schilde auf den Straßen kein bloßer Schmuck.

Ich schaute auf die mächtigen Klippen des Burgfelsens hinunter, dieses nie erstürmten Bollwerks. Das war es, das allein, was aus meinem Großvater, aus meinem Vater und aus mir einen Großkönig gemacht hatte. Ohne diesen Felsen wäre ich wie einer von denen dort unten gewesen, hätte eine kleine Truppe Speerträger geführt, Herr über ein paar Reben und Oliven und über ein wenig Vieh, wenn ich meine Nachbarn nachts hätte abhalten können. Das wäre ich gewesen, und sonst nichts.

Ich trat in das Haus und betrachtete die Göttin der Burg in ihrem neuen Heiligtum. Seit urdenklichen Zeiten hatte sie auf den Felsen gehört; doch zur Zeit meines Großvaters Pandion, als die Brüder sich um den Thron stritten, da hatte Pallas sich ihrer bemächtigt und sie nach seiner Feste auf Sunion gebracht. Als ich die Burg in meines Vaters Krieg erstürmte, hatte ich die Göttin wieder hierhergeschafft. Ich hatte ihr Achtung erwiesen, und bei der Plünderung hatte ich mich um ihre Priesterinnen gekümmert, als wären es meine Schwestern gewesen, und ihr Schatz war mir heilig; nun war sie aber ziemlich lange in Sunion geblieben, und um uns ihrer zu versichern, hatten wir sie mit Riemen aus Stierhaut an ihre Säule gebunden, für den Fall, daß es ihr in den Sinn kommen sollte, zurückzufliegen und uns im Stich zu lassen. Sie war sehr alt. Das Holz ihres Gesichts und ihrer runden, entblößten Brüste war von den Jahren und vom Ölen geschwärzt wie Pech. Ihre Arme streckten sich steif vorwärts, eine goldene Schlange ringelte sich um ihren Speerarm, und der Schild in ihrer linken Hand war ein wirklicher Schild. Sie war immer bewaffnet gewesen; als ich sie zurückbrachte, hatte ich ihr einen neuen Helm gegeben, um ihre Liebe zu gewinnen. Unter ihrem Heiligtum war die Höhle der Haus-

schlange, den Männern untersagt, sie selbst aber war ihre Freundin. Sie liebte kluge Heerführer und Fürsten, die tapfer in der Schlacht waren, und starke Häuser, die seit alter Zeit geehrt wurden. Die Priesterin sagte, die Hausschlange gebe noch immer günstige Zeichen; und so schien ihre Wohnstatt ihr zu gefallen. Um keinen Titel auszulassen, auf den sie Wert legte, nannten wir sie in den Weihehymnen Pallas Athene.
Die Nacht kam. Die Gäste des Hauses wurden bewirtet und untergebracht. Doch ich schuldete meinem Vater noch manche Pflicht, bevor die Erde sich endgültig über ihm schloß. Den größten Teil der Nacht wachte ich mit den Hütern an seinem Hügel und achtete darauf, daß das Wachfeuer brannte, und weihte den Göttern dort unten Trankopfer. Das Feuer loderte hoch auf; es beleuchtete den langen, steinbelegten Eingang in den Hügel, ließ die bemalten Türpfosten der Gruft sehen, die neuen, bronzenen Schließhaken des offenen Tores und die Erechthidenschlange an dem Oberbalken. Doch in das Dunkel dahinter leuchtete sie nicht; manchmal, wenn ich den Rücken gewandt hatte, konnte ich spüren, wie er in dem Schatten jenseits der Schwelle stand, um die Riten zu überwachen, wie man tote Männer auf Begräbnisbildern zeigt.
Der Halbmond hob sich spät, um über den Hain von Gräbern zu scheinen, über die Pappeln und Zypressen, die wie Speere von Wächtern ragten, über die alten Grabhügel mit ihren Stelen von Löwen und Ebern und Wagenkämpfen, den Pfählen mit den vermodernden Trophäen, die sich schon erdwärts neigten.
Der Kern des Feuers zerbröckelte, goldene Funken flogen auf und dünne, blaue Flammen. Die Nacht wurde kalt, es war die Ebbzeit der lebenden Menschen. Durch den Tau schlichen unsichtbar die Geister heran, um sich an den Flammen zu wärmen und die Opfer zu schlürfen. Zu solchen Zeiten, wenn das frische Blut ihnen Kraft verleiht, können sie zu den Men-

schen reden. Ich wandte mich zu der Schwelle in der Tiefe des Hügels. Der Feuerschein fing sich an dem großen bronzenen Türring, doch drinnen war alles still.
›Was würde er sagen?‹ dachte ich. ›Wie mag es dort sein in den Gefilden des Hades, wo die Sonne nicht aufgeht noch untergeht, die Jahreszeiten nicht wechseln? Noch sich die Menschen verändern, denn wo Veränderung ist, ist Leben, und sie, die nur Schatten vergangenen Lebens sind, müssen für immer die Gestalt ihres irdischen Ichs bewahren, was sie auch daraus gemacht haben mochten, als sie im Tageslicht wandelten. Brauchen die Götter noch ein Urteil über uns zu sprechen? Gewiß ist es Urteilspruch genug, mit unserem Ich zu leben und sich zu erinnern. O Zeus, Apollo, nicht ohne Ruhm laßt mich in das Land des Zwielichts eingehen! Und wenn ich dort bin, laßt mich hören, daß mein Name in der Welt der Menschen genannt wird. Der Tod bezwingt uns nicht, solange die Dichter singen und die Kinder sich erinnern.‹
Ich machte die Runde um den Hügel und wies zwei Wächter zurecht, die hinter einem Baum tranken. Mein Vater sollte nicht sagen, ich hätte, kaum daß ich König war, seinen Totendienst vernachlässigt. Ich ließ das Feuer wieder auflodern, goß Öl hinein und dachte: ›Eines Tages werde ich hier liegen, und mein Sohn wird dies alles für mich tun.‹
Endlich erhob sich der Morgenstern. Ich rief nach einer Fackel und stieg den langen Pfad zur Burg hinauf, dann durch das dunkle, widerhallende Haus und warf mich in meinen Kleidern auf das Lager. Ich mußte bei Sonnenaufgang wach sein, um in der Morgenkühle die Spiele beginnen zu lassen.
Sie verliefen gut. Nur ein oder zwei Streitigkeiten gab es, wie das in Attika unvermeidlich ist; doch mein Urteil hatte die Stimmen der Zuschauer für sich, und die Verlierer mußten sich damit abfinden. Die Preise waren schön genug, um jedermann zufriedenzustellen. Den besten von allen gab ich für das Wagen-

rennen, um Poseidon, den Gott der Rosse, zu ehren. Der erste Preis war ein hellenischer Kriegshengst, an den Wagen gewöhnt. Der zweite Preis war eine Frau. Sie war die jüngste von den Beischläferinnen meines Vaters, ein blauäugiges Frauenzimmer, die ihr Möglichstes getan hatte, um in mein Bett zu steigen, als er noch lebte. Da ihr wohlbekannt war, was ich von ihr wußte, war sie froh, zu irgendeinem Mann zu kommen, den sie leichter zum Narren halten konnte, und unterwegs von hundert Kriegern gemustert zu werden. Sie hielt sich wie eine Königin, und ich wurde meiner Freigebigkeit wegen sehr gelobt. Der dritte Preis waren ein Schaf und ein Dreifuß.
Mein Vater hatte erhalten, was ihm gebührte; jetzt schloß man die schweren, erzbeschlagenen Tore und füllte den Graben, der zu ihnen führte. Sein Schatten hätte jetzt den Fluß überquert, um sich zu den Scharen der Toten zu gesellen. Bald würde Gras über dem Hügel wachsen, und Ziegen würden hier weiden. Die jungen Männer kehrten von der Uferwiese zurück, um zu baden und sich anzuziehen, und ihre Stimmen erhoben sich ungehemmt. Die älteren, deren Blut kein Wettkampf erwärmt hatte und die noch die Kühle des Todes spürten, schlossen sich zusammen. Doch bald erhob sich auch unter ihnen ein fröhliches Gesumm, wie das der Grillen an einem schönen Herbsttag, wenn der Frost fern zu sein scheint.
Ich ging, mich zum Fest anzukleiden. Es war ein warmer Abend, die königlichen Gewänder trugen sich schwer und rochen abgelagert. Ich dachte an Kreta, wo nur alte und niedrige Männer ihre Körper bedecken und ein Fürst beinahe so nackt einhergeht wie ein Gott. Um nicht fremd zu wirken, zog ich hellenische Hosen aus rotem Leder an, dazu einen dicken, mit Edelsteinen besetzten Gürtel. Darüber nur das königliche Halsband und Ringe für die Oberarme. So war ich, halb König und halb Stierspringer, und das Äußere entsprach dem Mann darin. Es machte mich meiner selbst sicherer.

Die jungen Männer waren ganz Auge. Da ich zuerst Ringer gewesen war, hatte ich mir das Haar über der Stirne kurz gestutzt, damit man mich nicht an der Locke packen konnte. Das hatten sie mir nachgemacht – noch immer wird dieser Haarschnitt Theseus genannt, und ich merkte, daß dies das Nächste sein würde. Doch mein Sinn war auf die Gäste gerichtet, um festzustellen, wer fehlte. Es war Zeit, meine Feinde zu zählen. Ich entdeckte, daß alle die großen Führer da waren bis auf einen; und er war der stärkste. Er war ein Mann, von dem ich viel gehört hatte. Das war ein schwerer Fall.

Am nächsten Morgen berief ich sie alle in den Ratssaal. Zum ersten Mal saß ich auf dem Thron des Erechtheus. Längs der bemalten Wände, auf Bänken, die mit schön gemusterten Teppichen belegt waren, saßen die Mächtigen von Attika. Ich versuchte zu vergessen, daß viele von ihnen Söhne hatten, die älter waren als ich, und kam rasch zur Sache. Minos war tot, auch sein Erbe, der Minotauros. Kreta war in hellem Aufruhr, hatte ein Dutzend Herrscher, also keinen einzigen.

»Diese Nachricht wird wie ein Feuer durch die achaischen Königreiche eilen. Wenn wir die Herren der Inseln sein wollen, und nicht Vasallen eines neuen Minos, so müssen wir in See stechen.«

Kreta ist ein Land des Goldes; es war nicht schwer, Gehör zu finden. Ein Mann stand auf und meinte, es sei ein großes Land, das man erobern wolle, und in so einem Krieg benötigten wir Verbündete. Das war vernünftig, und ich hatte eine Antwort bereit. Doch draußen am Tor wurde es lebhaft; unter den Gästen regte es sich, halb Furcht, halb Erwartung. Einige tauschten ein geheimes Lächeln, wie Leute, die auf ein Schauspiel warten.

Vor dem Tor stellte eine Truppe hörbar die Waffen auf den Boden. Ein Mann trat ein. Er war es, der beim Fest gefehlt hatte; er war verspätet zum Rat gekommen.

Seine Ausrede war kühl, reinste Unverschämtheit. Ich hörte sie schweigend an, während ich ihn musterte. Ich hatte ihn bisher nie gesehen. Er kam selten von seiner Festung auf dem Kithairon herunter, wo er auf der thebanischen Straße die Reisenden plünderte. Ich hatte ihn mir finster und dunkel vorgestellt, doch er war rundlich, höflich und lächelnd.
Ich sagte: »Du hattest uns gefehlt, Prokrustes. Doch du kommst aus einem rauhen Land, und ich muß wohl sagen, daß die Wege schlecht sind.«
Er lächelte. Kurz erklärte ich ihm, worum es ging. Mein Vater hatte ihn zwanzig Jahre gewähren lassen, um keinen Krieg gegen ihn führen zu müssen. Das wußte jeder hier im Saal. Als er jetzt eintrat, war kein Auge mehr auf mich gerichtet und auch kaum ein Ohr. Es war offenbar, daß sie ihn mehr fürchteten als mich, und das ließ mein Herz erkalten.
Während ich noch sprach, hörte ich ein Jaulen neben seinem Sitz; mein Hund Aktis kroch hervor, eine Vorderpfote gehoben, und legte sich zitternd neben mich. Ich hatte nichts wahrgenommen. Als ich die Ohren des Hundes streichelte, lächelte der Mann hinterhältig. Und mit einem Mal dachte ich: ›Bei Zeus! Er will mir Schrecken einjagen!‹
All diese kriecherischen Gesichter hatten mich entmutigt. Jetzt aber spürte ich jene Wärme, die ein Mann brauchen kann. Nur selten war ich so wütend gewesen und dennoch still auf meinem Stuhl gesessen. Aber ich beherrschte mich und wartete.
Dieser und jener hatte gesprochen, als jetzt der Mann sich erhob und den Stab des Sprechers ergriff. Man konnte merken, daß er in einem fürstlichen Hause aufgewachsen war.
»Ich stimme für Krieg«, sagte er. »Männer, die keine Schlachten wagen, werden ihren Söhnen nie ein Haus reich an Gold und heimgeborenen Sklaven hinterlassen.« Er schaute sich um, als ob diese abgedroschene Rede von ihm erfunden wäre. Keiner wagte zu lächeln. Auch ich selbst war nicht zum Scherzen

aufgelegt. »Und so«, fuhr er fort, »bevor wir von Schiffen und Männern reden, sollten wir dem Brauch folgen und einen Führer wählen, da der König nicht volljährig ist.«
Eine Pause folgte, von fast unhörbarem Flüstern erfüllt. Kein Mann trat für mich ein. Kurz vorher hätte mir das auf der Seele gelastet. Jetzt aber zündete es, wie der Funke zündet, wenn das Feuer auflodert.
»Wir haben dich gehört, Prokrustes«, sagte ich. »Und jetzt höre mich. Ich führe die Schiffe gegen Kreta, und jene Stammesfürsten, die mit mir segeln, werden nicht die Verlierer sein. Denn ich kenne das Labyrinth so gut, wie du die Pässe von Kithairon kennst, du Aasfresser mit deiner Höhle voll stinkender Knochen.«
Sein Lächeln hatte sich verhärtet. Er hatte tatsächlich geglaubt, ich würde ihn in meiner eigenen Halle nicht herausfordern. Ich fragte mich, was mein Vater sich von ihm gefallen lassen hatte, damit es so weit kommen konnte.
»Du bist nicht zu unserm Fest gekommen«, sagte ich. »Ein Mann, der so viele Reisende bewirtet, sollte überall Herdfreunde haben. Ich habe mir sagen lassen, daß das Bett in deinem Gastraum so ein Meisterwerk ist, daß kein Mann es verlassen kann, wenn man ihn nicht fortträgt. Ich muß mir das einmal ansehen. Du brauchst dich meinetwegen nicht stören zu lassen. Du hast schon allzu lang Fremde darin liegen lassen. Wenn ich dich besuche, beim Haupt des Poseidon, dann sollst du selber darauf liegen.«
Er stand eine Weile da, und wir sahen einander in die Augen. Doch die attischen Stammesführer waren sichtlich froh, als hätte man sie gekratzt, wo es sie juckte. Plötzlich lachte einer schrill auf; und dann stimmten alle in das Lachen ein wie Männer, die unter großem Druck gewesen waren. Das Lachen hallte bis zu den Dachbalken hinauf.
Er blähte sich wie eine Schlange, die voll von Gift ist und nur

darauf wartet, es zu spucken. Er öffnete den Mund, doch ich hatte ihn satt.

»Du bist unter mein Dach gekommen«, sagte ich. »Hinaus mit dir, und du kannst dich lebend davonmachen! Bist du aber noch da, wenn ich meine zehn Finger gezählt habe, dann werfe ich dich vom Felsen hinunter.«

Er hatte noch ein letztes Lächeln für mich wie ein Henker, und dann ging er. Und wahrhaftig nicht zu früh. Hinter mir an der Wand hingen alte Speere, und ich hatte schon gefürchtet, ich würde mich vergessen.

So hatte ich denn diesen Krieg zu erledigen, bevor der große an der Reihe war. Aber es hatte sich gelohnt. Den Oberen des Volkes war es immer verhaßt, daß sie sich mit ihm einlassen mußten. Hätte ich jetzt nachgegeben, so hätten sie diesen Haß auf mich übertragen.

So aber folgten mir die meisten. Er wußte, ich würde kommen; doch so bald hatte er mich nicht erwartet. Er hatte noch nicht einmal das Dickicht auf dem Abhang seiner Bergfestung verbrannt, als wir die Wälle stürmten. Was wir in seinem Gastraum fanden, das zu hören, würde keinem Menschen eine Freude sein, noch täte es mir gut, mich daran zu erinnern. Wir sahen sein berüchtigtes Bett und im Gefängnis Gäste, die er daraufgelegt hatte und die auf eine Wiederholung warteten. Manche umklammerten unsere Füße und flehten um einen schnellen Schwertstoß. Und da es wirklich das Beste war, was für sie noch übrig blieb, verbanden wir ihnen die Augen, wenn sie sie noch hatten, und erlösten sie. Jene, die sich rühren konnten, erbaten eine andere Gunst von uns. Sie wollten ihrem Gastfreund seine Bewirtung vergelten. Wir hatten ihn gebunden, und mir war bei all dem übel geworden. So überließ ich ihn seinen Gästen und schloß die Türen. Nach einigen Stunden starb er, und sie fragten mich, ob ich seine Leiche sehen wolle. Doch ich hatte ohnehin schon genug gehört, und so hieß ich sie, ihn in den Abgrund zu werfen. Seine Söhne waren bereits von den Mauern hinuntergestürzt worden. Es war eine Brut, die ausgerottet werden mußte. So starb Prokrustes, der letzte der Gebirgsräuber, der größte und schlimmste. Bevor er den Mund im Rat auftat, hatte ich gewußt, daß es schlimm wäre, ihn auf dem Zug nach Kreta bei mir zu haben, noch schlimmer aber, ihn in Attika zurückzulassen. Er stand mir im Weg und hatte mich das merken lassen. Es war töricht von ihm, mich derart zu reizen. Aber er war ein Sklave seiner Lüste, wie solche Menschen das eben sind. Er kannte mich nicht und hatte auch nicht bedacht, wieviel ich dadurch zu gewinnen hatte, wenn ich ihn zu Fall brachte. Nun, er war wie der Geier gekommen, der ein glückliches Vorzeichen bringt. Jetzt waren alle Stammeshäupter hinter mir und bereit, mir über das Meer zu folgen.

3

Während meine Flotte sich rüstete, begannen Nachrichten aus Kreta einzulaufen. Dort gebe es einen neuen Minos. Ich kannte seinen Namen: Deukalion, und aus dem, was ich hörte, erriet ich, daß er nur ein Strohmann für jene großen war, deren Festungen dem Aufruhr widerstanden hatten. Doch er stammte aus königlichem Geschlecht, und sein Heer, aus herrenlosen Lanzenträgern der gefallenen Festungen zusammengekratzt, hatte die rebellischen Leibeigenen wieder aus dem Labyrinth vertrieben. Etwas dergleichen hatte geschehen müssen; doch es bedeutete, daß keine Zeit zu verlieren war.

Dennoch ging ich nicht ans Werk wie ein stürmender Stier. Ich kannte die Kreter, und als ich meine Pläne machte, erinnerte ich mich an ihre Gerissenheit. Was ich vergessen hatte, war ihre Unverschämtheit. Sie schickten einen Gesandten zu mir.

Er trat in meine Halle, seine Locken fielen ihm auf die bloßen Schultern, seinen schlanken Leib umspannte ein goldener Gurt. Vor ihm her trugen schwarze Knaben Höflichkeitsgeschenke – ein goldenes Halsband mit kristallenen Hängern, bemalte Vasen mit süßen Ölen, einen seltenen Rosenbusch in Blüte, in den Farben von Bernstein und Blut gestreift. Diesmal wurde kein Wort von einem Tribut an attischen Burschen und Mädchen gesprochen.

Als wir die zeremoniellen Höflichkeitsformeln erledigt hatten, dachte ich: ›Habe ich dich schon früher gesehen, du kleiner Pfau? Nun, du wirst mich bestimmt gesehen haben. Du hast dir das Maul mit Öl geschmiert, seit du von deinem Platz im Ring zu mir herübergeschrien hast.‹ Er hielt meinen Blick aus, ohne zu wanken, nannte seinen neuen Herrn und forderte Lehnspflicht von mir. Ich lachte nicht. Mit Kretern umzugehen wie mit hellenischen Stammesführern hieße, einen Eberspieß gegen Füchse zu verwenden. Sie hatten mich ein Jahr unter ihnen leben lassen, die Zeit, in der ich die Kunst des Herrschens lernen sollte. Statt dessen hatte ich den Stiertanz kennengelernt. Und die Denkart der Kreter.

Ich fragte, wo die Leiche des Minos sei, die sie nicht finden würden, und das königliche Siegel, das ich mitgenommen hatte, was ich aber nicht sagte. Alles, was ich brauchte, war Zeitgewinn. »Dein Schiff liegt im Piräus?« fragte ich, wußte aber, daß er dort nichts gesehen hatte; um meine Pläne geheimzuhalten, ließ ich meine Schiffe in Troizen, jenseits der Bucht, segelfertig machen.

Er erwiderte geläufig, doch dahinter verbarg sich ein gewisses Drängen. »Nein, Herr, in Marathon. Ich bin außerhalb der Stadt vor Anker gegangen, weil ich noch ein anderes Geschenk meines Herrn an Bord habe, etwas, das deines Ruhmes würdiger ist. Es eignete sich aber nicht für die Straßen, denn es könnte die Leute erschrecken. König Theseus, da die Stiertänzer sich zerstreut haben und der Tanz vorbei ist, hat mein Herr dir als Ehrengabe Podargos gesendet, den Königsbullen der heiligen, der Sonne entsprungenen Herde. Er gehört dir. Tu mit ihm, wie du es für richtig hältst.«

»Podargos!« Ich konnte nicht verhindern, daß meine Augen aufleuchteten. Jeder Stiertänzer im Labyrinth hatte ›Schneeweiß‹ gekannt, den unheimlichen großen weißen Bullen in den buntscheckigen Herden von Kreta. Er war der Stier der Delphine gewesen und ebenso verschlagen, wie er schön war. Die Delphine waren eine kurzlebige Mannschaft gewesen. Er war wohl geeignet zum Spiel, griff geradewegs an, man konnte sehr gut über ihn springen; doch wenn er tötete, dann sprachen wir, geübte Zuschauer, darüber, wie er es tat, und waren nicht einer

Meinung. Hätte unsere Mannschaft ihn gehabt, so hätte ich wohl kaum alle wohlbehalten heimgebracht. Doch es hatte mich immer gereizt, mit ihm anzubinden, und selbst jetzt floß mein Blut rascher, als sein Name genannt wurde.
Ich erwachte aus meinen Träumen und sah, wie der Kreter lächelte. »Ein königliches Geschenk«, sagte ich. »Doch für einen Gott, nicht für einen Menschen. Solche Stiere sind heilig. Apollo würde zürnen, wenn ich Podagros in meine Herde aufnähme.«
»Es wäre schwierig«, meinte der Kreter verstimmt, »ihn wieder nach Knossos zurückzubringen.«
Beinahe lachte ich laut auf. Ja, das konnte ich mir wohl vorstellen. Ich hätte ihn gern gefragt, wie man ihn denn hierhergeschafft hatte; doch ich war kein Stiertänzer mehr.
»Das ist nicht nötig«, erklärte ich. »Die Sonnenherde gehört Apollo. Wir wollen ihn dem Gott zurückgeben.«
Jedenfalls konnte ich von einem Mann, gegen den ich Krieg zu führen gedachte, ein solches Geschenk nicht annehmen. Auf diese Art wäre meine Ehre gewahrt, obgleich es mich im Herzen schmerzte, das zu tun. Nun, ich würde ihn wenigstens vorher mit einigen meiner Kühe paaren. Er war der letzte aus dem Stierhof; er würde einen Funken von dem Leben dieses seltsamen Jahres weiterglühen lassen. Das Brüllen des Hofs unter der kretischen Sonne – es haftet lange im Ohr.
Der Kreter verbeugte sich und zog sich zurück. Ich blieb in Erinnerung versunken sitzen, dann raffte ich mich auf und ging an mein tägliches Geschäft. Später sah ich einen Boten vom Westen her kommen. Ich erkannte Amyntor, den Hauptmann meiner Wache; er eilte den steilen Anstieg herauf wie ein Besessener. Er war der Beste unter den Burschen, die mit mir in Kreta gewesen waren; ein wenig jung noch für seine Stellung, doch das war ich selber ja auch. Er klopfte an meine Türe, dann stürzte er herein und keuchte, als wären wir noch im Stierhof: »Theseus! Theseus! Podargos ist los!«

»Nur immer ruhig«, sagte ich. »Dann wird man ihn eben einfangen müssen.«
»Er ist toll geworden. Diese kretischen Tölpel haben ihn freigelassen, und nun tobt er durch Marathon. Drei Männer hat er schon getötet, weitere vier und eine Frau sind im Sterben. Und ein Kind auch.«
»Schneeweiß?« fragte ich. »Aber er ist doch nie bösartig gewesen. Nie hat er angegriffen, bevor die Delphine ihn gereizt hatten.«
»Es muß die Seefahrt sein. Und dann ist er auch von den Leuten in Marathon gereizt worden, die versuchten, ihn zu fangen. Außer den Menschen hat er noch drei Pferde getötet; und die Maultiere und Hunde hat keiner gezählt.«
»Hunde?« rief ich. »Narren! Wissen sie denn nicht, was er ist?«
»Das bezweifle ich. Wir hatten uns in Kreta an diese großen Tiere gewöhnt; aber unsere heimische Zucht muß daneben wie Kälber aussehen. Sie haben ihn für ein Ungeheuer gehalten.«
»Warum haben sie überhaupt etwas unternommen, diese Dummköpfe, bevor sie nach mir geschickt hatten?«
»Jetzt haben sie es sein lassen; sie haben angefangen zu beten. Sie sagen, er sei von Poseidon gesandt, um sie alle zu vernichten. Sie nennen ihn den Bullen vom Meer.«
Die Worte klangen hell in mir. Ich blieb schweigend stehen. Dann begann ich die Kleider abzustreifen. Als ich nackt war, ging ich zu der Truhe, wo ich mein Stierspringerzeug aufbewahrt hatte. Mit den Schmucksachen gab ich mich nicht ab, aber ich gürtete mir den Lendenschurz aus gegerbter, vergoldeter Stierhaut um. Im Ring gewöhnt man sich daran, mit dem Tod zu spielen. Doch keiner möchte seine Männlichkeit verlieren.
Amyntor sprach. Die Worte aber in meinen Ohren waren die Worte der alten Mykale. An der Bahre meines Vaters hatte ich gewußt, daß sie mit den Mächten sprach. Es war mir in der Seele

geblieben, ein geheimer Schatten; ein lauerndes Schicksal, das sich mit seinen zusammentreffenden Sternen langsam auf mich zu bewegte. Nun war es da, als ich noch meine Kraft und meine Behendigkeit besaß, das Feuer der Jugend und in meinem Arm die Stärke des Stiertänzers. An diesem Tag würde ich von dem Schicksal frei sein oder tot.

Amyntor packte mich am Arm, dann besann er sich und gab mich frei. »Herr! Theseus! Was tust du? Du kannst doch nicht jetzt mit ihm anbinden, mit einem Stier, der gehetzt worden ist?!«

»Wir wollen sehen.« Ich suchte in der Truhe nach meinem Talisman, einem kristallenen Stier an einer Halskette; nie war ich ohne ihn im Ring gewesen. Ich spuckte darauf, legte die Kette um und rief meinen Kammerdiener.

»Schick eiligst einen Herold nach Marathon! Er muß ausrufen, daß die Leute den Stier in Ruhe lassen sollen, sich in ihre Häuser zurückziehen und warten, bis ich ihnen eine Botschaft sende. Laß Blitzstrahl für mich zäumen. Ich brauche ein Stiernetz und den stärksten Strick, der beim Stieropfer verwendet wird. Nur schnell! Und keine Wachen, Amyntor. Ich gehe allein.«

Der Diener öffnete und schloß den Mund und ging. Amyntor schlug sich mit der Hand auf den Schenkel und rief: »Heilige Mutter! Wo steckt da die Vernunft? Nach einem ganzen Jahr im Stierhof dein Leben wegzuwerfen? Ich könnte schwören, daß die Kreter es darauf angelegt haben. Ich könnte schwören, daß sie den Befehl hatten, den Stier loszulassen. Darauf hatten sie gehofft. Sie kannten deinen Stolz.«

»Es täte mir leid«, erwiderte ich, »die Kreter zu enttäuschen, nachdem ich ein Jahr im Stierhof gewesen war. Doch, Amyntor, dies ist nicht der Stierhof. Schrei mir nicht ins Ohr!«

Nichtsdestoweniger folgte er mir die Treppe hinunter und flehte, ich solle doch die Eleusinische Wache aufrufen und den Stier mit Speeren töten lassen. Möglich, daß er auf solche Art von jenen, die schließlich übrigblieben, getötet werden konnte.

Doch der Gott hatte mir dieses Schicksal nicht gesendet, damit ich ihm mit dem Leben anderer Männer begegnete.
In Athen hatte sich die Nachricht schon verbreitet. Die Leute standen auf den Dächern, um mich vorüberreiten zu sehen, und manche versuchten, mir zu folgen. Ich ließ sie von meinen Reitern zurückweisen, und meine Reiter mußten selber am Tor haltmachen. Und so wurde die Straße jetzt ruhig, und als ich nach Marathon kam zwischen den Olivenhainen, wo die grüne Gerste blühte, da war niemand zu sehen. Nur ein Wiedehopf rief in den stillen Mittag hinein, und über dem Strand schrillten die Möwen.
Eine Straße führte zwischen hohen, schwarzen Zypressen zum Meer; und an ihr war ein kleiner Weinausschank, wie ihn die Bauern abends aufsuchen, wenn sie ihre Gespanne abschirren, ein Maulbeerbaum über den Bänken, Hühner, die scharrten, zwei Ziegen und eine Färse; und eine kleine Hütte, alt und wacklig. Das alles döste in der Mittagssonne. Dahinter war die Ebene, die lange Ebene zwischen Bucht und Bergen. Das blaue Meer bespülte einen Strand, darauf sich Schiffstrümmer und Treibholz häuften. Langsame, weinviolette Wolkenschatten strichen über die besonnten Berge. Ein spärliches, armseliges Gras mit gelbem Huflattich dehnte sich von der Küste bis zu den Olivenbäumen. Und in den Blumen, wie ein mächtiger, weißer Block von frisch gebrochenem Marmor, stand der kretische Stier.
Ich band mein Pferd an eine Zypresse und ging behutsam vorwärts. Ja, es war tatsächlich Schneeweiß. Ich konnte an seinen Hörnern sogar noch die Farbe des Stierhofs erkennen. In den goldenen Streifen verfing sich die Sonne, doch die Spitzen waren schmutzig. Es war Mittag geworden, die Stunde des Stiertanzes.
Wenn man sich mit Stieren auskannte, so vermochte man an der Art, wie er sich beim Grasen umschaute, erkennen, daß er

gereizt war. Ich war wohl noch ziemlich weit entfernt, doch er sah mich, und sein Vorderfuß stampfte den Boden. Ich überlegte. Es hatte keinen Sinn ihn aufzuregen, solange ich nicht bereit war.

Ich saß wieder auf; vor der kleinen Schenke hielt ich das Pferd an. Hier war die junge Kuh, honigfarben, mit sanften braunen Augen. Ich erinnerte mich daran, wie Stiere in Kreta gefangen wurden, und lachte über meine eigene Schwerfälligkeit. Und so band ich mein Pferd an den Maulbeerbaum, ging an die Türe und klopfte.

Ein träger Schritt schlurfte, die Türe öffnete sich spaltbreit und ein altes Auge spähte heraus.

»Laß mich ein, Mutter«, sagte ich. »Ich möchte ein Wort mit deinem Mann reden.«

»Du bist willkommen.« Sie öffnete die Türe. Drin war es wie im Nest eines Zaunkönigs, so winzig, so sauber; sie mußte weit länger Witwe als Frau gewesen sein. Sie war so zusammengeschrumpft, daß man ihr wohl hundert Jahre geben konnte. Ihre Augen waren noch immer hell und blau, doch es schien, als könnte ein Hauch die Frau davonwehen. Und so wartete ich, um sie nicht zu erschrecken.

»Junger Mann«, sagte sie, »du hast da draußen nichts zu tun. Hast du denn den Ausrufer nicht gehört? Der Großkönig von Athen befiehlt, daß jedermann hinter seiner Türe bleiben solle, bis er mit seinem Heer kommt. Auf den Feldern ist ein wütender Stier los; es heißt, daß er aus dem Meer gestiegen sei. Nun, armer Junge, komm nur herein, komm herein, der Gast in diesem Land ist heilig. Deiner Rede kann ich anmerken, daß du von fern herkommst.«

Demütig trat ich ins Haus. Sie war die erste, die mir sagte, daß ich im Stierhof den kretischen Tonfall angenommen hatte. Sie schlürfte hin und her, tauchte ein Weinmaß in eine Tonschale und füllte es aus dem Wasserkrug. Sie bot mir einen Dreifuß an

und setzte mir Gerstenbrot und Ziegenkäse vor. Die Stunde war gekommen, da ich sagen mußte, wer ich war, doch ich wollte mich nicht brüsten. »Die Göttin segne dich, Mutter« sagte ich, »ich werde um so besser arbeiten können. Ich bin der Stierfänger aus Athen und soll den Stier holen.«
»Barmherzigkeit!« rief sie. »Was fällt nur dem König ein? Einen jungen Burschen ganz allein, um einen großen, wütenden Stier zu fangen! Du solltest zu ihm zurückkehren und ihm sagen, daß das unmöglich ist. Er versteht nichts von Rindern und so stellt er andere dafür an!«
»Der König kennt mich. Ich habe mein Handwerk in Kreta gelernt, woher dieser Stier kommt. Und das ist's, was mich herführt. Kann ich mir deine Kuh ausleihen?«
Die arme Seele zitterte, und ihr Mund öffnete sich wie eine leere Börse. »Meine arme Safrangelbe, damit das verfluchte Tier sie tötet? Und der Großkönig, der selber ihrer tausend hat?«
»Tötet?« erwiderte ich. »Das tut er nicht. Aber sie wird ihn beruhigen; und wenn er sich mit ihr abgibt, so wird sie dir das schönste Kalb in ganz Attika werfen; du wirst es für ein Vermögen verkaufen können.« Sie ging an das kleine Fenster, murrte vor sich hin und war den Tränen nahe. »Sei gut zu mir, Mütterchen«, sagte ich, »um all der Menschen willen!«
Sie drehte sich um. »Armer Junge! Armer Junge! Will mit dem eigenen Fleisch und Bein dem Stier trotzen! Was ist meine Kuh dagegen? Nimm sie, Junge, und die große Mutter behüte dich!«
Ich küßte ihr die Wange. Diese Güte, die in dem verwitterten Sumpf grünte, war, nach der alten Mykale, gleichsam ein günstiges Omen. »Wenn ich heil zurückkomme, Mutter, so besuche ich dich mit dem König, das schwöre ich dir bei meinem Kopf. Sag mir deinen Namen und gib mir etwas, worauf ich schreiben kann.«
Sie brachte mir eine bekritzelte Wachstafel; ich glättete die alten Zeichen im Wachs und schrieb: ›Der König schuldet He-

kaline drei Kühe, hundert Krüge süßen Wein und eine starke, gute Sklavin. Wenn ich sterbe, mögen die Athener nach Delphi schicken und Apollo fragen, wie sie einen König wählen sollen. Theseus.‹ Sie betrachtete es und nickte; lesen konnte sie natürlich nicht.

»Bewahr das gut auf und gib mir deinen Segen, Mutter. Jetzt muß ich gehn.«

Als ich, die Kuh am Halfter, fortging, sah ich das helle Auge der Alten im Spalt des Fensterladens.

Podargos war weitergetrottet. Ich ging ihm nach, doch da sah ich etwas auf dem Strand, das für Treibholz zu weiß war. Es war ein fast nackter Körper. Und dann lief ich, denn der Körper trug das Gewand des Stierhofs.

Es war ein Mädchen aus meiner Gruppe in Kreta, eines der Mädchen, die als Tribut von Athen ausgeliefert werden mußten. Sie hatte sich mit größerem Stolz als ich an den Stier herangewagt; außer dem Lendenschurz hatte sie noch ihre vergoldeten Schuhe, ihre Handriemen, überdies hatte sie all ihren Schmuck angelegt und ihr Gesicht gefärbt wie für den Ring. In ihrer Seite war ein tiefer Riß, der durch die Leber gehen mußte. Sie lag im Sterben, aber sie erkannte mich und nannte meinen Namen.

Ich kniete neben ihr. »Thebe! Was bedeutet das? Warum hast du nicht auf mich gewartet? Du mußt doch gewußt haben, daß ich komme.«

Ihre Augen glänzten und schweiften umher, und sie schnappte nach Luft, während das dunkle Blut ihr entströmte. »Theseus«, sagte sie, »ist Pylia tot?«

Ich sah mich um, entdeckte erst ein Stiernetz und dann das zweite Mädchen, halb im Wasser liegend, wohin die Hörner es geschleudert hatten. Ich kam zurück. »Ja, sie ist tot. Sie muß rasch gestorben sein.« In Kreta waren die beiden Mädchen, nach der Sitte des Stierhofs, Liebende gewesen.

Sie hob die Hand und tastete nach ihrer Wunde.

»Ich brauchte das Beil; kannst du es für mich tun?«
Im Stierhof war es üblich, den Opfern den Rest zu geben.
»Nein, Liebe«, sagte ich. »Ich habe nichts bei mir. Aber es wird nicht lange dauern. Halte meine Hand!«
Ich dachte daran, wie ich im Labyrinth über ihnen gewacht, wie ich sie eingeübt, gekräftigt hatte und an ihren schlechten Tagen für sie auf den Stier gesprungen war. Und das alles dafür!
»Wir haben unser Bestes getan.« Manchmal erlebt man es bei einem Krieger, bevor seine Wunden erkalten, daß er redet und redet und dann verlischt wie eine ausgebrannte Lampe. »Wir kamen allzu stolz zurück, und unsere Sippe haßt uns.« Sie hielt inne und keuchte. Ich strich ihr über die Stirn und spürte den klebrigen Schweiß. »Mein Vater nannte mich eine schamlose Hure, weil ich über unsern alten Ochsen sprang, um es den Burschen zu zeigen. Und für Pylia hatten sie einen Schreiber als Gatten gefunden. Weichlich wie ein Schwein. In Kreta hätten wir ihn dem Stier vorgeworfen. Und sie sagten, es sei noch ein Glück, daß sie den bekäme, da sie doch als Gauklerin gelebt habe, ein Schauspiel für die Menge!«
Ich flüsterte: »Diese Worte hätten sie zu mir sagen sollen!« Doch es war niemand da, über den ich in Zorn geraten konnte, nur die Sterbende und die Tote.
»Sie nannten uns Männerfeinde. O Theseus! So etwas wie der Stierhof ist nicht mehr. Keine Ehre … und so versuchten wir …«
Ihr Kopf sank zurück, ihre Augen verschwammen, als sie sie noch einmal öffnete, meine Hand faßte und sagte: »Er stößt nach der rechten Seite …« Und dann löste sich ihre Seele in dem Seufzer des Todes.
Ihre Hand glitt aus meiner, und ich blieb allein. Ja, den Stierhof gab es nicht mehr. Doch als ich aufstand, erblickte ich in den Schlammpfützen eine große, weiße Gestalt, verrucht und edel, den Wind witternd. Noch immer war der Stier da.
Ich ging längs der Bäume, bis ich einen dicken, alten Oliven-

stamm fand, den letzten vor dem Meer. Dort band ich die Kuh fest und befestigte den starken Stierriemen mit seiner Laufschlinge um den Baum. Dann kletterte ich mit dem Netz hinauf und hängte es lose zwischen zwei Äste. Und nun blieb nichts mehr übrig, als die Götter anzurufen. Ich wählte Apollo, denn die kretischen Stiere entstammen seiner heiligen Herde, und verhieß ihm diesen hier, wenn er mir beistehen wollte, ihn zu fangen. Und dann ging ich ans Werk.

Podargos hatte mir die Kehrseite zugedreht und schlug mit dem Schwanz nach den Fliegen. Ich leckte meinen Finger, um die Windrichtung festzustellen; ich hoffte, der Geruch der Kuh würde ihn anlocken. Doch der Wind wehte vom Meer.

Draußen auf der Weide bewegte ich mich langsam vorwärts. Der Boden war von der Sonne ausgedörrt, aber es lief sich nicht gut darauf. Ich wollte mich nicht zu weit vom Baum entfernen. Ich warf einen oder zwei Steine, aber sie erreichten ihn nicht. Da ging ich denn weiter, allein mit meinem kurzen Mittagsschatten, zwischen verdorrten gelben Blumen, und warf abermals. Dieser Stein traf ihn, wenn auch nur schwach, und nun schaute der Stier über seine Schulter. Ich winkte, um ihn anzulocken. Griff er einmal an, so wäre er schnell wie ein Kriegswagen. Er senkte den Kopf und warf mir einen harten Blick zu, als wollte er mir sagen: ›Jetzt ruhe ich mich aus; fordere mich nicht heraus!‹ Und dann rückte er ein Stück weiter.

Das Plätschern der Wellen an dem Strand tönte mir ins Ohr. Und damit auch die Stimme der alten Mykale: ›Entfeßle nicht den Bullen vom Meer!‹ Und ich dachte: ›Er ist schon entfesselt worden, und ich muß ihn jetzt wieder fesseln; das ganze Glück meines Königtums liegt darin. Worauf warte ich noch?‹

Ich lief geradeaus, auf ihn zu. Er beobachtete mich, ein Fuß scharrte im Staub. Ich steckte zwei Finger in den Mund und pfiff den Tusch, der im Stierhof geblasen wurde, wenn man den Stier freiließ.

Er spitzte die Ohren. Dann setzte er die Vorderfüße fest auf und senkte den Kopf, griff aber nicht an. Das hieß ganz deutlich, als ob er zu mir spräche: ›Oho, ein Stiertänzer! Warum so weit fort, wenn du das Spiel doch kennst? Komm nur, kleiner Stierjunge, komm nur und tanz mit mir! Pack den Stier bei den Hörnern!‹

Er besaß die Weisheit der gotterfüllten Dinge. Ich hätte ahnen müssen, daß er mich zum Stiertanz verlocken würde, der schon heilig war, als die ersten Menschen auf Erden mit Beilen und Messern aus Stein gegeneinander kämpften. Ich hob den Arm, wie so oft im Ring in Knossos, und begrüßte ihn mit dem Gruß des Mannschaftsführers.

Seltsam war es, kein Geschrei von den Bänken zu hören. ›Nun‹, dachte ich, ›noch seltsamer wird es sein, keine Mannschaft zu haben.‹ Das brachte mich zum Lachen. Im Ring täte man nichts, ohne des Gottes voll zu sein.

Noch einmal scharrte sein Huf; und dann, rasch wie ich ihn in Erinnerung hatte, griff er an.

Ungemein wertvoll im Ring sind die Ratschläge der Sterbenden. Da ich wußte, daß er nach rechts stieß, wandte ich mich in einer Finte nach links, damit er den Kopf geradeaus drehte. Und dann packte ich die fleckigen, bemalten Hörner. Meine Finger und Handflächen hatten die lederne Härte des Stierhofs eingebüßt, ihre Kraft aber bewahrt. Ich schwang mich hinauf, die Füße über dem Kopf, und spürte, wie er mein Gewicht als etwas Vertrautes empfand. Ein Einverständnis stellte sich zwischen uns ein. Und ich fühlte einen Willkomm. Er war in einem fremden Land, fern von der Heimat, und Menschen und Hunde hetzten ihn, das heilige Sonnenkind, an den Gruß eines Königs gewöhnt. Berührung, Gewicht und Griff eines Stierjungen heiterten seinen langsamen, eingeborenen Sinn auf. Er fühlte sich heimischer.

Nur mit dem Stiertanz wollte ich ihn dorthin locken, wo ich ihn haben mußte. Und so machte ich aus mir allein eine ganze Mannschaft. Das war der letzte und größte Tanz Theseus' des Atheners, des Führers der Kraniche, den ich einsam in Marathon tanzte, für die Götter und für die Toten.

Als ich von seinem Rücken hinuntersprang, war keiner da, um mich aufzufangen oder den Stier fortzulocken. Doch er war an diesen Stand der Dinge ebensowenig gewöhnt wie ich, und sein Geist war träger. Das war es, was mich rettete. Ich wich seitwärts aus, als er sich umdrehte und mich abermals angriff, und dann sprang ich wieder und lockte ihn immer näher zum Baum, bis meine Hände von den Hörnern abgewetzt waren und meine Arme begannen, vor Ermüdung zu zittern. Wieder war ich bereit zu springen, und ich dachte: ›Diesmal wird er spüren, daß ich ermatte, und dann wird er zustoßen.‹

Doch er schaute an mir vorbei, schnupperte und lief nach dem Baum. Die Kuh muhte leise und hob den gelben Schwanz.

Keuchend stand ich da, wund und voller Schmerzen, bis ich sah, daß er mich vergessen hatte. Und dann schlich ich näher, legte die Fessel um sein linkes Hinterbein und kletterte in die Äste.

Zunächst spürte er nichts, denn er war auf angenehmere Art beschäftigt. Dann aber stampfte und zerrte er, daß der ganze Baum erbebte. Der Stamm war zwei Mann stark und mußte wohl hundert Jahre in sich haben, und doch fürchtete ich, das Tier würde ihn aus dem Boden reißen. Hätte ich mich nicht festgeklammert wie ein Affe, er hätte mich aus den Zweigen und Vogelnestern herausgeschüttelt. Die erschrockene Kuh stimmte mit ihrem Muhen in das gewaltige Brüllen des Stiers ein. Doch der zähe Riemen hielt fest, und schließlich wurde das Tier müde. Er war vorher auf den kretischen Weiden eingefangen worden, und darunter hatte er keinen weiteren Schaden gelitten. Jetzt blieb er stehen, und ich ließ das Stiernetz über ihn fallen.

Und nun war ich nicht länger allein. Es war, als hätte ich in die Furchen gesät, um Menschen daraus wachsen zu lassen. Sie umschwärmten mich, sie mußten sich herangeschlichen haben, während ich auf dem Baum hockte. Der Rand des Netzes war nicht weit genug für all die greifenden Hände. Ich kletterte hinunter und zeigte ihnen, wie seine Füße in dem Netz zu verstricken wären, damit ein Riß ihn umwerfen konnte. Sie hätten ihn dann am liebsten mit Speeren und Messern getötet, um sich an ihm für ihre Furcht zu rächen, wie kleine Leute das tun. Ich war froh, daß ich ihnen sagen konnte, er sei dem Apollo geweiht; er verdiente keinen so kläglichen Tod.
Ich ließ sie warten und ging allein, die Kuh am Halfter. Ich hatte eine Schuld zu bezahlen. Die Alte war so gebrechlich; ich wollte nicht, daß sie von einem andern als von mir erfuhr, wer ich war. Und so klopfte ich, erhielt aber keine Antwort; ich trat ins Haus. Sie lag unter dem Fenster. Als ich sie aufhob, wog sie nicht mehr als ein toter Vogel. Ihren letzten Atem hatte sie in der Fürsorge für mich verhaucht, als sie mich kämpfen sah. Hoffentlich hatte sie auch noch erlebt, mich siegen zu sehen.
Ich opfere ihr jedes Jahr an dem Grab, das ich dort für sie errichten ließ, wo ihre Hütte stand, und die Sklavin, die ich ihr versprochen hatte, ist vor ihrem Heiligtum ergraut. Auch die Leute von Marathon opfern ihr, denn sie glauben, daß die Alte das Vieh fruchtbar mache; und so wird sie auch nach meinem Tod nicht vergessen sein.
Die Stierspringerinnen liegen in ihrer Nähe. Ich befahl, ihnen ein Kriegergrab zu geben, und bestattete sie in derselben Gruft. Die Familie murrte, bis ich die Geduld verlor und den Leuten meine Meinung sagte. Und dann verstummten sie.
Ich ging zu dem Stier zurück. Noch immer waren die Menschen in tödlicher Angst vor ihm, und ich sagte, ich würde bei ihm bleiben, bis er dem Gott geopfert worden wäre. Ich achtete

darauf, daß er zu beiden Seiten festgebunden war, und dann stieg ich auf seinen Nacken und ritt nach Athen. Ihn störte das Geschrei und das Blumenwerfen nicht; daran war er von Kreta her gewöhnt; und so fügte er sich auch dem Gott, dem er eigen war; noch einmal mochte er der Stierweide und der guten alten Zeit gedenken. Ich war es, der wußte, daß sie nie wiederkehren würde.

Doch als er seine starke Seele aufwärts ausgeatmet hatte und ich den Päan singen hörte, da hob auch meine Seele sich auf Adlerschwingen. Ich war dem Bösen meines Schicksals begegnet und hatte es gemeistert. Jetzt war ich wirklich König.

4

Wir fochten den Krieg in Kreta aus, bevor der Sommer hereinbrach. Ich führte zwei Flotten mit Kriegern; die zweite kam von König Pittheus aus Troizen, dem Vater meiner Mutter, der mich als Knaben großgezogen hatte, bevor mein Vater mich bei sich sah. Er war zu alt, um selber mitzufahren, doch er sandte eine Schar von seinen Söhnen und Enkeln, und ich befand sie als gute Männer und würdig, ihren Anteil an der Beute zu erhalten. Die Insel Kreta kannte ich kaum besser als sie, denn ich hatte mein Jahr als Gefangener im Labyrinth gelebt, doch die eingeborenen Leibeigenen kannte ich, die ersten Kinder des Landes, und sie kannten mich; zunächst als den Stierspringer, auf den sie zu wetten pflegten, dann als den Mann, der sie angeführt hatte, als sie sich erhoben. Sie glaubten, bei mir würden sie mehr Gerechtigkeit finden als bei ihren halbgriechischen Herren, und so halfen sie mir in jeder Hinsicht. Und kommt ihr noch heute nach Kreta, so werdet ihr von ihnen hören, daß ich ihnen die Treue gehalten habe.

Vor dem halbverfallenen, zusammengeflickten Labyrinth, das schwarz und fleckig vom Feuer war, stand noch die Vorhalle des Stierhofs mit ihren roten Säulen; und dem großen Stier, der über die Mauer hin angreift. Vor ihm kämpfte die Schlacht um die Ebene von Knossos. Im Bergland nach Osten sind die Leute wild wie Füchse. Die Freiheit ist es, nach der sie begehren, nicht die Macht. Minos hatte sie mit leichter Hand beherrscht, und so halte auch ich es. Doch jenes Kreta, das Seen und Inseln beherrscht hatte, war in meiner Hand; und es war kein blutiger Krieg. Die Leute sehnten sich nach einem Herrscher, wie sie tausend Jahre vom Labyrinth aus beherrscht worden waren. Unter die Macht kleiner Fürsten gefallen, glaubten sie, nun werde das Chaos wieder hereinbrechen. Es war eine Lehre, die ich mir zu Herzen nahm; es wäre eine Schande für mich gewesen, wenn ich mein eigenes Land nicht so gesittet hätte machen können wie das, das ich erobert hatte.

Ich schonte sogar Deukalion, als er mich um Gnade bat. Ich entdeckte in ihm, was ich erwartet hatte, eine Puppe, die auch nach meiner Weise tanzen würde; eitel, nicht stolz, zufrieden, ein Vasallenkönig und ein unterworfener Verbündeter zu sein, wenn er nur das leere Scheinbild bewahren konnte. Seine Frau war wie er, träge und verfeinert, sonst wäre sie in Kreta gefährlich gewesen. So aber, als ich hörte, daß sie die kleine Phädra aufgezogen hatte, die jüngste Tochter des Königs Minos, die aus dem brennenden Palast gerettet worden war, fand ich nichts daran auszusetzen, daß sie bei ihnen blieb. Ich hatte beabsichtigt, sie aufzusuchen, bevor ich absegelte, denn sie war ein reizendes Kind gewesen und hatte aus mir, als ich noch ein Stierjunge war, einen Helden gemacht, wie kleine Mädchen dergleichen tun. Doch es gab immer viel zu erledigen; im Hafen, als ich an Bord stieg, kaufte ich von einem Nubier einen Käfig mit hellen kleinen Vögeln aus Afrika und schickte sie ihr als Geschenk. Auf dem Heimweg machte ich mit meinen Onkeln und Vettern in Troizen halt, um meinen Großvater zu begrüßen. Zum ersten Mal, seit ich sein Haus verlassen hatte. Er stand auf dem Hafendamm und erwartete mich; ein hochgewachsener, gebeugter alter Kriegsmann in seinem Staatsgewand. Als ich ihn das letzte Mal gesehen hatte, geschah es, um den König von Pylos zu empfangen; und während wir auf den Gast warteten, hatte er mich fortgeschickt, ich solle mein Haar kämmen. Das war nun vier Jahre her, und ich war damals fünfzehn gewesen. Die jungen Leute spannten die Rosse aus und zogen den Wagen durch das Adlertor hinauf; Rosenblätter und Myrte fielen darüber und

Päane wurden gesungen. Auf den Stufen des Palastes stand wartend meine Mutter. Als wir uns voneinander getrennt hatten, war sie aus dem Heiligtum gekommen und hatte am Altar der Großen Mutter die Vorzeichen für mich entgegengenommen; damals hatten die Falbeln ihres Gewandes von Gold geklirrt, und über ihrem Diadem schwebte der Duft des Weihrauchs. Jetzt waren Bänder und Veilchen in ihrem Haar, und auch ihr Gewand war mit Blumen bestickt; in der Hand hielt sie einen Kranz, um mich damit zu krönen. Ihre Schönheit blendete mich; und dann, als ich näher trat, um sie zu küssen, sah ich, daß die letzte Blüte der Jugend verwelkt war.

Nach dem Fest in der Halle führte mein Großvater mich in sein oberes Gemach. Der Schemel, auf dem ich zu seinen Füßen gesessen, war nicht mehr da, sondern ein Stuhl war hereingebracht worden, den er den Besuchen von Königen vorbehielt.

»So, Theseus«, sagte er, »Großkönig von Attika, Großkönig von Kreta! Und was nun?«

»Großkönig von Kreta und König von Athen. Großkönig von Attika ist nur ein Wort, weiter nichts. Das kommt jetzt an die Reihe.«

»Das attische Gespann wird sich schwer zusammenfügen lassen; es ist rauh und widerspenstig. So wie sie jetzt sind, werden sie dir den Zehnten bezahlen und gegen deine Feinde kämpfen. In Attika ist das viel.«

»Zu wenig. Das Haus des Minos stand tausend Jahre, weil Kreta nur einem einzigen Gesetz gehorchte.«

»Und doch ist es gefallen.«

»Weil das Gesetz nicht genügte. Es hörte mit den Leibeigenen und den Sklaven auf. Mütter, die nichts zu verlieren haben, sind gefährlich.«

Er hob die Brauen. Es war der Blick eines Großvaters auf einen Knaben. Aber er sagte nichts mehr.

»Der König hätte sich um sie kümmern sollen«, erklärte ich.

»Nicht nur um sie zu beruhigen; aber sie waren ihm anvertraut. Sagen wir nicht, daß alle Hilflosen – die Waisen, die Fremden, die Bittenden, die nichts zu geben haben und nur beten können – Zeus, dem Erretter, heilig sind? Der König muß für sie die Verantwortung tragen; er ist dem Gott zunächst. Für die Leibeigenen, die landlosen Knechte, die Kriegsgefangenen, ja, sogar die Sklaven.«

Ihm fiel das Reden schwer. Schließlich sagte er: »Du bist jetzt dein eigener Herr, Theseus, und gleichzeitig vieler Menschen Herr. Aber ich habe länger gelebt, und dies sage ich dir: Nichts ist stärker in den Menschen als der Wille zum eigenen Besitz. Rühre daran, und du wirst dir Feinde machen, die nur ihre Stunde abwarten. Und bist du König, um fünf Jahre lang ruhig daheim zu sitzen? Hüte dich vor Bosheit hinter deinem Rücken!«

»Das will ich, Herr. Ich mag nicht, daß irgendwer gegen sein Wesen gezwungen werden soll. All die Gebräuche, die sie aus ihrem ersten Land mitgebracht haben, die kleine alte Gottheit an den Kreuzwegen, das Dorfopfer sind ein Dach für sie gegen den scharfen Wind. Auch ich habe die Verbannung kennengelernt. Sie aber leben in der Furcht; vom Häuptling bis zum Schweinehirten. Vor dem Räuber von jenseits des Berges, vor dem unterdrückenden Herrn, dessen Knechte den ganzen Tag schwitzen, um den Topf auskratzen zu dürfen, vor dem zänkischen Nachbarn, der streunende Schafe tötet und den Hirten schlägt. Ich will ihnen Gerechtigkeit geben zwischen Häuptling und Häuptling, Handwerker und Handwerker, wenn sie darum zu mir kommen. Ich habe Prokrustes getötet, um zu zeigen, daß ich Ordnung halten kann. Und ich glaube, sie werden kommen.«

Er nickte nachdenklich. Er war alt; aber wie jeder Mann, der sich auf seinen Beruf versteht, war er bereit, Neues zu hören. »Die Menschen könnten mehr sein, als sie sind«, fuhr ich fort.

»Das habe ich im Stierhof gelernt, als ich meine Mannschaft

einübte. Es gibt einen Glauben, es gibt einen Stolz, der handelt und dabei wächst.«

Ich sah, wie seine Stirne sich furchte. Er versuchte, mich, seinen Enkel, einen König, in jenem Leben zu sehen, das er nur aus Liedern und von Wandbildern kannte; ein edelsteingeschmückter Gaukler, der vor niedriggeborenen Mengen über Stiere springt, mit Menschen aus aller Welt ißt und schläft und sich einübt, mit Söhnen gehängter Seeräuber, barbarischen Skythen, wilden Amazonen, die im Krieg erbeutet worden waren. Daß ich Sklave gewesen war, empörte ihn derart, daß er keine Worte fand. Er war weiser als der Schlag der Stiermädchen und Stierjungen und viel besser; aber er begriff nicht. Kein Leben ließ sich mit jener Herrlichkeit im Staub vergleichen.

So erzählte ich ihm denn von den Taten seiner Söhne in der Schlacht, rühmte sie, wie sie es verdienten, denn ich wußte, daß er noch keinen Erben bestimmt hatte. Sie alle waren Söhne seiner Palastfrauen; von den Kindern seiner Königin hatte nur meine Mutter die Kinderjahre überlebt. Als Knabe, bevor ich meine eigene Berufung kannte, hatte ich geglaubt, er würde mich erwählen; doch man konnte nicht erwarten, daß er das Land einem König in der Fremde überließ, und ich wollte ihm zu verstehn geben, daß ich nicht mehr daran dachte.

Danach ging ich meine Mutter aufsuchen. Man sagte mir, sie sei zum Opfer gegangen. Ich fragte, ob denn niemand wisse, wo sie sei, denn die Nacht brach herein. Doch man erklärte, ich würde sie bei Sonnenaufgang im Wald des Zeus finden. Und so sah ich mich nach einem Mädchen um, das mich merken ließ, daß es mich nicht vergessen hatte, und ging zu Bett.

Am Morgen wanderte ich durch die bewaldeten Hänge, auf dem Pfad längs des Baches. Zuerst waren die Wälder locker, und in den Lichtungen hallte es von Vogelgezwitscher. Dann aber wuchs der alte Wald hoch auf, und die Kronen schlossen sich zusammen. Die Grashalme waren dünn und blaß, und nasse, schwarze Eichenblätter häuften sich aus dem Herbst vieler Jahre, Wurzeln krümmten sich wie steifgewordene Schlangen. Ich verfolgte den gewundenen Pfad, der nie ganz freigelegt wurde, aber auch nie völlig überwachsen war, bis ich zu der heiligen Stätte kam, wo Zeus die Eiche gefällt hatte. Sie hatte vor ihrem Tode einen weiten Raum geschaffen, und hier war der Himmel immer noch offen. Zwischen ihren Wurzeln war der Stein, wo mein Vater seine Andenken für mich vergraben hatte, wenn ich mannbar würde. Meine Mutter stand daneben.

Lächelnd trat ich näher, dann sanken meine Arme herab. Sie hatte ihr priesterliches Gewand angelegt und das hohe Diadem mit den goldenen Schlangen. Ich sah, daß sie für irgendeinen heiligen Brauch gereinigt war und nicht von der Hand des Mannes berührt werden durfte. Bevor ich sprechen konnte, machte sie mir mit einem Blick ein Zeichen. In dem Hain standen noch zwei Priesterinnen, eine alte Frau und ein Mädchen von dreizehn oder vierzehn Jahren. Sie hatten einen zugedeckten Korb, wie man ihn benützt, um heilige Dinge zu tragen; die Alte flüsterte dem Mädchen etwas zu, das mit großen Augen an ihr vorbei auf mich schaute.

»Komm, Theseus«, sagte meine Mutter. »Dieser Ort gehört Zeus und ist für Männer da; wir müssen zu einem andern Heiligtum.«

Sie wandte sich zu einem Pfad, der tief ins Dickicht führte. Die Feder eines Nachtvogels schien mich kalt zu streifen.

»Was ist das, Mutter?« fragte ich.

»Dies ist nicht der Ort zu sprechen«, erwiderte sie. »Komm!« Ich folgte ihr in die grünen Schatten; außer Sichtweite hörte ich die alte Frau und das Mädchen murmeln oder über Zweige und Blätter gehn. Jetzt kamen wir zu einem hohen, grauen Felsen. Es war etwas darin eingemeißelt, uralt und verwischt, ein großes, offenes Auge. Ich blieb stehn, ich wußte, daß dies die Stätte der Göttin war und den Männern verboten. Der Pfad wand

sich weiter, doch ich schaute nicht mehr hin und wartete. Die Priesterinnen hatten sich auf einen bemoosten Stein gesetzt. Sie konnten uns nicht hören. Selbst jetzt sprach meine Mutter nicht.
»Mutter«, begann ich, »warum hast du mich hierher vor sie gebracht? Habe ich nicht auf ihrem Boden gefront und gelitten und mit dem Leben in den Enden meiner Finger gelebt? Ist das nicht genug?«
»Still! Du weißt, was du getan hast.« Sie warf einen Seitenblick nach dem Stein und dem Pfad dahinter und zog mich ein wenig tiefer in den Wald; ganz sacht ging sie, und ihre Stimme war nur ein Flüstern. Als ich neben ihr stand, merkte ich, daß ich in Kreta um einen Zoll gewachsen war. Doch ich fühlte mich darum nicht größer.
»In Eleusis, als du mit dem Jahreskönig gerungen hast und er tot war, hast du die heilige Königin geehelicht. Doch bevor dein Jahr um war, hast du sie gestürzt und die Herrschaft der Männer eingesetzt. In Athen ist Medea, die Hohepriesterin, vor dir geflohen, um ihr Leben zu retten …«
»Sie versuchte, mich zu ermorden!« Ich sprach nicht sehr laut, doch in der Stille war es, als schriee ich. »Die Königin von Eleusis hatte sich mit ihr verschworen, daß ich von meines Vaters Hand sterben sollte. Hast du mich darum zu ihm geschickt? Du bist meine Mutter!«
Sie drückte die Hand an den Kopf; dann sagte sie: »Ich bin hier eine Dienerin, ich spreche, wie mir befohlen wird.« Sie seufzte tief. Diese lastende Schwere war es, mehr als ihre Worte, was mein Blut gefrieren ließ. »Und in Kreta hast du die dreimal heilige Ariadne, die Göttin auf Erden, aus dem Heiligtum der Mutter geraubt. Wo ist sie jetzt?«
»Ich habe sie auf Naxos gelassen, im Heiligtum der Insel. Kennst du die Bräuche dort, Mutter? Weißt du, wie der Weinkönig stirbt? Sie stürzte sich hinein wie ein Fisch in das Meer, obgleich sie doch in Sanftheit erzogen war und nichts von solchen Dingen

wußte. Es ist verdorbenes Blut in dem Haus des Minos. Wenn ich Nachkommen zeuge, will ich mein Königreich einem besseren Geschlecht hinterlassen.«

Ich spürte das große Auge auf dem Felsen, das sich in meinen Rücken bohrte, und wandte mich um, wollte seinem Blick begegnen. Es schaute mich an, ein trockenes, steinernes Auge. Dann hörte ich ein Geräusch und sah, daß die Augen meiner Mutter weinten.

Ich streckte die Hand aus, aber sie trat zurück, hatte einen Arm gehoben, um mir zu wehren, mit dem andern verbarg sie ihr Gesicht.

Nach einer Weile sagte ich: »Du hast mich, als ich ein Kind war, eine gütigere Göttin kennen gelehrt.«

»Damals hast du ihr gehört.« Das Auge starrte an mir vorbei.

Ich drehte mich um und sah die beiden Priesterinnen, die mich beobachteten. Der ganze Wald schien nichts als Auge zu sein. Meine Mutter wandte sich zu dem Stein und machte ein Zeichen. Dann bückte sie sich, wühlte auf dem Boden und erhob sich, beide Hände voll. Die eine hielt eine sprossende Eichel, die andere tote Blätter, die verwesten. Sie legte sie nieder und nahm schweigend meinen Arm. Dann führte sie mich ein Stückchen weiter. Durch die Bäume spähend, erblickte ich junge, spielende Füchse, reizende, geschmeidige Tiere. In ihrer Nähe lag auf dem Boden halb gefressen ein junger Hase. Meine Mutter wandte sich wieder zu dem Stein. Die Haare auf meinem Arm hoben sich in einer Gänsehaut und regten sich in dem schwachen Wind des Waldes.

»Was muß ich ihr also opfern?« fragte ich.

»Ihr Altar ist in ihren Kindern. Sie nimmt, was ihr zukommt.«

»Poseidon ist mein Geburtsgott«, sagte ich. »Apollo hat mich zum Manne gemacht und Zeus zum König.«

»Apollo, der alle Mysterien versteht, sagt auch: ›Nichts zu viel!‹ Er ist das Wissen, Theseus; doch sie ist es, was er weiß.«

»Wenn Gebete sie nicht rühren können, wozu hast du mich hierhergebracht?«
Sie seufzte und sagte: »Alle Götter lassen sich durch das vorgeschriebene Opfer rühren.« Sie wies auf den Pfad, der hinter den Felsen führte. »Das Küstenvolk sagt, bevor die Götter ihre Väter aus hingestreuten Kieseln gemacht hätten, sei dies das Heiligtum der erdgeborenen Titanen gewesen, die auf den Händen liefen und mit Baumstümpfen kämpften.«
Ich hätte gesprochen, obgleich ich nichts zu sagen hatte; nur um sie zu dem zurückzurufen, was ich wußte; sie war, während ich mein Leben gelebt hatte, in tieferes Wasser getaucht. Sie war nur Seherin und Priesterin. Sie trat zu dem starrenden Felsen, und ich folgte ihr benommen. Die beiden Priesterinnen waren aufgestanden und kamen uns nach.
Vor dem Felsen sagte sie: »Wenn wir durch das Tor geschritten sind, so sag nichts von dem, was du hörst oder siehst. Kein Mann darf hier sprechen. Ein Opfer wird dir gegeben werden. Bring es schweigend dar. Vor allem, enthülle nicht, was verborgen ist. Die dunkle Mutter zeigt sich den Männern nicht.«
Hinter dem Felsen führte der Pfad in einen Graben, das tiefe Bett eines alten Bachs. Oberhalb der steilen Hänge trafen sich die Kronen; die Schatten waren grün und wäßrig; die Steine schienen trocken zu sein, bis man in einen verborgenen Pfuhl trat oder ein geheimes Rieseln hörte. Die Felsen verengten sich; es war ein Strick darübergespannt, in einem seltsamen Knoten geknüpft. Meine Mutter zog irgendwo daran, und der Knoten löste sich. Als wir daran vorübergingen, legte sie einen Finger auf die Lippen.
Jetzt glitten unsere Füße knöcheltief im Wasser, die Klippen ragten dreimannhoch über unsern Köpfen. Dann öffneten sie sich; wir waren auf einem runden, felsenumstandenen Raum, an dessen Seiten Bäume wuchsen. In dem entferntesten Steinwall,

ein wenig abseits, war eine Höhle. Der Bach strömte plätschernd und murmelnd daraus hervor; und moosige, flache Stufen führten aufwärts nach dem Dunkel im Innern.

Meine Mutter wies auf eine Stelle zwischen zwei Felsblöcken. Ich ging hin, mein Rückgrat war kalt geworden, doch hier war nur ein Wildschwein angebunden. Ich schleppte es hinaus. Vor einer Pfütze unterhalb der Stufen stand die alte Priesterin mit einem Messer. Auf dem Stein war schwarzes Blut. Der Eber grunzte und zerrte; der Gedanke an sein Brüllen ließ mich frieren. Ich gebrauchte meine ganze Kraft und schnitt ihm den Hals bis zur Luftröhre durch. Sein Atem zischte, und das Blut rann auf die Erde. Er starb, und ich sah in der Öffnung der Höhle drei wartende Gesichter: das junge Mädchen, die Frau, die alte Priesterin. Meine Mutter winkte.

Es war dunkel in der Höhle. Ging man weiter, so senkte sie sich in die Nacht. Der Bach hatte die eine Seite geglättet und sie zu einem gelbrot gefleckten Bett gemacht. Körbe standen auf dem Boden, aus Fasern, aus verschrumpften Wurzeln und Blättern; einige waren bedeckt. An den schattigen Wänden hingen undeutliche Dinge, Stoff oder Gewänder oder Säcke aus gegerbtem Leder. An der andern Seite des Baches, hinter einem vorspringenden Felsen, der das Licht hemmte, war ein Vorhang aus Ziegenfell vor einem hölzernen Rahmen. Darunter schaute ein Stein hervor wie der Fuß eines Altars.

Nun begannen sie die Riten der Versöhnung. Ich wurde mit dem Blut des toten Ebers gezeichnet, dann mit dem Wasser des Baches gewaschen; mein Kopf von der Alten, meine rechte Hand von meiner Mutter. Dann kam das junge Mädchen, um meine Linke zu waschen. Sie war dunkel und schlank, ein Mädchen aus dem Küstenvolk mit Augen wie ein Waldbach, scheu und unbehütet. Sie sahen mich an, als sie jetzt auf mich zukam, in einem Schlendergang wie ein junger Hund und ebenso zierlich gewachsen. An diesem ehrfurchtgebietenden Platz

hatte ich meine Taten und meinen Ruhm vergessen. Doch dieses Mädchen dachte daran.
Ich ließ die Hand sinken. Sie hielt inne, dann nahm sie sie schüchtern zwischen ihre, um sie zu waschen. Ihre Stirne errötete, dann ihr Gesicht, dann ihre Brust. Doch sie hielt die Augen gesenkt und stellte ihren Krug säuberlich zur Seite.
Die Riten waren lang. Die Frauen kamen und gingen zu dem abgeschirmten Altar. Dinge wurden herausgebracht, mit Weihrauch bestreut, besprenkelt, zurückgetragen und verborgen. Ich beobachtete meine Mutter und erinnerte mich, wie ich sie in meiner Kindheit Jahr um Jahr gesehen hatte, prächtig gekleidet, die edelsteingeschmückten Gewänder schwingend und klirrend, wie sie das Ernteopfer im hellen Sonnenlicht auf der Dreschtenne dargebracht hatte. Und immer hatte sie diese Geheimnisse im Herzen gehegt.
Hinter dem Vorhang knisterte ein Feuer; es roch nach brennendem Gummi und Blättern. Der scharfe Rauch reizte meine Nase und meine Kehle. Wo ich erst Ehrfurcht empfunden hatte, da begann ich jetzt überdrüssig zu werden. Das junge Mädchen verschwand hinter dem Schirm, und ich wartete auf ihre Rückkehr und dachte an ihre jungen, üppigen Schenkel und an die weichen Brüste. Sie kam, und zufällig oder weil sie nicht anders konnte, begegneten unsere Blicke einander. Meine Mutter sah nicht hin; ich lächelte und spitzte meine Lippen zu einem Kuß. Verwirrt sah sie zu Boden; und da sie nicht darauf achtete, wohin sie ging, streifte sie den Schirm mit der Schulter. Er schwankte und fiel um.
Im Stierhof und draußen hatte ich jenes letzte Jahr ein hartes Leben gehabt, das von meinem flinken Auge abhing. Ich hatte geschaut, bevor es mir bewußt wurde.
Die Göttin saß auf dem Altar, auf einem kleinen Thron aus bemaltem Holz. Doch sie selber war aus Stein. Sie war rund und hatte Grübchen, gleichzeitig Frau und Stein. Mit zwei Händen

hätte man sie umspannen können. Die Leibesmitte war nicht schmal, denn sie trug ein Kind; ihre Ärmchen waren zwischen dem großen Bauch und den schweren Brüsten gefaltet, ihre kräftigen Schenkel verjüngten sich zu kleinen Füßen. Sie war unbemalt, unbekleidet, ungeschmückt; ein kleiner, runder, grauer Stein. Ein Gesicht war nicht zu sehen; es neigte sich auf ihre Brüste, und nur rohgemeißelte Locken waren zu erblicken. Und doch erschauerte ich und schwitzte; sie war so alt, so alt. Der Eichenhain des Zeus wirkte neben ihr, als wäre er im Frühling entsprossen. Die Erde hätte sie aus sich selbst erschaffen haben können, bevor die Hand des Menschen überhaupt zu meißeln vermochte.

Meine Mutter und die Alte waren auf den Schirm zugeeilt und stellten ihn wieder zurecht. Die alte Frau machte allerlei Zeichen gegen das Übel. Das Mädchen hatte sich an die Wand der Höhle gedrängt, die Augen starrten, die Finger hatte sie vor den Mund gehoben; sie stand im Bach. Der rote Schlamm befleckte ihre Füße wie mit Blut. Ich wagte an diesem heiligen Ort nicht zu sprechen, in meinem Blick war Mitleid, aber sie stand steif da und sah nichts.

Schließlich kam meine Mutter hinter dem Schirm hervor, das Gesicht leichenblaß und Aschenflecke auf der Stirn. Sie winkte mir und ging die Stufen hinunter. Ich wartete stumm. Über meine Schulter sah ich die beiden Priesterinnen, die jetzt nicht mehr beisammen waren. Die alte Frau hielt sich in der Nähe, suchte offenbar Tröstung. Das Mädchen aber war allein und in weiter Ferne.

Wir gingen an dem Felsen mit dem Auge vorüber und kamen auf ungeweihten Boden. Meine Mutter setzte sich auf einen Felsen und senkte das Gesicht in die Hände. Ich glaubte, daß sie weinte; doch sie sagte:

»Es ist nichts; es wird vorübergehn.«

Und ich sah, daß sie der Ohnmacht nahe war. Jetzt straffte

sie sich. Während ich wartete, hielt ich Ausschau nach dem Mädchen.
»Wo ist sie, Mutter?« fragte ich. »Was wird mit ihr geschehen?«
Sie antwortete halb abwesend, denn noch immer war sie schwach und elend: »Nichts; sie wird sterben.«
»Sie ist zu jung, als daß man Hand an sie legen dürfte«, sagte ich.
Meine Mutter preßte die Hand an den Kopf, als schmerzte er.
»Sie wird sterben, das ist alles. Sie stammt aus dem Küstenvolk; wenn sie ihren Tod erblicken, so sterben sie. Das ist das Ende; es war ihr Schicksal.«
Ich tastete nach ihrer Hand, die jetzt wärmer war; auch kehrte die Farbe wieder in ihr Gesicht zurück. Da sagte ich denn:
»Und was ist meines?«
Sie zog die Brauen zusammen und legte die Finger flach auf die geschlossenen Augen. Dann senkte sie ihre Hände in den Schoß und saß aufrecht da. Ihr Atem ging tief und schwer; ihre Augen waren tot wie Marmor, auf mich gerichtet. Ich wartete allein. Endlich kam ein großer Seufzer, wie ihn Kranke manchmal hören lassen oder Männer, die auf dem Feld verbluten. Ihre Augen öffneten sich und erkannten mich. Doch sie bewegte den Kopf, als wäre sein Gewicht zu schwer zu tragen, und alles, was sie sagte, war:
»Geh heim und verlaß mich. Ich muß schlafen.«
Ich war nicht imstande zu sagen, ob die Schau über sie gekommen war oder ob sie sich erinnern konnte. Sie legte sich dorthin, wo sie war, auf die trockenen Blätter des Waldes wie ein Krieger nach der Schlacht oder ein erschöpfter Sklave. Ich blieb neben ihr stehn, denn ich ließ sie nicht gern in der Wildnis allein, doch die alte Frau trat näher, legte den Mantel über sie, wandte sich zu mir und schaute mich an. Da ging ich denn.
Während ich durch den Wald schritt, spähte ich zwischen den Bäumen, ob ich die junge Priesterin erblicken könnte. Doch ich sah sie nie wieder.

5

Fünf Jahre dauerte es, bis ich ganz Attika dem Gesetz unterworfen hatte. Nur selten habe ich so hart gearbeitet. Im Krieg reißen einen die Hitze des Gefechts und die Hoffnung auf Ruhm fort; im Stierhof ist es der Jubel, sind es die Wettenden, ist es das Leben der Mannschaft. Diese Tätigkeit aber war einsam und schleppend und geduldig wie das Meißeln eines Standbildes aus einem unreinen Block, dem man nachgeben muß, um endlich doch die Gestalt des Gottes zu erhalten.

Stamm nach Stamm, Sippschaft nach Sippschaft – ich ging zu ihnen allen, aß mit ihren Häuptlingen, jagte mit ihren Großen, wohnte ihren Versammlungen bei. Manchmal, um von den Schweigenden eine Meinung zu hören, ging ich allein wie ein verirrter Wanderer, bat um Unterkunft bei einem Fischer oder auf einem steinigen Berghof, teilte mit ihnen den Ziegenkäse und das harte Brot und schwatzte mit ihnen über die kleinen Alltagssorgen, über den geizigen Gutsherrn und die kranke Kuh.

Immer bevor ich mich zu erkennen gab und damit mein kleines Wunder vollbrachte, fragte ich nach dem Altar des Ahnengottes oder der Göttin und brachte ein Opfer dar. Das gefiel meinen Gastfreunden und nützte mir sehr. Diese einfachen Menschen, in ihren Hügelfalten eingeschlossen, kannten die ersten Namen der Götter nicht, wußten nicht, daß diese Götter überall verehrt wurden, sondern verwendeten irgendwelche fremdländischen Titel aus der früheren Heimat; oft dachten sie anscheinend sogar, ihr Zeus gehöre nur ihnen, und der Zeus im nächsten Tal sei sein Feind. Und das Schlimme daran war, daß es den Orts-

gewaltigen zum König machte. Natürlich war er der Hohepriester des Gottes oder der Gatte der Göttin; wie sollte er dem Diener eines andern Gottes Ergebenheit schwören?
Mit einer schwierigen Frage kann man nichts Besseres tun, als sie vor Apollo zu bringen; und just in jener Nacht sandte er mir seine Hilfe. Ich träumte, daß ich meine Leier schlug, was ich in der letzten Zeit vernachlässigt hatte, und daß ich etwas Wunderschönes sang. Beim Erwachen hatte ich das Lied vergessen; doch ich verstand, was der Traum bedeutete, und wie der Gott mir helfen wollte.
Ich versuchte es zunächst selber, kleidete mich wie ein Rhapsode für arme Leute, der für sein Singen nur ein Abendessen und ein Lager erbittet. Ich sang ihnen ein Lied von Peleia Aphrodite, die sie in einer andern Form verehrten. Doch sie erkannten sie in dem Lied, die Schaumgeborene mit ihren Tauben und dem Zaubergurt, und ich berichtete in dem Lied, wie der König ihr ein Heiligtum in Athen gebaut, zum Dank dafür, daß sie ihm aus Kreta in die Heimat geholfen hatte. Diesmal verzog ich mich, ohne meinen Namen zu nennen; es hatte mir geschmeichelt, meinen Gesang von Leuten loben zu hören, die sich dadurch keine Gunst erwerben wollten. Sie gaben mir Wein und ein gutes Rückenstück, und mehr noch, ein hübsches Mädchen, dem ich während des Singens zugezwinkert hatte, kam, als das Haus ruhig geworden war, in mein Bett geschlüpft. Ja, mein Plan hatte Apollos Segen gefunden!
Da rief ich denn die Rhapsoden zusammen. Ich bezahlte sie gut, denn ihre Tätigkeit würde sie zu Leuten bringen, die weit unter ihnen standen. Wenn aber ich es tun konnte, so konnten auch sie es tun. Überdies konnten sie merken, daß in Athen der Ruhm auf sie wartete, wenn dort einmal die bedeutendsten Heiligtümer aller Götter standen. Sie waren mit mir darin einig, daß kein anderer Dienst den Unsterblichen gefälliger sein konnte; und sie machten ihre Sache sehr gut.

Ich aber mußte selber zu den Stammesführern gehn, und das war oft langweilig. Man mußte sich an die Taten ihrer Väter erinnern, mußte wissen, von welchem Gott sie abstammten, die Erbstücke in der Halle bewundern, das ermüdende Singen erdulden, das irgendein Schmarotzer anstimmte und auf der Leier begleitete. Und nie einen Blick auf die Frauen! Ich hatte einen Ruf als Frauenfreund, und wo ein anderer das Pferd hinausführen durfte, wie man so sagt, durfte ich nicht einmal das Zaumzeug ansehen, ohne der Familie eine panische Angst einzujagen. Das konnte man bald satthaben. Oft sehnte ich mich nach einem Menschen, mit dem ich Gedanken austauschen konnte; doch ihre Herzen hingen an den winzigen Dingen, sie hätten mich für einen Träumer gehalten, und so mußte ich allein planen.

Eines Sommertags fuhr ich zu meiner großen Weide in der Ebene von Marathon hinunter. Es war Königsland; mein Vater hatte aus Angst vor Räubern kein Vieh dort weiden lassen, denn es lag gegen die See völlig offen. Doch ich hatte es urbar machen und die Steinfalten überdecken lassen; und dort war das Stierkalb aufgewachsen, das Hekalines Kuh mit Hilfe des kretischen Bullen bekommen hatte. Es war jetzt drei Jahre alt, und seine Abstammung war unverkennbar; die Kälber des letzten Jahres wuchsen heran, und ein Dutzend Kühe war trächtig. Seines dunkelroten Maules wegen hatte ich ihn Oinops genannt.

Ich kam allein durch die Olivenhaine, als ich über den Kronen den Rauch von Feuerzeichen aufsteigen sah und die Hörner hörte. Mein Wagenführer machte halt, und die Reiter hinter uns blieben stehn. Er sagte:

»Seeräuber, Herr!«

Ich schnupperte den Rauch. Das war, seit dem Fall Kretas, etwas Neues auf der See; oder vielmehr etwas Altes war wieder zu Kräften gekommen. Wenn die kretischen Kapitäne gekommen waren, um den Tribut einzuziehen, hatten sie erklärt, das

brauchten sie, um das Meer von Seeräubern freizuhalten. Daran war etwas Wahres gewesen.
Mein Wagenführer sah mich ernst an. Das hieß: ›Warum fährst du so unbehütet? Ich sagte dir, dein Vater hätte seine Leibwache mitgenommen, wenn er so weit fahren wollte.‹
»Komm! Schnell!« sagte ich. »Wir wollen einmal nachsehen!«
Wir fuhren weiter und stießen auf einen jungen Burschen, der uns entgegenlief; er war der Sohn eines kleinen Stammeshäuptlings in der Gegend. Er schob das flachsblonde Haar von der feuchten Stirne – er war etwa dreizehn – und keuchte atemlos:
»Herr! Mein König! Wir haben dich vom Turm aus gesehen. Mein Vater sagt, ich solle mich beeilen, damit es dir beliebt, unser Haus zu beehren, Herr. Die Seeräuber landen!«
Ich streckte einen Arm aus und hob den Burschen in den Wagen.
»Was haben sie für Segel? Welches Wappen führen sie?« Diese Frage wurde immer gestellt. Manche Seeräuber waren nichts als ein halsabschneiderisches Gesindel, zufrieden, den nächsten Bauernhof einzuäschern, die Wintervorräte zu stehlen und die Bewohner in die Sklaverei zu verkaufen. Doch es gab auch Leute aus vornehmem Geschlecht, jüngere Söhne, Krieger, darauf bedacht, ihre Lage zu verbessern; sie würden einen richtigen Krieg daraus machen und niedrige Beute verschmähen. Da konnten wir ja heute manches erleben.
Knaben in diesen Jahren wissen alles.
»Drei Schiffe, Herr, mit einem roten Flügelroß. Das ist Pirithoos, der Lapithe.«
»Der Mann hat also einen bekannten Namen?« fragte ich.
»O ja, Herr, er ist der Erbe des Königs von Thessalien. Es heißt, daß er im Norden ein großer Pferderäuber ist, doch manchmal sticht er auch in See. Pirithoos, den Räuber, nennt man ihn. Mein Vater sagt, daß er aus Liebe zum Unfrieden kämpft. Er wartet nicht, bis er Fleisch braucht.«

»Sein Wunsch kann erfüllt werden«, sagte ich. »Wir müssen vor ihm bei deinem Vater sein.«
Ich hieß den Führer absteigen, der am schwersten war, und ließ die Pferde laufen. Während wir immer schneller weiterfuhren, sagte der Bursche:
»Er ist hinter deinem Vieh her, o König. Er hat es sich zugeschworen.«
Als ich ihn fragte, woher er das wisse, nannte er mir einen Fischerjungen drüben aus Euboia, wo die Schiffe Wasser eingenommen hatten. Oft, wenn ich die Torheit der Erwachsenen sehe, wundere ich mich, was aus solchen Burschen später wird.
»Das ist aber ein frecher Hund«, sagte ich. »Seine Beute im voraus zu zählen!«
Er hatte sich zähneklappernd an der Brüstung festgehalten, denn die Straße war rauh; jetzt aber sah er mir in die Augen.
»Er will dich seines Ruhmes wegen herausfordern, Herr, denn du bist der größte Krieger der Welt!«
Aus dem Mund eines Stellungsuchenden in Athen wäre das gleichgültig gewesen, hier aber klang es, wie wenn die Zuhörer in den fernen Höfen gesagt hatten: »Sing doch weiter!«
»Nun, das muß anscheinend erprobt werden«, sagte ich.
Als wir uns dem Dorf näherten, stieg der Rauch höher und tönten die Hörner lauter; die Leute schlugen auf Töpfe und Pfannen und alles Metallene, was sie nur finden konnten, wie sie das machen, um sich gleichsam zu erleichtern, wenn eine Gefahr droht. Im Haus des Häuptlings war die Spitze des Turmes voll von spähenden Frauen. Weiter draußen hörte man Geschrei und das Gebrüll der Rinder.
Der Häuptling kam mir zum Tor entgegen. Von weitem hatte er gesehen, daß ich nur wenige Männer bei mir hatte. Er fürchtete, ich würde ihm seine nehmen, sie in der Schlacht verlieren, und er bliebe allein. Ich nahm ihm keine, schickte aber einen Reiter zur Kundschaft aus. Er kam zurück, doch er war nur bis zu den

Weiden vorgedrungen. Dort gab es zwei Verwundete; die übrigen Rinderhirten waren davongelaufen. Das Tor des Pferchs war aufgebrochen und die Sonnenherde fort; und die Seeräuberbande hatte sich wieder zu ihren Schiffen gewendet. Der Bursche hatte recht gehabt.
»Die Zeit drängt«, meinte ich. »Hast du zwei frische Pferde?«
Er gab mir zwei; die einzigen Wagenpferde, die er besaß. Ich sah, daß die Reiter nicht lange mit mir Schritt halten würden; die starke thessalische Rasse war damals im Süden selten, und keines ihrer Pferde würde einen Mann lange tragen. Doch man konnte ja nicht sitzenbleiben und nichts tun.
Als wir den olivenbestandenen Hang zur Ebene hinunterfuhren, sah ich, wie der Sohn des Häuptlings einen Pfad heruntergelaufen kam und winkte.
»Herr! Herr! Ich habe sie gesehen. Ich bin dort auf die Pinie geklettert. Nimm mich mit, Herr, und ich zeige dir, wo sie sind.«
»Jetzt ist Krieg«, sagte ich. »Hast du die Erlaubnis deines Vaters?«
Er schluckte und sagte kräftig: »Ja, Herr.«
Und als er mich zögern sah, fügte er hinzu: »Irgendwer muß dir doch die Pferde halten, Herr, während du kämpfst!«
Ich lachte und zog ihn herauf. Es ist besser, den Krieg frühzeitig bei Freunden zu lernen als spät von Feinden.
Ich fuhr weiter, und als die Reiter zurückblieben, winkte ich ihnen zu, bevor ihre Tiere erschöpft waren. Jetzt konnte man von einer offenen Stelle am Hang auf die Ebene sehen. Der Knabe wies mit dem Finger.
An dem geschwungenen Strand der Bucht lagen drei lange, schlangenköpfige Schiffe, mit Steinankern befestigt, wie das Piraten tun, die die Taue einfach durchschneiden, um schnell davonzukommen. Es war eine starke Wachabteilung zurückgeblieben. Seeräuber haben keine Ruderer bei sich, die nicht auch Krieger sind, und etwa die Hälfte ihrer Kräfte mußte bei den

Schiffen geblieben sein, etwa achtzig Mann. Die andern hatten wohl einen Einfall tief ins Land geplant, um solcher Vorsicht zu bedürfen. Zumeist holen sie sich das als Beute, was sie von der Küste aus erblicken können.
Der Lärm drang bis zu mir. Ich nahm die nächste Biegung, und dann konnte ich die Räuber sehen. Sie trieben die Herde wie Männer, die sich darin wohl auskennen. Während ich sie beobachtete, gab es eine Stockung; sie drängten sich zusammen, zogen hin und her, und dann flog einer in die Höhe. Es war der Stier, der es seinen Ahnen gleichtun wollte. Doch die Aussichten waren gegen ihn, derzeit hatten sie ihn mit mehr Stricken gebunden und stießen ihn mit Speeren vorwärts. Ich zählte die Hörner und merkte, daß sie nur die kretische Herde genommen hatten, und von ihr nur die besten Tiere. Sie konnten sich leicht davonmachen, bevor Krieger zu Fuß sie erreichten.
Ich legte die Hand über die Augen. Ein Mann stand abseits, winkte, erteilte Befehle. Sein Helm schimmerte silbern. ›Das ist Pirithoos‹, dachte ich. ›Der Mann ist ausgezogen, um die hellenischen Küstenländer zu plündern und sich zu rühmen, wie er den Theseus an der Nase geführt hat.‹
Ich wandte mich zu dem Knaben.
»Du kannst jetzt absteigen. Ich gehe auf ihn los.«
»Nein, nein, Herr!« rief er.
»Warum nicht? Ein Mann muß kämpfen, wenn er herausgefordert wird. Der Bursche hat vermutlich nicht damit gerechnet, daß ich allein komme; ist er aber ein Krieger und auf seinen Rang bedacht, so muß er sich mir stellen und darf nicht seine Bande auf mich hetzen. Ist er kein Edler, so habe ich eben Pech gehabt. Doch das trifft uns ja nur ein einziges Mal.«
»Aber, Herr«, sagte er, »ich habe ja nur gemeint, daß du mich nicht fortschicken sollst.«
»Wir wollen keine Zeit verlieren! Du hast mich gehört. Steig ab!«
»Ich bin doch jetzt dein Krieger«, sagte er, griff nach der Brü-

stung und wurde rot, als wollte er weinen. »Du hast mich für die Pferde mitgenommen. Ich muß jetzt mit dir in den Kampf gehn, sonst verliere ich meine Ehre.«

»Nun, das ist schon ein Grund«, mußte ich zugeben. »Aber auf diese Art macht man keine alten Knochen. Gut denn, gehen wir unserm Schicksal entgegen. Halt fest!«

Wir rumpelten den Hang hinunter in die Ebene, dort konnten wir rasch fahren. Der leichte Wagen hopste und hüpfte über die Schollen. Die Sonne schien hell. In Marathon fühlte ich mich immer glücklich. Die Pferdehufe stampften, meine Waffen klirrten um mich, mein Schild hemmte den Wind, ich gab ihn dem Knaben. Er hielt ihn mit einer Hand, klammerte sich mit der andern fest und trank mit offenem Mund den Luftzug unserer Geschwindigkeit.

Die Seeräuber hatten sich umgewandt und schauten. Sie waren große, behaarte Männer mit gebogenen Beinen, wie sie Lapithen haben, weil sie aus dem Mutterleib sofort auf ein Pferd steigen. Schreiend wiesen sie auf mein Gespann; ich erinnerte mich daran, daß sie berüchtigte Pferdediebe waren, und meinte, daß es doch erniedrigend wäre, wenn sie mich gerade deswegen umbrächten. Was sie redeten, verlor sich zur Hälfte im Gestrüpp ihrer Haare, denn zur See schaben sie ihre Oberlippe nicht, wie die Hellenen es tun, noch ihre Wangen, sondern lassen sich die Bärte wachsen. Bei manchen reichten die Bärte schon bis zur Mitte des Leibes.

Die Herde stapfte umher, die Lapithen riefen einander in ihrer Mischsprache aus altem Hellenisch und Seeräuberausdrücken zu. Bei all dem Lärm hatte der Führer mich noch nicht erblickt; die Herde war dazwischen. Es war durchaus möglich, daß einer dieser Raufbolde mich vorher mit seinem Wurfspieß erledigte. Ich erinnerte mich daran, daß der Stier auf seinen Namen hörte, rief laut: »Oinops!« und das Tier blieb wie angemauert stehn.

Der Führer mit dem schimmernden Helm kam just zur rechten

Zeit herbeigeeilt; einer der Seeräuber war ein Bogenschütze und hatte schon einen Pfeil an die Sehne gelegt. Der Häuptling stieß ihn zur Seite, daß der Mann taumelnd zurückwich, und rief seinen Waffenträger, der ihm Speer und Schild brachte.
Er mochte vierundzwanzig sein, war größer als die übrigen, trug einen kurzgestutzten, schwarzen, kleidsamen Bart, sonst aber war er glattgeschabt wie ein Hellene. Er hatte dunkle Brauen, deren äußere Enden sich aufwärtshoben wie die Flügel eines Habichts, und seine Augen waren hellgrün, beinahe golden – wild, leuchtend, wachsam wie die eines Leoparden, nur daß Tiere nicht lachen. Er schwang seinen Speer und rief mir in reinem Griechisch, wenn auch mit einer breiten, oberländischen Aussprache, zu:
»He! Zurück da! Wer bist du?«
Seine Gewandung war üppig, aber ein wenig nach alter Art: große Knäufe aus wohlbearbeiteter Bronze, einen Helm aus geglättetem Silber, einen Umhang aus einem Löwenfell mit Zähnen und Klauen. Um den rechten Arm wand sich eine lange, blaue, in die Haut geätzte Schlange, wie das Sitte der Thrazier ist. Doch die Lapithenkönige hatten sich häufig mit Mädchen aus griechischen Häusern verheiratet; sie kennen die richtigen Namen der Götter und die berühmten Schlachtlieder und die Gesetze des Krieges.
Ich rief: »Ich bin Theseus, der Mann, den du aufsuchen wolltest.«
Er grinste, und die Spitzen seiner Brauen hoben sich noch höher.
»Ein glückliches Zusammentreffen, König Theseus. Fühlst du dich einsam so weit vom Hause?«
»Warum sollte ich«, erwiderte ich, »wenn ich gute Gesellschaft finden kann? Ich bin gekommen, um meine Rinder zurückzuholen. Laßt sie, wo sie sind. Da ihr Fremde seid, will ich von einer Buße absehen.«

Die Seeräuber wieherten und kamen angerückt. Doch er schrie sie an, und sie wichen wie guterzogene Hunde.
»Dein Stier kennt dich anscheinend. Habt ihr einander gefehlt?« Er fügte einen bäurischen Scherz hinzu, so grob, daß es dem Knaben einen Ruck gab. Dem Gelächter seiner Leute konnte ich anhören, daß sie sehr an ihm hingen.
»Was bist du, Pirithoos?« sagte ich. »Ein Führer von Männern oder nur ein Rinderdieb? Das habe ich feststellen wollen.« Und ich griff nach meinem Schild.
»Nenn mich Rinderdieb, der aber sehr gut auswählt, was er nimmt.« Seine hellen Augen blickten gleichgültig wie Katzenaugen; ohne Bosheit und träge bis zum Grund.
»Gut«, sagte ich, »das deckt sich mit dem, was ich von dir gehört habe. Nun, dann haben wir eine Sache auszutragen, die unsere Würde angeht.«
Ich gab dem Knaben die Zügel, der danach griff, als wäre sein Leben darin, und dann sprang ich mit allen meinen Waffen vom Wagen.
Wir standen einander gegenüber. Jetzt, da ich erreicht hatte, was ich wollte, ertappte ich mich bei dem Gedanken, daß mir noch nie ein Mann begegnet war, den ich mit größerem Bedauern getötet hätte.
Auch er blieb stehen und stützte sich auf seinen Speer.
»Du liebst anscheinend den Unfrieden«, sagte er. »Schön, du willst es so, und ich muß mich fügen. Ich werde aus dir wie aus jedem anderen Mann, der mich höflich darum bittet, ein Fressen für die Hunde machen. Und was für ein Wehklagen werden die Weiber über deinem Leib anstellen! Ich habe ja so manches vernommen!«
»Mach dir keine Sorgen«, erwiderte ich. »Um dich wird hier keine Frau jammern. Keine Mädchen, sondern Vögel werden sich an dir sattfressen, wenn wir mit unserem Geschäft fertig sind.«

»Vögel?« Er hob wieder die Brauen. »Willst du mich also nicht selber verzehren? Dann bist du nicht der Mann, den man mir geschildert hat.«

»Du solltest häufiger von den Hügeln herunterkommen und die Sitten der Menschen kennenlernen, die in Häusern wohnen.«

Er lachte; er hatte den Schild in lockerer Hand, und seine rechte Seite war ungeschützt vor mir; er wußte, ich würde ihn nicht unversehens angreifen. Ich konnte ihn nicht dazu bringen, den Kopf zu verlieren, noch geriet ich selber in richtigen Zorn. Doch es hatte keinen Zweck, die Zeit zu vertrödeln und zu wünschen, wir hätten uns auf andere Art kennengelernt.

»Hör, Pirithoos, dieser Knabe brachte mir deine Herausforderung. Er ist ein Herold und geheiligt; wenn ich falle, so setz dein Glück nicht aufs Spiel! Und nun wollen wir aufhören, uns zu verhöhnen wie Weiber, die beim Brunnen um einen zerbrochenen Krug zanken. Komm näher, und wir wollen unsere Waffen aneinander versuchen.«

Ich zog meinen Schild vor mich. Er blieb stehn und sah mich aus seinen grünen Katzenaugen an. Dann hob er die Schulter aus der Schildschlinge, so daß der hohe Schild rasselnd auf den Boden fiel. Und auch den Speer warf er von sich.

»Nein, bei Apollo! Sind wir tolle Hunde oder Männer? Wenn ich dich töte, bist du fort, und ich werde dich nie gekannt haben. Donner des Zeus! Du bist allein zu mir gekommen, mit einem Kind als Schildträger, und hast meiner Ehrenhaftigkeit vertraut. Und ich bin doch dein Feind! Was wärst du für ein Freund!«

Als ich diese Worte hörte, war es mir, als wäre ein wachsamer Gott zwischen uns getreten. Mein Herz wurde leicht, mein Speer fiel auf den Boden, mein Fuß schritt vorwärts, und ich streckte die Hand aus. Und er, mit der blauen Schlange um den Arm, kam auf mich zu. Und sein Händedruck schien mir seit jeher vertraut zu sein.

»Stell mich auf die Probe«, sagte ich, »und du wirst es sehen.«

Wir schüttelten einander die Hände, während die Lapithen durch ihren Haarwald grölten.
»Komm«, begann er jetzt, »wir wollen die Sache in Ordnung bringen. Ich bezahle die Buße für den Rinderraub. Unsere Fahrt war erfolgreich, unser Schiffsraum ist voll, und es wird mich nicht zugrunderichten, wenn ich meine Schulden bezahle. Du bist der König, du fällst das Urteil. Wenn man dir nicht vertrauen dürfte, hättest du auch mir nie vertraut.«
Ich lachte.
»Lade mich eines Tages zu Gast, und damit wollen wir quitt sein.«
»Gemacht!« rief er. »Ich lade dich zu meiner Hochzeit!«
Hernach tauschten wir als Freundespfand unsere Dolche. Meiner zeigte in goldener Einlegearbeit einen König im Streitwagen auf der Löwenjagd; seiner war Lapithenarbeit und sehr gut, nicht, was man erwartet hätte, wenn man die Lapithen betrachtete; der Griff war mit schönem, gekörntem Gold belegt, und auf der Klinge waren, in Silber eingelegt, laufende Pferde zu sehen. Als wir uns umarmten, um unsern Bund zu besiegeln, erinnerte ich mich an den Knaben, der gekommen war, um einen Kampf mitanzusehen. Doch er war offenbar gar nicht enttäuscht; sogar die Lapithen, die mit ihrem langsamen Denken begriffen hatten, was vorgegangen war, schwenkten die Schilde und jubelten uns zu.
Ich wußte, wie einem das manchmal zustoßen kann, daß ich einem Daimon meines Geschickes begegnet war. Ob er zum Guten oder zum Bösen gekommen war, das konnte ich nicht wissen. Doch gut an sich war er, wie ein Löwe um seiner Schönheit und seines Mutes willen gut ist, auch wenn er einem die Herden zerreißt. Er brüllt von der Höhe der Einfriedung gegen die Speere, während das Fackellicht Feuer aus seinen goldenen Augen sprühen läßt; und das Herz muß ihn lieben, ob es will oder nicht.

6

Nachdem wir geopfert und miteinander gegessen hatten, hielt ich es für selbstverständlich, daß er als mein Gast in Athen bleiben würde. Doch er sagte:

»Gern; aber erst nach der Jagd in Kalydon. Ich bin anscheinend den Nachrichten zuvorgekommen. Dort gibt es einen von jenen Riesenebern, die Bendis als Fluch ausschickt.«

Das ist ein oberländischer Name für die Mondgöttin; es war doch ein gut Teil Lapithe in ihm, ebensoviel wie Hellene.

»Was?« fragte ich. »In Megara habe ich einmal eine gewaltige Sau getötet; ich glaubte, sie wäre die einzige.«

»Wenn du die Geschichten von den Kentauren hörst, so ist eine Menge von ihnen darin.« Sein Griechisch war zum Teil steif und gestelzt, wie er es von dem Lehrer seiner Jugend gelernt hatte, denn nicht einmal bei Hof wurde es täglich gesprochen; alles übrige war die Küstensprache, wie sie die Seeräuber reden, und nur darum besser als die seiner Leute, weil er von behendem Geist war. »Es heißt, daß ihre Ahnen diese Eber mit vergifteten Pfeilen erlegt haben. Kentauren jagen nicht wie Edelmänner; sie sind zu wild.« Ich dachte an seine Lapithenbande und fragte mich, wie jenes Volk geartet sein mochte, das sogar diese hier für wild hielten; »Sie essen rohes Fleisch«, fuhr er fort, »und kommen von den Höhen nur herunter, um Unheil anzurichten. Wenn die Schweine ihre Ahnen getötet hätten, wäre mir das sehr gleichgültig. Oder wenn ihre Ahnen mit den Schweinen gründlich aufgeräumt hätten, wäre das doch nützlich gewesen. Die Kentauren allein sind schon ein Fluch; und von Zeit zu Zeit sind es die Schweine auch.«

Ich war ein wenig gekränkt, weil er abgelehnt hatte, mein Gast zu sein; doch er wußte immer ein merkwürdiges Garn zu spinnen, mit dem er den aufkommenden Ärger beschwichtigte. »In Kalydon«, sagte er, »hat man der Artemis einige Jungfrauen geopfert.« Diesmal hatte er sich des griechischen Namens der Göttin entsonnen. »Drei wurden verbrannt und drei nach dem Norden zu jenem Heiligtum gebracht, wo die Jungfrauen Männer opfern. Doch die Göttin sandte ihnen einen Spruch, demzufolge das, was sie wollte, der Eber sei. Womit sie sie erzürnt hatten, weiß ich nicht, aber sie ist eine Göttin und verlangt, daß man ihr Achtung zollt. Selbst die Kentauren tun das. Und so hat der König eine Jagd veranstaltet und hält für Krieger offenes Haus. Das, Theseus, verzeih mir, darf ich nicht versäumen. Freundschaft ist teuer, wo die Ehre am teuersten ist.«
Ich hörte gleichsam den Lehrer, der ihm alte Sprüche beigebracht hatte. »Nun, es ist ja nicht nötig, daß wir uns trennen. Gehen wir zusammen!«
Ich öffnete den Mund, um zu sagen: ›Ich habe meine Arbeit hier zu verrichten!‹ Doch da schien es mir, als hätte ich Monate und Jahre härter gearbeitet als ein Ackerknecht. Ich dachte an eine Fahrt mit Pirithoos und seinen Lapithen. Es reizte mich wie der süße Blick der Frau eines andern.
Lachend sagte er: »Du kannst die Beine an Bord ausstrecken. Ich hatte Raum genug für dein Vieh übriggelassen.«
Ich war noch jung. Nicht weit zurück lag die Wanderung über den Isthmus, als ich am Morgen nicht wußte, was der Tag mir bringen würde; Kreta und der Stiertanz. Ich hatte das Zeichen des Poseidon; ich war geboren, ein König zu sein, und als ich diesem Geschick entgegenschritt, war alles in mir in diese eine Richtung gesetzt. Jetzt hatte ich es erreicht. Der König hat genug zu tun. Doch da gab es noch einen andern Theseus, der sich müßig abnützte, und dieser Mann kannte ihn nur zu gut. »Warum nicht?« sagte ich.

So löste ich mich von meiner Tätigkeit und fuhr nach Kalydon. Ich sah Schiffe über dem friedlichen Isthmus, ich sah den Golf von Korinth, blau zwischen den Bergen, und an seiner Mündung Kalydon. Und eine schöne Eberjagd hatten wir dort, große Taten, gute Gesellschaft und ein üppiges Gelage. Doch es war nur so lange gut, wie es dauerte; denn im königlichen Haus erhob sich eine Blutfehde und, wie das häufig geschieht, starb der beste Mann. Und doch gab es ein großes Siegesfest für den jungen Meleager und die langbeinige Jägerin, mit der er den Preis teilte; der Kummer sollte erst später folgen. Aber die Gesichter rund um die Tafel verschwimmen vor meinen Augen, und wenn ich zurückblicke, sehe ich überall Pirithoos. Ich war der Liebhaber vieler Frauen, doch nie der eines Mannes. Ihm ging es ebenso, und unsere Freundschaft änderte nichts daran. Doch wenn ich nach einem Speer oder nach einer Leier griff, wenn ich einem Hund pfiff oder in das Auge einer Frau schaute, so war es sein Auge, an das ich dachte. Es war ein edler Wetteifer, der sich in unsere Freundschaft mischte, und selbst in unserer Treue eine gewisse Angst. Von dem Tag an, da ich ihm begegnet war, hätte ich ihm die Frau meines Herzens anvertraut oder meinen Rücken in der Schlacht; und so hätte er auch mir vertraut. Doch was er am meisten an mir liebte, darüber hatte ich meine Zweifel; und er konnte es aus mir herauslocken, wie man einen Vogel aus dem Wald lockt. Auf dem Heimweg aus Kalydon ging ich westwärts nach Thessalien, um seines Vaters Gast zu sein. Wir wanderten quer durch das Land mit den Kriegern, die nicht gebraucht wurden, um die Schiffe zurückzubringen; der Geschwindigkeit halber, sagte er, aber mehr aus Liebe zum Abenteuer, wie ich merken konnte. Und deren hatten wir genug mit Wölfen und Räubern und Leoparden und der Kälte im Gebirge. Einmal, als der Pfad den steilen Hang einer Schlucht hinunterführte, brauste ein Sturm hindurch, der die Schlucht singen ließ wie eine große steinerne Flöte; an unseren Schilden

zerrten und rissen die Hände des Windgottes, und er hätte uns fortgefegt, wenn wir sie nicht niedergelegt und mit Steinen gefüllt hätten. Ein Lapithe ging bei dieser Gelegenheit verloren. Endlich schauten wir auf die Ebenen Thessaliens hinunter, wo das üppige Land sich in Streifen zwischen den langen Armen und Schultern bewaldeter Hügel dehnt. Die Lapithen lagerten an einer Quelle und beteten zu dem Gott des Flusses; dann wuschen und kämmten sie sich, schabten die Oberlippen, strichen die Bärte zurecht und sahen gut und sauber und zu drei Viertel hellenisch aus. Nachdem sie Rauchzeichen gegeben hatten, kam uns die Palastwache entgegen. Da sah ich zum ersten Mal den wahren lapithischen Reichtum; nicht aus dem Boden wachsend, sondern mit Donner, der Poseidon lieb ist, den Boden stampfend. Dies ist die Heimat der großen Rosse, die einen Mann tragen können.
Sie glänzten wie frischgeschälte Kastanien und hatten Mähnen so lang wie das Haar eines Mädchens; so schnell und stark waren sie, daß ich beinahe Pirithoos glaubte, als er erzählte, zur Paarungszeit käme der schwarze Nordwind von Thrazien brünstig über die Pässe gebraust, um die Stuten zu bespringen. Wir ritten das Flußtal hinunter. Dort fließt der Fluß braun unter Pappeln und Silberbirken; die Berge ragen empor, zwischen den zarten Blättern hindurch sichtbar. Dunkle Wälder lagern über den Hängen. Pirithoos nannte sie die Kentaurenwälder.
Die Lapithen sind große Schiffbauer, weil sie einen solchen Reichtum an Holz besitzen; auch ihre Häuser zimmern sie daraus mit rotgestrichenen Oberbalken. Der Palast von Larissa erhebt sich auf einem Hügel am Fluß inmitten der größten Ebene. Dort erwartete uns der Vater des Pirithoos am Tor. Er begrüßte mich ungemein höflich, mit seinem Sohn aber sprach er nur kurz und in rauhem Ton. Jedesmal, wenn der junge Mann auf Raub auszieht, sieht der Vater ihn schon tot. Wenn dann die Furcht beschwichtigt ist, so erregt ihn die Erinnerung. Oben in

dem Gemach des Pirithoos sah ich das frische Bett und reiche Wandbehänge und alles in schönster Ordnung, während er umherschweifte.
Als ich dort war, ließ mich Pirithoos die Reitkünste der Lapithen sehen; wie sie in vollem Galopp ein Ziel durchbohren, einen Ring vom Boden aufheben, auf dem Pferderücken stehn oder mit ihrem kurzen Bogen schießen. Er konnte zwei Pferde reiten, indem er mit jedem Fuß auf einem andern stand. Seine Leute schworen, daß Zeus die Gestalt eines Hengstes angenommen hatte, um ihn zu zeugen. Er hatte große Pferde in einem Alter geritten, da ich mich auf die Fußspitzen stellen mußte, um ihnen Salz zu geben. Ich hatte nie seine Übung gehabt, doch bevor ich Abschied nahm, konnte ich es ihm mehr oder weniger gleichtun. Nach den Stieren ist es nicht gar so schwer, auf einem Pferd zu stehn, und ehe ich ihn als Sieger anerkannt, hätte ich mir lieber den Hals gebrochen.
Einmal nahm sein Vater mich beiseite und sprach mit mir von der Herrschgewalt des Königs. Wir unterhielten uns über Gesetze und Richtsprüche und dergleichen, und dann fragte er mich, ob ich Pirithoos nicht dazu bringen könnte, sich mit diesen Dingen zu befassen.
»Denn er ist ja kein Knabe mehr, und doch benimmt er sich, als würde ich ewig leben.«
Ich hatte beobachtet, daß der Vater sich nur langsam bewegte; sein Fleisch war eingetrocknet und seine Haut zu fahl für einen Mann, der noch nicht sechzig Jahre alt war. Nachher sagte ich zu Pirithoos:
»Dein Vater ist krank; und er weiß es sehr wohl.«
Er zog die Brauen zusammen. »Doch, ich weiß es auch. Jetzt, nachdem ich fort war, habe ich die Veränderung bemerkt. Erst heute morgen habe ich mit dem Arzt gesprochen. Nichts als Gerede! Es ist der leere Krug, der so laut hallt. Es gibt keinen andern Ausweg. Ich muß ihn hinauf ins Gebirge bringen.«

Ich fragte, ob Paian Apollo dort ein heilendes Heiligtum habe. Er sah ein wenig einfältig drein.
»Nein, aber dort ist ein alter Pferdearzt, und zu dem gehen wir, wenn's die andern aufgeben. Komm mit, wenn du Lust hast; du willst doch einen Kentauren sehen!«
Nach diesen Reden muß ich ihn verdutzt angestarrt haben. Er schnitzelte an einem Rohr – wir sonnten uns nach dem Schwimmen am Fluß – und sagte: »Nun, dort gibt es einen Erdenzauber, wenn man überhaupt einen guten finden kann.«
»Wo ich herkomme«, erwiderte ich, »ist das Sache der Weiber.«
»Nicht bei Reitervölkern. Ihr im Süden habt das von dem Küstenvolk übernommen, das ihr unterworfen habt. Wir halten an den Gewohnheiten unserer Vorfahren fest, die immer auf der Wanderung waren. O ja, mein Vater weiß, warum ich umherziehe. Das haben wir alle im Blut. Nur seine Krankheit macht, daß er deswegen zankt. Nun, bei Reitervölkern gelten die Frauen als Gepäck; wie das Vieh. Was können sie sonst sein, wenn man unterwegs ist? Wenn man nicht will, daß sie auch Waffen führen wie die Amazonen, diese Wildkatzen.«
Ich öffnete den Mund; doch ich hatte genug vom Stierhof erzählt und fürchtete, es könnte langweilig werden.
»Und die Kentauren«, fuhr er fort, »sind auch ein Reitervolk. Ich habe mein ganzes Leben lang auf diesen Hügeln gejagt und kaum je das Hinterteil einer Kentaurenfrau erblickt. Wenn sie einen nur wittern, sind sie schon in den Höhlen. Selbst als ich dort oben in der Lehre war –«
Er brach jäh ab, und ich sagte: »Was?«
Er zauderte eine Weile, und dann sagte er: »Ach, das kommt vor den Riten unserer Mannwerdung; innerhalb der königlichen Familie. Andere Königshäuser tun es auch; in Phthia tun sie's und in Iolkos. Es ist unsere Weihe an Poseidon, den Herrn der Pferde. Er hat die Kentauren geschaffen. Sie behaupten, er habe sie geschaffen, bevor Zeus richtige Menschen geschaffen

hatte. Oder manche erklären auch, sie seien von erdgeborenen Titanen mit Pferden gezeugt worden. Wir sind Meister der Pferde, wir Lapithen; aber sie sind den Pferden versippt, sie leben wild mit ihnen. Ja, und schamlos am hellichten Tag mit Stuten. Voll von Pferdezauber sind sie, die Kentauren, und das ist mehr wert als irgendein Getreidezauber der Frauen hier in Thessalien.«

»Wie aber hast du dort oben gelebt?«

»Auf den bloßen Bergen und in den Felsenlöchern. Ein Bursche soll abgehärtet sein, bevor er sich einen Mann nennt. Wenn du Pfeilgift nimmst, liegst du ruhig in der heiligen Höhle. Keiner vergißt diese Nacht! Bei Zeus! Die Träume …« Er legte die Hand auf den Mund, um mich merken zu lassen, daß Reden verboten war.

»Pfeilgift?«

»Der alte Hexer macht dich damit krank; und nachher kann es dich nicht mehr umbringen, oder doch mindestens sieben Jahre nicht. Dann mußt du eine frische Ladung kriegen. Aber mit der ersten ist das nicht zu vergleichen. Nun, du wirst ihn ja selber sehen.«

Am nächsten Morgen machten wir uns bei Morgengrauen auf den Weg, wir zwei auf Pferderücken, der König von einem Maultier getragen. Wir ritten durch Haine von immergrünem Buschwerk, wo der Tau des Morgennebels bei Tagesanbruch unsere bloßen Knie streifte; dann über die mit Steineichen bewachsenen Hänge, die in der aufgehenden Sonne funkelten; dann durch dichte Pinienwälder, darin es wieder dunkle Nacht war und die Hufe unserer Tiere lautlos über den nadelgepolsterten Boden stapften und die Baumnymphen sich so dicht und schweigend um uns drängten, daß wir kaum zu atmen wagten. Der Pfad war immer deutlich erkennbar, nicht breit ausgetreten, aber auch nie überwachsen; Pferdeäpfel und die Spuren kleiner Hufe waren überall zu finden.

Selbst Pirithoos war verstummt. Als ich ihn fragte, ob der alte Hexer noch viel höher hauste, sah er über die Schulter nach mir zurück und sagte: »Nenn ihn hier oben nicht so. Das ist nur ein Spitzname, den wir Buben ihm gegeben haben.«
Der kranke König folgte uns und suchte sich seinen Weg über die bequemen Windungen. Er hatte das Gesicht eines Mannes, der zurückkehrt. Sein Kopf war gebeugt gewesen, als wir uns auf den Weg gemacht hatten, jetzt aber schaute er und lauschte, und einmal sah ich ihn lächeln.
Die Gebirgsluft war frisch und süß; wir waren zwischen Fichtengehölz, grauen Felsen und Heidekraut, rund um uns blaue Weite, dahinter kalte Spitzen. An solch einer Stelle könnte man auf die Mondgöttin stoßen, die in ihrer furchtbaren Reinheit wie eine reglose Flamme glüht und ohne zu blinzeln in Löwenaugen schaut.
Pirithoos hielt sein Pferd an.
»Wir müssen auf den Diener mit dem Packmaultier warten. Er hat die Gaben.«
Und so warteten wir, lauschten den neuerwachten Vögeln, der Lerche, die sich aufschwang, und der tiefen Stille hinter uns. Nach einer Weile spürte ich, daß jemand uns beobachtete. Ich schaute mich um, fand aber nichts, und das Haar auf meinem Nacken sträubte sich. Dann spähte ich wieder aus; und deutlich auf einem Felsblock lag ein Knabe, locker und behaglich wie eine Katze, die sich wärmt, das Kinn auf die Hände gestützt. Als er meinen Blick bemerkte, stand er auf und berührte die Stirne zum Gruß. Er war in ein Ziegenfell gehüllt wie ein Hirtenjunge; doch er grüßte den König und Pirithoos, wie es in fürstlichen Häusern üblich ist.
Pirithoos winkte ihm und fragte, ob der Kentaurenpriester in der Höhle sei. Hier nannte er ihn nicht ›Hexer‹, sondern bei seinem Kentaurennamen. Diese Sprache ist so alt und ungefüge, daß ein Hellene es schwer hat, ihr seinen Mund anzupassen; voll von

seltsamem Glucksen und Grunzen wie von Bären. Der Knabe sagte in gutem Griechisch, er wolle nachsehen; er sprang leicht wie ein junger Bock über den felsigen Grund, während wir langsam nachritten. Jetzt zog mein Pferd die Luft ein und wieherte. Bei der nächsten Biegung hatte ich einen Anblick, der mich beinahe vom Pferd geworfen hätte; ein Tier mit vier Beinen und zwei Armen, gewissermaßen ein rauhhaariges Pferd, aus dessen Schultern ein struwwelköpfiger Knabe wuchs. So wenigstens war mein erster Eindruck. Als ich näher kam, sah ich, wie das Pferd mit gesenktem Kopf weidete und der Knabe auf dem bloßen Rücken saß und die braunen, schmutzigen Füße in das struppige Fell gesteckt hatte.
Er begrüßte uns und machte uns mit seiner schmierigen Hand die Ehrenbezeigung, die man bei einer königlichen Leibwache sieht. Dann wendete er mit dem Knie sein dichtbehaartes Pferd und trabte schnell wie eine Ziege dem ersten Knaben über die Felsen nach. Als wir folgten, kam der erste Knabe auf genau so einem kleinen, etwa zwölf Hand hohen Pferd. Wieder nannte er den Namen des Kentauren, der, wie er sagte, in seiner Höhle sei. Wir ritten weiter, und ich fragte Pirithoos, wessen Sohn dieser Knabe sei.
»Wer weiß?« erwiderte er. »Vielleicht des Großkönigs von Mykenai, vielleicht auch nicht. Sie kommen von überallher. Der alte Mann weiß, wer sie sind; sonst aber niemand, bis ihre Väter kommen und sie nachhause holen.«
Ich sah auf seine Füße hinunter; er saß ebenso auf seinem langmähnigen Hengst. Und da konnte ich ihn mir vorstellen, das schwarze Haar wild über die grünen Augen fallend, ein Leben führend wie das Junge eines Bergfuchses, nur auf das gestellt, was in ihm war. Es gab anscheinend auch andere Schulen dafür als den Stierhof. Das war es, was uns zueinander gezogen hatte. Der Pfad bog um einen Felsblock, dahinter war ein Hang, bewachsen mit rauhem Gras, Stechginster und Brombeersträu-

chern, der sich zu einer hohen, grauen Felswand dehnte; und in der Felswand war eine Höhle.

Pirithoos saß ab und half seinem Vater absteigen; von dem Maultier wurde das Gepäck heruntergehoben, und dann führte der Diener die Tiere fort. Ich sah mich um und hörte das Pfeifen eines Rohrs. Auf einem flachen Stein, unter einem Dornstrauch blies ein Knabe; als er das Rohr vom Mund nahm, antwortete ihm ein seltsames Singen. Eine Leier hing am Strauch, und darin spielte sanft der Wind. Und als ich näher kam, sah ich, um die Zweige geschlungen, eine große, dünne, glatte Schlange, die ihren Kopf nach der Melodie wiegte. Ich wollte ihn vor dieser Gefahr warnen; doch er schüttelte den Kopf, sah lächelnd zu der Schlange auf und winkte mir sehr höflich, ich möge mich ruhig verhalten.

Pirithoos und sein Diener packten, als ich jetzt wieder nach der Felswand sah, die Gaben aus. Zwei Männer ritten auf die Höhle zu. Ich schaute und ging behutsam zwischen die Felsen. Das waren keine Prinzen, die ein rauhes Leben führten; das waren die Kentauren.

Bis auf ein Ziegenfell waren sie nackt; zuerst aber glaubte ich, sie seien völlig bekleidet, so dicht waren sie mit Haar bedeckt. Auf Nacken und Schultern hing es nicht herab, aber es wuchs in einem dicken Wulst wie eine Mähne und verlor sich über ihrem Rückgrat. Die Außenseite ihrer langen Arme und die krummen Beine waren so dicht bewachsen wie die Bäuche ihrer wilden, stämmigen, kleinen Pferde, in deren Fell sie die Zehen gesteckt hatten, mit denen sie sich wie mit Fingern anzuklammern schienen. Es waren kleine Tiere, ihre Pferde, wie die der Knaben, aber gedrungener, mit starken Kötenhaaren und einem Wesen, für das man schwer eine Bezeichnung finden konnte; geringschätzend möchte man sagen. Waren sie Diener, so dienten sie nur, wie der Schakal dem Löwen dient; sie hatten sich ihren Anteil zurechtgelegt – das für mich, das für dich! Während

ich sie beobachtete, glitten die Männer hinunter und ließen die Tiere wie eben geworfene Fohlen ohne Zaum und Zügel ihrer Wege gehn.
Die Männer, Lasten in den Armen, watschelten weiter. Ihre Stirnen waren so niedrig und schwerfällig wie Oberbalken, ihre Nasen kurz und breit. Und als hätte ihr ganzer Bartwuchs sich an die Schultern vergeudet, sprossen ihnen nur ein paar Borsten auf dem flachen Kinn. Wild wie die Wälder waren sie, und doch kannten sie die Achtung vor heiligen Stätten. Sie hörten auf, miteinander zu glucksen und zu grunzen, und trotteten so sachte zu der Höhle wie Jagdhunde auf einer Spur. Dort bückten sie sich und legten, was sie getragen hatten, an den Eingang. Ich sah, wie jeder eine Handvoll Erde aufhob und sich damit die Stirne einrieb, bevor sie sich entfernten.
Pirithoos war mit seinen eigenen Gaben beschäftigt gewesen; ein scharlachrot gefärbtes Schafsfell, ein bemalter Krug mit Honig und ein gestrickter Sack für Kräuter. Er winkte mir, ich solle mit ihnen den Abhang hinaufgehen. Der kranke Mann war jetzt ermattet und sein Sohn mit den Gaben beladen, und so lieh ich dem König meine Schulter als Stütze. Als wir uns der Mündung der Höhle näherten, hörte ich ein leises Schreien und sah, was die Kentauren dort niedergelegt hatten: eine Wabe mit wildem Honig und ein Kind. Es war ein Kentaurenkind und schaute aus alten umrunzelten Augen. Sie hatte es in ein Stück Katzenfell gewickelt, seine Knie waren an den Bauch gezogen, als hätte es dort Schmerzen. Pirithoos breitete seine Gaben auf den Felsen neben der Honigwabe aus. Der alte König ging weiter und nickte uns zu, als wollte er sagen: ›Ihr seid jetzt überflüssig!‹ Dann legte er sich auf das warme Gras vor dem Eingang zur Höhle neben das Kind.
Wir warteten, Pirithoos und ich, zwischen den Felsen. Der Diener hatte sich weiter entfernt. Die Zeit verstrich. Der König streckte sich in dem kühlen Sonnenschein, als wollte er schla-

fen. Es war kein Geräusch zu hören, bis auf das winselnde Kind, die Gebirgsbienen im Heidekraut und den Knaben, der, zum Tönen des Windes in der Leier, der Schlange seine Weise ins Ohr blies.

Die Schatten in der Höhle rührten sich, und ein Mann trat heraus, ein Kentaur. Nach dem, was man mir erzählt hatte, war ich der Meinung gewesen, er müsse hellenisches Blut haben. Doch er war ganz und gar ein Kentaur, grau und alt. Er blieb in der Höhlenmündung stehn, und ich sah, wie seine weiten Nüstern die Luft einzogen wie ein Hund, der eingeschlossen gewesen ist. Und seine Augen folgten seiner Nase. Zuerst trat er zu dem Kind, nahm es auf, roch an Kopf und Rumpf und preßte die Hand auf des Kindes Bauch. Das Schreien verstummte, und er legte es in das Gras.

Lange betrachtete ich seine Züge. Welch wilde Gestalt sein Schutzgott auch angenommen haben mochte, um ihn zu zeugen, ein Gott war es bestimmt. Das konnte man an seinen Augen erkennen. Dunkel und kummervoll waren sie und schauten weit zurück in die alten Tage der Erde, bevor er noch im Himmel geherrscht hatte.

Der kranke König im Gras hob die Hand zum Gruß. Er winkte nicht, sondern, wie ein Priester mit dem andern verkehren mochte, wartete er ab, bis der Kentaur sich rührte. Der Kentaur nickte ernst; dabei kratzte er sich, doch das schien seine Würde nicht zu schmälern. Just in diesem Augenblick ließen einige Töne aus dem Rohr des Knaben ihn die Ohren spitzen; er ging hin, nahm die Flöte und blies eine Melodie. Ich hörte, wie ein Vogel aus dem Busch ihm antwortete. Der Knabe sagte etwas, und er erwiderte ihm. Welche Sprache sie miteinander sprachen, vermochte ich nicht zu erkennen, doch der Knabe war sichtlich unbefangen und vertraut. Und ich begriff den Kummer des alten Kentauren. Er hatte früher diese Erde erblickt als all sein Volk, das Scheu vor seiner Weisheit empfand und seine

Seole nicht kannte; so waren diese hier sein ganzer Umgang, Kinder, die vom Gebirge hinuntergingen, zu Männern wurden, seinen Rat vergaßen oder sich dieses Rates schämten. ›Ein alter Pferdearzt‹ mochten sie wohl sagen, ›der uns gegen Pfeilgift gefeit hat.‹ Doch wenn die Angst vor Siechtum oder Tod sie ihrer Kinderzeit wieder näher brachte, dann entsannen sie sich seiner.
Auf seinen kurzen, krummen Beinen ging er zum König, kauerte sich neben ihn und hörte, was der König ihm zu sagen hatte. Dann ließ er sich auf Hände und Knie nieder, beroch ihn, legte sein kleines, rundes Ohr an des Königs Brust, betastete ihm den Bauch, knetete ihn, und, als der König auffuhr, besänftigte er ihn wie ein Pferd. Und dann ging er, das Kentaurenkind auf dem Arm, in die Höhle.
Nach einer Weile kam er zurück, mit einer Flüssigkeit in einer irdenen Schale. Als der König getrunken hatte, setzte der Alte sich zu ihm und sang längere Zeit mit leiser Stimme. Welchen Kentaurengott er anrief, wußte ich nicht; es war ein langsames, tiefes Dröhnen in seiner breiten Brust. Das Flöten des Knaben, der Wind in der Leier, das Zirpen der Grillen, das alles vermischte sich damit; es war gleichsam die Stimme des Gebirges. Schließlich verstummte es; der König und er reichten einander die Hände, und dann kam der König auf uns zu. Sein Schritt war nicht kräftiger als zuvor, und doch war eine Veränderung da. Er sah aus wie ein Mann, der Frieden mit seinem Schicksal gemacht hat.
Pirithoos betrachtete ihn eine Weile, dann eilte er den Hang zur Höhle hinauf. Dort erwartete ihn der Kentaur, und sie sprachen miteinander. Ich sah, wie der alte ›Hexer‹ ihn musterte, vielleicht, um den Knaben in ihm zu erkennen, dessen er sich erinnerte. Als sie schieden, hob Pirithoos die Hand, wie ein Mann, der ein Gelübde tut. Auf dem ganzen Heimweg war er sehr schweigsam; doch abends, als wir allein waren und der

Wein uns die Zungen gelockert hatte, fragte ich ihn, welches Versprechen er gegeben habe. Er sah mir gerade in die Augen und sagte:

»Er hat mich aufgefordert, gut zu seinem Volk zu sein, wenn ich König bin.«

7

Die Athener hießen mich in der Heimat willkommen; ja, sie liebten mich anscheinend, wie Weiber, um meiner Untreue willen nur noch mehr. Aber sie hatten alle ihre verzwickten Streitigkeiten und verwickelten Rechtsfälle aufgespart, damit ich sie entscheiden sollte. Nachdem ich das erledigt hatte und fand, daß sie noch immer mit mir zufrieden waren, wurde ich kühner in meinen Plänen. Ich schrieb ein großes all-attisches Fest für den Erntemonat aus. Die Priester der Göttin von jedem Heiligtum, mit welchem Namen sie sie auch nannten, wurden zum Opfer eingeladen; es sollten Spiele zu ihren Ehren veranstaltet werden, bei denen die jungen Männer sich in Gottesfrieden messen und ihre Zwistigkeiten vergessen konnten. Und die Stammeshäuptlinge, welche vor den Göttern die Hirten ihrer Völker waren, lud ich als Gäste in mein Haus.

Bis zu dieser Zeit hatte ich nie die Last gespürt, daß ich doch ebenso Priester war wie König. Poseidon war gut zu mir gewesen, hatte mir jenes Vorgefühl von Erdbeben verliehen, das Hunde und Vögel besitzen, doch unter Menschen nur das Blut aus dem Stamm des Pelops. Ihm lauschte ich, und den andern Göttern leistete ich die Dienste, die vorgeschrieben sind. Jetzt aber die Riten all dieser eifersüchtigen Göttinnen miteinander in Einklang zu bringen, war wie ein Gerichtstag, bei dem ein falsches Urteil einen zehnjährigen Krieg entfesseln kann. Eines Nachts träumte ich, sie alle wären mir erschienen, hätten ihre heiligen Gewänder von sich geworfen und stünden splitternackt vor mir; und mein Los wäre es, der Schönsten den Preis zu geben und von allen übrigen verflucht zu werden.

Dieser Traum erschreckte mich derart, daß ich mitten in der Nacht aufstand und vor Athenes Altar Öl und Wein ausgoß. Ihr Heiligtum war dunkel. In der Hand der Priesterin, die ich aus dem Schlaf geweckt hatte und die nun in der mitternächtigen Kühle fröstelte, schwankte die Flamme der Lampe. Das Gesicht der Göttin, im Schatten des Helms, schien sich zu regen wie das eines stolzen, schüchternen Mädchens, das wortlos ›vielleicht‹ sagt. Als ich wieder im Bett lag, schlief ich gut, und am nächsten Tag, als ich mit den Priestern und Königen zusammenkam, um den Plan für das Fest auszuarbeiten, gewann ich mühelos ihre Zustimmung.

Die Opfer waren ihr anscheinend willkommen. Das Fest und die Spiele wickelten sich ab, als hätte ihre Hand uns die ganze Zeit geleitet. Die alten Leute sagten, in all den Geschichten ihrer eigenen Großväter habe das Land nie solchen Glanz erlebt. Überall war das Glück mit uns; schönes Wetter, gute Ernten, keine neu ausbrechenden Fehden, gute Vorzeichen bei den Opfern; bei den Spielen siegten eindeutig Männer, die nur wenige Gegner hatten. Das Volk war begeistert, die jungen Burschen und Mädchen strahlten vor Schönheit, die Gesänge waren gelungen und kamen von Herzen. Als ich aufstand, um dem Sieger beim Ringen den Preis zu geben, da erhob sich ein mächtiger Päan aus dem Volke, so daß man glauben konnte, die Menschen hätten einen Gott erschaut, und zu meinem Herzen sagte ich: ›Gedenke dessen, daß du sterblich bist!‹

Ich nützte mein Glück aus und machte bei diesem selben Fest ganz Attika und Eleusis zu einem einzigen Königreich mit denselben Gesetzen überall. Vornehme, Handwerker, Bauern, alle waren damit einverstanden, daß ihre Streitigkeiten in Athen entschieden werden sollten; die Priester erkannten ihre Götter in unseren an und fügten, wenn es ihnen so beliebte, den in ihrer Heimat gebräuchlichen Namen hinzu. Jetzt endlich begriffen sie, daß dies das Ende des Krieges in Attika war; daß jedermann,

wenn er nicht mit eigener Hand getötet und keine Sühne bezahlt hatte, waffenlos durch das Gebiet des Nachbarn gehn konnte.
Nicht viel später ging ich nach Kolonos, um das Orakel des Poseidon zu befragen.
Es ist ein schöner Ort, unweit der Hauptstadt und günstig für Weinbau und Olivenzucht; verliebte junge Männer gehen dorthin, um den Nachtigallen zu lauschen. Doch der Hügel ist dem Poseidon Hippios heilig, und selbst in jener Zeit hielten sich die Leute davon fern. Es war nichts zu sehen, abgesehen von zersplitterten Felsen und einem Föhrengehölz; doch stand man oben, so hatte man unter sich eine runde, flache Abdachung, als hätte ein ungeheurer Pferdehuf den Boden gestampft; ungefähr so weit, wie ein Knabe einen Stein werfen kann.
Tausend Jahre mochte es her sein, daß der Gott dies flachgestampft hatte; seither war es von Busch und Gestrüpp überwachsen, der Tempel war klein, der Priester dick und verschlafen. Doch als ich zum letzten Mal dort gewesen war, hatte es mich geärgert zu sehen, wie vernachlässigt die Stätte war, denn der Gott war ganz gewiß gegenwärtig. Als ich oben stand, spürte ich ein Zittern im Nacken, und ein Schauder überlief mich. Ich fragte den Priester, ob er es nicht auch fühlte, und er sagte, ja, er fühle es auch; ich wußte, daß er log, konnte es aber nicht beweisen. Doch das tat der Erderschütterer noch im selben Jahr. Es war kein starkes Erdbeben, aber das Haus des Priesters stürzte ein und tötete ihn in seinem Bett. Die Leute in der Gegend waren halbtot vor Schrecken und sandten eiligst zu mir, ich solle doch kommen und Frieden zwischen ihnen und dem Gott stiften.
Ich fuhr in einem dreipferdigen Wagen hin, begleitet von einer berittenen Wache. Zu Ehren des Pferdevaters hatten wir unsere Tiere schön ausgestattet. Meine drei Pferde trugen einen Kopfschmuck aus roten Federn, und die Schweife waren geflochten worden; die Pferde der Reiter waren reich bebändert. Wir brach-

ten den schönsten Hengst meiner Herde mit, bekränzt zum Opfer. Doch der Gott hatte es anders beschlossen.
Als wir näher kamen, schaute ich nach den Menschen aus, die meine Gegenwart so dringend ersehnt hatten. Die Straße war leer. Das Gefühl von Gottes Zorn lag schwer auf dem Grund. Ich war erregt und fragte mich, ob er abermals zugeschlagen hatte. Amyntor ritt voran, um nachzusehen, doch ich winkte ihn zurück. Jenseits des Hanges konnte ich Stimmen schreien und eine Frau jammern hören. Jetzt war ich zornig und wollte selber sehen, was da im Zuge war. So ließ ich meine Leute halten und ging, bloß von vier Bewaffneten begleitet.
Als ich näher kam, hörte ich die Frau um Erbarmen flehen, und ihre Stimme mit stockendem Atem stieg und fiel, während sie sich offenbar die Brust schlug. Verwünschungen wurden hörbar und das Auffallen von Steinen. Ich stieg den Hang hinauf, und da sah ich, wie die Dorfbewohner einen Mann steinigten. Er kauerte auf dem Boden und schützte den Kopf mit den Händen. Auf seinem weißen Haar war Blut. Die Frau, die noch jung war, wollte zu ihm und flehte, man möge doch ihren Vater schonen; er habe genug gelitten. Als die Leute sie zurückschoben, stieß sie einen lauten Schrei aus und rief Poseidon an. Daraufhin trat ich mit einem kräftigen Ausruf vor, und die Leute wandten sich um und ließen die Steine fallen. Die Frau kam schluchzend und taumelnd über die klobige Erde zwischen den Reben auf mich zugelaufen; ihre Kleider waren zerfetzt und blutig, denn sie hatte sich in ihrem Jammer die Brust aufgerissen. Sie wirkte vorzeitig gealtert, wie das bei Bauersfrauen häufig ist, und doch nicht wie eine Bäuerin; der Stoff ihres Gewandes war mit größerer Sorgfalt gewoben. Sie warf sich vor mir zu Boden, umfaßte meine Knie, küßte sie, und ich konnte ihre Tränen spüren.
Ich hob ihr staubbesudeltes Gesicht, dessen Formen adlig waren, und fragte sie, wessen ihr Vater beschuldigt werde. Doch der Dorfälteste sprach zuerst. Dieser Übeltäter, sagte er, habe,

unrein vor allen Göttern, den Altar des Poseidon berührt und versucht, da doch der Erderschütterer ohnehin schon zornig war, den Tod über sie alle heraufzubeschwören. Unterdessen hatte sich der Mann, der uns sprechen hörte, auf die Knie gehoben. Er streckte die Hände aus, tastete nach irgend etwas, vermutlich nach dem Mädchen. Ich erkannte, daß er blind war.

»Du kannst zu ihm gehn«, sagte ich zu ihr und hob die Hand, um die andern von ihr fernzuhalten. Sie trat zu ihm, hob ihn auf, legte ihm seinen Stock in die Hand und führte ihn zu mir. Er blutete, doch war noch kein Knochen gebrochen, und der Art, wie er sich bewegte, konnte ich entnehmen, daß er schon ziemlich lange blind war. Sie flüsterte ihm ins Ohr, wer ich war. Er wandte den Kopf zu mir, und ein Schauder packte mich; denn dieser alte Mann hatte ein Gesicht wie das Schicksal selbst. Jenseits von Kummer, jenseits von Verzweiflung; Hoffnung und Furcht waren vergessen, wie wir die Milch der Kindheit vergessen.

Er kam, auf das Mädchen gestützt, und tastete sich seinen Weg mit dem Stock. Er trug ein kurzes Gewand wie für eine Reise; es war zerrissen und blutbefleckt und wohl schon vorher schmutzig und verschlissen gewesen, doch es war aus feiner Wolle und an den Säumen bestickt, eine Arbeit, die eine geschickte Frau sehr lange am Webstuhl festhält. Sein Gürtel war aus weichem, wohlbearbeitetem Leder und einst mit Gold beschlagen gewesen, denn man konnte noch die Löcher bemerken. Von dort sah ich nach seinen Sandalen, die ich aber nicht erblickte. Denn ich sah seine Füße; sie waren kräftig und knorrig und hatten ihn viele Meilen getragen. Aber sie waren verkrümmt wie das Holz eines Baumes, der als Schößling benagelt worden und rund um die Wunde gewachsen war. Und nun wußte ich, wer er war.

Eine Gänsehaut überlief alle meine Glieder. Meine Hand hob

sich ganz von selbst, um ein Zeichen gegen das Übel zu machen. Seine eingesunkenen, faltigen Lider bewegten sich ein wenig, als könnte er sehen.
Ich sagte zu ihm: »Du bist Ödipus, der einst König von Theben gewesen war.«
Er senkte sich auf ein Knie; in dieser Geste war eine Steifheit, die nicht bloß von den Gelenken herrührte. Und ich ließ ihn eine kurze Weile knien, denn ich wußte, es wäre nicht höflich, ihn aufzufordern, sich zu erheben, sondern ich mußte ihm selber beim Aufstehn behilflich sein, und ich brachte meine Hände nicht dazu, mir zu gehorchen.
Als das Volk von Kolonos sah, daß ich mich nicht zu ihm beugte, war es, als hätte ich einem Rudel von Kötern eine Zauntüre geöffnet. Brüllend und tobend stürmten sie vor, hoben wieder ihre Steine auf, und man hätte glauben können, daß sie auf ihren Hinterbeinen tanzten, damit ich den alten Mann wie ein Bündel Haut und Knochen packte und ihn ihnen vor die Fänge warf.
»Zurück!« rief ich. Sie ekelten mich mehr an als das, was vor mir kniete. Und so griff ich mit beiden Händen nach ihm, fühlte sein schlaffes Fleisch und seine alten Knochen wie die irgendeines andern Menschen, nur daß dieser Mann im Elend war.
Die Frau jammerte nicht mehr, aber sie weinte und versuchte, die Tränen mit ihren Händen zurückzuhalten. Er stand vor mir, sein Gesicht ein wenig gehoben, als sähen die Augen seiner Seele einen Mann, der größer war als er. Jetzt war es still geworden. Ich konnte das Murren des Volkes hören, das offenbar fand, selbst ein König solle die Götter nicht versuchen.
Kolonos, der Ort des Pferdegottes, hat bei all seinem Reiz für mich immer etwas Unbehagliches; und an jenem Tage war, wie ich schon gesagt habe, ein Lauern darin, ein Drohen in der Erde. Plötzlich schwoll mein Zorn derart, daß mein Körper sich

leicht fühlte. Ich wandte mich zu der grollenden Menge und schrie:
»Still! Was seid ihr? Männer? Oder Eber, Wölfe, Bergschakale? Ich sage euch, daß es das Gebot des Zeus ist, den Flehenden zu schonen. Und wenn ihr es nicht aus Furcht vor dem Himmel tut, dann, beim Haupt meines Vaters Poseidon, sollt ihr es aus Furcht vor mir tun!«
Da wurde es stiller, und der Dorfälteste trat vor und greinte irgendwas. In meinem Grimm und in der Ehrfurcht vor dem Ort hatte ich das seltsame Gefühl, als berührte der Finger des Gottes meinen Hals.
»Ich stehe für diesen Mann hier ein«, sagte ich. »Legt Hand an ihn, werft einen Stein, und ihr mögt Poseidons Zorn spüren. Denn ich werde euch in seinem Namen verfluchen!«
Und es war, als flutete ein Schauder aus der Erde unter meinen Füßen in mich ein. Ich spürte, daß ich die Macht besaß.
Jetzt war es wirklich ganz still. Nur ein Vogel piepste irgendwo, und auch er piepste leise.
»Steht ab von ihm«, sagte ich, »und zur rechten Stunde werde ich den Gott um Erbarmen mit euch bitten. Und jetzt überlaßt mir diesen Mann und diese Frau!«
Sie nahm ihr Kopftuch und wischte ihm das Gesicht, wo ein Stein es getroffen hatte; ich sah, daß sie im tiefsten Herzen seine Tochter war und ihm mit ihrer Jugend die Treue hielt. Es war an der Zeit, ihn mit einigen, seinem Rang gemäßen Worten zu begrüßen. Doch man konnte nicht gut sagen: ›Ödipus, Sohn des Laios‹, da er den Laios mit eigener Hand getötet hatte.
So sagte ich denn zu ihm: »Sei willkommen, Gast dieses Landes. Die Menschen sollten behutsam wandeln, wo die Götter schon zugeschlagen haben. Vergib mir um dieses Volkes willen, daß ich es nicht besser unterwiesen habe. Ich will es sühnen. Doch zuerst muß ich mein Opfer bringen, denn das Orakel wartet nicht.«

Ich meinte, ich müßte mir zuerst die Hand waschen, um die Besudelung loszuwerden.
Nun sprach er zum ersten Mal. Seine Stimme war tief, war stärker und jünger als sein Körper.
»Ich spüre die Berührung des Gottgezeugten, des verheißenen Führers.«
»Ruh dich aus und stärke dich«, sagte ich, »und dann will ich dich auf deinen Weg führen, damit du Attika in Sicherheit durchwandern kannst.«
»Ruhe ist hier!« erwiderte er.
Ich sah ihn an und machte mit dem Finger den Männern, die den Wein für das Opfer trugen, ein Zeichen. Er war blaß geworden wie Lehm; ich glaubte schon, er stürbe. Mein Kelchträger zauderte und zögerte so lang, daß ich ihm die Schale aus der Hand reißen mußte. Nach dem Wein sah der alte Mann ein wenig besser aus, aber ich mußte ihn halten. Einige meiner Leute boten ihre Hilfe an, doch ihre Gesichter waren so verkniffen, als müßten sie eine Schlange oder eine Spinne berühren, und so winkte ich ihnen ab. Ein großer Stein war in der Nähe, ein Grenzstein aus uralten Zeiten, und darauf setzte ich ihn neben mich.
Er seufzte tief und straffte sich ein wenig.
»Ein guter, voller Wein! Theben kann mit dem Wein von Attika nicht wetteifern.« Das war die Sprache tafelnder Könige. Bis jetzt war ich zu ehrfürchtig gewesen, um zu weinen. »Gottgezeugter«, sagte er, »laß mich dein Gesicht betasten.«
Als er die Hand hob, spürte er Staub und Blut daran und wischte sie am Saum seines Gewandes ab, bevor er sie nach mir ausstreckte.
»Der Zähmer des Bullen, der Bezwinger des Minotaurus! Und die Gestalt eines jungen Tänzers! Ja, wahrhaftig, hier sind die Götter.« Seine Hand reichte zu meinem Gesicht und befühlte meine Lider. »Das Kind des Gottes weint!« sagte er. Ich antwor-

tete nicht. Meine Leute waren in der Nähe, und ich mußte doch einen gewissen Anstand bewahren. »Sohn des Poseidon, hier ist kein Gram, hier ist ein Segen. Das langerwartete Zeichen ist endlich gekommen. Ich bin hier, um dir meinen Tod zu spenden.«

Ich vermochte nicht zu reden. Wie konnte ihm jemand ein längeres Leben oder mehr Glück wünschen? Was geschehen war, war geschehen. Und doch, obgleich ich Mitleid mit ihm empfand, wie das jeder Mensch empfinden mußte, der nicht aus Stein gemacht war, wollte ich seine Gebeine dennoch nicht in Attika haben. Die Furien folgen solchen Menschen in dichtem Schwarm wie Fliegen blutendem Fleisch.

Als hätte er gesehen, wie ich über meine Schulter zurückblickte, sagte er: »Sie sind da. Doch sie sind in Frieden mit mir.«

Gewiß war die Luft sanft; man konnte das reifende Gras riechen. Aus der Erde drang das Summen, und das kannte ich seit jeher. In Kolonos scheint der Erderschütterer ständig hart unter dem Boden zu sein. Ohne Zweifel war er zornig und konnte jeden Augenblick die Geduld verlieren. Mir schien, daß dies keine Gabe war, die ihn erfreuen konnte.

»Warum vom Tode sprechen?« sagte ich. »Trotz allem, was diese Tölpel dir angetan haben, hast du keine tödliche Wunde. Es ist nur ein Unwohlsein; oder ist es dir vorausgesagt? Oder willst du es auf dich herabrufen? Gewiß, du vor allen Menschen hättest das Recht dazu. Doch solches Blut bringt böses Blut über einen Ort, nicht gutes. Komm, laß dein Herz erstarken; es hat Schlimmeres ertragen!«

Er schüttelte den Kopf und hielt inne, als sinne er nach. ›Wird er begreifen?‹ Ich dachte an seinen großen Gram und wartete demütig wie ein Knabe vor einem Mann.

Schließlich sagte er: »Zu dir kann ich reden. Du bist für die Athener zu den Stieren von Kreta gegangen. Bestimmt hast du das Zeichen des Opfers empfangen.«

Ich nickte, dann erinnerte ich mich und sagte: »Ja.«
Er legte die Hand auf seine verwundete Stirne und hielt die feuchten Finger in die Höhe.
»Dieses Blut kommt von Kadmos und Harmonia; es stammt von Zeus, und es stammt von Aphrodite. Auch ich kenne den Wert des Opfertodes. Als die Seuche Theben traf, da wartete ich nur auf das Omen. Ich sandte Boten nach Delphi und war in meinem Herzen überzeugt, das Orakel werde sagen: ›Der König muß sterben.‹ Doch Apollos Wort lautete, es sei das Befleckte zu suchen. Und so begann ich zu suchen, Schritt für Schritt in die Dunkelheit, auf dem Pfad, der zu mir selber führte.«
Er verstummte wie ein Brunnen ohne Boden, wenn man einen Stein hineinwirft. »Vergangen ist vergangen«, sagte ich. »Gräm dich nicht umsonst!«
Er legte seine Hand in meine und beugte sich vorwärts, als wollte er mir ein Geheimnis anvertrauen. »Als ich in Glück und Reichtum lebte, wäre ich bereitwillig gestorben. Doch nachher lebte ich weiter. Ich bin mit Hunden von Dorf zu Dorf gejagt worden, ich habe im nächtlichen Tau den Fuchs gewittert, der in sein Loch lief, und ich selber hatte einen Stein als Kissen, wo die Töchter der Nacht mich von Traum zu Traum hetzten. Ich aber, der ich für die Thebaner zu sterben bereit gewesen wäre, wollte es nicht für mich selber tun. Warum, Theseus, warum?«
Ich sagte nicht, daß Bettler häufig das Leben mehr lieben als Könige.
»Alles geht vorüber, und Geduld bringt einen bessern Tag!«
»Jetzt weiß ich, warum«, sagte er. »Ich wartete auf die Eumeniden. Wenn die Schuld bezahlt ist, nehmen sie nichts mehr. Das übrige schenken sie dir. Dieses ganze letzte Jahr ist der Gram wie Wasser in einer tiefen Grube gefangen gewesen; nicht wie der prasselnde Regen, der einen nachher trocken zurückläßt. Ich meinte, ich sollte schließlich sterben wie ein Winterspatz, der im Dunkeln vom Ast fällt und nichts ist, nichts als Speise für

die Ameisen, die ihn kahl fressen. Doch was sie aufbewahren, ist gewachsen. Die königliche Macht ist wieder da. Ich habe einen Tod darzubringen.«

Das Mädchen hatte unterdessen Kleid und Haar glatt gestrichen; jetzt kam sie näher und setzte sich auf den Boden. Ich wußte, daß sie ihm lauschen wollte, doch er hatte seine Stimme gesenkt, und so winkte ich ihr nicht zu.

»Wußtest du, Theseus, daß Blinde in Träumen sehen können? O ja, ja; vergiß das nie! Das ist etwas, das die jungen Menschen nicht wissen. Erinnere dich daran, wenn du die Nadel nimmst, daß nachts deine Augen wieder sehen können, und dann nützt dir weder Feuer noch Erz. Es gibt eine Stätte, wohin die Mächtigen mich bringen wollten, wo ich sah, was ich sehen mußte. Ich bin wieder dorthin gekommen; doch alles war still. Sie fegten den Boden mit Besen aus Erlen; dann setzten sie sich nieder wie graue, spinnwebumhüllte Steine. Zuerst war ein Nebel da; dann eine klare Dunkelheit mit dem kleinen Licht einer windstillen Flamme. Sie brannte hell und hoch, und in ihr stand Apollo, nackt wie das Wesen des Lichtes, und schaute mit seinen großen blauen Augen auf mich herab, wie der Himmel auf die Erde herabschaut. Ich dachte, da ich unrein war, sollte ich seine Gegenwart meiden; doch er, rein in seinem Feuer, zeigte keinen Zorn, und ich empfand keine Angst. Er hob die Hand; die Eumeniden schlummerten, wie es uralte Felsen tun, auch wenn die Sonne in ihre Höhlen strömt. Und dann sprach er und sagte: ›Ödipus, erkenne dich selbst und sage mir, was du bist!‹

Ich stand in Gedanken. Es kam mir in den Sinn, daß ich eben dagestanden war und mir über eine schwere Frage den Kopf zerbrach, dem Orte der Prüfung, der Sphinx geweiht. Und als ich mich erinnerte, wußte ich, daß die Antwort die gleiche war. Ich sagte: ›O Herr – nur ein Mensch.‹

Der Vernichter des Dunkels lächelte mir zu. Sein Licht durch-

drang mich. ›So komm‹ , sagte er. ›Da du endlich zur Mannheit gelangt bist, tu, was sich geziemt, und bring das Opfer!‹
In der Höhle, die ich seit jeher kannte, stand ein Steinaltar; jetzt aber war das Blut fortgewaschen, und er war mit Lorbeer bestreut. Ich ging hin, und die erste der Eumeniden kam mit einer Schere auf mich zu, mit einem gütigen Gesicht wie eine alte Priesterin. Sie schnitt mir die Stirnlocke ab und legte sie auf den Altar, und ich sah das Haar wieder feuerrot, wie es gewesen war, als ich zum Mann geweiht wurde.«
Seine Hände waren im Schoß gefaltet, und sein Antlitz sah. Ich schwieg, aus Angst, ich könnte wieder das Dunkel über ihn bringen. Doch jetzt richtete er sich auf und rief: »Antigone!« wie ein Mann, der gewöhnt ist, daß man ihm gehorcht. Das Mädchen kam. Sie sah aus wie ein Hund, wenn im Haus eine Veränderung geschieht, von der er nichts weiß; ein nicht sehr schneller, aber vertrauenswerter Hund, einer von jenen, die auf einem Grabe liegen, bis sie sterben.
Sie streckte den Arm aus, damit er die Hand darauf legen könnte – fast war es, als hätte der lange Gebrauch eine Höhlung in den Arm gegraben – und sie sprachen miteinander. Ich hätte ihre Worte hören können, tat es aber nicht. Denn sobald ich einen Augenblick für mich selber hatte, wußte ich, warum meine Stirne sich spannte, mein Bauch einzusinken schien und das Gackern der Hühner meinen Kopf durchbohrte wie Nadelstiche. Hätte ein Kind hinter mir die Hände zusammengeschlagen, so wäre ich einen Fuß hoch gesprungen. Eine kalte Schlange ringelte sich gleichsam um meine Eingeweide. Ich schaute nach den Olivenbäumen des lieblichen Kolonos; schon regten sich piepsend ängstliche Vögel. Es war Poseidons, des Erderschütterers Zorn, der endlich den Gipfel erreicht hatte und bereit war, den Boden zu spalten.
Ich sah mich um; sah den alten Mann, der zu dem Mädchen sprach, sah meine Leute, die es sich gähnend bequem

machten, sah die gaffenden Bauern hinter den Reben. Wenn meine Warnung erfolgt, so gerate ich in Wut über die Menschen rund um mich, die so unberührt bleiben, während mir, der ich doch Dingen standgehalten habe, vor denen die meisten von ihnen meilenweit davonlaufen würden, der kalte Schweiß ausbricht. Doch die Gabe und die Bürde kommen von den Göttern, und so muß man sie tragen. Ich blieb ruhig und winkte den Kolonern. Sie kamen hoffnungsvoll und hoben wieder Steine auf.

»Seid still!« sagte ich. »Ich habe die Warnung Poseidons erhalten. Bald wird er zuschlagen. Was könnt ihr auch erwarten, wenn ihr die Flehenden an seinem Altar steinigt?«

Daraufhin ließen sie die Steine nicht fallen, sondern bückten sich und legten sie sachte wie Eier auf die Erde. Ich wies sie an, den Hügel hinunterzugehn, und sie gehorchten; ja, sie bemühten sich, auf Fußspitzen zu laufen. Wenn ich mich nicht so elend gefühlt hätte, wäre mir die Lust gekommen zu lachen. Amyntor, der begriffen hatte, sagte ruhig: »Ich habe schon für alles gesorgt, für die Pferde und für die Reiter. Komm und ruh dich jetzt aus!«

»Ja«, erwiderte ich, »aber vorher müssen wir uns um unsere Gäste kümmern.« Ich wandte mich zu Ödipus. »Komm! Es ist Zeit!« Und das war es! Höchste Zeit! Ich hatte Mühe, meine Stimme ruhig zu bewahren.

Er küßte die Stirne des Mädchens; sie ging den Hügel hinunter wie ein guter Hund, den man heimschickt, er aber streckte die Hand aus und legte die leichten, kräftigen Finger mit ihrer sehenden Berührung auf meinen Arm.

»Kind des Poseidon, wenn dein Vater bereit ist, so bin ich es auch. Führ mich dorthin, wo sein Tor sich öffnen wird und gib mich dem Gott!«

Ich schaute in seine leeren Augen. Als ich seine Meinung erfaßte, hätte ich davonlaufen mögen wie ein Pferd vor einem

Waldbrand. Mein ganzes Leben lang, wenn die Erdbebenwarnung mich packte, hatte ich mich dazu geschult, meine Warnung weiterzugeben, bevor ich selber mich entzog, doch das hier raubte mir meine ganze Festigkeit. Er konnte nicht wissen, was er von mir verlangte. Und dann dachte ich: ›Aber der Gott – er weiß es!‹

Gewiß war es eine Sendung, dieses furchtbare Ding; es konnte nicht vom Menschen kommen. Wenn ich aus Furcht versagte, würde seine Macht mich bestimmt verlassen. Ich sagte zu Amyntor:

»Führ unsere Leute den Hügel hinunter und warte.« Er starrte mich an; ich muß wohl recht elend ausgesehen haben. »Geh«, sagte ich und dachte daran, was für ein trefflicher Mann er war, sonst hätte ich ihn schlagen mögen. »Ich muß das für den Gott tun!«

Er faßte nach meiner Hand, preßte sie an seine Stirne, und dann trat er ruhig an die Spitze meiner Schar und führte sie fort. Ich war allein mit Ödipus, dem Verfluchten, während die stille Luft auf den reglosen Wipfeln lastete, die Bienen schwiegen und die Vögel sich zwischen den Blättern versteckten.

Er drückte meinen Arm und fragte, wohin wir gehen sollten. »Still«, sagte ich. Der leiseste Laut ließ mich erbeben. »Warte, ich muß sehen.« Doch alles, was ich empfand, war das Verlangen, zur rechten Zeit zu fliehen. Und so dachte ich: ›Wohin will ich fliehen?‹ Und dann langsam, wie ein Ochse zum Altar, ging ich in die entgegengesetzte Richtung. Ich sah, wohin mich das führte, zu dem felsigen Gelände mit den Föhren. Da packte ein solches Grauen mein Herz, daß ich wußte – dies war der Ort!

Der blinde Mann ging ganz mühelos neben mir, mit seinem Stock den Boden abtastend. Ich leitete ihn durch die Reben und den Hang hinauf zu der Zauntüre. Bei jedem Schritt spannte mein berstender Schädel mich schmerzhafter, schlug mein Herz heftiger, stieg die Gänsehaut mir über Hals und Arme.

Meine einzige Führung war, daß ich wie ein Hund den Geruch der Angst witterte und ihm nachging.
Als wir auf dem steinigen Ödland ankamen, ließ er seine Finger zu meinem Handgelenk hinuntergleiten. Seine Hand war warm und trocken. »Was hast du?« fragte er leise und doch für mich noch zu laut. »Bist du krank? Hast du Schmerzen?« Man spielt nicht Theater, wenn der Atem eines Gottes einem über den Nacken weht. Ich sagte: »Ich habe Angst. Wir kommen näher.« Gütig drückte er mir die Hand. In ihm merkte ich keine Angst; darüber war er längst hinaus. »Es ist nur meine Warnung«, setzte ich hinzu. »Wenn der Gott gesprochen hat, ist es vorüber.« Die Felsblöcke und die Föhren waren just vor uns. Ich hätte gelassener in mein eigenes Grab schauen können. Vor dem Tod habe ich nie große Angst gehabt; ich war dazu erzogen worden, jederzeit bereit zu sein, denn wer kann wissen, wann der Gott sein Opfer verlangt? Das war keine Angst vor irgend etwas, sonst hätte ich standhalten können. Es war einfach Angst wie ein brennendes Fieber, das einen fröstelnd durchschüttelt. Und doch tat seine Stimme mir nicht länger weh. Es war sogar eine gewisse Tröstung darin.
»Du bist der Erbe meines Todes. Ich kann ihn nicht meinem Volk schenken. Unser Geschlecht ist als der Fluch von Theben gesendet worden. Die Götter mögen gewähren, daß meine Söhne kinderlos bleiben.« In seiner Stimme war Haß; einen Augenblick lang glaubte ich ihn in seiner Mannesblüte zu sehen, mit rotem Haar und hellen, wilden Augen. Doch die Flamme erstarb schnell. »Dir, Theseus und deinem Land gebe ich meinen Tod und meinen Segen.«
»Aber«, flüsterte ich, »sie haben dich doch an dem Altar gesteinigt!«
»Warum nicht?« Er sprach kühl und vernünftig. »Ich habe ja meinen Vater getötet.«
Jetzt waren wir zwischen den Felsblöcken. Ohne große Hilfe

ging er zwischen ihnen durch, schien sie zu spüren, bevor er sie berührte. Meine Angst war aus dem Kopf in den Bauch gesunken; ich trat zur Seite und entleerte ihn; und dann fühlte ich mich leicht und kühl und ein wenig wohler. Ich ging wieder zu ihm und führte ihn auf ebeneren Grund.

»Das Schicksal war dein Herr«, sagte ich. »Du hast diese Dinge unwissend getan. Menschen haben Schlimmeres verbrochen und weniger dafür erduldet.«

Er lächelte. So gleichmütig ich auch war, flößte mir das Ehrfurcht ein.

»So sagte ich immer, bis ich zum Mann wurde.«

Wir waren an den Rand der hufförmigen Vertiefung gekommen, und die Furcht in mir flüsterte: ›Sei, wo du willst, nur nicht hier!‹ Mein Kopf war so leer, als wollte er wegschwimmen; Frauen sagen, so sei es, bevor sie ohnmächtig würden. Und ich dachte: ›Ich kann nicht mehr. Der Gott wird mich nehmen oder verschonen, ich bin in seiner Hand.‹ Und ich lehnte mich an einen Felsblock, schlaff wie ein ausgewrungener Fetzen. Doch er redete weiter:

»Ich bin als Sohn des Polybios aufgezogen worden. Aber ich sah ihm nicht ähnlich; davon wurde geredet, und ich hörte es. Und als ich den Gott in Delphi fragte, war seine einzige Antwort eine Warnung: ›Du wirst den Pflanzer deines Samens töten und das Feld besäen, aus dem du gewachsen bist.‹ So lautete der Spruch. Wußte ich nicht, daß jeder Mann oder jede Frau über vierzig jetzt vor dem Gott mein Vater oder meine Mutter sein mußte? Ich wußte es. Als der Rotbart mich von seinem Wagen im Engpaß beschimpfte und mit seinem Speer nach mir stieß und die Frau an seiner Seite lachte, dachte ich nicht daran? O doch! Aber mein Zorn war mir süß. Mein ganzes Leben lang konnte ich meinen Zorn nie überwinden. ›Nur dies eine Mal‹, dachte ich. ›Die Götter werden sich noch einen Tag gedulden.‹ Und so tötete ich ihn und seine Begleiter, denn meine Kampfwut gab mir die Stärke von drei Männern. Die Frau war im Wagen und machte sich an den Zügeln zu schaffen. Ich erinnerte mich an ihr Lachen. Und so zerrte ich sie herunter und warf sie über die Leiche ihres Gatten.«

Seine Worte krächzten mir in die Seele wie Krähen auf einem toten Baum. Ich war so erschöpft, daß ich kaum erschauerte.

»Und später, da ich als Sieger in Theben einfuhr, geschabt und gewaschen und umkränzt, da begegneten sich unsere Augen, und sie sagte nichts. Sie hatte mich nur in meiner Wut gesehen; Blut und Zorn und der Staub der schlammigen Straßen mögen einen Menschen verändern. Sie war nicht sicher. Und der weiche, strahlende Blick der Wölfin nach dem neuen Führer des Rudels ... es ist Gesetz in Theben, daß der König durch das Recht der Eheschließung herrscht. König zu sein! König zu sein! Ich begrüßte sie als Fremder. Nie sagte ich ein Wort, nie stellte sie eine Frage. Nie – bis zuletzt!«

Ich hörte diese entsetzlichen Worte; doch sie drangen zu mir wie ein Kinderweinen. Denn die Gegenwart des Gottes drückte auf meinen Schädel und auf die Sohlen meiner Füße und durch meine Lenden von dem zitternden Felsblock her. Ich stand aufrecht, als hätte sein Arm mich vorwärtsgestoßen. Meine Furcht war zu feierlicher Ehrfurcht geworden. Ich war nicht mehr ich selber, ich war nur eine Saite, die er zum Tönen brachte. Ich wußte, was es hieß, ebensowohl Priester zu sein wie König.

Der blinde Mann stand, wohin ich ihn geführt hatte, ein wenig unterhalb von mir in der Höhlung der heiligen Hufspur, und sein Gesicht war zur Erde gekehrt. Ich sagte: »Sei frei davon! Geh in Frieden in das Haus des Hades. Vater Poseidon, der du die Erde hältst, nimm das Opfer an!«

Als ich noch sprach, flatterten die Vögel kreischend aufwärts und die Hunde heulten. Ich sah ihn seine Hände im Gebet zu den Göttern dort unten ausstrecken, und dann sah ich nichts mehr. Tief unten ließ der Kern des Hügels ein Knirschen und Knarren hören. Ich verlor jeden Halt und glitt zwischen stürzenden Felsen weiter, bis ich mich an einer Föhrenwurzel festhielt, die nackt aus dem Boden ragte. In nächster Nähe hörte ich einen mächtigen, dröhnenden Donner und noch einen, und dann trat eine lastende Ruhe ein. Im Nu verließ mich meine Erdbebenkrankheit; mein Herz schlug gleichmäßig, und mein Kopf war klar. Es war, als wäre ich aus einem Alptraum erwacht. Und so rief ich laut: »Wo bist du? Bist du verletzt?«

Keine Antwort. Ich zog mich an der Föhre in die Höhe. Die Gestalt der Felsen hatte sich verändert. Die Höhlung des Pferdehufs hatte sich zu einem Spalt geöffnet, und mächtige Blöcke füllten ihn. Ich machte ein Zeichen der Ehrfurcht vor dem Gott und kroch auf den Knien bis an den Rand; doch die Tiefen blieben stumm.

In der Ferne riefen die Leute von Kolonos den Gott beim Namen an und bliesen in ihre Ochsenhörner; und ein einsamer Esel stieß sein Gebrüll zum Himmel, als hätten alle leidenden Dinge ihn zu ihrem Sprecher gemacht, um die Götter anzuklagen.

8

Ein Jahr und mehr war es her, daß ich Pirithoos gesehen hatte, denn unterdessen hatte er seinen Vater begraben und war König in Thessalien. Damit war es mit seinen Abenteuerfahrten für eine Weile vorbei. Doch als er kam, kam er abermals über das Meer, salzfleckig, wetterhart, genauso behaart wie seine Männer und von Gold klirrend. Er war über Samos hergefallen, als die Krieger des Königs in der Ferne Krieg führen mußten, und hatte den königlichen Palast geplündert. Er hatte auch ein Mädchen aus Samos mitgebracht, das er verschont und als Gabe für mich gewählt hatte.

Auch ich war unterdessen nicht müßig gewesen. Ich hatte Megara erobert.

Dieser Krieg ging um die Zölle auf der Isthmusstraße. Nisos, der alte König, mit dem ich einen Freihandelsvertrag geschlossen hatte, war gestorben, ohne einen Sohn zu hinterlassen. Er war mit mir verwandt gewesen; der Erbe aber gehörte nicht zu meiner Sippe. Er hob Zoll auf den ganzen Handel von Attika ein und führte als Vorwand an, ich sei, als der Vertrag geschlossen worden war, nur König von Eleusis gewesen; als ob nicht jeder Ehrenmann es mir zugutegehalten hätte, daß ich es gewesen war, der die Straße von Räubern gesäubert hatte. Als ich ihm eine Botschaft sandte, gab er zunächst eine höfliche Antwort und bezahlte eine Entschädigung, dann folgte ein höfliche Antwort und eine Entschuldigung. Dann wurden die Antworten immer kürzer. Das war töricht. Es brachte mich auf einen Gedanken, wie er jedem König kommen mußte, der einen Namen hinterlassen will; daß ich nämlich, mit Megera in

meiner Hand, die Grenzen Attikas bis zum Isthmus vorschieben konnte.
So fiel ich über ihn her, bevor das Wetter sich änderte. Ich verkleidete meine Krieger als Kaufleute, die Waffen hatten sie in ihren Ballen versteckt, und ich selbst ließ mich in einer geschlossenen Sänfte tragen, wie das Frauen von hohem Stand tun. Wir überraschten die Hüter des Wachturms, ließen das Heer ein, das hinter einem Hügel gewartet hatte, und waren fast schon in der Burg, bevor das Land auch nur erwacht war. Wir hätten ebenso plündern können wie Pirithoos in Samos, doch das verbot ich bei Todesstrafe.
Pirithoos tat es leid, daß er diesen Krieg versäumt hatte, und er segelte heim. Ich hatte das ganze Jahr mit Megara zu tun. Wie die Völker in Attika, hatten auch die Leute von Megara ihre eigenen Lebensformen, die ich nicht abschaffen wollte, doch meine Tätigkeit in Attika hatte mich manches gelehrt, und hier war meine Hand sicherer. Ich war entschlossen, ein starkes Herrscherhaus aufzubauen, das auch nach mir fest blieb, nicht aber eine klägliche Hütte, die über dem Kopf meines Sohnes zusammenbräche. Das waren meine Gedanken, während ich in Megara und auf dem Isthmus Ordnung machte, den großen Altar des Poseidon errichtete, um meine neue Grenze zu kennzeichnen, und die heiligen Spiele stiftete. Und immer wieder erinnerte ich mich daran, daß ich fünfundzwanzig wurde und noch keine Frau hatte.
Das war vor allem ein Zufall. Mein Vater konnte mich als Knaben nicht verloben, da er mich ja verborgen gehalten hatte; bald nachdem er mich anerkannt hatte, war ich nach Kreta gesegelt. Und als ich zurückkehrte, hatte ich große Dinge zu erledigen, und meine Zeit war knapp.
Frauen gab es im Hause genug, wenn ich ihrer bedurfte, und ich konnte sie zur Seite schieben, wenn ich beschäftigt war. Ich hatte im Krieg noch einige Mädchen mehr erbeutet und konnte

ganz nach meiner Laune wählen; war ich einer überdrüssig, so konnte ich sie fortschicken. Was ich aber tun mußte, das wußte ich wohl. Doch ich dachte an all die lästigen Begleitumstände. Gesandtschaften, Verwandtenbesuche, die man erwidern mußte, Verträge und Mitgift, den ganzen Tag voll mit Schreibereien, mit Tränen und Gejammer und den Drohungen, von der Mauer zu springen. Das Durcheinander mit den Mädchen und dem Gefolge, das die Braut mitbrächte, die Zänkereien, die Eifersüchteleien, die Langeweile, jeden Morgen dasselbe Gesicht auf dem Kissen zu sehen! Nein, es mochte noch ein Jahr warten! Dann aber, wenn ein Pfeil in der Schlacht knapp an mir vorüberflitzte oder ein Sommerfieber mich packte, dachte ich: ›Ich habe keinen anderen Erben als meine Feinde. Morgen will ich mich mit der Frage beschäftigen.‹ Doch morgen war ein anderer Tag.

Und dann, im Jahr nach dem Krieg mit Megara, fuhr ein großes Schiff in den Piräus ein, die königlichen Wimpel von Mykenai am Mast und ein rotes Segel mit den Löwen. Ich traf alle Vorbereitungen, um einen Ehrengast zu empfangen; was aber hatte das zu bedeuten? Bald erschien ein Herold von Echelaos, dem Sohn des Königs, am Gestade. Bevor das Schiff an Sunion vorübergefahren sei, habe man die Vorzeichen geprüft, und sie seien ungünstig gewesen. Ob Echelaos für diese Nacht mein Gast sein dürfe?

Ich ging ihm an den Hafen entgegen, und er entsprach dem, was ich von ihm gehört hatte; ein hochgewachsener Mann, etwa in meinem Alter, stattlich und stolz, aber auch sehr umgänglich, wenn er gerade Wert darauf legte.

Da wir uns nun, wie er sagte, durch einen glücklichen Zufall und die Ungunst des Wetters getroffen hatten, gab er sich liebenswürdig wie Männer bei Jagd und Spiel, erzählte Kriegsgeschichten und Scherze und bewunderte meine Pferde. Abends, beim Wein, in meinem obern Gemach, wurde er noch gesprächiger

und schwatzte von seines Vaters Gesundheit und von der Strenge seiner Mutter; sie sei zu hart, sagte er, gegen seine jüngere Schwester, die nun bald erwachsen wäre. »Ein Mädchen, das in die Höhe schießt wie Weizen und zu einer Schönheit wird, kann man nicht dauernd wie ein Kind behandeln!«
Er schaute auf seine lange braune Hand hinunter und drehte seinen Siegelring.
Ich setzte eine heitere Miene auf, obgleich es in meinem Geist summte. Das war nun die Folge des beständigen Aufschiebens! Als Attika nur ein Block auf einer kleinen Ebene gewesen war, hätte es meinem Vater Freude gemacht. Für mich war es eine Falle mit einem Köder darin. Meine Macht war noch zu neu, um unter den gewaltigen Schatten von Mykenai zu gelangen; es würde mich aufsaugen, und mein Nachfolger wäre ein Lehensmann, auch wenn das nicht ausdrücklich ausgesprochen würde. Noch wenige Jahre aber, und es hätte zu einer Gemeinschaft von Ebenbürtigen führen können. So dachten anscheinend auch sie.
Nun, das lehrte mich, einen Aufschub zu erwirken. Jetzt oder nie! Zu schweigen, zu überlegen und auszuweichen, wäre eine tödliche Beleidigung gewesen. Und das Haus der Löwen schluckt solche Kränkungen nicht viel besser, als die Götter selbst sie schlucken.
Auch eine Hast wäre unziemlich gewesen. Er hatte seine Rolle gut gespielt, und das mußte auch ich tun. So ließ ich denn ein kretisches Mädchen kommen, das die ägyptische Harfe schlug, und forderte sie auf zu singen. Ich sah mit Vergnügen, daß sie ihm gefiel, denn es mochte sich als notwendig erweisen, ihn in gute Stimmung zu versetzen. Sie merkte es auch und tat ihr Bestes, denn ihr Sinn war schon auf ein Schmuckstück aus der goldenen Stadt gerichtet. Ich hatte sie nur ihres Spiels und ihres Gesangs wegen behalten und nie mit ihr geschlafen; selbst die Düfte, die sie benützte, erinnerten mich an das Labyrinth, an

mitternächtige Geheimnisse, an den furchtbaren Abschied auf Naxos. Doch die Augen des Echelaos waren eifriger beschäftigt als seine Ohren.
Als das Singen zu Ende war, schaute er drein wie ein Kind, dem man den Honigtopf entzogen hatte. So ließ ich denn das Mädchen bleiben und noch ein Lied singen und sagte zu meinem Gast:
»Ja, es ist ein schönes Lied. Ich hörte es von dem Mädchen singen, mit dem ich mich verlobt hatte, als es noch ein Kind war – von Phädra, der Tochter des Königs Minos. Ja, ja, es wäre an der Zeit, daß ich wieder nach Kreta führe.«
Er nahm das gut auf, glaubte mir offenbar und sagte sogar, er habe davon gehört. Er war, wie ich jetzt deutlich merkte, gekommen, um mich auszuhorchen und festzustellen, was an dem Gerücht war. Bald ging er zu Bett, und ich schickte das Mädchen zu ihm. Auf diese Art hätte er keine Zeit, mißmutig zu werden. Ich aber, ich stand noch bis tief in die Nacht auf der Terrasse und dachte daran, wie schnell das Schicksal dies über meinen Kopf hinweg in Ordnung gebracht hatte.
Es war, wie ich längst gewußt hatte, die einzig mögliche Heirat. Ich hatte geglaubt, ich könnte mir Zeit lassen, da man sie ohne meine Erlaubnis nicht verloben durfte. Natürlich hatte man mich nicht aufgefordert; man hatte auf mich gewartet. Nun, jetzt durfte es kein Zögern mehr geben.
Ich hatte das Kind seit der Zeit, da ich ein Stiertänzer gewesen war, nicht mehr gesehen. Vor dem Stiertanz wurden die Kinder aus den fürstlichen Häusern dorthin geführt, wo sie den Einzug der Tänzer in den Ring sehen konnten. Und da zeigte man ihnen auch die berühmtesten. Bevor aber das Tor des Stieres geöffnet wurde, führten die Hüterinnen sie wieder fort, denn es konnte ja Blut fließen. So war auch sie gekommen, eine in einer Schar der zwitschernden Kinder, denen ich manchmal zuwinkte, wenn ich vorüberging. Eines Tages, als sich das Gerücht verbreitete,

der Stier habe mich getötet, da hatte sie derart geweint und geschrien, daß ihre erschrockene Hüterin mich holen ließ, um ihr zu zeigen, daß ich noch am Leben war. Das ungefähr war meine Erinnerung an sie; ein nacktes, verweintes Kind in einem bemalten Bett, in zerwühltes Leinen gehüllt und sich an meine Hand klammernd.

Da hatte ich ihre Schwester kennengelernt, und meine Gedanken, wenn ich in den Ring trat, waren auf andere Dinge gerichtet; dann und wann aber, wenn meine Züge allzu deutlich verraten hätten, was ich dachte, sah ich zu der Terrasse der Kinder hinauf und lächelte und winkte. Meiner Berechnung nach mußte sie jetzt etwa vierzehn sein.

Wie ein gewundener Faden schlangen sich meine Gedanken um das Labyrinth und gelangten endlich nach Naxos.

Seit jener Abfahrt um Mitternacht hatte ich nie mehr den Fuß auf die Insel gesetzt. Doch wenn meine Schiffe vorüberfuhren, hatten sie den Auftrag, mir Nachrichten zu bringen, falls Ariadne, die Dreifach-Heilige, das Heiligtum verlassen haben sollte. Das war sehr wichtig, denn sie in der Gewalt zu haben, konnte einem Feind große Macht verschaffen. Sie aber war zu heilig geworden; Jahre vergingen, und sie war noch immer dort, im Heiligtum des Dionysos auf der Insel. Jedes Jahr, zur Zeit der Weinlese, führte sie die Mänaden auf die Berge hinauf; bei Einbruch der Nacht kamen sie zurück, von Wein und Erschöpfung schwankend, die Hände bis zu den Gelenken bluttriefend, und der Weinkönig des vergangenen Jahres wurde nicht mehr erblickt.

Noch lange Zeit nach jenem Fest auf Naxos war meine Zunge vor Grauen versiegelt gewesen. Doch Könige können nicht mit der Hand vor dem Mund dasitzen wie eingeschüchterte Kinder. Ich mußte mich rechtfertigen. In Kreta, nach der Befreiung des Labyrinths, hatte ich den Leuten erklärt, sie werde meine Gattin sein. Als ich dann wiederkam und das Land in Ordnung brachte,

erzählte ich den Fürsten eine lange Geschichte; daß ich in Naxos auf der Insel der Dia einen entsetzlichen Traum geträumt hatte, Dionysos sei mir in furchtbarer Gestalt erschienen und habe mich davor gewarnt, ihm seine erwählte Braut zu rauben. Und das war, auf seine Art, gar nicht so unwahr.
So hatte ich gleichsam ihre Ehre gerettet. Mit der Zeit war meine Geschichte von Insel zu Insel, von Mund zu Mund gewandert und mit vielen Wundern verbrämt zu mir zurückgekommen. Ariadne war dem Dionysos anscheinend so teuer, daß sein weinumlaubtes Schiff bei Sternenlicht durch das Wasser glitt und er in der Gestalt eines schwarzhaarigen Mannes zu ihr kam. Hoffentlich hatte sie wirklich einen Liebhaber gefunden. Sie war eine Frau, die es hart ankam, allein zu schlafen.
Und dann, einige Jahre später, erfuhren wir, daß sie im Kindbett bei der Geburt eines Gottessohnes gestorben war. Ob das Kind lebte, das konnte ich nicht in Erfahrung bringen. Die Heiligtümer des Dionysos hegen viele Geheimnisse. Ich müßte lügen, wenn ich sagen wollte, daß es mich gegrämt hatte. Es war eine Bürde, die von mir gehoben wurde. Und damit war die junge Phädra eindeutig die Erbin von Minos' Haus, das letzte der Kinder der Sonne.
Als Echelaos am nächsten Morgen weiterfuhr, gab ich ihm als Gastgeschenk die kretische Sängerin. Das machte ihn mir für lange Zeit zum Freund; und da er bald darauf König wurde, war dieses Geschenk nutzbringend angelegt.
Ich hatte daran gedacht, zur Verlobung nach Kreta zu fahren, um mir das Mädchen anzusehen. Doch da gab es eine Blutfehde in Eleusis, mit der kein anderer fertigwerden konnte. Und so sandte ich eine große goldene Schale als Pfand für die Familie. Für das Mädchen selbst ließ ich etwas Schöneres anfertigen; sie war ein zartes Kind gewesen mit feinen Knochen und seidigen Haaren. Der Goldschmied des Palastes schuf für sie eine Krone aus Hyazinthstein und dazu passende Ohrgehänge. Die Augen

meiner Seele aber sahen sie in ihrem Kinderzimmer, wo Affen an die Wände gemalt waren. Darum schickte ich ihr einen in einem scharlachfarbenen Jäckchen. Ob sie sich wohl auch erinnern würde?

Das Schiff kam zurück und brachte die Zustimmung der Familie und die entsprechenden Gaben. Eine war ein Bild des Mädchens, gemalt auf Elfenbein. Doch es war nicht anders als ein anderes kretisches Bild eines Mädchens oder einer Göttin. Selbst ihr Haar war schwarz gemalt, und ich wußte doch, daß es hellbraun war.

Ich hatte meine Abgesandten entlassen, doch einer verharrte noch und lenkte meinen Blick auf sich. Er war ein weißhaariger Edler, den ich seines freundlichen Wesens wegen gewählt hatte. Als die andern gegangen waren, sagte er:

»Herr, ich habe noch eine geheime Gabe für dich.« Er zog eine Rolle bestickten Stoff hervor. »Die Prinzessin hat es mir durch eine alte Pflegerin geschickt. Ich sollte keinem Menschen davon etwas sagen, nur dir, denn ihre Tante hätte sie gescholten; du aber würdest verstehn.«

Drinnen war ein Kranz aus geflochtenem Haar. Und zwar in zwei Farben. Ich betrachtete es, und dann erwachte die Erinnerung. An jenem Tag in Kreta nach dem Stiertanz hatte sie um eine Locke von meinem Haar gebeten und, wie kleine Kinder es tun, die nichts von den Dingen verstehen, erklärt, eines Tages werde sie mich heiraten.

Der alte Mann sagte: »Sie wird sehr abgesondert aufgezogen; sie ist ganz unschuldig. Aber der Vogel pocht schon an die Eierschale, und es wird ein lieblicher Vogel sein.«

Ich erzählte ihm die Geschichte der Locke und war froh und zufrieden, daß ich sie jemandem mitteilen konnte. Jetzt begann der Gedanke an das Mädchen sich meiner zu bemächtigen, und in meinen Vorstellungen machte ich das Kind zur erwachsenen Frau. Neben diesem Bild wirkten die Palastmädchen grob und

stumpfsinnig, und die meisten Nächte lag ich allein. Mein Land war ruhig, und abermals packte mich das Verlangen, nach Kreta zu segeln.
Ich schickte keine Botschaft; das wollte ich von irgendeinem nahen Hafen erledigen. Ich hatte meinem Kapitän noch nicht einmal gesagt, wohin ich fahren wollte, sondern mein Geheimnis bewahrt wie ein Knabe. Als ich befahl, mein Schiff frisch zu streichen, ein neues Segel zu beschaffen, vom Erzschmied einen phantastischen Greif für den Schnabel des Schiffes anfertigen ließ, da sah ich manchmal ein Lächeln, doch darum kümmerte ich mich nicht. Als die Nachricht von meiner Werbung sich herumsprach, merkte ich, daß alle zufrieden waren. Selbst meine Edlen, die gehofft hatten, ich würde eine Tochter aus einem ihrer Häuser wählen, waren froh, daß ihre Nebenbuhler übergangen wurden. Jedermann hätte eine Verbindung mit Mykenai gefürchtet, wie man eine mit Minos zur Zeit seiner überwältigenden Stärke gefürchtet hätte. Jetzt aber war Kreta entmachtet, und man sah eine Bindung, die das große Land in sicherer Vasallenschaft halten würde. Die Männer lobten meine Weisheit, die Frauen hatten von dem Geschenk gehört und fanden, das sei so schön wie im Lied eines Sängers.
Ich war am Hafen und überwachte die Anbringung des neuen Schiffschnabels, als vom Wachtturm ein Schrei ertönte. Eine Seeräuberflotte sei in Sicht.
Da entstand ein großes Durcheinander, die Leute trieben ihr Vieh landeinwärts und brachten ihre Waren in Sicherheit. Die Seeräuber waren frecher geworden. Längs sämtlicher Küsten des Isthmus war es zu Überfällen gekommen. Bald erblickten wir Schiffe mit Segeln und Rudern. Doch das erste gab uns mit einem geglätteten Metallspiegel ein Zeichen – dreimal drei! Da lachte ich und erteilte den Befehl, daß meine Krieger sich zerstreuen und daß die Gasträume bereitgemacht werden sollten. Die Leute schauten Pirithoos scheel an, denn bis zum letzten

Augenblick hatten sie gefürchtet, er habe die Absicht, den Hafen zu plündern. Ich selber aber war hocherfreut; ich bedurfte eines Freundes, mit dem ich offen sprechen konnte.

Diesmal war er wohlgekleidet und frisch geschabt; auch seine Schiffe waren in bestem Zustand. Er fuhr aus, obgleich es Hochsommer war, aber die Geschäfte seines Königreichs hatten ihn zurückgehalten. Ich wartete nicht ab, was er mir zu erzählen hatte, so erfüllt war ich von meinen eigenen Plänen; im Gemach oben, nach dem Abendessen, den Wein nahe bei der Hand und ohne Zuhörer, begann ich. Er war durchaus für die Heirat, bis ich sagte, ich beabsichtigte, nach Kreta zu fahren. Da fuhr er auf und lachte und sagte:

»Hast du den Verstand verloren?«

Ich war an höflichere Reden gewöhnt gewesen; selbst die Palastmädchen hatten ihre Gedanken bei sich behalten. Doch bevor ich antworten konnte, fuhr er fort:

»Kannst du denn nicht erkennen, daß dies der beste Weg ist, um deine Heirat zu verderben, wenn du sie jetzt ansehen willst? Ein kicherndes kleines Ding, das ihr Kinderfett noch nicht ausgewachsen hat und sicher mit Sommersprossen behaftet ist. Das machen all diese müßigen, in Palästen erzogenen Mädchen durch. Nur Bauernmädchen, die sich das alles abarbeiten, sind mit vierzehn Jahren hübsch. Gewiß, kein Zweifel, sie ist ein braves Mädchen und wird schön werden. Darauf aber solltest du warten und nicht mit enttäuschten Hoffnungen und einem unglückseligen Ehebett anfangen. Hör, was ich dir sage! Wenn du sie jetzt heiratest, wirst du für sie abgenützt sein, sobald sie in ihre besten Jahre kommt, und dann wird sie nach allen Seiten ausschauen.«

Das kühlte mich ein wenig ab. Ich sagte: »Ich brauche sie ja noch nicht zu heiraten. Wenn ich sie sehe, kann ich meine Entscheidung treffen.«

»Wenn du sie nachher lieben willst, dann sieh sie dir jetzt

überhaupt nicht an. Und wenn du dann mit der reizenden Braut zu Bett gehst, von der du geträumt hast, so vergiß nicht, mir dankbar zu sein. Unterdessen haben wir Segelwetter und Abenteuer vor uns!«

Ich hatte die ganze Zeit über geahnt, daß er in eigener Sache sprach. Und doch war an seinen Worten manches erwägenswert.

Jetzt erzählte er mir von dem, was er vorhatte. Nordwärts nach dem Hellespont zu segeln, durch die Meerenge und in den unbekannten Euxinos, um Gold zu suchen.

»Dort ist ein Fluß, der über Sand fließt. Man legt Widderfelle aus, um den Fluß zu hemmen, und zieht sie, mit Goldstaub gefüllt, heraus. Ich habe mit einem Schiffer aus Iolkos gesprochen, der Gold mitbrachte. Er hatte es nicht ohne Schwierigkeiten bekommen. Was aber sind wir? Weiber? Wozu beständig die alten Seewege durchpflügen, wenn man die Welt sehen kann?«

Ich begann wohl: »Wir könnten hinfahren, nachdem ich in Kreta gewesen wäre«, doch ich wußte, dazu würde es keine Zeit geben. Mein ganzes Leben lang hatte ich mich danach gesehnt, das Land hinter der Meerenge, im Rücken des Nordwinds, zu sehen. Er las das in meinen Augen und berichtete mir lange Wundergeschichten, von Kriegern, die aus einer mit Drachensaat besäten Erde gewachsen waren, von Hexen, die in einem Zauberbad alte Männer jung machen konnten, und ähnliches Seemannsgarn. Ich lachte. Und dann sagte er:

»Ja, ja, und wir werden die Küsten des Pontos besuchen. Von dort kommen die Amazonen her, die du im Stierhof so sehr zu schätzen gelernt hast. Hast du keine Lust zu sehen, wie es bei denen daheim zugeht?«

»Warum sollte ich?« erwiderte ich. »Stiertänzer sprechen nie von ihrer Heimat. Das ist wie Bauchschmerzen; es lenkt den Geist vom Stier ab.«

So kam er denn wieder auf das Gold von Kolchis und auf die

Drachen zu sprechen, während ich auf die Lampenflamme in ihrer grüngestreiften Malachitschale blickte und Bilder darin sah.

»Nun«, sagte er, »in Kreta erwartet man dich wohl schon. Und du willst sie nicht kränken. Nicht wahr?«

»Ich habe noch keine Botschaft gesendet.«

Das war alles, was er mir an diesem Abend entlocken konnte. Doch er wußte, daß er gesiegt hatte.

9

Halb Athen sah uns aus dem Piräus in See stechen, nachdem wir der Göttin der Winde unsere Opfer dargebracht hatten. Als ich den Jubel hörte, entsann ich mich, wie die Zeiten sich geändert hatten. In der großen Zeit des Minos wurden Seeräuber nicht günstiger beurteilt als Räuber zu Land. Jetzt aber gab es keine Flotte, die stark genug gewesen wäre, um alle Seewege zu bewachen. Könige kämpften zum Schutz ihrer eigenen Gestade, und manchmal fuhren sie aus, um Rache zu nehmen. Und wo Krieg ist, da ist auch Beute. Da war es denn kein schwerer Entschluß, auf Abenteuer auszufahren. Junge Männer konnten damit eine Laufbahn im Leben beginnen; Könige konnten sich bereichern, ohne schwere Steuern aufzulegen, und das gefiel ihrem Volk. Krieger konnten zeigen, aus was für einem Holz sie geschnitzt waren, und zudem konnten sie die Wunder der Erde erschauen. Nur die Graubärte murrten, als ich mit dem abenteuerlustigen Pirithoos ausfuhr und die Bänke meiner Schiffe mit Speerträgern bemannte. Häuptlingssöhne, deren Väter jedem, der ihnen angeboten hätte, sich an ein Ruder zu setzen, mit bloßem Schwert an den Leib gerückt wären, stritten in meinem Empfangsraum geradezu darum, ihre Namen an erster Stelle gewählt zu sehen.

Sie hatten Zeit, um sich an ihre Arbeit zu gewöhnen. Wir fuhren mit stetigem Südwind die ganze Strecke nordwärts zu der Meerenge; Delphine schlugen in unserem Kielwasser Purzelbäume und ließen glitzernden Schaum aus einem Meer aufspritzen, das so blau war, als könnte es die Ruder färben. Einmal oder zweimal sahen wir Rauch vom Ufer aufsteigen, und Schiffe lagen am Strand; sehr wahrscheinlich Männer mit den gleichen Absichten wie wir; doch sie ließen uns in Frieden. Unserer Stärke, unseren Wimpeln konnte man anmerken, daß wir eine königliche Flotte waren; und Wölfe räumen dem Löwen das Feld.

Am liebsten wäre ich ins Wasser gesprungen und hätte mit den Delphinen um die Wette getaucht, so sehr freute ich mich des Lebens. Lange Zeit hindurch war der Abenteurer in mir ein Sklave, ein Gefangener des Königs gewesen; und jetzt hatte er Ferien. Mein Auge war frisch wie das eines Knaben, und mein Herz ebenso leicht.

Wären wir ausgezogen, um hellenische Länder zu plündern, so hätte ich mich weniger behaglich gefühlt. Für mich sind alle Hellenen gewissermaßen Verwandte. Und darum habe ich auch in allen hellenischen Ländern, die ich eroberte, die Männer als Angehörige meines Volkes behandelt und keine Sklaven gemacht. Manche Könige kennen gerade nur den Nachbarn, mit dem sie in Fehde leben; für sie ist man ein Fremder, wenn man von zehn Meilen weit herkommt. Ich aber war dort Gefangener gewesen, wo man fremden Göttern diente, und was uns teuer war, hatte unsern Herren nichts bedeutet. Das macht, daß man sich zu dem eigenen Volk hingezogen fühlt.

Wir fuhren längs der Küste nördlich von der Mündung des Peneus, wo Pirithoos' Leute Rauch aufsteigen ließen, um ihm mitzuteilen, daß in seinen Ländern Ruhe herrschte. So fuhren wir weiter und segelten ungefährdet rund um den Berg Athos; wir sichteten Thasos, wo das Gold von Troja gegraben wird. Eine trojanische Flotte lag dort und mußte wohl das Lösegeld für einen König an Bord haben. Doch man beißt nicht in den Schwanz des Drachen, wenn man so schnell den Kopf erreichen kann. Und so fuhren wir auch an Thasos vorüber.

Vor uns war Samothrake, wo hohe, dunkle Klippen und bewaldete Hänge steil aus dem Meer aufragen. Hier gibt es keinen

Hafen, und darum ist die Gegend auch wild geblieben. Doch ist sie heilig. Pirithoos und ich hatten uns in Fellbooten an das Gestade rudern lassen und hatten unsere Wimpel mitgenommen, um uns von den Zwerggöttern des Gebirges gegen Schiffbruch und Niederlage schützen zu lassen.

Wir klommen steile, gewundene Pfade, die sich um die Felsspitzen schlangen, hinauf durch Nebelschwaden, welche die Föhrenwälder feuchteten; vorüber an zerklüfteten Hängen, wo die Siedlungen der Sai, des ältesten Küstenvolkes, wie Storchennester kauern, und auf ihren Dächern nisten die Storche selber. Auf der Höhe, oberhalb der nebelnassen Wälder, sind steinige Hochebenen; hier sind der roh zurechtgehauene Altar der Zwerggötter und die heilige Höhle. Da wir von so weither gekommen waren, baten Pirithoos und ich um einen Zauber gegen Schiffbruch und Niederlage. Die Riten sind geheim, und so will ich nur berichten, daß sie häßlich und schmutzig sind und einem die Kleider besudeln. Ich ließ mein Gewand unten am Strand und schwamm, um mich wieder gesäubert zu fühlen, die ganze Strecke zu meinem Schiff zurück. Doch immerhin haben wir weder Schiffbruch noch Niederlage erlitten, und so muß man sagen, daß die Zwerggötter ihr Wort gehalten haben.

Während wir in der Grotte waren, fragte ein buckliger Priester mit den Beinen eines Wechselbalgs jeden von uns allein, ob wir irgendein schweres Verbrechen begangen hätten. Die Zwerggötter, sagte er, hätten gereinigt werden müssen, weil sie ihren Bruder gemordet hatten, und so gewänne der Mann, welcher der Reinigung bedurfte, ihre Gunst. Ich erzählte ihm, wie ich mein Segel nicht gewechselt hatte, als ich von Kreta heimgekommen war, und welche Folgen das gehabt hatte. Und er meinte, das wäre sehr nach dem Sinn der Zwerggötter. Auch Pirithoos hatte sie offenbar zufriedengestellt, doch er sagte mir nie, warum, und da auch ich meine Geheimnisse für mich behalten wollte, fragte ich nicht. Als wir über die bemoosten, schroffen Pfade hinunterkletterten, dröhnten uns noch die hölzernen Trommeln, nach denen sie in der Höhle tanzten, in den Ohren; und als wir aus dem langen Schatten des Berges in sonnenhelles Wasser gelangten, war es, als wären wir neugeboren. Doch es ist wahr, daß ich nach jenem Tag nie mehr von meinem Vater träumte.

Dann lag die Straße der Helle vor uns wie die Mündung eines großen Flusses. Wir drehten bei, um den Abend abzuwarten. Im Sommer weht der Nordostwind hier den ganzen Tag, bei Sonnenuntergang aber legt er sich. Dann gingen wir, voll bewaffnet, an die Küste, um Wasser zu holen; denn die Leute in diesen Gegenden sind große Strandräuber. Pirithoos zeigte mir eine Karte, die der Schiffer von Iolkos für ihn angefertigt hatte, und darin waren die Küsten verzeichnet, längs deren die Strömung in unsere Richtung lief. Dieser Mann, sagte er, sei der Erbe eines Königs gewesen, der aber von einem mächtigen Verwandten abgesetzt worden war. Der seefahrende Sohn besaß keine Schätze, um ein Heer aufzubieten und sein Erbteil zurückzuerobern, doch auf dieser Fahrt erbeutete er genügend Widderfelle, voll mit Goldstaub, um Speerträger zu dingen, soviel er nur brauchte. Er hatte Pirithoos seine Karte gegeben, weil sie miteinander in der Zucht des ›Hexers‹ gewesen waren, und weil er, wie er sagte, keine zweite Fahrt in den Euxinos zu unternehmen gedächte. Er war König in Iolkos; aber er hatte unter einem Fluch zu leiden, mit dem eine Hexe im Norden ihn bezaubert hatte.

»Geh ihnen also lieber aus dem Weg«, sagte Pirithoos, »auch wenn sie dir all ihre Gunst anbieten. Jener Hexe sagte er, er werde sie heiraten, wenn sie ihm zeigen wollte, wie er zu dem Gold von Kolchis kommen könnte. Und jetzt frißt der Fluch ihm an den Knochen, und seinem Aussehen nach wird er nicht mehr lang machen.«

»Kolchis?« fragte ich. »Hat er dir ihren Namen genannt?«

»Die ›Durchtriebene‹ hat er sie genannt. Ja, und ihr Name war Medea.«
Ich erzählte ihm, daß sie meines Vaters Geliebte gewesen war und versucht hatte, mich zu vergiften. Sein Anteil daran war, daß er für das Königreich gefürchtet hatte, und das mindeste, was ich tun konnte, war, sein Andenken zu achten.
Fünf Nächte lang stießen wir durch die Straße vor und hielten uns an die Küstenströmungen; zuerst durch die Meerenge, dann in das Propontis, wo wir uns von der Küste fernhielten. Tagsüber hielten wir gute Wacht, denn der Hellespont ist als Wasserstraße, was der Isthmus als Landweg gewesen war.
Wir richteten Bollwerke von Schilden und Fellen auf, um uns gegen Pfeile zu schützen, denn das hatte Jason, der in Kolchis gewesen war, Pirithoos angeraten. Trotzdem wurde ein Mann in den Arm getroffen und starb an der Wunde. Und wir hatten ja nur mit den wichtigeren Gruppen zu tun, denn wir waren zu stark, als daß die kleineren Banden sich an uns herangewagt hätten; dieser Jason mußte aber ein tapferer Mann gewesen sein, daß er es gewagt hatte, mit einem einzigen Schiff die Meerenge zu durchfahren.
Am sechsten Abend wurde die Straße so schmal, daß wir am Ufer die Schakale bellen hören konnten und Männer rund um Wachfeuer sahen. Doch gegen Abend wehte eine neue Brise uns salzig und stark in die Gesichter. Rasch verschwanden die Küsten, und unsere Schnäbel tauchten tief in den Wogenschwall. So drehten wir bei, warteten auf den Anbruch des Tages, und er ließ uns ein unendliches graues Meer erblicken. Das war der Euxinos, die ›Freude des Seefahrers‹. So nennt man es; denn seine Götter sind so geartet, daß man gut daran tut, höflich mit ihnen umzugehn.
Wir steuerten ostwärts; und als die Sonne aufging, war das Meer blau, dunkelblau wie Lazurstein. Zuerst war das Land flach, dann erhob es sich zu hohen Bergen, darein die Winterregen tiefe

Schluchten gerissen hatten, und an den Hängen grünten sonnige Wälder. Als wir an Land gingen, um Wasser zu holen, fanden wir es über Felsen herabplätschern, die wie dunkler Marmor glänzten, und in Becken von bemoosten Steinen im Schatten von Myrten sprudeln. Wir schlugen an der Küste ein Lager auf, aßen frischgebratenes Fleisch und sahen die Sonne zwischen den grünen Blättern. Doch Jason hatte gesagt, das Waldvolk bestehe aus wilden Jägern, die einen mit vergifteten Pfeilen beschössen, bevor man auch nur einen einzigen sich regen gesehen hätte. So stellten wir Wachen auf und schliefen an Bord. Und die Nachtwachen erwischten mit ihren Wurfspießen zwei Männer, die sich herangeschlichen hatten, um Feuer nach unsern Schiffen zu schleudern.

Am nächsten Tag, immer noch ostwärts gerichtet, gerieten wir in völlige Windstille; doch unterdessen hatten die Hände unserer Ruderer sich gehärtet, und ein guter Sänger hatte sie geschult. Gegen Abend sahen wir Wolken über den Berggipfeln. Sogleich rief uns Pirithoos zu, wir sollten nach der Küste steuern. Doch bevor wir das taten, brach ein böser, schwarzer Nordoststurm über uns herein. Wir wurden so weit hinausgetrieben, daß das Land außer Sichtweite war; mächtige grünschwarze Seen tobten auf uns ein, als wir vor dem Wind fuhren, und wir brauchten mehr Mann zum Wasserschöpfen als zum Rudern. Mit Anbruch der Nacht beruhigte der Sturm sich ebenso plötzlich, wie er gekommen war, und wir lagen unter einem ausgestirnten Himmel. So schaukelten wir bis Tagesanbruch in der Dünung, und ich dankte dem blauhaarigen Poseidon, der mich nie, nicht zu Land, nicht zu Wasser, im Stich gelassen hatte. Die Sonne erhob sich hinter zackigen Gebirgen. Hoch in den Himmel stiegen die schneebedeckten Spitzen auf und ragten über die näheren Berge hinaus, von denen sie verdeckt gewesen waren, während wir die Küste entlangfuhren. Als wir wieder in Fahrt kamen, prüfte Pirithoos die Karte und rief uns von seinem

Schiff aus zu, daß wir in der Nähe von Kolchis sein mußten und bald anlegen sollten, um Kriegsrat zu halten.
Nun sichteten wir einen Einschnitt zwischen den Bergen und eine Flußmündung. Als wir uns näherten, sahen wir eine kleine Ebene am Ufer eines Flusses und eine Stadt von hölzernen strohgedeckten Häusern und ein Königshaus aus Stein. Wir steuerten weiter und fuhren in eine Bucht hinter der bewohnten Ebene, damit die Leute glauben sollten, wir hätten nicht die Absicht, an Land zu gehn.
Unsere Waffen hatten unter dem Sturm gelitten – die Fellschilde waren naß und schwer, und sämtliche Bogensehnen waren verdorben. Doch wir hatten Speere und Schwerter und Wurfspieße; und wir waren uns einig, daß wir, wenn Jason mit einem einzigen Schiff sein Gold durch Diebstahl und durch Bestechung einer Hexe hatte erbeuten müssen, nicht gar so bescheiden zu sein brauchten. Wir würden auf die Dunkelheit warten und dann die Stadt plündern.
Und das taten wir. Die Leute von Kolchis hielten gute Wacht und sahen uns landen, obgleich kein Mond schien; aber sie hatten nicht viel Zeit, um ihre Habe hinauf in die Burg zu schaffen, und sie mußten ziemlich viel liegenlassen. Wir kämpften in den Straßen beim Schein der brennenden Häuser, und als die Gegner wichen, stürmten wir die Bergstraße hinauf, wo die Maultiere das Gold trugen. Auch reiche Städter gab es, die ihre Flucht verzögert hatten, weil sie allzu viel retten wollten. Doch Mütter, die Kinder trugen, ließ ich frei ausgehn. Manche unserer Leute, die nun lange zur See gewesen waren und nach Frauen begehrten, waren damit unzufrieden, insbesondere die Lapithen des Pirithoos. Doch aus Freundschaft nahm er meine Partei, und so sagte er ihnen, wenn sie die Zeit verschwendeten, würden sie nicht genug Beute gewinnen, um sich Mädchen für ein Jahr zu kaufen.
Wir bedrohten die Männer mit den Maultieren und brachten sie

dazu, uns zu sagen, wo die Vliese zu finden seien; tatsächlich hätten wir unsere Drohungen nicht wahr machen können. Weder Pirithoos noch ich vertrugen es, Menschen zu foltern; in diesem Punkt waren wir völlig einig. Und schließlich zeigten sie uns die Vliese im Fluß, die aber nicht viel Gold enthielten, weil sie erst vor kurzem ausgewechselt worden waren. Immerhin waren es prächtige Trophäen, und von dem meinen wusch ich das Gold nie aus, sondern hängte es, wie es war, in meiner großen Halle auf.

Als wir unsere Beute sammelten, das Gold, die Schätze aus dem Haus des Königs und seiner Edlen, die Becher und Spangen, die schöngearbeiteten Schwerter und Dolche, die feingewobenen Stoffe, waren wir wohl zufrieden und bereit, mit dem, was die Götter uns gespendet, heimzufahren. Doch zuerst versenkten wir alle kolchischen Schiffe, wozu Jason keine Gelegenheit gehabt hatte; und das war, wie er Pirithoos erzählt hatte, die Quelle all seiner spätern Mißhelligkeiten gewesen.

Der Tag graute ruhig. Obgleich wir müde waren, ruderten wir emsig, um uns von der kolchischen Küste zu entfernen, denn der König mochte in der Nähe Verbündete haben. Bald nach Sonnenaufgang wehte eine günstige Brise, und die Ruderer konnten auf ihren Bänken schlafen. Der Schiffer wachte, denn er hatte sich ausgeruht, während die Schiffe am Strand lagen, und er paßte auf die Segel auf. Pirithoos und ich, jeder auf seinem Schiff, lagen auf unsern Pritschen. Ich sah nach dem blauen Himmel über mir, sah das große Segel, darauf eine Schlange gemalt war, wie es sich an der Rahe spannte; sein Knarren schläferte mich ein, ebenso wie der Gedanke an die gute Arbeit, die wir geleistet hatten.

Als ich erwachte, wußte ich, daß etwas nicht in Ordnung war. Es war Mittag vorüber; das Meer war dunkel wie Wein, der Sonnenschein wie blasser Honig. Wir waren nahe der Küste, deren grün bewaldete Berge von dem Licht aus dem Westen vergoldet wurden. Das Schiff schaukelte und neigte sich, weil die Männer alle nach der dem Land zugekehrten Seite geeilt waren. Fluchend raffte ich mich auf und erteilte die nötigen Befehle. Dann aber wollte ich selber sehen, was es denn gab. Im Schnabel war ein Platz für den Schiffer, von dem aus er eine schwierige Durchfahrt prüfen konnte. Dorthin kletterte ich und packte den ehernen Greif bei seinem Kamm.

Bald sah ich, was den Aufruhr verursacht hatte. Als wir eine Spitze umfahren hatten, waren wir gerade auf eine Schar badender Mädchen gestoßen. Nicht daß sie geplanscht hätten, wie das Frauen beim Kleiderwaschen tun, nein, sie schwammen in die offene See hinaus. Jetzt hatten sie sich natürlich nach dem Land gewendet; die Steuerleute aber hatten ganz ohne Befehl den gleichen Kurs eingeschlagen, und die Ruderer waren kräftig an der Arbeit.

Das war Tollheit, denn die Wälder konnten alles mögliche verbergen, und sie reichten bis an den Strand hinunter. Ich öffnete den Mund, um meine Leute zu schelten und sie an ihre Plätze zu weisen; doch die Worte stockten mir. Auch ich war lange Wochen zur See gewesen. Ich mußte innehalten und das Schauspiel betrachten.

Die Mädchen im Wasser schwammen so schnell und mit so kräftigen Schlägen, daß ich sie für Burschen gehalten hätte, wenn einige nicht schon an Land gestiegen wären. Sie eilten in eine Deckung und liefen so leicht über die Kiesel, als wären ihre Sohlen gehärtet; doch sie sahen nicht aus wie Bäuerinnen. Dazu war ihre Haltung zu stolz. Ihre Schenkel waren straff und geschmeidig, die Beine lang und schlank; ihre jugendliche Brüste waren vollendet wie Weinkelche, die am Rad zurechtgedrechselt worden waren. Sie waren völlig von der Sonne gebräunt und nicht vom Kleidertragen ungleichmäßig gefleckt; und gegen die braune Haut schimmerte ihr blondes Haar wie Silber. Sie trugen es alle auf die gleiche Art, nicht sehr lang und zu einem dicken

Zopf geknotet, der zwischen den Schultern aufschlug, während sie liefen.
Die rascheste hatte den Wald erreicht; wo die Bäume nicht dicht standen, konnte ich die besonnten goldenen Glieder sich regen sehen. Und ich dachte: ›Wenn das die Frauen sind, wie mögen dann die Männer sein? Bestimmt ein Geschlecht von Helden! Wenn sie kommen, wird es eine Schlacht geben, von der die Rhapsoden singen werden, und einige der Unsern dürften Futter für Geier sein. Nun, wenn sie kommen, dann kommen sie eben!‹
Ich winkte dem Bootsmann zu und schrie: »Schneller!«
Die Krieger legten sich lachend in die Ruder. Wir fuhren so schnell, daß die Mädchen, die am weitesten draußen gewesen waren, den Strand noch immer nicht erreicht hatten. Eine war eine kurze Speerwurflänge entfernt. Das Wasser spritzte auf. Der junge Pylenor, ein berühmter Schwimmer, der viele Preise gewonnen hatte, war hineingesprungen, um auch diesen Preis zu erringen. Er schüttelte das Wasser aus den Augen und flitzte vorwärts wie ein Speer. Die Männer jubelten ihm zu.
Alle andern Mädchen waren ans Ufer gelangt und hatten die Deckung erreicht. ›Macht nichts‹, dachte ich. ›Der Abhang wird sie hemmen. Man kann sich darauf verlassen, daß ein hungriger Hund den Hasen erwischt.‹ Rasch gewann der junge Pylenor Raum. Ich ließ einen Mann sich mit einem Ruder in Bereitschaft halten, das er ihm zuwerfen könnte. Es würde bestimmt zum Kampf kommen, und da konnten beide ertrinken.
Der Strand war nichts als leerer Sand und aufgewühlte Fußspuren, als das Dickicht sich teilte. Heraus trat abermals ein Mädchen, und sie lief wie ein Reh geradewegs auf das Meer zu. Die Männer johlten vor Freude und schrien, was ihnen gerade in den Sinn kam. Doch ich blieb stumm. Denn ich sah, warum sie keine Zeit daran verschwendet hatte, sich anzuziehen. Sie hatte ihren Köcher umgeschlungen und den Bogen geholt.

Es war ein skythischer Bogen, kurz und stark. Sie watete fast bis zum Knie ins Wasser, bevor sie das silberne Band von der Schulter schüttelte und den Pfeil auf die Sehne legte. Mich hatte es unterdessen schon erwischt. Die Hebung ihrer Brust zu dem rückwärts gebeugten Arm, die Biegung ihres Halses, dessen Muskeln so kräftig und zart waren wie die Sehne des Bogens, durchdrang mich wie ein flammender Strahl. Sie stand da, um zu zielen, golden und silbern, rosig berührt; die Brauen hatte sie zusammengezogen, ihre Augen waren klar und gleichmäßig, und all das lüsterne Geschrei glitt von ihr ab wie Regen von Kristall. Ihr Blick musterte uns wie der eines Jägers, der aus einer heulenden Herde ein Tier für seinen Topf auswählt. Nie hatte ich ein Antlitz von so makellosem Stolz erschaut.

Sie war bereit; doch statt zu schießen, rief sie: »Molpadia!« Ihre Stimme war kalt, wild und rein wie die eines Knaben oder die eines Vogels. Sie machte ein Zeichen mit dem Kopf, und ich verstand, was sie meinte. Das schwimmende Mädchen, das sich dem Strand näherte, war zwischen ihr und dem Mann.

Ich schrie: »Pylenor!« Laut wie einen Kriegsschrei. Das Mädchen hatte abgeschwenkt. Doch taub vom Wasser und der Jagdlust, sah er nichts, hörte er nichts. Er wandte sich ihr nach und bot so seine Flanke dem Ufer. Das ›Piff‹ des Pfeils war wie das Geräusch eines auftauchenden Delphins; doch es war das Ende der Delphinstage. Der Pfeil erreichte ihn unter dem Arm. Wie ein aufgespießter Fisch hob er sich keuchend, schlug um sich und versank.

Meine Leute brüllten vor Wut; ich fühlte das Schiff schwanken, als die Bogenschützen auf die Bänke sprangen, hörte das dumpfe Tönen der durch das Seewasser verdorbenen Sehnen, hörte die Pfeile kraftlos aufschlagen. Das Schiff fuhr weiter; mir war, als zögen meine Augen es vorwärts.

Sie stand lachend im Wasser. Ihr Gelächter machte, daß ein Schauder mir über das Rückrat lief. Es war weder Scham noch

Schamlosigkeit; sie lachte allein, freute sich des Sieges über fremde, ungeheuerliche Dinge. Sie war wie die Mondgottheit, tödlich und unschuldig; sanft und wild wie der Löwe. Sie wartete, um die Schwimmerinnen zu decken, die ans Land kam. Die leichte Brise ermutigte den ehernen Schnabel; ich ritt gleichsam wie auf einem Hengst. Mein Blut war zu Wein und Feuer geworden, ich sah, wie ihre Hand nach dem Köcher griff, und hörte mit halbem Ohr Stimmen hinter mir: »Herr! Steig herunter, Herr! Gib acht! Herr, Herr, du bist just in der Richtung des Pfeils.« Der Bogen hob sich, ihre Augen folgten dem Pfeil – näherten sich, näherten sich meinen.

Um ihnen zu begegnen, schwang ich mich über den Greif, den ich mit einer Hand festhielt. Da öffneten sie sich weit. Sie waren grau; grau wie Frühlingsregen. Doch schon verengten sie sich, und ihr Pfeil verschwand hinter seiner Spitze.

Die Männer riefen einander zu, man solle mich doch vom Bug fortziehen. Aber ich wußte, daß keiner das wagen würde. Was aber konnte sie erreichen? Nur die Sprache sich paarender Löwen; er schlägt die Klauen ein, wenn sie knurrt. Mochte sie mich daran erkennen, jetzt oder nie! Ich beugte mich vorwärts und hob den Arm zum Gruß.

Von da an waren alle drei still; ihre gleichmäßigen Augen und der Pfeilkopf. Dann rückten alle drei ein wenig; sie lockerte den Bogen und spießte den Bezug des Kriegshelms eines Mannes auf. Dann watete sie weiter, um das Handgelenk des schwimmenden Mädchens zu ergreifen, und lief mit ihr, ohne sich umzuschauen, in das Dickicht.

Die Ruderer ruderten rückwärts, das Schiff legte bei. Ich starrte ihr nach; mein einziger Gedanke war, ihr zu folgen, sie zu finden. Der Schiffer sagte: »Ungefähr hier ist er versunken, Herr.«

Er war ein Mann gewesen, den ich geschätzt hatte; ich hatte ihn aber vergessen, als ob er nie gewesen wäre. Dort war das dunkle

Blut seines Leibes. Ich warf mein Gewand ab und tauchte, um ihn zu holen. Zum Teil, um ihn zu ehren; aber ich dachte auch, ich sollte schneller sein als die andern.
Selbst als ich damit beschäftigt war, dachte ich: ›Beobachtet sie uns zwischen den Blättern? Was wird sie ihrer Mutter sagen? »Männer haben mich baden gesehen!« Oder: »Ich habe einen Mann gesehen«?‹
Irgendwer rief mich an. Es war Pirithoos, der sich vom Achterdeck seines Schiffes beugte.
»Nun, Theseus! Wie ist es mit den Amazonen?«
Daran hatte ich nicht gedacht. Ich, der ich in Kreta gewesen war, der ich gesehen hatte, wie solches Silberhaar sich im Stiertanz schüttelte. Sie war gleichsam nur sie selber gewesen, ohne Verwandte, ohne Ebenbürtige. Langsam dämmerte mir die Wahrheit. Da würde es keine Männer ihres Stammes geben, um für sie zu kämpfen. Nein, ich war dem Krieger begegnet, dem ich sie abringen mußte. Sie mit ihren Waffen und ihrem Löwenstolz, ich waffenlos.
Dann dachte ich: ›Sie kam allein ins Wasser; aber die andern haben sich nie und nimmer aus Furcht zurückgehalten. Sie hatte ihnen also Befehle erteilt. Sie ist eine Frau, der man gehorcht!‹
Und laut sagte ich: »Sie schulden uns etwas. Wir wollen doch sehen, was sie uns zu geben haben, um diese Schuld abzutragen.« Die Männer frohlockten; doch ihre Stimmen tönten weniger hitzig als vorher. Sie schauten nach dem Strand, der den versteckten Bogenschützen preisgegeben war, und dann dachten sie an ihre eigenen verdorbenen Sehnen. Ihr Eifer war entschieden abgekühlt. Wenn ich nicht vorsichtig war, würden sie dafür sein, weiterzufahren.
Ich rief zu Pirithoos hinüber: »Einer meiner Leute ist tot, und wir müssen ihm ein anständiges Begräbnis bereiten. Legen wir an der nächsten geeigneten Stelle an! Dort können wir auch die Beute teilen.«

Das leuchtete allen ein. Ich empfehle jedem, der Krieger in Abenteuer führt, das Teilen der Beute nicht aufzuschieben. Wenn sie zu lange ungeteilt bleibt, so finden die Leute an dem oder jenem Gefallen und wollen just das haben. Und dann hat man Schwierigkeiten.

Ein Stückchen weiter war eine Klippe und daneben ein Strand. Ich gab die nötigen Befehle, damit Pylenor sein Grab gerichtet und sein Hügel aufgeschichtet würde. Dann zog ich Pirithoos zur Seite und sagte ihm, was ich vorhatte. Er antwortete nicht, sondern sah mich nur an. Schließlich fragte ich: »Nun?«

»Soll ich es dir sagen?« Er stand da, die Hände in die Hüften gestützt, den Kopf seitwärts, und seine Augen glitzerten. »Nein. Ich hatte Zeit, hinunterzuschlucken, was ich zu sagen hätte. Wir würden uns streiten, und du würdest doch gehn; und wenn du tot bist, wäre ich traurig. Geh denn, du Narr, und ich werde für dich beten. Wenn ich kann, werde ich deine Leiche heimbringen. Und wenn du sie erwischst, so sei unbesorgt; vor mir ist sie sicher!«

Nun wurde die Beute geteilt, und ich achtete darauf, daß die Leute zufrieden waren. Und dann sagte ich: »Dieses Schwert, diese Schale und diesen Armring setze ich von meinem Anteil als Preise für die Leichenspiele aus. Der Tote soll geehrt werden; und so, wie wir ihm Gaben für sein Grab schulden, schulden wir ihm auch Rache. Dies ist unsere einzige Möglichkeit; wenn ihre Späherinnen glauben, wir seien mit den Begräbnisfeierlichkeiten beschäftigt. Wer will mit mir kommen?«

Etwa ein Dutzend trat vor; sie alle waren bereit, aus Liebe zu Pylenor oder zu mir oder zum Abenteuer, die Leichenspiele zu versäumen. Der Tag stand zwischen Mittag und dem sommerlichen Sonnenuntergang. In diesen Gegenden tritt er später ein als daheim.

Während die andern den Boden für den Wettlauf glätteten, schlüpften wir in den Wald, dann schlichen wir den Hügel entlang, bis wir auf den Pfad stießen, den die Mädchen auf ihrer Flucht vom Strand eingeschlagen hatten. Er führte uns durch Schneisen, die der Wind und ein Wasserfall geöffnet hatten. Hier sahen wir Hufspuren und einmal ein Band, das vom Seewasser benetzt war. Nicht lange darauf sichteten wir eine Lichtung mit einem Dorf. Doch als wir näher schlichen, hörten wir Männerstimmen und das Geschrei von Kindern. Es war ein ganz gewöhnliches Bauerndorf.

Daß wir den richtigen Pfad gefunden hatten und daß er von der Bucht heraufführte, daran war kein Zweifel. ›Das ist also kein Land der Frauen‹, dachte ich, ›von dem die Geschichten melden. Sie sind etwas anderes; ein Volk innerhalb eines Volkes.‹

Der Pfad führte an der Quelle des Baches vorüber – und hier hatten sie gerastet, um zu trinken – durch den Wald von Myrte und Eiche und Walnuß; die Bäume standen jetzt dünner, und hier reiften Brombeeren. Der Himmel wurde häufiger sichtbar, und dann öffnete er sich weit. Hier wuchsen Erdbeerbäume und Birken und die kleinen Gebirgsblumen. Ich hörte das Singen einer Lerche und etwas, das sich dazwischen mischte. Als die Lerche verstummte, war es das Lachen eines Mädchens.

Mein Herz stockte, dann aber pochte es so heftig, daß es mich beinahe erstickte. Ich bedeutete meinen Leuten zu schweigen; aber die Lerche wollte nicht gehorchen, und ich mußte abwarten, bis sie mit ihrem unbekümmerten Vergnügen fertig war. Schließlich schwebte sie zur Erde, und dann hörte ich in der Ferne wieder den Klang.

Auf dem offenen Gelände vor uns wuchsen schlanke Espen aus dem kurzen, feinen Gras. Der Pfad führte an den Bäumen vorbei; an den einen war ein Knäuel blaue Wolle gebunden. Ich dachte: ›Dieser Ort ist heilig und darf nicht betreten werden‹, und mein Nacken erschauerte. Doch ich hätte ebensowenig zurückgekonnt wie bei der Geburt.

Vor uns ragte aus dem Berg ein Pfeiler aus mächtigen, aufeinandergeschichteten Felsblöcken auf, groß wie eine Scheune. Der Pfad führte um ihn herum. Dahinter wurden Stimmen laut; das waren bestimmt Wachen. Ich ließ meine Leute warten und kletterte den Hang ein Stückchen abwärts, dorthin, wo einige Reben wuchsen. Durch sie hindurch kroch ich, bis ich den Kamm erreichte. Und dann blickte ich hinunter.

Eine breite Fläche erstreckte sich dort unten, mit einer flachen Höhlung. Es war wie der Schoß eines sitzenden Berges, dessen Felsenarme auf den Knien ruhen. Darüber erhob sich der Kopf. Die steinige Brust beugte sich vor, und unten, von ihren Knien fiel senkrecht ein Felsen ab. Nichts war zu sehen als die weite Luft und das ferne Meer, über dem Adler schwebten. Am Rande der Einbuchtung stand ein Altar aus rohbehauenem Stein mit einer starken Säule daneben, und auf der Säule etwas, geformt wie die Sichel des wachsenden Mondes. Seine Kruste war seltsam; glasig und rauh wie Klinker. Einmal hatte ich in einem andern Heiligtum so ein Ding gesehen; doch dort war es kleiner als eine Faust gewesen, und dies hier war so stark wie ein Mann. Es war ein mächtiger Donnerstein. Man konnte sehen, wie es von der Hitze des Blitzes geschmolzen worden war, sein eigentümliches Erz glitzerte gleichsam flüssig in dem schrägen Sonnenstrahl. Von dem Altar stieg Rauch auf, und in der Luft war ein Duft von süßem Harz. Und da wußte ich, daß es ein Heiligtum von Ihr war, das Männer nicht schauen durften. Und auf dem Gras saßen im Schutz der Höhlung die Wächterinnen des Heiligtums.

Jetzt waren sie angekleidet; ihre Gewänder waren aus weich bearbeitetem Leder, bestickte oder befranste Kittel und skythische, enganliegende Hosen. Die Farben waren leuchtend und stark wie Beeren und Edelsteine; Spangen von Gold und Silber schimmerten. Sie sahen aus wie schlanke Prinzen in der Blüte der Jugend, die sich nach der Jagd getroffen haben, um Wein zu trinken und dem Rhapsoden zu lauschen.

Sie unterhielten sich oder lagen behaglich in dem späten Sonnenschein oder besserten ihre Waffen aus. Die eine befiederte Pfeile, und neben ihr lagen Bündel von Rohr und Federn. Andere ölten ihre Bogen und Wurfspieße, und eine, entblößt bis zur Mitte des Leibes, nähte an ihrem Kittel, während das Mädchen neben ihr, soweit man es den sprechenden Händen ansehen konnte, eine Geschichte erzählte. Hinter ihnen, an das Gebirge geschmiegt, standen niedrige, strohbedeckte Steinhäuser und ein hölzerner Stall. Darin war ein Steinherd, auf dem ein Feuer brannte, und einige Bauernmädchen in Frauentracht befestigten einen Bratspieß. All das erblickte mein Auge, als es vergebens ausspähte.

Nichts rührte sich in den offenen Türen. Sie war nicht da. Und dennoch dachte ich nicht: ›Was jetzt?‹ Mein Schicksal hatte mich mit tödlich starken Fingern gepackt. Und es hatte mich nicht hierhergeführt, um mich wieder gehn zu lassen.

Ich winkte meinen Leuten, daß sie sich darauf vorbereiten müßten, noch eine Weile zu warten. Dann legte ich mich hinter den Kamm und schaute durch die Reben, meine Brust an die Brust des Berges gepreßt, atmete die Luft ihrer Heimstatt, lauschte dem Murmeln des Baches und dem Wehen der Brise. Eines der Mädchen schlug eine Leier und sang dazu. Es war ein altes Lied, das ich daheim gehört hatte, gesungen von den Harfnern des Küstenvolks. Das ist eine Sprache, die ich gut kenne; einige meiner Leute sprechen sie. ›Wenn auch sie sie kennt‹, dachte ich, ›so können wir miteinander reden.‹

Auf einem Felsen stand, schwarz gegen eine weiße Wolke, eine Wächterin, mit zwei Wurfspießen in der Hand und einem halbmondförmigen Schild. Sie hob ihn, sichtlich zum Gruß, und ich hörte ein Jagdhorn. Ich wartete. Der Schrei jedes Vogels, das Rascheln der Blätter, alles schnitt in mich ein wie Erz. Ich hörte Pferdehufe über Steine klappern, dann auf Gras stapfen. Ich betete, wenn ich auch nicht weiß, zu welchem Gott ich betete.

Über den fernen Hügelkamm trabte eine Meute von Jagdhunden, wollige Tiere und weiß wie Quark. Sie stürzten sich auf die Mädchen, die viel Wesen mit ihnen machten, laut lachten und sie hielten. Dann aber sprangen sie mitten unter den Hunden auf wie Hausgesinde, das den Herrn erwartet.

Durch den Einschnitt im Hügelkamm ritten Jägerinnen, und sie ritt an der Spitze.

Ich erkannte sie an allem, obgleich ihr Gesicht zu weit entfernt war, als daß ich es deutlich sehen konnte; an ihrer Art, auf dem kleinen Gebirgspferd zu sitzen, an der Haltung ihrer Schultern, an der Neigung ihres leichten Speers. Unter der kleinen Haube hatte sich das helle Haar an ihren Schläfen gelöst und flatterte in der Abendbrise. Über ihrem Pferd lag ein toter Bock; Zügel und Zaum waren mit Silberscheiben behängt, die funkelten und klirrten, als sie dahergeritten kam. Auf dem weichen Boden fiel das Pferd, das den Stall erblickte, in einen Handgalopp; sie wurde mir entgegengetragen wie ein Vogel im Flug. Die Mädchen liefen hinzu, um die Beute zu übernehmen; ich sah das helle, schimmernde Gesicht, während hinter ihr die andern Reiterinnen kamen und das Abenteuer ihrer Jagd erzählten.

Sie schwang sich von dem Pferd und streichelte es, bevor sie es gehn ließ. Die Mädchen begannen den erlegten Bock zu häuten und zu zerteilen und legten die geweihte Keule beiseite. Sie arbeiteten geschäftig wie kräftige junge Männer, schauderten nicht vor dem blutigen Eingeweide zurück, und mein eigenes Kämpferblut warnte mich – das waren vollwertige Kriegerinnen! Doch ich hätte in alle Ewigkeit zuschauen mögen, ohne an Leben oder Tod zu denken.

Den Abfall warfen sie den Hunden zu, dann wuschen sie ihre Arme in einer Quelle, und während die Küchenmädchen das Fleisch auf dem Bratspieß befestigten, trugen die Jägerinnen die Keule zum Altar. Sie war es, die das Opfer darbot. Denn sie war, wie ich gewußt hatte, ihre Führerin.

Der Rauch stieg in dichter Wolke auf. Sie ging an den Rand des hohen Felsens und betete, die Arme zum Himmel gehoben. Als ich sie ansah, wurde die Kraft meiner Glieder zu Wasser, und meine Kehle schwoll, als wäre sie von Tränen voll. So jung war sie, und doch hatte ein Gott sie berührt. Ich sah sie allein mit dem Heiligen, dem sie Rede stehn mußte, sonst aber keinem Mann und keiner Frau, die unter der Sonne wandelten. Und ich dachte: ›Sie ist mehr als eine Königin. Sie begreift das Opfer, das sich selbst darbringt. In ihren Augen ist das Geschick eines Königs.‹

Wie der Schatten eines Traumes war mein ganzes Leben verronnen, wie die dunkle Schwelle des Schoßes, die das Kind vergißt, sobald es atmet und den Tag erblickt. Zu meinem Herzen sagte ich: ›Warum bin ich hierhergekommen? Um ihr Volk zu morden und sie zu rauben, mit ihrem Blut über mir, wie eine beliebige Kriegsbeute? Peleia mit den Tauben mußte mich toll gemacht haben; dieses Gesicht aber brachte mir meine Seele wieder. Ich will meine Leute heimsenden; ihren Gefährten werde ich nie rächen. Wenn zwei oder drei mir aus Liebe zu mir folgen wollen, möge es denn sein. Wenn nicht, nicht! Hier, in diesen Bergen, will ich von meinem Speer und von der Jagd leben; und eines Tages werde ich ihr begegnen, wenn sie allein reitet. Dann muß sie zu mir kommen, denn ein Gott will es. Und ich bin verzehrt, wie das Feuer vom Himmel einen Wald verzehrt; wie kann ich so leiden, wenn nicht ein Gott es über mich verhängt hat?‹

Sie hatte ihr Gebet beendet und wandte ihr Gesicht von dem Schein der tiefstehenden Sonne, die sich nun ins Meer senkte. Eine der Jägerinnen kam näher und ging mit ihr. Sie unterhielten sich wie Freundinnen; ich hatte den Eindruck, daß dieses Mädchen es war, das sie vor Pylenor gerettet hatte. In Kreta hatte ich gehört, daß die Amazonen miteinander in Liebe verbunden sind; es hieß, daß sie Gelübde für das ganze Leben ablegten. Doch das bekümmerte mich nicht. Ich dachte nur:

›Unser Geschick ist vereint; da ich für sie wiedergeboren wurde, wird sie es auch für mich sein.‹

Das Licht wurde rot wie geglättetes Kupfer; unten im Tal lagerte schon die Dämmerung. Das Feuer wirkte heller, und sein Schein sprang über die Felsen. Irgendwer brachte Holz, mit Harz getränkt, zum Altar, und es brannte mit heller Flamme.

Ich hörte das Geräusch einer Rassel. Fünf oder sechs Mädchen waren mit Instrumenten erschienen und setzten sich auf den Boden. Sie hatten kleine Trommeln und Flöten und Zimbeln. Erst leise, um sich den Weg zum Zusammenklang zu ertasten, begannen sie zu singen und zu spielen. Die andern aber standen in weitem Kreis um sie.

Der Rhythmus und der Gesang wurden stärker; es war eine Musik, zum Tanzen geschaffen, eine wilde pochende Weise, die sich endlos wiederholte und mit jedem Mal feuriger wurde. Es dröhnte mir im Kopf. Ich spürte, daß heilige, verbotene Dinge kommen mußten. Doch ich lag auf den Felsen und schaute, wie gebannt von meinem Schicksal.

Eines der Mädchen sprang auf. Sie zog den Kittel aus gelbem Ziegenleder aus und stand halbnackt in dem roten Licht von Sonnenuntergang und Feuer. Sie war jung; die zarte Biegung ihrer halb gereiften Brüste war wie geglättetes Gold. Ihr Gesicht blickte gespannt, beinahe streng und doch abgeklärt. Sie streckte die Hände aus, und die andern legten zwei spitze Dolche hinein, deren frischgeschliffene Schneiden funkelten. Sie hob die bewaffneten Hände gegen den Donnerstein und begann zu tanzen.

Anfangs bewegte sie sich langsam und schlang die Arme in geheimnisvollen Biegungen und Zeichen übereinander. Dann drehte sie sich schneller; plötzlich streckte sie die Hände aus, bog sie einwärts und stieß sich die Dolchspitzen in die Brüste. Mein Atem röchelte in meiner Kehle. Doch das Gesicht des Mädchens hatte sich kaum verändert. Sie hatte nur leicht die

Stirne verzogen, als die Spitzen eindrangen, dann aber kehrte ihre strenge Ruhe wieder. Sie zog die Dolche heraus, und ich erwartete, daß nun das Blut aufspritzen werde. Doch ihre Haut war unversehrt und glatt. Im Takt zu dem Rhythmus hob sie die Hände wieder und wieder, stach sich in den Leib, in den Hals, in die Schultern. Ehrfurchtsvolle Schauder packten mich, ich hielt die Handgelenke an den Mund gepreßt. Ihre Haut war unberührt wie geglättetes Elfenbein, bevor der Schnitzer es in Angriff nimmt. Die Trommeln dröhnten, und der Gesang stieg immer höher.

Ein anderes Mädchen entkleidete sich, sprang neben sie und schüttelte einen Jagdspieß. Leichtfüßig tanzte sie vorwärts und stützte sich darauf; über dem Herzen, immer wieder und wieder. Doch als sie sich erhob, schloß sich die Haut blutlos und weiß. ›Theseus, Sohn des Aigeus‹, dachte ich, ›was hast du getan? Du hast das Mysterium gesehen, dessen Anblick für Männer der Tod ist. Lauf, verbirg dich im Wald, opfere dem Apollo, der die Menschen vom Fluch erlöst. Warum wartest du?‹ Doch ich antwortete: ›Um meines Lebens willen!‹

Jetzt war die Sonne untergegangen; die Wölbungen der Wolken waren wie glühendes Holz, das auf kühlem, klarem Grün schwimmt. Noch zwei Mädchen tanzten, das eine mit Jagdmessern, das andere mit einem Schwert. Ich blickte in die Runde der Zuschauerinnen. Sie stand schweigend da, die Hände reglos, während die andern den Takt schlugen. Ihre Augen waren ruhig. Und doch sah ich eine Verstörtheit darin. Würde sie auch tanzen? Ich zitterte und konnte nicht sagen, ob es vor Grauen war oder vor Begier.

Das Mädchen Molpadia tanzte bereits; sie war es, die das Schwert hielt. Sie wirbelte es um sich und stach sich in den blutlosen Hals; dann streckte sie die Hand aus und rief und wies aufwärts. In den verblassenden Tiefen des Himmels, wie eine gespenstische Sichel, war der Neumond aufgetaucht. Die Zimbeln schlugen gegeneinander, und ein gewaltiger Schrei entrang sich den Sängerinnen. Die Musik drehte sich wie ein wildes Rad, die Klingen glitzerten und stießen zu, die Zuschauerinnen sprangen in den Reigen und riefen ihre Führerin. Ihre Augen, als sie sie zu der Mondsichel hob, wurden weit und verträumt. Plötzlich warf sie ihre Haube fort und schüttelte das befreite Haar wie einen vollen Mondstrahl. Der Sang schrillte wie das Kreischen von Adlern.

Dann aber mischte sich in die Töne ein Laut, der mich weckte wie eisiges Wasser. Es war das Bellen eines Wachthundes, der ›Diebe!‹ meldet.

Ich hatte, seit sie gefüttert worden waren, nicht mehr an die Hunde gedacht. Sie waren angebunden oder eingeschlossen worden, wie wir das auch mit unsern Hunden tun, wenn getanzt wird. Einer aber mußte sich losgemacht und in unsere Richtung gespürt haben. Und auf sein Gebell hin wurde die ganze Meute entfesselt.

In der Dämmerung sah ich einen weißen Ansturm. Ich sprang auf und wehrte mich mit Schild und Speer gegen sie. Und dann begriff ich; denn rund um mich kämpften auch meine Leute. Sie waren es müde geworden, völlig ahnungslos zu warten, und hatten vermutet, daß sie mir aus dem Sinn gekommen waren; und sie wollten auch den Tanz sehen. Aber der Hund hatte sie gewittert.

Ich verwünschte Männer und Hunde; wir wehrten die Meute ab, bevor sie uns in Stücke zerfetzen konnte, und verwundeten einige Tiere, so daß sie jetzt nur aus einer gewissen Entfernung bellten und hin und her sprangen. Über ihrem Gebell hörte ich, wie die Musik jäh abbrach, und dann tönte das Kriegshorn.

Dieser Schall gab mich mir selber zurück. Ich rief meinen Leuten zu: »Gebt acht! Das sind die Mondjungfrauen der Artemis. Keiner kämpfe, der sich verbergen oder fliehen kann! Es ist ein Todesfluch darauf. Die Königin …«

Doch es war keine Zeit mehr. Die Tänzerinnen kamen über den Hügelkamm geflogen wie Falken; sie waren bis zum Gürtel entblößt und hatten die Waffen ihres Tanzes in den Händen. Ja, es war, als tanzten sie noch immer, und ihre Augen leuchteten in heiliger Verzückung.
Ich rief ihnen zu – was, weiß ich nicht; wie man etwa dem Meer zurufen mag, wenn es den Damm sprengt. Dann war das Mädchen mit den zwei Dolchen schon über mir. Ich versuchte, sie mit meinem Schild abzuhalten, doch sie duckte sich darunter wie eine Bergkatze, und ihre Fäuste stießen die Klingen nach mir wie Klauen. Die Liebe zum Leben, mit der wir geboren sind, tat ihr Werk für mich; ich faßte den Speer kurz und stieß zu. Sie starb, ins Herz getroffen; doch kaum ein Blutstropfen drang aus ihrer Todeswunde, und auf ihren Zügen war ein Lächeln.
Der Kampf verteilte sich im Zwielicht zwischen den Felsen des ganzen Hanges. Auch die Hunde kämpften mit. Es war wie ein Fiebertraum, daraus man nicht erwachen kann. Und dann hörte ich Pferdehufe stampfen und sah sie kommen.
Das waren die Amazonen, die mit wachen Ohren den Ruf erlauscht hatten. Sie ritten oder liefen neben den Tieren der Reiterinnen. An den Armen hatten sie die halbmondförmigen Schilde, in den Händen ihre Kriegsspeere.
Im dunkelnden Westen glühte eine letzte Wolke; ein tiefes Rot färbte den Berg. Durch diesen Dämmerschein ritt sie, ihr rotes Gewand wurde scharlachfarben, der helle Haarbusch war gelöst und frei, ihre Brust war entblößt, denn sie hatte sich eben zum Tanz gerüstet. In ihren Händen war das heilige Beil mit dem Sichelblatt der Mondjungfrauen. Die silberne Einlage glitzerte, als sie den schlanken Stiel jetzt über ihrem Kopf schwang. Ihre kalte, reine junge Stimme stimmte den Kriegsruf an.
Ich dachte: ›Wenn es mein Tod ist, so hat ein Gott ihn gesendet.‹ Doch selbst jetzt konnte ich nicht vergessen, daß mein Schicksal auch das Schicksal meines Volkes und seiner Götter war. ›Gut

denn‹, dachte ich. ›Ich will leben. Aber ich will sie besitzen! Mit meinem ganzen Leben will ich das. Und das werde ich auch!‹
Als ich mich so dem Daimon meines Schicksals darbrachte, besänftigte sich meine Seele; mein Geist war ein klarer Bach, voll flitzender Fischlein. Ich trat vor und ließ in der Sprache des Küstenvolkes den Ruf des Herolds ertönen; das ist ein heiliger Ruf auf der ganzen bekannten Welt, und selbst an den Enden der Erde lohnt es sich, ihn zu versuchen.
Sie zügelte ihr Pferd; der Kopf, gegen den Himmel gehoben, konnte einem den Herzschlag stocken lassen. Mit einer Bewegung ihres Schildarms ließ sie die ganze Schar hinter sich haltmachen. Dazwischen hörte ich das Jaulen des wütenden Hundes, den ein Speerstoß getroffen hatte, und das Todesröcheln eines Mannes. Dann wurde es still auf dem Berg.
Ich ging auf sie zu. Sie war geschmeidig und kräftig wie die Geschöpfe der Wildnis, der Panzer, der Habicht, das Reh. Ernst und stolz blickte sie auf die gefallene Tänzerin hinunter; dergleichen hatte sie schon vorher gesehen. Mein Herz sprach zu mir: ›Keine Seufzer, kein Flehen. Für Feiglinge ist sie nicht geschaffen.‹
Langsam sagte sie in der Sprache des Küstenvolkes: »Wir haben keinen Herold.«
»Auch wir nicht«, entgegnete ich. »Laß Hermes als Herold zwischen uns stehn. Ich bin Theseus, der Athener, der Sohn des Aigeus von Pandion. Ich bin der König.«
Nun musterte sie mich. Anscheinend war mein Name sogar bis hierher gedrungen; Harfner hören von Harfnern, und so hören auch Krieger von ihresgleichen. Über ihre Schulter hinweg sprach sie zu ihrer Schar und teilte ihnen wohl die Nachricht mit, denn sie drängten sich näher und schwatzten miteinander. Sie aber wandte sich wieder zu mir und verzog die klare Stirne, während sie nach Worten suchte. Sie kannte die Sprache weniger gut als ich und fügte ihre Rede langsam zusammen.

»Keine Männer hier! Keine Götter!«
Sie ließ ihren Arm kreisen und nannte einen fremdklingenden Namen, als ob damit alles gesagt wäre. Dann besann sie sich und sagte:
»Dies ist der Jungfrauenfelsen!«
»Und du?« fragte ich.
Sie berührte ihre Brust und erwiderte: »Hippolyta.« Der Kopf hob sich. »Die Königin.«
Mein Herz drängte zu ihr. Doch ich sagte nur: »Gut. Dann können wir sprechen, wir beide. Ich bin in Frieden hergekommen.«
Mit zornigem Schwung schüttelte sie den Kopf. Was sie meinte, war ›Lügner!‹ Ich sah, wie ihre Finger ungeduldig schnippten, weil sie das Wort nicht fand. Sie wies auf uns und sagte: »Seeräuber!« Und die Schar hinter ihr schrie das in ihrer eigenen Sprache. Ja, dachte ich. Und sie erinnert sich an mich! »In Frieden!« wiederholte ich. »Solange ich lebe, werde ich dich nicht belügen.« Ich bemühte mich, zu ihren Augen zu sprechen. »Wir sind Seeräuber, ja; aber das ist mein Zeitvertreib, nicht mein Beruf. Ich bin König von Athen und von Eleusis und von Megara am Ende des Isthmus; und Kreta ist mir tributpflichtig. Ich bedaure es, wenn wir am Strand keck waren; wir sind Fremde, und die Männer sind lange zur See gewesen. Aber du hast ja einen Blutzoll genommen. Schließen wir jetzt Frieden und Freundschaft.«
»Freundschaft?« Sie zog die Silben, als wollte sie fragen, ob ich wahnsinnig sei. Eines der Mädchen in der Schar hinter ihr lachte wild auf. Die Königin legte ihr Beil auf die Schulter des Pferdes, während sie sich die Rede in fremder Sprache zurechtlegte und an dem schimmernden Haar zog, das ihr über die Finger fiel. »Dieser Ort«, sagte sie, ein Wort an das andere fügend, »ist heilig.« Ihre Hand unterstrich die Gewalt des Wortes. »Kein Mann darf sich nahen. Und du – du hast das Mysterium gese-

hen. Darauf – steht Tod; immer. Wir töten dich, wir, die Jungfrauen. Das ist unser Gesetz.« Ihre Augen begegneten meinen; graues Wasser, graue Wolken; doch es war eine Sprache darin, jenseits der Worte. »Wir müssen vielleicht auch sterben.« Sie wandte ihr Pferd und wies auf das Heiligtum. »Wir alle sind in ihrer Hand.«

Sie holte Atem, um den Kriegsschrei auszustoßen. Da rief ich: »Halt ein!«

»Nein! Sie ist zornig.«

Doch sie beruhigte ihr Pferd mit einer Hand und schwieg. »Hippolyta!« Es schmeckte nach Wein und Honig. »Meine Männer hier haben sie nicht erzürnt. Ich war es, der gesehen hat, ich allein; sie waren unten. Sie haben gar nichts getan.« Ich redete langsam und achtete darauf, daß sie den Sinn meiner Worte erfaßte. »Und so will ich nur für mich antworten. Verstehst du mich? Du und ich, um uns geht es. König und Königin. Ich fordere dich zum Zweikampf, Königin der Jungfrauen. Das sind wir dem Volk schuldig, das uns ehrt.«

Sie hatte verstanden. Ja, es ging um König und Königin. Das hatte ihre Seele angerührt, wenn sie auch, wie ich vermutete, solche Gebräuche nicht hatten. Es war keine Angst in ihrem Gesicht, nur Befremden und Zweifel. Ihr Pferd warf den Kopf hoch, und die Silberscheiben klirrten leise. Ich dachte: ›Jetzt hört sie die Stimme ihres Geschicks.‹

Ein Mädchen kam den Hang herauf, ein Schwert in der Hand; es war das Mädchen, das die Königin gerettet hatte, Molpadia, die Schwimmerin; hochgewachsen und kräftig, die blauen, verdrossenen Augen noch umwölkt von der Verzückung, die jetzt gewichen sein mochte, denn eine Wunde in ihrem Arm blutete. Hippolyta beugte sich zu ihr, betrachtete die Wunde, und sie sprachen miteinander. Das hochgewachsene Mädchen runzelte die Stirne.

»Tritt mir entgegen, Hippolyta«, sagte ich, »und die Götter

mögen entscheiden. Könige können einander das nicht verweigern.«
Die Dämmerung ballte sich; doch ich sah ihr Gesicht in seinem eigenen Schimmer. Sie war jung und hatte Stolz und Ehrgefühl des jungen Kriegers. Die Ehre rief sie und der Stolz, und sie wußte nicht, was noch.
»Wenn ich sterbe«, sagte sie, »wirst du den heiligen Ort verschonen? Und die Jungfrauen? Wirst du fortgehn?«
Mein Herz stürmte in meiner Brust. »Das schwöre ich. Und das schwören auch meine Krieger.« Sie hatten sich genähert, um zu lauschen, der Verwundete stützte sich auf einen Nachbarn, doch einige fehlten. Sie brummten ihre Zustimmung; sie hatten genug gehabt. »Keine Rache«, sagte ich, »wer auch immer fallen mag. Unsere Völker sollen in Frieden scheiden. Wenn ich sterbe, begrabt mich auf diesem Berg, an dem Pfad, über den du zum Meer gehst. Und wenn ich siege, bist du mein.«
Sie starrte mich an und sagte langsam: »Was ist das? Dein?«
Ich nickte, und um gewiß zu sein, daß sie mich verstand, wählte ich die einfachsten Worte.
»Wenn ich siege und du lebst, dann sollst du mich als König anerkennen und mir folgen. Dein Wort für das meine. Bei meinem Leben schwöre ich es, bei dem heiligen Fluß, ein Gelübde, das auch die Götter nicht zu brechen wagen, ich werde dich nie demütigen, noch gegen deinen Willen zwingen. Du sollst meine Freundin, mein Gast sein. Möge deine Göttin mein Herz verzehren, wenn ich diesem Schwur untreu werde. Nimmst du meine Bedingungen an?»
Sie verzog die Stirne; gleichsam erstaunt. Dann machte sie mit der Hand eine weitausladende Bewegung, die bedeutete: ›All dies ist nichts!‹ Sie berührte das Blatt ihres Beils mit den silbernen Einlagen darauf und sagte: »Ich kämpfe bis zum Tod.«
»Leben und Tod stehen bei den Göttern. Bist du also einverstanden?«

Das Mädchen neben ihr sagte etwas in der Sprache der Amazonen. Ich sah, daß sie dagegen war, und sagte schnell: »Die Wahl der Waffe hast du!«
Das Mädchen faßte ihren Arm. Sie drehte sich um und schien dem Mädchen etwas zu sagen; dann saß sie ab, reichte ihr das heilige Beil, küßte sie und nannte der Schar dahinter ihren Namen. Die andern stimmten bekümmert zu; ich vermutete, daß sie das Mädchen zur Erbin ernannt hatte. Dann trat sie vor; ihre Augen weiteten sich, wie sie sich geweitet hatten, als der Neumond aufgestiegen war. Mich überkam die Angst, daß sie, ganz nach ihrem Willen, in die heilige Verzückung fallen und sich in eine kämpfende Mänade verwandeln könnte, wild wie ein Leopard, der kein Gesetz kennt, sondern nur zu töten oder zu sterben weiß. Doch das Mysterium war gebrochen worden; ihr Gesicht war nur ernst. Ich dachte: ›Sie bringt sich als Opfer dar. Sie hofft auf einen königlichen Tod.‹
»Theseus, ich will kämpfen«, sagte sie. »Mit Wurfspießen und dann mit dem Schwert.«
Mein Name fiel ihrer Zunge schwer, und sie stolperte darüber. Doch es klang mir süß. »Einverstanden«, sagte ich. »Heben wir die Hände zu den Göttern, um unser Wort zu bekräftigen.«
Sie blieb eine Weile stehn, und dann hob sich langsam ihre Hand. Während wir so dastanden, schien es, als wäre es eine Kleinigkeit für mich, ihre Hand zu ergreifen. So mag dich auch das andere Ufer nahe dünken, bevor du die Enge durchschwimmst!
Ich bewaffnete mich mit zwei Wurfspießen, die meine Leute mir gaben. Sie tat das gleiche, und dann sah sie sich um. »Es wird dunkel«, sagte sie. »Ich kenne die Gegend. Wir brauchen Fackeln. Du sollst nicht benachteiligt sein.«
In meinem Herzen sagte ich: ›Diese Liebe mag der Tod sein, aber Wahnsinn ist sie nicht. Ich bin selten einem Mann begegnet, der solchen Stolz in sich barg.‹

»Es ist hell genug«, sagte ich. Ich ging an eine ebene Stelle und hieß meine Leute, das Feld zu räumen. Sie traten zurück, und ich sagte: »Es kann bleiben, wie es ist. Ich könnte dich auch ohne meine Augen sehen.«
Jetzt waren wir allein. Auf zwei Speerwurfweiten entfernt war niemand. Das ist der Augenblick, da Krieger ihr Blut dadurch erhitzen, daß sie einander Schmähungen zurufen. Ich sah, wie sie die Stirne runzelte, als wäre sie böse über sich selber und über ihr mangelndes Sprachvermögen.
»Sag nichts«, rief ich ihr zu. »Das gilt nicht für dich und mich!«
Sie hob die Brauen. Sie hatte ihre Haube aus phrygischem Leder, mit Erz gefüttert, aufgesetzt. Die scharlachroten Bänder fielen ihr auf Hals und Wangen, leuchtend wie Fasanenfedern, doch ihr Gesicht blieb deutlich zu sehen. Ich sagte zu ihr:
»Das ist alles – ich liebe dich! Du bist die Liebe meines Lebens. Ich bin um deinetwillen hergekommen; dich zu erringen oder zu sterben. Tu, wie du mußt, wie dein Gesetz dir gebietet; ich will nicht, daß du um meinetwillen in Ungnade fällst. Wenn ich sterbe, war es mein Schicksal, und ich bin ausgezogen, um ihm zu begegnen. Der Schuld an meinem Blut sei frei! Nie möge dir Kummer nahen. Mein Schatten wird dich lieben, selbst im Hause des Hades, unter der Erde.«
Sie stand mit schimmernden Armen unter dem verblassenden Himmel und der dünnen Mondsichel, aufrecht, schlank und kräftig, und ich sah in dem Auge eines Königs, eines Kriegers ein verstörtes Mädchen, das seit seiner Kindheit mit keinem Mann mehr gesprochen hatte. Betäubt sah sie mich an. Dann aber klammerte sie sich an das, was sie wußte, und rief:
»Ich muß dich töten! Du hast das Mysterium gesehen.«
»Ja, du mußt es versuchen. Kämpfe mit deiner Ehre gegen mich, denn in deiner Ehre ist jetzt auch meine. Komm! Fang an!«
Wir traten zurück und begannen einander, hinter unsere Schilde geduckt, zu umkreisen. Ich wünschte, sie hätte nicht Wurf-

spieße gewählt; ich hatte gehofft, wir würden gleich aneinander geraten, mit dem Beil oder mit dem Speer. Nun hatte ich zwei Wurfspieße, die ich loswerden mußte, ohne jemanden zu verletzen; aber es gab auch zwei, denen ich ausweichen mußte. Je früher es erledigt war, desto besser.

Ich drehte das Wurfleder des Speeres und beobachtete, wie sie das gleiche tat. Sie war so schnell, so leichtfüßig, daß jeder Wurf eine Glückssache war. Ich zielte langsam, um sie merken zu lassen, wohin ich meinen Spieß schleudern würde; doch ebenso, wie ich selber es getan hätte, sah sie darin eine Finte und sprang in die Richtung des Wurfes, abseits von der Stelle, wo, ihrer Ansicht nach, der Speer wirklich landen mußte. Ich konnte sie nur ganz knapp verfehlen. Nie war ich in einem Kampf so erschrocken gewesen; und das raubte mir den scharfen Blick. Schon traf mich die Spitze in den Schenkel, und ich mußte die Zähne zusammenbeißen. Ihr Spieß hatte mich erwischt, die Wunde war nicht tief, doch weit offen, und ich spürte in der Abendkühle das warme Blut. Das Bein war aber beweglich geblieben und würde nicht stark schmerzen, bevor es steif wurde; doch ich hinkte einen Schritt, während ich meinen zweiten Spieß warf, um sie zu täuschen und meinen Wurf glaubhaft zu verpfuschen. Der Spieß fiel kraftlos zwischen uns auf den Boden. Sie aber hatte noch einen. Ich wandte ihr meine Schildseite zu und zog das Schwert.

Die Amazonen hatten ihren ersten Wurf mit Jubel begrüßt und ermunterten sie, nun auch den zweiten Spieß zu werfen. Sie stand da und wiegte sich wie ein Tänzer. Es war zu dunkel, um den Weg des Spießes beobachten zu können. Wohin sie zielte, konnte ich sehen. Ich fing den Spieß mit meinem Schild auf, und es war kein schlechter Wurf, denn die Spitze bohrte sich in das Fell und verfehlte meinen Arm nur knapp, der bis zur Schulter zitterte. Ich sprang zurück und hielt meinen Blick scharf auf sie gerichtet, während ich auf den Schaft trat und die Spitze aus

meinem Schild löste. Dann aber machte ich, das Schwert in der Hand, einen Schritt vorwärts, und sie kam auf mich zu.
Jetzt herrschte tiefe Dämmerung, und man konnte just nur sehen, wo man stand. Nun, das war nicht weiter schlimm. Ich hatte den Zweikampf auf Wurfspieße im schlechten Licht gewagt, um nachher dessen Vorteile für mich zu haben. Ich wollte sie nicht merken lassen, was ich vorhatte. Das Ringen war zuerst in Ägypten aufgekommen und dann in Kreta gelehrt worden. Ich selber hatte es auf der Insel des Pelops und dann in Attika eingeführt. In Thessalien wurde davon gemunkelt, nach Thrazien war kaum ein Gerücht gedrungen. Und dies war Pontos! Als sie meinte, ich könnte sie nicht lebendig in meine Gewalt bekommen, hatte sie mir alles verraten, was ich benötigte.
Geschmeidig und stumm wie ein Leopard strich sie um mich herum. In der innern Biegung des halbmondförmigen Schildes ragte ihr gekrümmtes Schwert hervor, durchschnitt die Luft wie Seide, und sie wandte keinen Blick von mir. Es war eine Waffe, mit der ich nicht viel Übung gehabt hatte, und ich mochte sie nicht sehr. Hat man einmal ein hellenisches langes Schwert unterlaufen, so ist man an seinem Mann; dieses Schwert aber sah aus, als könnte es einen überall erwischen. Sowohl mein Arm wie mein Schwert waren länger; das wäre günstig gewesen, wenn ich darauf ausgewesen wäre, meinen Gegner zu töten. Ich dachte: ›Ich bin nur froh, daß ich das nicht jeden Tag tun muß‹, und dieser Gedanke reizte mich zum Lachen.
Auch sie lachte, und ihre weißen Zähne blitzten im Zwielicht. Sie war eine echte Kriegerin, und in ihren Augen leuchtete es vor Kampflust. Sie hielt mein Lachen für eine Herausforderung, und es befreite sie von der Verwirrung, die meine Liebeserklärung in ihr angerichtet hatte. Jetzt würde sie besser fechten. Und doch, als wir zustießen und abwehrten, hatten wir beide das Gefühl, als wären wir Tänzer, die oft miteinander tanzen, oder Liebende, die mit einer Berührung der Fingerspitzen zu reden

vermögen. ›Bestimmt‹, dachte ich, ›muß sie es jetzt ebenso wissen wie ich.‹ Doch sie war als Kind der Göttin geweiht und von Männern ferngehalten worden. Woher sollte sie es wissen? Wenn sie etwas Befremdendes im Blut spürte, eine gewisse Erregung, der sie keinen Namen geben konnte, so hielt sie das für die Lockung des Ruhmes. Sie konnte mich in aller Unschuld töten und nachher dahinwelken, ohne den eigenen Gram zu verstehn.

Den größten Teil der Zeit wehrte ich nur ihre Schläge ab oder fing die Stöße mit dem Schild auf. Dann und wann aber stieß ich selber zu oder gebrauchte eine Finte, um sie zu täuschen, während ich wartete, bis sich mir eine Gelegenheit bot. Denn sie hatte gemerkt, daß ich irgendeine Falle im Sinn hatte; das erkannte ich sehr wohl. Ich wollte ihr das Schwert entwinden, und das wußte sie recht gut, aber sie war zu behend für mich. ›Nun denn‹, sagte ich zu mir, ›hatte ich geglaubt, sie wäre eine mühelose Beute?‹ Mit einem raschen Sprung rückwärts warf ich meinen Schild fort, als wäre die Schlinge gerissen. Die Dunkelheit half mir bei dieser List. Daran hatte sie nie gedacht, und so ließ sie sich täuschen. Und ich tat, was ein Mann, der seinen Schild verloren hat, selbstverständlich tut; ich griff sie rücksichtslos an. Wenn mir das scheinbar mißlang, so hatte ich sie doch in Reichweite meiner Arme. Ich mußte nur schnell sein. Als sie das Schwert zum Schlag erhob, ließ ich mein Schwert fallen, packte ihren Arm und wirbelte sie in die Luft. Sie war so erstaunt, daß ich, als sie in die Höhe flog, ihre Finger vom Schwertgriff lösen konnte. Es war zu spät, um sich zu wehren, und so flog sie denn über meine Schulter und fiel so hart auf den Boden, daß ihr der Atem stockte. Und schon warf ich mich neben sie in das Gebirgsgras.

Ihr Arm war noch im Schild. Ich lag darauf und streckte die Hand aus, um den andern Arm festzuhalten. Sie lag halb betäubt, das Gesicht zum Himmel gekehrt, völlig reglos. Auch ich war benommen von dem Kampf und davon, daß ich mit einem Mal in ihrer nächsten Nähe war, ihr helles, nach dem Berg duftendes Haar neben meinem Mund, unter meinem Arm das gestickte Leder und die zarten Brüste fühlend.

Der Krieger in mir war noch wach und warnte mich; sie war behend wie eine Peitsche und hatte sich noch nicht ergeben. Ich legte meinen Mund an ihr Ohr und sagte: »Hippolyta!«

Sie wandte den Kopf, und ihre Augen blickten in meine Augen so wild wie die eines gestellten Rehs. Ich wagte nicht, sie loszulassen. Und so redete ich zu ihr. Was ich sagte, dessen entsinne ich mich nicht; es war unwichtig, denn ich redete griechisch. Ich wollte sie nur, als sie zu sich kam, wissen lassen, daß sie bei keinem Feind war. Sie begann sich umzusehen; und dann sagte ich in der Sprache, die sie kannte: »Der Kampf ist zu Ende, Hippolyta, und du bist nicht tot. Wirst du dein Gelübde halten?«

Es war viel dunkler. Doch ich sah, wie ihre Augen nach dem Himmel schauten, als suchten sie dort Rat. Doch es kam keiner. Eine Wolke hatte sich von dem Kamm des Gebirges gesenkt, und die Sichel des Neumonds war dahinter verborgen. Die Krieger sprachen halblaut miteinander; ein rasches Flüstern tönte von den Amazonen her, und dann war es still. Plötzlich richtete sie sich auf; nicht im Zorn, nein, als könnte sie entdecken, daß alles nur ein Traum gewesen war. Ich zog sie wieder nieder und fragte: »Nun?«

Kaum vernehmlich sagte sie: »So sei es denn!« Da ließ ich sie los, stand auf und half ihr, sich zu erheben; den Schild streifte ich ihr vom Arm. Als sie aufgestanden war, schwankte sie benommen, und ich hob sie auf, den Arm unter ihren Knien, ihren Kopf an meiner Schulter. Sie lag ganz still, als ich sie von dem Kampfplatz trug, schmiegte sich in meine Arme, als wären sie für sie gemacht, als fühlte sie ihr Schicksal und ihre neue Heimat.

10

Man brachte mir ein Pferd, auf das ich sie setzen konnte, um sie den Berg hinunterzuführen. Während ich, den Zaum in der Hand, neben ihr ging, hörte ich hinter mir von dem Jungfrauenfelsen her ein Wehklagen und Flöten und gedämpfte Trommeln. Es war die Trauer um die Gefallene und um die verlorene Königin. Ich sah ihr ins Gesicht, doch sie schaute vor sich hin, reglos, in die Nacht.

Wir kamen zu dem Dorf, an dem wir früher vorübergezogen waren, und fanden es leer. Beim Lärm des Kampfes waren alle Bewohner in die Berge geflohen. So rasteten wir denn hier bis zum Tagesanbruch, um uns nicht auf den Gebirgspfaden die Hälse zu brechen. Ich befahl meinen Leuten zu nehmen, was sie für ihre Mahlzeit brauchten, aber nicht mehr; wir waren keine Isthmusräuber, die die Armen plünderten. Selbst das Haus des Dorfältesten hatte nur einen Raum und eine Liegestatt. Dorthin setzte ich sie, und dann zündete ich die Lampe an. Hippolyta war todmüde, und unter ihren Augen war es dunkel; kein Wunder nach dem Schwimmen, dem Jagen, dem Kämpfen. Ich brachte ihr, was ich an Speisen finden konnte; ein wenig Landwein und Käse und Gerstenbrot mit Honig. Sie betrachtete das Essen wie ein ungezähmtes Füllen ein Stück Salz. Wo war in der andern Hand der Halfter? Doch ich stand ganz ruhig da, wie man im Pferch steht; und nun nahm sie die Speisen mit einem dankbaren Nicken. Seit wir das Heiligtum verlassen hatten, war kein Wort über ihre Lippen gekommen.

Sie vermochte nicht viel zu essen, aber sie trank den Wein. Unterdessen hatte ich mich im Gesinderaum umgesehen und ein Bett aus Stroh gefunden, das ich hereinzog. Ich wollte nicht, daß meine Leute es sehen sollten. Sie würden glauben, ich sei behext, oder mich auslachen. Als ich es neben die Türe geschoben hatte, schaute ich mich um und sah ihre wachsamen Augen. Ich fühlte, was in ihr vorging, wie ich es im Kampf gefühlt hatte. Für sie stand das Leben auf dem Spiel. Schande würde sie nie überleben; sie würde schon einen Weg finden. Und doch konnte ich spüren, daß sie mich prüfte, um der Wahrheit willen, nicht aus Furcht, ein Urteil über den Mann formte, der ich war, den guten und den bösen. Ja, wahrhaftig, ein König lebte in diesem hellhaarigen Mädchen.

›Was ist sie?‹ dachte ich. ›Wo war sie als Kind? Denn sie ist nicht in diesen Bergen geboren wie ein Fuchs oder ein Vogel. Diese wilden Gebräuche, diese Ungehemmtheit, wie tief sind sie in ihrer Seele verwurzelt? Die Löwin ist edel, doch nur ein Wahnsinniger dringt in ihr Lager ein. Vor dem Kampf hatte sie ein Gelübde getan; war sie aber durch ihre Gebräuche gebunden? Begriff sie es auch nur klar in einer Sprache, die nicht ihre eigene war? Sie ist stolz; sie hat mir Fackeln angeboten, um den Kampfplatz zu beleuchten. Sie ist treu; nackt stand sie vor den Kriegern, um ihre Freundin zu retten. Doch die Löwin kämpft für ihre Kinder und ist für den Menschen der Tod. Haben die Götter sie mir gesendet, um mein Leben auszufüllen oder um es zu enden? Denn eines von beiden ist es, das ist gewiß.‹

›Nun‹, dachte ich, ›wenn man sein Schicksal hinnimmt, dann muß man ihm entgegengehen. Wir wollen einmal sehen!‹

Sie saß auf dem Bettrand, den Becher und die Speisen neben sich. Ihre Augen wichen nicht von mir, als ich diese Dinge wegnahm; obgleich sie reglos dasaß, konnte ich fühlen, wie sie Funken sprühte, gleich einer in die Enge getriebenen Katze. Ich sprach sanft zu ihr und ließ ihr Zeit, mir zu folgen.

»Ich muß jetzt für eine Weile gehn, um das Lager zu besichtigen und Wachen aufzustellen. Keiner wird hierherkommen. Doch es ist nicht gut, waffenlos unter Fremden zu sein. Nimm dies zu deinem Schutz.«

Und ich gürtete das Schwert ab und legte es ihr in die Hände. Sie nahm es, schaute es an, dann hob sie den Blick zu mir. Ich rührte mich nicht. Ich dachte an das Mysterium, an das Mädchen mit den Dolchen, das auf mich losgesprungen war. Im Lampenlicht, mit weiten, seltsamen Augen das Schwert betrachtend, war sie schön, wie es tödliche Dinge sind, Luchse oder Wölfe oder die Berggeister, die den Menschen zur Klippe locken. Ich stand mit meinen leeren Händen vor ihr. Jetzt zog sie die Klinge halb heraus, berührte die Schneide mit den Fingern und strich über das eingelegte Muster, um die Arbeit zu fühlen.

»Es hat meinem Vater und meinem Großvater gehört«, sagte ich. »Aber mein kretischer Waffenschmied soll dir ein ebenso gutes machen.«

Sie hatte das Haar zu dem dicken Zopf gewunden; nur zum Tanz lösen es die Amazonen. Doch über der Stirne war es weich und wild wie das eines Kindes. Der Zopf war nach vorne gefallen, als sie das Schwert betrachtete. Sie warf ihn zurück – zum ersten Mal sah ich diese Bewegung an ihr – und musterte mich, die Augen hell und auf der Hut, in der Angst vor einer bösen List.

»Was hast du?« sagte ich. »Ich tue nur, was ich versprochen habe. Und ich habe dir auch gesagt, warum.«

Ich ließ sie mit dem Schwert über den Knien, den Kopf zur Seite gesenkt, die Einlegearbeit betrachtend, eine Hand an ihrem Haar.

Als ich die Wachen aufstellte, kam mein Diener und fragte, ob das Mädchen Wasser holen und mich waschen werde, als wäre sie eine gewöhnliche Kriegsbeute. Ich hieß ihn, sich anständig zu benehmen und ihr heißes Wasser zu bringen. Ich selbst wusch mich an der Quelle. Aber ich sah, wie meine Leute spähten und starrten. Wenn ich die Nacht nicht im Haus verbrachte, würden sie glauben, ich sei verrückt oder hätte Angst.

Nach einer Weile klopfte ich an die Türe und öffnete sie. Hippolyta hatte die Lampe brennen lassen; ich sah ihren bloßen Arm sich aus dem Bett nach dem Boden strecken und nach dem Schwert greifen. Sie trug ein Leinenhemd; die andern Gewänder hatte sie an den Bettpfosten gehängt. Sie hatte mir vertraut. Doch sie konnte nicht verstanden haben, daß ich wiederkam. Ihre Glieder strafften sich, ihre Augen verengten sich. Wenn sie sterben sollte, so würde sie mit dem Feind flußabwärts treiben, wie das ein Krieger sollte. Desto ehrenvoller für sie, dachte ich.

»Ich bin's nur«, sagte ich. »Warum schläfst du nicht? Du hattest heute einen harten Tag. Ich werde hier an der Türe liegen, um sie zu bewachen; das ist unter beutelustigen Kriegern das beste.« Ich sah die Schatten rund um ihre hellen, offenen Augen; ihr Schicksal war zu schnell für sie weitergestürmt. Von ihresgleichen, von allem fortgerissen, was sie kannte, hatte sie jetzt nur mich allein. »Gib acht auf das Schwert bis zum Morgen«, sagte ich. »Ich habe meinen Speer.«

Ich legte mein ledernes Wams ab. Als ich mich bückte, um die Lampe auszulöschen, hörte ich das Mädchen sprechen, ein langes, gedämpftes Murren, unähnlich ihrer klaren Stimme vor dem Kampf. Ich ging auf sie zu, aber ihre Augen waren die einer Wildkatze, die man in ein Felsenloch getrieben hat. Und so blieb ich stehen.

»Was hast du denn?« sagte ich. »Ich kann dich nicht hören.«

Sie streckte ihren Arm aus dem Bett und wies auf die Wunde an meinem Bein, nach der zu sehen ich noch keine Zeit gehabt hatte.

»Waschen!« sagte sie und zeigte mit dem Daumen auf den Boden. »Schlimm! Schlimm!«

Ich sagte ihr, die Wunde sei getrocknet und wäre morgen auf hoher See wieder in Ordnung; doch sie deutete auf den Weinkrug und sagte: »Gut!« Sie vergaß, über all dem, was sie mitgemacht hatte, die Sprache. ›Armes Mädchen‹, dachte ich. ›Jeder weiß, was das Los einer Gefangenen ist, wenn der Mann, der sie erbeutet hat, stirbt.‹ Und so, um sie zu beruhigen, wusch ich die Wunde, obgleich der Wein biß und stach, und es kam frisches Blut.

»Sieh her«, sagte ich. »Alles sauber.« Sie hob den Kopf von dem gewobenen Kissen und murmelte etwas. »Gute Nacht, Hippolyta. Du bist mein geehrter Gast, den Göttern heilig. Dein Schlaf sei gesegnet!«

Noch blieb ich stehn und hätte gern die Hand auf ihren Kopf gelegt; er hätte sich durch das feine Haar hindurch angefühlt wie der eines Kindes, dachte ich. Doch es hätte sie erschrecken können, und so lächelte ich und ging wieder zu der Lampe. Ich hörte ihre Stimme unter der Decke »Gute Nacht« brummen, als ich mich umdrehte.

Zwischen dem Glück meines Herzens und den Flöhen im Stroh meines Lagers konnte ich nicht schlafen. Ich träumte natürlich davon, daß die Liebe kommen werde; doch selbst wie es jetzt war, dünkte es mich kostbar. Irgendein Gott mußte mich gewarnt haben, damit ich nichts davon vergeudete.

Draußen war der Dorfplatz aus gestampfter Erde; die Wachen hatten ein Feuer angezündet, das sie die ganze Nacht nährten. Sein Licht drang durch die Türspalten und das kleine Fenster und leuchtete fast ebenso stark, wie die Lampe geleuchtet hatte. Hippolyta drehte sich um und sah, wie ich nach ihr schaute; dann wandte sie sich wieder ab. Doch bald döste sie und schlief schließlich tief. Sie war müde und jung. Nach und nach lullte ihr gleichmäßiges Atmen auch mich ein, und ich schlummerte auch. Es war ein langer Weg gewesen, durch die Wälder und ins Gebirge hinauf.

Ich erwachte durch ein Schaben an der Mauer; sie war nichts als Fachwerk. Ratten sind mir zuwider; sie schleichen auf das

Schlachtfeld, um das zu ergattern, was Geier und Hunde übriglassen haben. Das erste Geräusch ihres Nagens weckt mich immer. Die Wachfeuer waren tief niedergebrannt zu stumpfem Rot, es konnte nicht mehr weit bis zum Morgen sein. Ich war noch schläfrig und dachte: ›Lassen wir sie machen; meine Hunde sind ja in Athen.‹ Dann aber fiel ein Stückchen Mörtel neben ihrem Bett zu Boden. Es entstand ein Loch, und eine Hand streckte sich hindurch.

Zuerst meinte ich, einer meiner Leute wäre so unverschämt gewesen, sich ein Guckloch zu bohren, und griff leise nach einem Speer. Doch als die Hand in den Raum drang, sah ich, daß sie zarter war als eine Männerhand und einen Ärmel aus besticktem Leder hatte. Sie senkte sich und berührte Hippolytas Schulter. Da lag ich denn ganz still und beobachtete unter den Lidern. Sie erwachte mit einem Ruck; sie hatte vergessen, wo sie war. Dann sah sie und wandte sich um, denn sie wollte wissen, ob ich auch beobachtet hatte. Doch ich hatte mich rechtzeitig vorgesehen. Sie nahm die Hand zwischen ihre beiden und preßte sie an die Wange. Sie sah jung und wild und verloren aus, wie sie da in dem schwachen Feuerschein an die Wand gekauert lag, mit der beschatteten Einsenkung unter dem Hals. Und doch schien es, als spendete sie mehr Trost, als sie empfing.

Die Hand klammerte sich fest an ihre, dann zog sie sich durch die Wand zurück. Und als sie wieder da war, hielt sie einen Dolch.

Hippolyta blickte reglos; und das tat auch ich. Es war ein Dolch wie der bei dem Mysterium; kurz, schmal und nadelspitz. Ein Augenblick verstrich, dann wurde an die Wand geklopft. Vermutlich war eine Wache in der Nähe, und sie durften nicht einmal flüstern. Bei dem Geräusch nahm sie den Dolch, streichelte die Hand und küßte sie. Und dann verschwand die Hand. Sie kniete auf dem Bett und legte ein Auge an das Loch; doch anscheinend zu spät, denn bald zog sie sich zurück und saß, die

Füße unter sich gezogen da, und hielt die Waffe in der Hand. Das Licht flackerte darauf, und sie erschauerte in der Kälte vor dem Morgengrauen. Ihr kleines Hemd ließ die Arme und die langen schlanken Beine entblößt, auf deren Braun ein feiner Seidenflaum war wie die Seide auf Bucheckern. Jetzt versuchte sie die Dolchspitze auf ihrem Finger, legte den Dolch auf die Decke und blieb, die Arme um die Brust geschlungen, sitzen. Sie schaute auf den Boden neben dem Bett hinunter; ich erinnerte mich, obgleich ich mich nicht rühren durfte, um es selber festzustellen, daß das der Ort war, wohin sie das Schwert gelegt hatte.

Schließlich hob sie die Hände zum Gebet und wandte ihr Gesicht dorthin, wo kein Mond war, sondern nur staubige Dachbalken. Sie nahm den Dolch in die Hand, glitt aus dem Bett und kam langsam auf mich zu.

Jetzt wollte sie wissen, ob ich sie sah, und darum schloß ich die Augen. Ich konnte ihr leichtes Atmen hören, roch ihr warmes Hemd und ihr Haar. Bei jeder andern Frau auf der Welt wäre ich lachend aufgesprungen und hätte sie gepackt. Doch als ein Mann, den ein Gott verpflichtet hatte, konnte ich das nicht tun. Obgleich ich nicht ahnen konnte, welche Aufforderung an sie ergangen war, stärker als das Gelübde, das sie mir abgelegt hatte – denn sie war nicht länger Königin und stand unter wer weiß welchen Gesetzen – konnte ich es nicht tun. Ich lag da und hörte meinen Herzschlag und ihr Atmen; und als ich mich entsann, wie ihr Wurfspieß meinen Schild durchbohrt hatte, dachte ich: ›Wenn es geschieht, wird es schnell geschehen.‹ Das Warten schien kein Ende zu finden; mein Herz pochte immer heftiger. ›Ich muß wissen, ich muß wissen.‹ Sie holte kurz und scharf Atem und beugte sich über mich. Jetzt stockte ihr Atem. ›Macht sie sich bereit?‹ dachte ich. Dann berührte mich etwas, doch es war weder eine Hand noch eine eherne Spitze. Es war ein Tropfen warmes Wasser, der auf mein Gesicht fiel.

Dann war sie fort. Ich hörte das weiche Stapfen ihrer Füße. Mit dem Knurren eines halbwachen Mannes drehte ich mich um und lag wieder so, daß ich sie aus dem Augenwinkel sehen konnte.

Das Feuer draußen war zusammengekehrt worden, und die Flamme schlug auf. Das Licht glitzerte auf ihren Tränen, als sie in dem Gemach stand und versuchte, sich zu fassen. Sie hatte den Rücken der Hand, die sich noch immer um den Dolch klammerte, an die Zähne gepreßt, und ihre Brüste wogten erschauernd unter dem dünnen weißen Hemd. Als sie den Saum hob, um sich die Augen zu trocknen, erregte mich das kaum. Ich empfand solches Mitleid mit ihr. Es drängte mich zu reden, doch ich fürchtete, sie zu demütigen, denn ich wußte ja, wie stolz sie war.

Nach einer Weile beruhigte sie sich. Ihre Arme sanken an ihren Seiten herab; sie stand speergerade da und schaute vor sich hin. Dann hob sie langsam den Dolch, als wollte sie ihn dem Himmel darbieten. Ihre Lippen bewegten sich, ihre Arme schlangen sich dahin und dorthin und woben ein seltsames Gewebe. Ich beobachtete sie und staunte, dann entsann ich mich; das waren die Riten des Tanzes. Abermals hob sie den Dolch, ihre Knöchel um den Griff waren weiß, und die Spitze hing über ihrer Brust.

Im Stierring in Kreta hatte ich mich durch meine Schnelligkeit am Leben erhalten; doch in meinem ganzen Leben hatte ich mich nie so schnell bewegt. Ich war da, rascher als mein eigener Blick, hatte einen Arm um sie gelegt, und der andere griff nach ihrem Handgelenk.

Ich riß ihr den Dolch aus der Hand und warf ihn in eine Ecke, und dann hielt ich sie bei den Schultern von mir ab, für den Fall, daß ich mich vergessen sollte. Sie stand zitternd wie eine Harfensaite und kämpfte gegen ihre Tränen, als wären sie etwas Widernatürliches.

»Komm, Kind«, sagte ich. »Es ist vorüber. Beruhige dich!«
Die ganze Sprache des Küstenvolks war ihr geraubt. Ihre Augen suchten mein Gesicht, stellten die Fragen, die sie zu stolz gewesen wäre, ihrer Zunge abzuringen, wenn sie die Worte gekannt hätte.
»Komm«, sagte ich. »Du wirst dich erkälten.« Ich setzte sie auf den Bettrand, schlug die Decke um sie und rief durch das Fenster dem Wächter zu: »Bring mir einen Topf Feuer!«
Er antwortete verdutzt; ich konnte die Männer draußen flüstern hören. Ich wandte mich wieder zu ihr und sagte: »Du, eine Kriegerin, weißt, daß man häufig sein Leben an ein kleines Ding setzt. Warum nicht an ein großes? Das war es, was ich gemeint hatte.«
»Du hast den Kampf gewonnen.« Sie hatte den Blick zu Boden gerichtet, und ich konnte sie kaum hören. »Du hast edel gekämpft ...« Ihre Finger verkrampften sich in eine Falte der Decke.
Der Wächter klopfte und hüstelte draußen; er hatte in einer irdenen Schale das Feuer gebracht. Ich nahm ihm die Schale an der Türe ab und stellte sie zu ihren Füßen auf den Lehmboden. Sie saß da und starrte hinein und wandte sich nicht um, als ich mich neben sie setzte.
»Ich werde bei dir wachen, bis es hell wird; für den Fall, daß dich wieder jemand stören sollte.« Sie blickte stumm in die Glut. »Gräm dich nicht«, sagte ich. »Du warst eine getreue Herdfreundin und bist zu deinem Kriegereid gestanden.«
Sie schüttelte den Kopf und flüsterte etwas. Ich konnte erraten, was es bedeutete: ›Aber einen andern habe ich gebrochen!‹
»Wir sind sterblich«, sagte ich. »Mehr kann man nicht tun. Es wäre schlimm, wenn die Götter weniger gerecht wären als die Menschen.«
Sie gab keine Antwort; und da ich ihr so nahe war, sah ich gut genug, daß sie nicht antworten konnte. Es war kein Zweifel

daran, wessen sie bedurfte, ob Kriegerin oder nicht. Ich legte den Arm um sie. »Was hast du?« fragte ich leise.

Und das ließ den Regen aus dem Himmel strömen. Sie war gelehrt worden, es sei schmählich zu weinen, und zuerst schmerzte es sie, als es durchbrach; dann aber erleichterte es ihr Herz, sie lag in meinen Armen, alle Spannung, aller Zwang waren gelockert, und sie war vertrauensvoll wie ein Kind. Doch sie war kein Kind. Sie war eine Frau von achtzehn Jahren, kräftig und von warmem Blut erfüllt; und wenn Mann und Frau dazu geboren sind, einander zu lieben, wie wir es waren, dann entdecken sie es so oder so. Jeder spürte die Seele des andern, wie er sie im Kampf gespürt hatte; die Liebe kam über uns, wie eine Geburt kommt, die ihre Zeit besser kennt als jene, die sie erwarten. Obgleich sie weniger wußte als irgendein Mädchen, das die Frauen schwatzen gehört hatte, wußte sie doch mehr, wenn sie auch nur mich kannte. Mein eigenes Leben verließ mich, um in ihr zu leben; bei allen andern Frauen zuvor war ich allein geblieben. Und ob auch, was ich bei ihnen gelernt und für viel gehalten hatte, zu nichts wurde, lernte ich doch bei ihr Vertrauen, und das war genug.

Bei Tagesanbruch hatten wir das Bedürfnis nach Worten vergessen, hatten wir vergessen, daß wir nie in unsern eigenen Sprachen miteinander gesprochen hatten. Als die Wachen draußen die Frage erörterten, ob sie es wagen dürften, mich zu wecken, da erriet sie aus meinem Lächeln, was sie gesagt hatten; wir zogen die Decke über unsere Köpfe, bis sie durch das Schlüsselloch geschaut und sich entfernt hatten. Erst als ich die Stimme eines Boten hörte, den Pirithoos von den Schiffen ausgesandt hatte, um zu erfahren, ob ich tot sei, kehrte ich wie ein Fremder in die Welt der sterblichen Menschen zurück.

11

Die Fahrt durch den Hellespont verging wie ein Traum. Selbst die Kämpfe hatten das Wesen eines Traumes. Alles war wie ein Schlaf, aus dem wir zueinander erwachten. Mir war es gleich, wie meine Leute es aufnahmen, und sie waren klug genug, es mir nicht mitzuteilen. Solange sie ihr Achtung erwiesen, verlangte ich nichts mehr.

Pirithoos allerdings, als ich sie zum Lager brachte, rollte die Augen zum Himmel; doch da er mich schon verloren geglaubt hatte, war er froh, mich wiederzusehen, und ließ sich in keinen Streit ein. Sie war stolz und hatte Grund, scheu zu sein; und zuerst wehrte sie sich gegen seine Rauheit. Doch Mut eroberte ihn immer, auch bei Frauen, und als er entdeckte, daß sie alle Kriegsgebräuche längs der ganzen Küste bis zur Mündung des Hellespont kannte, da änderte er seinen Umgangston. Im Kriegsrat begannen sie, Achtung voreinander zu empfinden, und aus der Achtung wurde Zuneigung. Sie war als Mädchen nicht sein Geschmack. Wäre sie ein Knabe gewesen, dann hätte er sich leichter daran gewöhnt, und in jener ersten Zeit behandelte er sie zumeist wie einen Burschen aus einem königlichen Haus, an den ich mich verloren hatte. Doch da sie von solchen Sitten keine Ahnung hatte, spürte sie nur seinen guten Willen; und binnen kurzem lehrte er sie sein Seeräubergriechisch.

Unter anderem warnte sie uns davor, daß die Stämme, die uns auf unserer Einfahrt nicht gestört hatten, uns jetzt, da wir beladen zurückkehrten, angreifen würden. Und so hielten wir uns bereit. Diese Kämpfe, wenn ich mich jetzt ihrer entsinne, sind in meiner Erinnerung gleichsam schimmernde Geschichten von Harfnern. Mit ihr neben mir konnte ich keinen falschen Schritt tun. Liebhaber von Knaben mögen sagen, daß es dasselbe ist; aber ich sollte meinen, daß es leicht ist, von einem Knaben bewundert zu werden, der seine volle Kraft noch nicht erreicht hatte, den man alles lehrt, was er weiß, und dem man hilft, wenn er in Not gerät. Wir zwei kämpften wie ein einziger Mann; noch immer fanden wir zueinander. Und der Krieg läßt jene, die ihn verstehen, erkennen, was ein Mann ist. Wir lernten in der Schlacht so viel voneinander wie im Bett. Ihr Gesicht war in der Schlacht so rein wie damals, als sie sich der Göttin dargebracht hatte. Und doch war es nicht Blut, was sie darbrachte, noch der Tod des Feindes, sondern Treue und Mut und den Sieg über Furcht und Schmerz. Es gibt keine Grausamkeit im Antlitz der Löwin.

Wir kämpften mit den Schiffen, die uns abfangen wollten, und an den Quellen frischen Wassers, an den Hängen und in der Bucht, wo wir unsere Schiffe an den Strand gezogen hatten, um sie zu dichten, und die dunklen, blaubemalten Thrazier griffen uns nackt an, krochen hinter Sandhügeln und knorrigen Tamarisken hervor. Nachts erwachten wir, einander in den Armen liegend, um nach Schild und Speer zu greifen; und manchmal auch bei Tage, wenn der Kampf vorüber war, verzogen wir uns, Blut und Staub noch auf den Gliedern, um uns zwischen den Heidekräutern der Dünen zu umarmen; und wenn es keinen Ort gab, wohin wir flüchten konnten, war das ein Kummer für uns.

Meine Leute fanden das seltsam, und das genügte, um sie mißtrauisch zu machen. Es ist das Kennzeichen kleiner Menschen, nur das zu lieben, was sie kennen. Ein Schritt darüber hinaus, und sie spüren die schwarze Kälte des Chaos. Sie hatten es als selbstverständlich angesehen, daß ich sie zu zähmen gedachte, und bevor ich eine Beischläferin aus ihr gemacht hätte wie jede beliebige andere, würde ich mich nur als halber Mann fühlen. Nun, meine Männlichkeit war derzeit wohl schon erprobt, im übrigen stutzt man seinen Falken nicht, um ihn in einen Hühnerhof zu setzen. Und für sie war ich Manns genug. Pirithoos, der verständiger war, wunderte sich immer noch, daß ich, der ich so vernarrt war, sie der Gefahr der Schlacht aussetzte. Ich konnte ihm nur sagen, daß es eben einmal so war. Überdies hatte ich sie doch im Zweikampf besiegt, die erste Niederlage, seit sie Waffen getragen hatte; und wie unsere Leiber, ohne zu fragen, die Bedürfnisse des andern kannten, so war es auch mit unsern Seelen. Es war eine Lust zu fühlen, wie ihr Stolz wiederkehrte. Das hätte er nicht verstanden; und noch weniger verstanden es meine Dummköpfe von Speerträgern. Hätte ich ein kreischendes halbes Kind vom Hausaltar gerissen und vor den Augen seiner Mutter vergewaltigt, so hätte das ihnen allen in den Alltag gepaßt. Jetzt aber entdeckte ich verblüfft das Zeichen des bösen Blicks mit Kreide auf alle Bänke gezeichnet. Alle glaubten, sie habe mich behext. Pirithoos sagte, das käme daher, daß wir, wenn wir Seite an Seite kämpften, nie auch nur einen Kratzer erlitten, und es hieß, die Amazonen hätten einen Zauber dagegen. Ich sagte gar nichts mehr; wenn einer von ihnen schließlich das Mysterium mitangesehen hatte, so wollte ich nichts davon hören.

Wir kamen in die hellenischen Meere und in schönes blaues Wetter. Den ganzen Tag saßen wir Hand in Hand auf dem Achterdeck und betrachteten die Küsten und Inseln und lernten mit Worten zu sprechen. Anfangs war das mit ihrer Sprache und meiner und der Sprache des Küstenvolks ein Flickwerk, doch es war uns sehr dienlich.

»Als ich dir meinen Namen nannte«, fragte ich, »hast du ihn gekannt?«

»O ja! Die Harfner kamen Jahr für Jahr zu uns.«

»Habe ich so ausgesehen, wie du dir mich vorgestellt hast?« Ich weiß, was Harfner sind, und fragte mich, ob sie einen sieben Fuß großen Mann erwartet hatte. Es war kaum ein Zoll Unterschied zwischen uns.

»Ja«, sagte sie. »Wie die Stiertänzer auf den Bildern, leicht und flink. Doch du hattest das Haar unter den Helm gesteckt, und da habe ich dein langes Haar vermißt.« Sie berührte es, das über ihrer Schulter lag. Dann sagte sie: »Am Abend vor dem Neumond sah ich ein Omen, einen fallenden Stern. Und als du kamst, dachte ich: ›Er ist für mich gefallen; ich muß sterben; aber in Ehren, durch diesen großen Krieger. Und man wird meinen Namen im Winterlied nennen! Ich spürte – ach, einen Wandel, ein Ende.«

»Und dann?«

»Als du dich auf mich warfst und mir das Schwert entrungen hattest, war das der Tod für mich. Ich wachte völlig leer auf. Ich dachte: ›Sie hat mich ganz aus ihrer Hand gegeben, obgleich ich ihre Gesetze gehalten habe. Jetzt bin ich nichts.‹«

»So geht es einem, wenn man die Hand dem Schicksal entgegenhält. Ich habe auf dem Schiff nach Kreta dasselbe gefühlt.«

Sie ließ sich von mir über den Stierhof erzählen; von dem Dolch in der Mauer sprachen wir nicht. Ich wußte, daß sie in zwei Stücke gerissen worden und daß die Wunde noch nicht verheilt war. Kurz darauf aber sagte sie zu mir: »Auf dem Jungfrauenfelsen, wenn dort eine Mondjungfrau mit einem Mann geht, muß sie die Klippe hinunterspringen. Das ist das Gesetz.«

»Der Jungfrauenfelsen ist fern«, sagte ich. »Aber der Mann ist nahe.«

»Komm näher!« Wir neigten unsere Schultern zueinander und wünschten, das Licht wäre zu Dunkel geworden. Man hat auf einer Kriegsflotte nur wenig Gelegenheit, allein zu sein.

So war es mit uns noch, als die Schiffe Thessalien erreichten. Als wir allein den Flußweg zu dem Palast des Pirithoos hinaufritten, lenkte er sein Pferd an meine Seite.

»Nun, Theseus, das ist ja anscheinend ein guter Traum, den du träumst, wenn er mir auch nie den Schlaf gestört hat. Sobald du nach Athen kommst, wirst du aufwachen müssen; nimm dir darum mein Jagdhaus und träume noch ein wenig länger. Dort, unterhalb der Schulter jenes Berges, kannst du das Dach sehen.«

So schickte ich denn meine Männer heim, alle bis auf meinen Diener und eine Wache von acht Mann. Einen halben Monat blieben wir, wo der Hochwald sich öffnet, in einem Lapithenhaus aus Balken mit einer bemalten Türe. Es gab einen Tisch aus Tannenholz, von Händen glattgerieben, einen runden steinernen Herd mit einem ehernen Feuerkorb für die kalten Hochlandnächte und ein geschnitztes rotes Bett, dessen Bärenfelle wir abends vor das Feuer zogen. Pirithoos schickte uns einen Diener und Jäger und eine alte Frau, die uns kochte. Wir mußten Beschäftigungen für all die Leute finden, um allein zu sein.

Wir schliefen so viel wie Nachtigallen. Wir standen im Dunkel des Morgengrauens auf und aßen in Wein getauchtes Brot, und dann ritten wir, wenn die Sterne verblaßten, in die Berge. Manchmal, auf einsamen Gipfeln, sahen wir erschrockene Kentauren, die vor uns flüchteten. Wir machten ihnen das Zeichen des Friedens, das wir von Pirithoos gelernt hatten, und dann blieben sie stehn und starrten uns unter ihren niedrigen, schweren Stirnen an oder zeigten uns, wo es Wild gab; dann überließen wir ihnen ein Stück Fleisch als Belohnung. Wenn wir genügend erlegt hatten, um unsere Leute zu füttern, jagten wir nicht länger, sondern opferten den Göttern ihren Anteil, ich dem Apollo und sie der Artemis. So begann die Sitte des doppelten Opfers, die man heute in meinem ganzen Königreich findet. Dann saßen wir auf einem Felsen oder auf einer Lichtung, während die Sonne warm wurde, eines lernte die Sprache des andern, oder wir verstummten, damit die kleinen Vögel und die andern Tiere sich uns näherten; wir betrachteten die Pferdeherden tief unten auf der Ebene wie Ameisenschwärme. Manchmal schliefen wir, um den Schlaf der Nacht nachzuholen, oder umarmten uns und sahen nichts als uns zwei oder höchstens noch ein Blatt oder ein Schneckenhaus auf dem Boden neben uns.

Sie liebte die großen thessalischen Pferde, die sie nur vom Hörensagen gekannt hatte, und war auf ihnen bald so kühn wie ein Lapithenknabe; doch auf den hohen Bergen benützten wir die kleinen Kentaurenpferdchen, die gleichsam mit den Füßen zu sehen vermochten, und die ihr schon daheim vertraut gewesen waren. Sie war nur neun Jahre alt gewesen, als man sie der Göttin geweiht hatte. Ihr Vater war der Häuptling eines Stammes im Innern von Kolchis, eines Bergvolks; solange sie denken konnte, hatte sie gewußt, daß ihre Eltern das Gelübde getan hatten, sie zu weihen, wenn ihnen ein Sohn geschenkt würde. Seit dieses Gelübde erfüllt war, hatte sie sie nicht mehr gesehen, und sie wurden für sie zu blassen Schatten; am besten entsann sie sich ihres Vaters, wie er die Türöffnung verdunkelt hatte, wenn er sich bückte, um einzutreten. Doch ihre Mutter sah sie immer mit einem neugeborenen Knaben im Bett liegen, während sie selbst schweigend dabeisaß, die Freude sah und wußte, daß die Eltern nicht um die Zahlung des Preises verhandeln würden. Man hatte sie in die Gegend der Vorberge geschickt, wo die kleinen Mädchen eingeübt und abgehärtet wurden wie Knaben, bis sie das Alter erreicht hatten, um Waffen zu tragen.

»Einmal«, sagte sie, »fand die Krieger-Priesterin mich weinend. Ich glaubte, sie würde mich schlagen; doch sie nahm mich lachend in die Arme und sagte, ich würde es noch erleben, ein besserer Mann zu sein als mein Bruder. Das war das letzte Mal, daß ich geweint habe. Bis unlängst ...«

Einmal fragte ich sie, was denn aus den Jungfrauen würde, wenn sie alterten. Sie sagte, es würden Seherinnen aus ihnen, welche Orakelsprüche von sich gäben; die andern konnten im Heiligtum der Artemis dienen, wenn sie wollten. Oft aber zogen sie vor zu sterben. Manchmal sprangen sie vom Felsen, meist aber töteten sie sich in heiliger Verzückung, wenn sie das Mysterium tanzten.

»Das hätte auch ich getan. Ich hatte mich schon entschlossen, daß ich es nie erleben wollte, zu verwittern und steif zu werden und eine lebendige Tote zu sein. Jetzt aber habe ich keine Angst davor, weil wir ja beisammen sein werden.«

Sie fragte nicht, wie andere Frauen, ob ich sie noch lieben würde. Einmal brachte eine Kentaurin uns wilden Honig als Geschenk – das ist alles, was sie zu geben haben – und flehte uns in ihrer Zeichensprache an, ein wildes Tier zu töten, das ihr die Kinder raubte. Während wir das Dickicht nach einem Wolf absuchten, hörte ich ein wütendes Knurren; ich lief hinzu und entdeckte, daß sie einen ausgewachsenen Leoparden an ihrem Speer hatte. Bevor ich ihr helfen konnte, rief sie: »Nein! Er gehört mir!« so wild wie das Tier selbst. Es kam mich schwer an, ihr den Willen zu lassen; nachher wußte sie es auch, und es tat ihr leid, doch gleichzeitig war sie von Triumph erfüllt. Andrerseits konnte sie Vögel herbeipfeifen, die sich ihr auf die Hand setzten, und sie brachte Tiere aller Art ins Haus, eine Taube, die sie irgendwo aufgelesen hatte, ein Fuchsjunges, das sie fütterte, bis die Füchsin es holen kam; mich biß es, sie aber konnte damit umgehn wie mit einem Hund.

Immer lag sie mir in den Ohren, ich solle sie doch ringen lehren. Um sie zu necken, sagte ich eine Zeitlang, das sei eben mein Mysterium. Doch schließlich lachte ich und sagte: »Gut denn, find eine Stelle, wo du weich fallen kannst. Denn ich möchte nicht, daß du geschunden und verschrammt sein sollst, und das, mein Kind, ist der Preis, wenn man einen Mann nimmt.«

Wir entdeckten eine Senke im Tannenwald, die der Wind mit Nadeln gefüllt hatte, und machten uns, bis zur Leibesmitte entblößt, an das Spiel. Sie war ebenso behend wie ich und besaß auch die ihrer Schnelligkeit angemessenen Kräfte. Keiner vermochte den andern zu überrumpeln, dazu kannte jeder die

Denkart des andern zu gut. Doch sie lernte rasch, die Übung gefiel ihr, und sie fand, es gleiche dem Spiel von Löwen.
Sie hatte mich zu Boden geworfen, doch es war mir gelungen, sie mitzureißen, und so rollten wir über das federnde Nadelbett, ohne daß es uns eilig gewesen wäre, wieder aufzustehn; doch da hörte sie auf zu lachen, entzog sich mir und sagte:
»Ein Mann beobachtet uns!«
Ich schaute auf. Da stand, hustend und sich den Bart streichend, ein Edler aus Athen, den ich, als ich davongefahren war, zum Richter bestimmt hatte.
Ich stand auf und trat auf ihn zu. Welche schlimmen Nachrichten mochten ihn veranlaßt haben, selber zu kommen, statt einen Boten zu senden? Ein Aufstand in Megara? Waren die Pallantiden gelandet? Als er mich begrüßte, sah ich, wie er nicht recht mit der Sprache heraus wollte und an mir vorübersah. Da erriet ich und sagte: »Nun?«
Er brachte verschiedene wohleinstudierte Geschichten von dem und jenem vor; Störungen, die ein paar Krieger erledigt haben konnten oder auch er als Richter selber. Er sagte, dann und wann hätte ein Schiff die Nachricht gebracht, ich sei krank. Aber ich konnte all sein Getue leicht durchschauen. Meine Krieger hatten geschwatzt. Ja, ja, auf der Fahrt war Theseus ganz er selbst gewesen; er hatte Kolchis geplündert und ihnen die Hände mit Beute gefüllt. Alles war gut gegangen, bis die Amazonen ihren skythischen Zauber gegen ihn entfesselt und ihm die Seele aus der Brust gestohlen hatten als Entgelt für ihre Hexenkunst gegen Wunden im Kampf. Dann habe er die Flotte verlassen, wie der Führer einer Hundemeute bei Vollmond hinter einer Wölfin herjagt und mit ihr im Wald toll wird.
Es war unter meiner Würde, ihm seine Gedanken laut vorzulesen. Ich sagte, da in Athen anscheinend niemand auch nur mit Lappalien fertigzuwerden verstünde, während ich fort war, würde ich zurückkehren und selber nach dem Rechten sehen. Da

gab es keine Wahl; das sah ich ein. Die Zeit des Spielens war vorüber. Wenn der Klatsch sich herumsprach und die Grenzen überquerte, so mochte ein Feind die Gelegenheit wahrnehmen; und dann hätten diese Dummköpfe just das großgezogen, was sie fürchteten.

Ich wandte mich, um mit ihr zu reden. Doch sie war gegangen, ohne daß ich auch nur einen Schritt gehört hätte. So war es damals und auch nachher häufig. Wenn sie glaubte, mir im Weg zu sein, verzog sie sich wie ein Reh in die Deckung. Und ebenso gelassen kam sie zurück und sagte kein Wort darüber. Aus Liebe und aus Stolz.

Mein Kindermädchen war nicht allein gekommen. Im Hause waren noch drei seinesgleichen, die sehen wollten, was aus mir geworden war, seit man mich behext hatte. Der Beste unter ihnen – ich glaube, daß er wirklich um mich besorgt gewesen war – gab mir eine Tafel aus geknoteten Schnüren. Sie kam von Amyntor, den ich mit dem Befehl über das Heer betraut hatte, als ich fortgefahren war. So konnte er nach seinem Willen handeln; und er hatte sich dazu entschlossen, mir seine Botschaft in altem Kretisch zu senden. Es wird in den Riten des Stiertanzes und von den eingeborenen Leibeigenen verwendet, und man muß nach Kreta gehn, um das zu erlernen. Ich sah den verdrossenen Gesichtern an, daß sie alle etwas von dem Inhalt wußten. Nach den Grußworten sagte die Botschaft: ›Hier gibt es nichts, was deine Krieger nicht erledigen können, bis du selber zu kommen wünschest. Ich habe dein Herz im Stierhof gesehen, Herr, aber das Schicksal war noch nicht bereit. Wir, die uns erinnern, werden die Schöne und Tapfere willkommen heißen.‹

Nachdem wir zurückgekehrt waren, hatte er Chryseis geheiratet, das beste von den Stiermädchen; und so begriff er; doch die Dinge mußten weit genug gegangen sein, damit er diese Botschaft für notwendig hielt.

Ich rief den Diener und ließ Wein bringen. Vermutlich hatten sie die Nacht in meinem Haus zu verbringen gedacht, bevor sie es gesehen hatten. Ihre Blicke suchten die vier Wände ab und verweilten auf dem Bett. Nun hatte ich sie nach und nach satt bekommen.

»Ich will euch nicht zurückhalten«, sagte ich. »Der Weg ist im Abendnebel gefährlich. Eine Botschaft soll an meinen obersten Verwalter in Athen gesandt werden. Die Gemächer der Königin sollen geöffnet werden, die zu meines Vaters Zeit geschlossen worden waren, sie sollen gesäubert, ausgemalt und schön gemacht werden. Ich erwarte, sie bereit zu finden.«

Es gab eine Pause. Sie sahen einander nicht an; und ich achtete darauf, daß sie das nicht wagten. Aber ihre Gedanken flatterten zwischen ihnen hin und her wie Spinnweb in einer Brise.

»Ihr seid zu Schiff gekommen«, sagte ich. »Ist es ein Schiff, auf dem auch ich fahren kann?« Ja, sagten sie, das Schiff sei dafür ausgerüstet. »Die edle Hippolyta kommt mit mir. Sie war Priester-Königin in ihrem Land und wird geehrt werden, wie es ihr gebührt. Jetzt könnt ihr gehn.«

Sie legten die Fäuste auf die Brust und traten den Rückzug an. In der Türe blieben sie stehn und blinzelten; und die Geringeren schoben sich hinter die Bedeutenderen. Ihr Führer, der Mann, der uns im Wald überrascht hatte, schien Worte in der Kehle stecken zu haben wie Fischgräten. Ich wartete und klopfte mit den Fingern an meinen Gürtel. Schließlich kam es heraus.

»Mit Verlaub, Herr, das Schiff, das den Tribut aus Kreta holen soll, liegt segelfertig im Piräus. Hast du irgendwelche Befehle? Irgendeine Botschaft?«

Er hatte nicht den Mut, mir in die Augen zu schauen. Ich wurde zornig.

»Ihr habt meine Botschaft für den Läufer schon erhalten. In Kreta gibt es nichts, das nicht warten kann.«

12

Alle Völker haben ihre zeitlichen Merkmale. In Athen sagt man: ›Das war, als wir noch dem Minos den Tribut zahlten‹, oder ›Im Jahr des Bullen‹. Manchmal aber, in meiner Gegenwart, beherrschen sie sich und verstummen und zählen dann nach den Festen der Athene oder nach den Spielen auf dem Isthmus. Sie sagen nicht: ›Zur Zeit der Amazone‹, obgleich alle Athener es sagen. Glauben sie, daß ich vergessen werde? Es war voller Herbst, die Zeit der Traubenernte, als ich Hippolyta in meine Heimat brachte. Wir standen auf dem Dach des Palastes, und ich zeigte ihr die Dörfer und die großen Landsitze; dann wies sie nach irgendeinem Gipfel des Parnaß oder des Hymettos und sagte: »Gehen wir doch dorthin!« Und wann immer ich konnte, ging ich mit ihr. Sie war es nicht gewöhnt, im Haus zu sitzen, und richtete in aller Harmlosigkeit manchen Unfug an; so stürmte sie in den Ratssaal mit zwei riesigen Wolfshunden, welche die alten Männer umwarfen und in den feuchten Lehm der Schreiber traten. Oder sie hieß die Tochter eines reichen Edlen sich ausziehen und mit ihr ringen, so daß die Mutter, als sie sie fand, aufkreischte und ohnmächtig wurde. Oder sie kletterte auf die Balken der großen Halle, um ihren Falken zu fangen; und noch mehr dergleichen. Einmal erwischte ich meinen Oberverwalter dabei, wie er sie eine junge Wilde nannte. Doch als er mich sah, war er so erschrocken, daß ich es dabei bewenden ließ und ihn nicht bestrafte. Ich war zu glücklich, um grausam zu sein.

Die Gemächer der Königin waren schön hergerichtet worden; doch sie benützte sie nur, um sich anzuziehen und zu baden. Sie hielt sich lieber in meinen Gemächern auf, auch wenn ich nicht dort war. Unsere Waffen hingen zusammen an der Wand, unsere Speere standen in einer Ecke. Selbst der Jagdhund, den ich ihr geschenkt hatte, eine große spartanische Hündin, paarte sich, sobald sie reif war, mit meinem Aktis.

Man hatte, als sie kam, einen Schatz von Edelsteinen und Kleidern ausgelegt, bestickte Schnürleibe und golddurchwirkte Falbeln. Ganz behutsam ging sie darauf zu wie ein Tier, das eine Falle wittert, zog die Brauen zusammen, wich zurück, sah mich an. Ich lachte und gab ihr die Schmuckstücke zum Spielen – sie liebte helle, leuchtende Dinge – und schenkte die Kleider den Palastfrauen. Für sie aber ließ ich Kleider von meinem eigenen Handwerker anfertigen, so wie sie zu ihr paßten, aber üppiger. Das Ziegenfell war in Sidon gefärbt, die Spitzen waren geflochtene Goldfäden, mit Achat und Kristall verziert, die Knöpfe aus Lasurstein oder aus hyperboräischem Bernstein. Für ihre Hauben benützte ich das einzige, das zart genug war, um ihr Haar zu umhüllen: die Seide, die einer Jahresreise bedarf, um nach Babylon zu kommen, durchwoben mit geflügelten Schlangen und unbekannten Blumen.

Wie ich versprochen hatte, gab ich ihr Waffen; einen Schild mit ihrem Leopardenfell, einen Helm mit Ohrenschützern, silbergeschmückt und mit goldenen Bändern, die glitzerten, wenn sie sich bewegte. Vom Hellespont hatte ich ihr einen skythischen Bogen gebracht; und sie kam gern mit mir in die Schmiede, um die Anfertigung ihres Schwertes zu überwachen. Es war das beste, das zu meiner Zeit in Athen hergestellt wurde. Die mittlere Rippe zeigte in blauem Schmelzglas eingelegt eine Reihe von Schiffen zur Erinnerung an unser Zusammentreffen; der Knauf war ein grüner Stein aus dem Seidenland, wie dunkles Wasser, und Zauberzeichen waren darin eingegraben. Ich lehrte sie, es zu gebrauchen. Sie sagte gern, es gleiche einem lebenden Glied. Abends sah ich oft, wie sie es über ihre Knie legte und die

Finger über das Blatt gleiten ließ, um die Feinheit der Arbeit zu fühlen. Und dann blieben ihre Hände ruhig darauf liegen.
Das kretische Schiff war ohne Botschaft von mir abgesegelt. Manchmal tat es mir leid, wie es einem leid tut, wenn man den Namenstag eines Kindes vergißt. Doch Phädra entwuchs dem Kindesalter, und noch grausamer wäre es gewesen, meinte ich, sie im Glauben zu lassen, daß ich bald käme. ›Es ist noch Zeit genug‹, sagte ich zu mir; doch wofür es Zeit war, wußte ich nicht. Das Volk sah die Sache so an, als wäre eben noch eine Frau mehr in meinem Haus, eine Kriegsgefangene, die mich mehr verlockt hatte als die andern. Könige heiraten dennoch und bekommen einen Erben. Nur wußten ich und sie, die nie daran dachte, das in Frage zu stellen, daß ich keine andere Frau vor ihr einherschreiten sehen könnte.
Die Palastmädchen aber ahnten es, als sie mich so verändert sahen, mich, der ich mich nie zuvor mit einer allein abgegeben hatte. Ich hatte ihnen allen aus Kolchis Geschenke mitgebracht und erlaubte ihnen, wenn sie einsam waren, mit meinen Ehrengästen zu gehn. Jene, mit heranwachsenden Kindern von mir, für die sie immer noch eine Gunst erhofften, nahmen es gut auf; doch ich sah auch manche Blicke, die mir nicht gefielen. Ein großes Haus muß Frauen haben, die ebensosehr sein Reichtum sind wie Getreide und Vieh; es muß eine richtige Bedienung geben, und schließlich sind sie auch Erinnerungen an Siege. Doch ich sagte Hippolyta, wenn sie irgendwelche Schwierigkeiten hätte, solle sie sogleich damit zu mir kommen.
Sie sagte nichts, und so ahnte ich nichts Böses, bis ich eines Abends eintrat, als sie sich ankleidete und zu mir sagte:
»Theseus, muß ich mein Haar lösen?«
»Warum?« fragte ich lächelnd und warf ihr über die Magd hinweg einen Blick zu. Gewöhnlich löste ich ihr das Haar im Bett.
Doch sie erwiderte: »Zu dieser Gabe von dir wird es nötig sein.«

Sie hielt etwas in den Händen, ein schweres goldenes Diadem, eingekrustet mit goldenen Blumen und einem Regen goldener Ketten zu beiden Seiten, um sich mit dem offenen Haar zu mischen. Sie wollte das Diadem aufsetzen, als ich vorwärtssprang, ihre Handgelenke faßte und rief: »Halt!«
Sie setzte es nieder und sah mich verblüfft an.
»Ich habe dir das nicht geschickt«, sagte ich. »Ich will es einmal betrachten.«
Ich streckte die Hand aus, doch sie zuckte zurück wie vor einer Schlange. Es konnte kein Zweifel daran bestehen, was es war. Irgendwer hatte die Krone der Hexe Medea ausgegraben. Sie hatte sie getragen, als ich sie zum ersten Mal sah, wie sie mit meinem Vater in der Halle saß.
Auch Hippolyta saß hier zu meiner Rechten; vielleicht in demselben Stuhl. Um meinetwillen hätte sie das vor allen Edlen getragen, wenn ich nicht rechtzeitig gekommen wäre. Es raubte mir den Schlaf der Nacht. Ich streckte den Arm aus, um zu fühlen, ob sie atmete. Am nächsten Morgen ging ich der Sache nach.
Der Schatzmeister gestand mir, da er sich nicht rausreden konnte, wer ihn dazu gebracht hatte, einen Blick in die Schatzkammer werfen zu dürfen. Er war nichts als ein greiser Dummkopf, der schon meinem Vater gedient hatte, und so begnügte ich mich damit, ihn aus seinem Amt zu entlassen. Dann ließ ich die Schuldige holen.
Während ich auf und ab ging, trat Hippolyta ein. Ich hörte sie hinter mir, drehte mich aber nicht um. Ich ärgerte mich über sie, weil sie geschwiegen hatte. Jede Frau merkt doch, wenn eine andere sie haßt; statt ihr diesen Streich zu spielen, hätte man sie auch vergiften können. Die Wahrheit war natürlich, daß sie sich als Siegerin gefühlt hatte; es war unter ihrer Würde, die Unterlegenen mit Füßen zu treten. Ich hörte ihren Atem knapp hinter mir und ein Klirren von Erz. Ich bemühte mich, mein Herz zu

verhärten, um sie zurechtzuweisen, doch ich konnte nicht umhin, einen raschen Blick über meine Schulter zu werfen. Sie war für den Kampf gerüstet und trug ihren Schild. Unsere Blicke trafen sich. Sie war ebenso zornig wie ich.

»Man sagt mir, daß du um sie geschickt hast?«

Ich nickte.

»Um sie? Ohne mich?«

»Wozu denn?« fragte ich. »Hast du sie nicht schon genug gesehen? Hättest du getan, wie ich dir gesagt habe, so wäre es in jeder Beziehung besser gewesen.«

»Ah! Das gibst du zu! Und was hattest du denn tun wollen? Meinen Kampf auskämpfen?«

»Kämpfen? Du vergißt, daß ich der König bin. Ich werde ein Urteil fällen. Geh jetzt; wir sprechen uns nachher.«

Mit zwei Schritten war sie bei mir und schaute mir ins Auge. »Du hast sie töten wollen?«

»Es ist ein rascher Tod, vom Felsen hinunter«, sagte ich. »Und besser, als sie es verdient hat. Geh jetzt, wie ich dir gesagt habe, und überlaß das mir.«

»Du hättest sie getötet!« Ihre Augen blitzten und verengten sich wie die Augen eines Luchses. Selbst als wir auf dem Jungfrauenfelsen gegeneinander kämpften, hatte ich sie nicht so gesehen. »Und was bin ich? Die Frau eines Bauern? Eines von deinen Bademädchen? Es war ebenso, als ich meinen Leopard erlegte. O ja, ich erinnere mich; ich mußte schreien, sonst hättest du das selber auch getan. Und du hast geschworen, mich nicht zu demütigen!«

»Dich zu demütigen? Nicht dabeizustehen und zuzusehen, wie dir ein Unrecht geschieht? Heißt das, dich zu demütigen? Ich habe dich davor gewarnt, die Dinge so weit kommen zu lassen. Du wolltest es nicht beachten. Wer hat jetzt überhaupt etwas von deinem Stolz?«

»Ich – wenn du nicht! Hast du geglaubt, ich käme zu dir gekrochen wie eine Sklavin, um dir Klatsch zu erzählen? Bin ich nie Ehre gelehrt worden oder das Gesetz der Waffen? Ich weiß, was eine Herausforderung ist, ebensogut wie du. Ja, und wärst nicht du es, so hätte ich dafür dein Blut haben müssen.«

Beinahe lachte ich, doch eine Stimme warnte mich vor einer Gefahr. Wenn sie den Kopf verlor und mir trotzte, dann war sie zu stolz, um zurückzuweichen, und wer konnte da das Ende voraussagen? Doch, dachte ich, wenn ich nachgebe, wird sie mich nicht verachten? Wir standen gespannt da, zischend wie zwei Katzen auf der Mauer. Ich weiß nicht, was sich jetzt ereignet hätte, wenn wir nicht draußen die Wache gehört hätten, die die Frau brachte. Das gab mir meinen klaren Verstand wieder.

»Gut«, sagte ich. »Ich überlasse sie dir. Aber erinnere dich nachher daran, daß du es warst, die das verlangt hat.«

Ich ging und setzte mich abseits ans Fenster. Doch als man die Frau hereinbrachte, lief sie an Hippolyta vorüber, fiel vor mir nieder, umklammerte meine Knie und schluchzte allerlei Ausreden. Sie schob alles auf den Schatzmeister, der sie geliebt hatte, der arme Narr!

»Steh auf«, sagte ich. »Ich habe hier gar nichts zu tun. Hippolyta kann sich selber gegen ein Unrecht wehren, auch ohne meine Hilfe. Wende dich an sie. Dort ist sie.«

Ich sah hinüber. Das jämmerliche Benehmen der Frau hatte sie angewidert; sie konnte mir nicht ins Auge sehen. Doch sie bewahrte ihre Haltung, zeigte die Waffen – Beil, Speer und Wurfspieß, wenn ich mich recht erinnere – und überließ ihrer Feindin die Wahl.

Darauf gab es keine Antwort, sondern nur ein Angstgebrüll; als es zu einem Gejammer herabsank, sagte Hippolyta gelassen: »Ich habe nie mit einem Messer gekämpft. Aber ich will es mit einem Messer gegen deinen Speer versuchen. Wirst du jetzt kämpfen?«

Die Frau lief schreiend wieder zu mir zurück, fiel zu Boden, raufte sich das Haar, flehte mich an, ich solle sie nicht von der Amazone schlachten lassen, die mich ganz gewiß behext hätte; wie könnte ich sonst an diesem Ungeheuer etwas gefunden haben? Und dann, bevor ich daran denken konnte, ihr Einhalt zu tun – man denkt ja nicht an solche Dinge –, sprudelte all die Galle heraus, welche Frauen vor Männern verborgen halten, bis Haß oder Angst den Damm durchbricht. Der Schlamm von sechs Monaten, in einen Abzugsgraben geworfen, bespritzte mich; dreimal durchgekaute, ausgespiene Verleumdungen aus Gesindekammern und Bad. Ich kam in dem Strom kaum zu Atem, dann aber stand ich auf und ließ sie fallen. Sie lag auf dem Boden zwischen uns, schaute von einem zum andern, schluckte und winselte. Jetzt hatte sie gemerkt, daß sie sich in etwas eingelassen hatte, das außerhalb ihres Gesichtskreises lag, und das gefiel ihr nicht.

»Was jetzt?« fragte ich über sie hinweg. »Sie gehört dir.«

Wir tauschten schweigend Blicke aus. In Anwesenheit der Frau konnten wir nicht sprechen. Schließlich sagte Hippolyta: »Eine Flehende habe ich noch nie getötet. Wenn sie mir gehört, so schick sie fort!«

Ich hatte sie hinausbefördert, während sie immer noch zu jedem, der Ohren hatte, um zu hören, ihr Gejammer ausstieß. Als wir allein waren, sagte ich: »Das hätte ich dir gern erspart, mit deiner Erlaubnis oder ohne deine Erlaubnis, wenn ich eine Ahnung gehabt hätte.«

Langsam wandte sie sich zu mir. Ich fragte mich, was ich tun würde, wenn sie mich jetzt ins Gesicht schlüge. Doch sie sagte: »Ich bin gedemütigt!« und bedeckte das Gesicht.

»Du? Warum? Die Schande ist mein. Durch das, was ich zugelassen habe, bevor du kamst.«

Dann versöhnten wir uns und liebten uns, wenn das möglich gewesen wäre, mehr als vorher. Und ich hielt mein Wort und verkaufte die Frau einem sidonischen Händler im Piräus.

Das aber genügte mir. Ich machte mit jedem Mädchen, an dem ich zweifelte, ein klares Ende. Solange sie nicht schwatzten, wurden sie nicht bestraft. Ich schenkte sie meinen Edlen oder gab ihnen eine Mitgift, mit der sie einen braven Handwerker heiraten konnten. Damit war die Ruhe im Haus hergestellt, doch es mangelte an Dienstleuten. Obgleich Mangel an Dienstleuten besser war als das, was sie erlebt hatte, war doch von dem Gift eine Verdrossenheit in ihrem Geist geblieben. Ich konnte es nicht ertragen, sie in so kläglichem Zustand zu sehen.

Und dann sagte sie eines Tages zu mir: »Ich habe mit Amyntor gesprochen.«

Sie redete schlicht wie ein Knabe. Noch war ihr eine große Unbefangenheit erhalten. Nach all dem, was geschehen war, sah ich das mit Freuden. Ich lächelte und erwiderte: »Du hättest Schlimmeres tun können. Er war mein bester Gefährte im Stierhof.«

»Er sagt mir, daß seine Frau auch dort gewesen ist und tüchtiger als er. Ich würde sie gern kennenlernen. Doch er erklärt, dazu müßte er deine Erlaubnis haben.«

»Er hat sie.« Ich dachte daran, wie die Zeiten sich geändert hatten, wenn Männer ihre Frauen unter mein Dach zu bringen wünschten. Es war klar, daß er es darauf angelegt hatte. Als ich ihn kommen hieß, gestand er es mir beinahe.

»Sie ist jetzt ruhiger geworden, Herr, seit sie den Knaben hat. Ich glaube, daß sie den größten Teil des Tages glücklich ist, und die Vollkommenheit ist den Göttern vorbehalten. Sie weiß, daß ich es verstehe; aber keiner vergißt den Stierhof.«

»Kein Wunder. Noch werde ich den Sprung rückwärts vergessen, den sie von ihren Fingerspitzen aus vollführen konnte. Wie ein Lied flog sie durch die Luft.«

»Es gab auch ein Lied«, sagte Amyntor. Und wir summten es.

»Sie wäre zu groß geworden«, sagte ich. »Wir sind just zur rechten Zeit zurückgekommen.«

»Einmal habe ich sie gefunden, wie sie darüber geweint hat. Doch nicht mehr, seit das Kind da ist.«
»Sie kann es mitbringen; wird sie kommen wollen?«
»Wollen? Wie hat sic mich damit geplagt, Herr. Bei Tisch und im Bett. Aber du hast ja bestimmt gemerkt, daß, seit deine Dame hier ist, jeder Stiertänzer, den es noch gibt, für sie sterben würde.«
So kam Chryseis aus Eleusis. Sie war größer geworden, eine hochgewachsene, vollbrüstige hellenische Schönheit; bis auf sie selber dachte niemand mehr an das furchtlose goldene Kind der kretischen Lieder. Sie liebte Amyntor. Doch Fürsten hatten ein Wagengespann oder ein Landhaus auf sie gesetzt; junge Edle hatten ihre Hälse gewagt und die Wachen bestochen, um ihr, wie es üblich war, Dichtungen von hoffnungsloser Liebe zu senden. Wenn sie die Hörner packte, hatte sie zehntausend Stimmen für sie brüllen gehört. Irgend etwas mußte ihr unter den häuslich erzogenen Frauen mit ihrem Gerede von Ammen und Kindern, von Skandalen und Kleidern und Männern gefehlt haben.
Sie und Hippolyta waren auf den ersten Blick Freundinnen, und keine von beiden hatte einen häßlichen Gedanken zu verbergen. Abends traf ich sie an, wie sie Geschichten aus Kreta oder von Pontos erzählten oder lachten, wenn der Kleine mit einem Schemel Stierspringen übte; Friede und Ordnung herrschte wieder in den Wohnstätten der Frauen, und das war sehr nötig gewesen. Und die Leute begannen zu sagen, bei all ihrer Fremdartigkeit habe die Amazone König Theseus zu einem häuslichen Mann gemacht.
Doch die Edlen, das wußte ich, dachten mehr, als sie sagten, wenn sie sie bei mir in der Halle sitzen sahen. Sie wußten, daß es bedeutete, ich würde noch nicht heiraten, fürchteten, es würde sich Zwist für den Tag aufhäufen, da ich es tat, und wünschten die Bindung mit Kreta fester geknüpft zu sehen.

Auch hatten sie Medea nicht vergessen, die nicht nur eine Hexe, sondern auch eine Priesterin der Göttin gewesen war und geplant hatte, den alten Glauben wiederherzustellen und der Herrschaft der Männer ein Ende zu machen. Nun war abermals eine Priesterin der Göttin hier; eine, die, wie man gehört hatte, den Zauber kannte. Es berührte sie nicht, noch dämpfte es ihre Besorgnis, daß sie gar nichts verlangte, als in den Wäldern und Bergen frei zu sein oder bei mir.

So verging der Winter. Wir unternahmen eine große Wolfsjagd auf dem Berg Lykabettos, wo wir im frisch gefallenen Schnee die Spuren bis zu den Höhlen hoch in den Felsen oberhalb der Bäume verfolgten. Es war ein wilder Kampf und ein schöner Sieg; wir lachten, als wir Hippolytas Hündin Seite an Seite mit meinem Hund kämpfen sahen, wie wir selber es taten. In ihrer Jacke aus rotbraunem Lammfell, mit den scharlachroten Schuhen und der Haube, Augen und Wangen glühend, schimmerte sie in dem weißen Frost wie ein warmer Vogel. Sie liebte den Schnee.

Zu dieser Jagd und dem Fest nachher lud ich alle jungen Männer ein, die mit mir nach Kreta gegangen waren, und alle Frauen, die gern kommen wollten. Chryseis, die abgemagert war und sich mit Reiten und Laufen abgehärtet hatte, kam als erste; dann kamen noch zwei, die in einem Tempel oberhalb Eleusis der Artemis dienten. Für Thebe und Pylia war es zu spät.

Dann sprach es sich herum, daß alle, die den Stierhof gekannt hatten, in meiner Halle willkommen wären. Das waren sie immer gewesen, doch ich war so viel außer Landes oder im Krieg oder in den verschiedenen Königreichen, daß ich keine Zeit gehabt hatte, sie aufzusuchen. Jetzt empfing ich nicht nur jene, die mit mir von Athen abgefahren waren, sondern auch jene, die aus den tributpflichtigen Ländern des Minos ausgehoben worden waren, Burschen und Mädchen, und die ich befreit hatte, als das Labyrinth zerstört worden war. Sie kamen von den Zykladen, von den Zwölf Inseln Asiens, von Phönizien und Rhodos und Zypern. Und auch von Kreta selbst. Manche kamen, um zu sehen, ob es einen Nutzen für sie haben könnte; andere, um für Leben und Freiheit zu danken. Manche aber, deren ich mich als der geschicktesten und kühnsten erinnerte, kamen aus bloßer Unstetheit, denn noch immer trugen sie den Stempel des Stierhofs.

Sie waren noch jung, denn die Tributschiffe hatten schon Dreizehnjährige mitgenommen; und obgleich es zumeist Männer waren, welche die lange Reise unternahmen, hatten sie doch die Gefährtenschaft gekannt, wo Mädchen und Burschen durch das lebten, was sie in sich hatten. Manche waren in Kreta geblieben, waren Pferdebändiger oder Wagenführer; sie kamen im gesäumten Gewand von Knossos, mit glattgeschabten Gesichtern und gekraustem Haar, und trugen noch den Schmuck des Stierhofs. Denn obgleich das Haus des Beils zusammengebrochen war, starb der Ruhm des Stierhofs nur langsam. Manche waren auf Abenteuer ausgezogen, waren Krieger auf Seeräuberschiffen oder hatten sich als Bauern auf den Inseln niedergelassen. Und manche, die kein Gewerbe oder nur ein kümmerliches gelernt hatten oder vorher in der Heimat Sklaven gewesen waren, waren Gaukler geworden und zogen von Ort zu Ort. Die Besten unter ihnen bewahrten ihren Stolz und tanzten mit Schwertern oder mit Feuer statt mit Stieren, die schlechtesten begnügten sich damit, die Unwissenden zu erfreuen, und waren zu gewöhnlichen Schwindlern oder auch zu gemeinen Dieben geworden. Selbst diese schickte ich, um dessentwillen, was wir miteinander erduldet hatten, nicht ohne eine Gabe, eine Unterkunft für die Nacht und ein Gastgeschenk fort. Und die Leute im Palast, die ein gemächliches Leben geführt hatten, mochten sich damit abfinden, wie sie wollten. Keiner murrte offen, denn sie wußten, daß auch ihre eigenen Söhne und Töchter den Stierhof kennengelernt hätten, wenn nicht ich und diese Männer gewesen wären. Es ist wohl wahr, daß manche sich in einer Königshalle seltsam ausnahmen. Die Seßhaften und Friedlichen, die unter ihresgleichen ihr altes Leben aufgenommen hatten, waren zu sehr beschäftigt, um zu kommen. Die Heimatlosen kamen, jene, die das Abenteuer liebten, Geschmack an der Fröhlichkeit und an dem Glanz hatten, die man in Kreta kennengelernt hatte.

Viele unter den Besten gab es, für die ich Plätze fand, und zwar nicht nur in meinen Ställen, sondern auch am Hof. Ob edel geboren oder nicht, hatten sie doch im Labyrinth beim Essen an den Tischen der Großen gute Sitten gelernt; zwischen den Stieren konnten nur jene sich halten, die rasch lernten. Oft war ihr Benehmen vornehmer als das meiner in der Heimat aufgewachsenen Edlen. Sie achteten Hippolyta aus vollem Herzen um dessentwillen, was sie war, und nicht bloß, aus Furcht vor mir, mit den Lippen. Sie verliehen dem Haus einen gewissen Glanz, und was sie von kretischen Lebensformen mitbrachten, war nicht die Verweichlichung, sondern alles, was behend, geschickt und wirksam war; und so richteten sie keinen Schaden an.

Wo so ein Markt sich ausbreitete, kamen bald die Rhapsoden und Harfner, die Wagenbauer, die Schwertschmiede und die berühmten Edelsteinschneider, die Anfertiger von Gemmen und Ringen. An all dem hatte Hippolyta ihre Freude. Sie liebte alle schönen Dinge, mehr aber noch die Reden der Handwerker, ihre Reiseerzählungen, ihre Gedanken und ihre Kunstfertigkeit. Sie kannte kein Verlangen, großzutun, noch legte sie Wert darauf, andere Frauen herabzusetzen oder zu zeigen, welche Stellung sie hatte. Sie gab sich den ganzen Tag mit etwas Vollendetem ab, um es zu erspüren und zu verstehn. Die Rhapsoden sangen gern für sie, wie man mir berichtete, weil sie nie eine törichte Frage stellte, sondern den Kern der Dinge erkannte.

Die Gattinnen der Edlen, die braven Hausfrauen, die Jahr um Jahr von ewig denselben Dingen redeten, spürten, daß ihr Geist ebenso zurückblieb, wie ihre Beine zurückgeblieben wären, wenn sie mit ihr auf die Berge gestiegen wären. Ich sah, wie sie zur Seite schauten, wenn sie mit Männern sprach, und dann einen heimlichen Blick nach mir warfen, um zu sehen, ob ich eifersüchtig war. Sie waren von jenen Künsten erfüllt, von denen sie nichts wußte; wie sie ihre Männer im Zweifel erhalten und die reine Wahrheit der Liebe umwölken könnten. Wenn Hippolyta sich mir gegenüber verändert hätte, wäre mir das rasch zum Bewußtsein gekommen.

Um andern nicht zu schaden, konnte sie schweigen. Es fanden sich einige junge Leute von meiner Wache, die es sich angelegen sein ließen, sie zu verehren und um ihretwillen Artemis anzubeten. Das fing als freundliche Sitte an, einer aber hatte ein Feuer geschürt, das ihn verbrennen sollte. Schließlich verlor er aus Liebe zu ihr den Kopf und belästigte sie. Aus Mitleid mit ihm erledigte sie das alles, ohne mir ein Wort zu sagen, bis er sich in seiner Verzweiflung ertränkte; dann suchte sie in ihrem Gram Trost bei mir. Auch mir tat es leid, denn in meiner eigenen Freude konnte ich seine Not ermessen; und ich nannte eine meiner neuen Städte nach ihm, da er keine Söhne hatte. Doch es weckte einen Einfall in mir; und um aus Ungemach etwas Gutes zu schaffen, gab ich ihr eine eigene Leibwache. Ich wählte eben diese jungen Leute als Führer aus; sie trugen ihr Kennzeichen, einen springenden Leoparden, und sie übte sie selber für den Krieg ein. So zeigte ich der Welt mein Vertrauen zu ihr; und etwas, das unter Umständen gefährlich werden konnte, wurde so in das Licht der Öffentlichkeit gebracht, wo es sich zu Stolz und Ehre umwandelte. Nun gab es keinen geheimnisvollen Tod mehr, sondern guten, sauberen Wetteifer. Ebenso verhielt es sich, als sie bei den Spielen gegen meine eigene Leibwache antraten, denn Neid und Eifersucht hätten uns beiden gescha-

det. Jene, die solche Dinge begriffen, hatten wir gern um uns, die andern sollten sich abfinden, wie sie mochten.
Natürlich wurde in den Winkeln da und dort gemurrt. Es war eine Zeit für die Jugend. Die Welt hatte sich gewandelt und konnte nicht wieder zurückgeschoben werden; es war kein Raum für Männer, deren Geist starr wurde. Ihr ganzes langes Leben hatten sie sich unter der Macht des Minos aufgerieben; jetzt meinten sie, diese Macht könnte gebrochen werden, ohne daß irgend etwas, das von ihr beherrscht worden war, sich rühren würde. Hätte ich die Wandlungen nicht gelenkt, so wäre es mir nicht gelungen, das Königreich durch alle Gefahren hindurchzuführen; doch hatten sie einmal ihre Häuser gebaut und ihre Söhne verheiratet, so sollten die Wandlungen ein Ende haben. Ich aber, ich hatte die Zügel in der Hand, den Wind im Haar und die Liebe neben mir im Streitwagen; und mir war es, als würde ich nie ermüden.
Die hellenischen Länder waren durchwegs in Gärung, denn jetzt gab es keine kretische Flotte mehr, die das Emporkommen hemmen konnte. Die Königreiche fanden den Rang, der ihnen zukam, und lernten, auf Grund dessen zu leben, was sie in sich hatten. In diesen Jahren wurden Schwäche und Überschätzung in gleichem Maß sehr rasch offenbar. Man bedurfte eines Gefühls dafür, wann man zu geben und wann zu nehmen hatte, so wie Ringer es lernen.
Es war die Zeit des Thebanischen Krieges. Der Fluch des Ödipus hatte sich auf die Heimat übertragen, und seine Söhne kämpften um den Thron. Ich beobachtete, wartete meine Zeit ab. Es lockte mich, den Knochen wegzuschnappen, während die Hunde sich darum balgten. Doch der in Theben gebliebene Sohn hatte das Volk für sich; der andere aber hatte für seinen Zug gegen Theben die Führer der Argiver als Verbündete, mit denen ich keine Blutfehde wünschte. Beide Seiten schickten Gesandte zu mir; ich verhandelte und befragte die Omen, die für

beide schlecht waren. Binnen eines Monats waren sie beide tot, jeder von der Hand des andern gefallen; die Argiver zogen heim, und Onkel Kreon wurde König.

Doch ich bezweifelte, daß damit der Fluch erloschen war. Ich hatte während des Kriegs Kreon zu beurteilen gelernt und hielt es für ausgemacht, daß er seine Neffen in ihrem Haß angestachelt hatte, weil er auf das hoffte, was ihm ja auch wirklich zufiel. Während der Belagerung hatten die Götter ein königliches Opfer verlangt, und er hatte seinen Sohn vortreten und sterben lassen. Er wurde alt und versuchte, Furcht an die Stelle von Kraft treten zu lassen. Um Schrecken zu verbreiten, hatte er befohlen, daß die Leiche des Polyneikes, jenes Bruders, der gegen Theben gezogen war, unbestattet in der Sonne verwesen solle. Und so schlich die arme Antigone, an ihre Schwesternpflicht gekettet wie ein geduldiger Ochse, nachts hinaus, um Erde über ihren nichtsnutzigen Bruder zu streuen. Ihr allerdings gab Kreon ein Grab, aber er ließ sie lebendig darin einmauern. Das empörte sein eigenes Volk und alle hellenischen Länder. Die Sippe des unbestatteten Toten kam, Asche auf dem Kopf, zu mir und flehte. Und nun ging ich ans Werk.

Die Thebaner waren derzeit schon gewiß, daß ich mich nicht einmischen würde; die Überraschung war darum leicht. Bei Anbruch der Nacht stiegen wir von den Vorbergen des Kithairon hinab, und bei Aufgang des Mondes hatten wir die Mauern erklommen. Es gab kaum einen Kampf; das Volk war des Kriegs und ihres Königs Kreon überdrüssig. Ich warf ihn nur ins Gefängnis, da ich keinen Teil an dieser vergifteten Blutschuld haben wollte. Doch seine Sünden lasteten schwer auf ihm, und er starb kurz darauf. Und von da an beherrschte ich Theben, ohne mich dessen König zu nennen.

Besser als an den Angriff erinnere ich mich an das Ende der Nacht in dem eroberten Kadmeion, als Hippolyta und ich unsere Waffen ablegten und uns ausruhen wollten. Bevor man uns hineingeführt hatte, war uns nicht in den Sinn gekommen, daß es das königliche Schlafgemach war, in dem wir ruhen sollten. Die schweren Dachbalken waren rot und veilchenfarben bemalt, und die Schnitzwerke waren Knäuel von gewundenen Schlangen; an einem Behang, der eine ganze Wand bedeckte, kauerte eine mächtige schwarze Sphinx, die alte thebanische Gottheit, mit toten Kriegern zwischen den Klauen. Wir konnten nicht schlafen, weil ein Knistern und Flüstern das Dunkel erfüllte wie das Schwingen eines belasteten Stricks. Noch konnten wir uns in Liebe vereinen – nicht auf diesem Bett! Wir lagen da, klammerten uns aneinander wie frierende Kinder und zündeten bald die Lampe an.

Doch etwas Gutes hatten diese Stunden; wir verbrachten sie bis zum Tageslicht in Erwägungen. Mit ihr zu reden, klärte stets meinen Geist. Ich erkannte, daß auf dem Thron des Kadmos zu sitzen jenes letzte Gewicht wäre, unter dem das Schiff sinken würde. Die mächtigeren Könige wären besorgt gewesen und hätten sich zusammengetan, um mich zu stürzen. Überdies machte eine halbe Nacht in diesem Gemach mir klar, daß daraus kein Glück entstehn konnte. Und so, als der Morgen anbrach, ließ ich des ältern Bruders Sohn, der noch ein Kind war, zum König ausrufen, versprach ihm meinen Schutz und wählte einige der Männer, die ich gerufen hatte, zu seinen Ratgebern. Und dann kehrte ich zurück. Jedermann lobte meine Gerechtigkeit und Mäßigung; und Theben war sicherer in meiner Hand, als wenn ich König gewesen wäre.

Unsere Heimkehr wurde sehr gefeiert. Das Volk besang mich als Richter und Gesetzgeber von Hellas und war stolz darauf. Und tatsächlich, von jener Zeit an kamen Beleidigte und Benachteiligte aus allen Teilen von Attika und saßen auf meiner Schwelle; Sklaven mit grausamen Herren, bedrängte Witwen, enterbte Waisen. Selbst die Stammesfürsten wagten es nicht zu murren, wenn ich darauf hielt, daß das Recht zur Geltung kam. Man

nannte es den Ruhm Athens. Ich selber sah es als ein Opfer für die Götter an. Sie hatten mich gut verwendet.
Oft dachte ich daran, daß ich den Sieg über Theben versäumt hätte, wenn ich mit Pirithoos auf Abenteuer ausgefahren wäre. Die Zeit verging schnell. Und was hätte ich denn gewinnen sollen? Noch so eine Beute wäre mir nie beschieden gewesen. Ich war zufrieden und blieb daheim.
Und dann, als wir eines Morgens früh aufstanden, um auszureiten, setzte Hippolyta sich wieder auf das Bett und sagte: »O Theseus, ich bin krank!«
Ihr Gesicht war grün, ihre Hände eisig; bald mußte sie erbrechen. Während der Arzt geholt wurde, fühlte ich mich selber krank vor Angst; und selbstverständlich dachte ich an Gift. Der Arzt kam, ließ ihre Frauen rufen und wartete, bis ich den Raum verlassen hatte. Noch immer war ich zu schwer von Begriff, um zu verstehn, bis er endlich lächelnd erschien und sagte, er wollte nicht der Hebamme ins Handwerk pfuschen. Als ich mit ihr allein war, da fühlte sie sich unbehindert und frisch, als hätte sie im Kampf einen Kratzer davongetragen, von dem sie kein Wesen machen wollte. Doch als ich sie in die Arme schloß, da sagte sie leise: »Du hast wahr gesprochen, Theseus. Der Jungfrauenfelsen ist sehr fern.«
Im fünften Monat begann sie Frauenkleidung zu tragen. Ich fand sie, wie sie, die Hände in den Hüften, die Beine gespreizt, dastand und den Weiberrock und den wachsenden Bauch betrachtete. Als sie mich kommen hörte, drehte sie sich nicht um, sondern sagte schmollend: »Ich muß verrückt sein, sonst würde ich dich umbringen.«
»Dann muß ich es auch«, erwiderte ich. »Denn wenn ich dich nicht haben kann, ist niemand da, an dem ich Gefallen hätte, und das ist mir mein ganzes Leben lang noch nicht zugestoßen.« Sie trug ihr Gewand gut, denn sie wollte nicht verlacht werden; und wenn ich sie vorüberwandeln sah, hätte ich lachen können –

oder weinen. Bald darauf aber, als ich auf der Terrasse stand und über die Ebene von Attika schaute, hörte ich ihre Füße hinter mir und den gewohnten raschen Schritt. Sie legte ihre Hand auf meine, die ich auf das Geländer gestützt hatte, und sagte: »Es wird ein Knabe sein!«

Später, als sie schwerfälliger wurde und sich nicht beschäftigen konnte, ließ sie die Rhapsoden kommen, die ihr vorsingen mußten. Sie wählte die Lieder sorgfältig aus; nichts von Blutfehden, sondern Gesänge von Siegen oder von der Geburt von Helden als Frucht der Götterliebe.

»Wer kann bestimmt wissen«, sagte sie, »ob er es nicht hört?« Und abends nahm sie meine Hand und legte sie dorthin, wo das Kind war, damit ich fühlte, wie es sich regte. »Es sitzt hoch. Das ist, wie man sagt, ein Zeichen dafür, daß es ein Mann wird.«

Ihre Schmerzen begannen, als ich gerade in Acharnai war, um über einen Edlen zu urteilen, der einen Leibeigenen totgeschlagen hatte. Als ich heimkam, war sie schon seit drei Stunden in den Wehen. Da sie kräftig war, immer im Freien lebte und nie unter Krankheiten gelitten hatte, glaubte ich, es werde rasch vorüber sein. Doch sie plagte sich die ganze Nacht, und die Schmerzen waren sehr schlimm. Die Hebamme sagte, das komme häufig bei Frauen vor, die der Artemis gedient hatten; entweder grollte die Göttin, oder die Sehnen waren zu stark, um sich zu strecken. Ich ging vor der Türe auf und ab, hörte Stimmen murmeln, das Sprühen der Fackeln, aber keinen Laut von ihr. In den kalten frühen Morgenstunden packte mich die Angst, sie sei tot, und man wage nicht, es mir mitzuteilen. Ich drängte mich durch das Geschnatter schläfriger Frauen auf der Schwelle und trat ein. Sie lag ganz ruhig in ihren Schmerzen, blaß, Schweiß auf der Stirne; doch als sie mich sah, lächelte sie und streckte die Hand aus.

»Er ist ein Kämpfer, dein Sohn! Aber ich werde siegen.« Ich hielt eine Weile ihre Hand, bis ich spürte, daß sie sich verkrampfte; dann zog sie sie zurück und sagte: »Geh jetzt!«

Als der früheste Sonnenstrahl den Felsen berührte und die Ebene noch im Schatten lag, hörte ich sie zum ersten Mal schreien; doch es war ebensoviel Triumph darin wie Schmerz. Die Hebammen redeten durcheinander; und dann tönte die Stimme des Kindes.

Ich war so nahe an der Türe, daß ich hörte, was die Hebamme zu ihr sagte; doch als ich hineinging, überließ ich es Hippolyta, mir als erste die Nachricht zu geben. Jetzt sah sie gar nicht elend aus, nur todmüde wie nach einem Tag in den Bergen oder nach einer langen Liebesnacht. Ihre Glieder waren schlaff, doch ihre grauen Augen glänzten. Sie warf die Decken zurück und rief: »Was habe ich gesagt?«

Die Hebamme nickte und sagte, es sei kein Wunder, daß meine Dame mit diesem großen Jungen die ganze Nacht zu tun gehabt habe. Ich hob ihn auf; er schien schwerer zu sein als meine andern Kinder, aber weder groß noch klein, sondern just wie es richtig war. Er war auch nicht rot oder runzlig, sondern blühte und glänzte, als hätte die Sonne ihn in einem guten Jahr gereift. Und obgleich seine Augen von jenem dunstigen Blau waren, das man bei Neugeborenen immer sieht, umherwanderten und blinzelten, waren es doch schon ihre Augen.

Ich gab ihn zurück, küßte sie und steckte meine Finger in seine Hand, um seinen Griff zu spüren; als ich damit spielte, legte ich seine Handfläche auf den Königsring von Athen, und seine Finger schlossen sich um die Einfassung. Meine und ihre Augen trafen sich. Wir schwiegen, denn es waren andere Menschen in Hörweite; doch es bedurfte zwischen uns nie der Worte, damit wir uns verstanden.

13

Er blühte wie Frühlingsblumen und wuchs wie eine junge Pappel, am Bach gepflanzt.
Wir fanden ihm eine gute Amme, denn seine Mutter hatte nicht viel Milch und sehnte sich nach den wilden Bergen und nach mir. Doch wenn sie von der Jagd kam, eilte sie zu ihm, nahm ihn auf und setzte ihn auf ihre Schulter; er liebte ihre starken Hände und quietschte vor Vergnügen. Noch bevor er gehn konnte, hatte sie ihn vor sich auf das Pferd gesetzt und ritt in vollem Galopp; er hatte vor dem Pferd nicht mehr Angst als vor dem Schoß seiner Amme. Am Abendfeuer aber nahm sie ihn auf den Schoß wie jede andere Mutter und sang ihm in ihrer eigenen Sprache lange nordländische Lieder vor.
Ich hatte eine ansehnliche Zahl von Söhnen gezeugt, und da gab es kein Kind von mir, um das ich nicht Sorge getragen hätte. Im Palast waren ihrer sechs oder sieben. Doch es war gleichsam in der Natur der Dinge, daß ihre Mütter, wenn ich nach den Kindern sah, sagten: »Still jetzt, und benimm dich anständig; hier kommt der König!« Sehr bald merkten die Leute, daß dieses Kind mein Herz erobert hatte.
Doch je heller das Licht, desto früher wird es sichtbar; es schien allzu deutlich: ihre und meine Liebe, seine prächtige Entwicklung und die Hoffnung meines Herzens. Ich hatte jetzt neun Jahre über Athen geherrscht, und ich kannte das Volk. Ich spürte, wie ein Schiffer das Einsetzen der Flut spürt, daß es diesmal nicht mit mir war.
Wenn ich da und dort Abenteuer gehabt hatte, so pflegte das Volk sie leicht zu nehmen, ja, es war sogar stolz darauf. Ich

hätte, wenn alle Geschichten wahr gewesen wären, ein zweites Attika bevölkert haben können. Es hatte Aufsehen erregt, daß ich sogar die Königin der Amazonen erobert und ihr ein Kind gezeugt hatte. Doch als die Zeit verging und Hippolyta nur der Titel zur Königin fehlte, als man sah, daß sie, wenn es nach mir ginge, auch ihn tragen sollte, da gab es bedenkliche Gesichter.

Nicht in der Furcht des kleinen Mannes vor einem Wandel und etwas Neuem lag die Gefahr. Die wirkliche Besorgnis war alt und in jedem Hellenen tief eingewurzelt. Sie hatte der Göttin gedient, und ich hatte sie nicht gezähmt. Man erinnerte sich auch an Medea. Man meinte, und vielleicht nicht zu Unrecht, wenn ich nicht gekommen wäre, hätte sie meinen Vater von seinem Thron geschoben und ihn am Ende des Jahres geopfert, wie das in den Zeiten des Küstenvolkes geschehen war, welches das Land vor uns besessen hatte; und dann hätte sie den alten Glauben wieder eingeführt.

Tief im Volke wucherte dieses Gerücht unter den Bauern wie Winden. Hätte ich es vorausgesehen, so hätte ich den Knaben nicht Hippolytos genannt; es ist Sitte beim Küstenvolk, daß der Sohn den Namen der Mutter annimmt. Doch es wäre eine öffentliche Kränkung für sie gewesen, das zu ändern; und ich konnte ihn mir auch nicht unter einem andern Namen vorstellen.

Wenn meine Edlen gewollt hätten, so wäre es ihnen möglich gewesen, solchen Reden Einhalt zu gebieten. Sie kannten Hippolytas Leben und konnten selber die Wahrheit erkennen. Doch sie hatten ihre eigenen Beschwerden. Sie waren eifersüchtig auf Hippolytas Macht über mich; auf ihre Freunde und auf das neue Blut im Palast; sie meinten, Hippolyta lehre die jungen Mädchen fremde Sitten und fremden Glauben. Und vor allem, dem Knochen am nächsten – sie waren sehr für die kretische Heirat eingenommen.

Das Schicksal, auf das ich wartete, hatte sich nicht eingemischt, um mich zu befreien. Das Mädchen war die Tochter des Minos; und Kreta ist zu sehr erfüllt vom alten Glauben, um die Frauen von der Erbschaft auszuschließen. Gab ich sie einem andern Mann, der so hochgeboren war, daß es keine Unehre für sie wäre, so hätte er Kreta in seiner Hand; gab ich sie einem Bauern, wie das einst in Argos geschah, so hätte ich Schmach über mich selbst gebracht, und die Kreter würden meine Gebote nicht länger achten. Ließ ich sie aber unverheiratet, so wäre sie ein Köder für jeden ehrgeizigen König um Hellas und jeden Großen in Kreta. Selbst das hätte ich um meiner Gefährtin und ihres Sohnes willen aufs Spiel setzen können; doch da gab es noch mehr! Da gab es Mykenai. Dort war jetzt Echelaos König. Seine Schwester hatte er längst verheiratet; wenn er aber erfuhr, daß ich für das Löwenhaus nicht tun wollte, was ich für eine Kriegsgefangene tat, würde er nicht ruhen, bis er die Schmach mit Blut gerächt hatte. Auch würde er nicht glauben, daß ich einer so unerheblichen Sache wegen diese Heirat ausgeschlagen hätte; er würde mich für seinen Feind halten. Und dann wären Mykenai und Kreta zwei Mühlsteine und Athen das Korn zwischen ihnen.

Mit der Zeit erkannte ich, daß das Schicksal mir nur eine einzige Hoffnung zu bescheren hatte, und das war Phädras Tod, den ich in meinem Herzen wünschte. Ich dachte daran, wie man eben daran denken muß, wenn man die bestimmten Mittel zu dem gewünschten Zweck erkennt. Jeder König hat Leute um sich, denen gegenüber er einen Wunsch nur äußern muß. Doch jenseits der Reichweite des Menschen ist ebenso das Böse wie das Gute.

Während all das auf mir lastete, erhielt ich eine Botschaft des Pirithoos, der uns beide zu seiner Hochzeit einlud. Wir gingen froh und hofften, die Leute in Attika würden ihre Gedanken, wenn wir nicht in Sicht waren, andern Dingen zuwenden. Doch

es wurde zum unglücklichsten Fest in Hellas, schlimmer noch als in Kalydon nach der Eberjagd.
Alles fing gut an. Pirithoos hatte das richtige Mädchen für sich gefunden, die Tochter eines großen Herrn und eine echte Lapithin, eine, die sich, wie ihre Mutter vor ihr, mit einem Mann abfinden würde, der auf Abenteuer auszog. Der Palast war bis zu den Toren überfüllt mit Speisen und Wein und Gästen. Die Lapithen sind hervorragende Gastgeber. Wie die Halle für die Könige und Edlen und Krieger hergerichtet war, so standen im ganzen Hof Tische für die Diener und Pächter und Bauern; und unter den Bäumen standen noch einige Tische, die, wie Pirithoos mir sagte, für die Kentauren bestimmt waren.
Als ich ihn verwundert ansah, sagte er: »Warum nicht? Ich habe dem ›Hexer‹ versprochen, daß ich mein Bestes für sie tun wolle, und ich habe mein Wort gehalten. Ich habe nicht zugelassen, daß auf sie Jagd gemacht wurde, noch durfte man ihnen ihre Pferde stehlen oder Honigheiden verbrennen; wenn sie dabei erwischt werden, daß sie ein Lamm oder eine Ziege stehlen, so halte ich nach dem Gesetz mein Gericht über sie – die Bauern pflegten sie an die Bäume zu nageln, um den andern Angst einzujagen. Und sie haben sich gut gehalten; besser als ich erwartet hätte. Sie sind wie Pferde, sie spüren, ob man ein Freund ist. Vorigen Monat haben sie mich gewarnt; es drohe ein Raub von Vieh. Sie sind eigens deswegen in die Ebene gekommen. Das hatte man in Thessalien noch nie erlebt. Ich schulde ihnen ein Festmahl, und sie sollen es haben; ein gutes, denn ich weiß, was sie gern essen. Fleisch; eine Wagenladung roher Knochen, die sie des Marks wegen aufknacken. Und Stutenmilch, gegoren mit Honig. Die habe ich dort drüben aufbewahrt, denn der bloße Geruch läßt die meisten Leute erbrechen. Dort draußen muß man auch nicht fürchten, daß der Wein bis zu ihnen kommt. Denn Wein macht sie toll.«
Am Hochzeitstag fuhr ich mit Pirithoos als sein Brautführer im

Hochzeitswagen, um die Braut einzuholen; ein langer Zug berittener Lapithen folgte uns. Es war ein schöner Anblick, dieser Zug, der von ihres Vaters Burg herunter und durch die Ebene zog. Die Bauern jubelten uns zu, und die Kentauren stimmten mit einem unmelodischen Geheul ein, das die Pferde scheu gemacht hätte, wenn andere Reiter als die Lapithen sie zwischen den Schenkeln gehabt hätten. Dann ließen wir uns zu dem Festmahl nieder. Es war meine Pflicht als Brautführer, mich darum zu kümmern, daß alles in guter Ordnung vonstatten ging, und ich fand die Kentauren unter den schattigen Bäumen üppig bewirtet, wenn es auch, wie Pirithoos gesagt hatte, ein widerwärtiger Anblick war. Nur eine einzige Ecke bewahrte eine gewisse Würde. Dort saß der ›Hexer‹, den seine Knaben bedienten. Ich darf wohl sagen, daß sie ihn etwas gelehrt hatten, er aber hatte sie mehr gelehrt. Ich hätte sie gar nicht wiedererkannt, so sauber gewaschen und gekämmt und festlich angetan waren sie; aber sie waren alle bei der Hochzeit, und nie waren weniger als zwei oder drei um ihn beschäftigt, und ihre Verwandten mußten ihm mitten im Gestank des Kentaurenfestes alle Höflichkeit erweisen.
In Thessalien sitzen die Frauen bei Festen abgesondert, aber ich konnte Hippolyta neben der Braut sehen. Sie hatte Frauenkleidung angelegt, denn sie wußte, daß das mehr nach dem Sinn des Pirithoos war, und keine konnte an Schönheit mit ihr wetteifern. Doch diesen Eindruck hatte ich immer.
Abgesehen von meinen Dienstleuten hatte ich auch als Edelknaben einen jungen Burschen namens Menestheus mitgenommen. Er stammte aus der königlichen Sippe, ein Sohn von meines Vaters Vetter Peteus, der während der Kriege um den Thron in der Verbannung gestorben war. Ich hielt es nicht für nötig, diese alten Zwistigkeiten auch noch den Burschen entgelten zu lassen, zumal da zwischen ihm und seinem Vater, einem herrischen Mann, keine besonders zärtlichen Beziehungen be-

standen hatten. Und so gab ich Menestheus einen Platz am Hof und fand ihn nützlich; er war schnell von Begriff, und man brauchte ihm nichts zweimal zu sagen. Wenn er einen Fehler hatte, so war es, daß er übereifrig war und sich gern vordrängte, wo andere versagt hatten. Doch Übereifer ist anscheinend immer leichter zu verbessern als Stumpfheit. Gerade jetzt bediente er mit den andern Burschen aus guten Häusern an den Tischen. Doch als ich mich selber zu Tisch setzte, kam ein Knabe hinter mich, beugte sich zu mir und sagte leise:
»Hast du gewußt, Herr, daß dein Edelknabe dem ›Hexer‹ Wein reicht?«
Trotz seines schlichten Haares und des bestickten Gewandes war er braun wie altes Holz, und er hatte mit dem Glucksen der Kentauren gesprochen. Schnell ging ich hinaus. Und richtig, da stand Menestheus mit seinem Krug vor dem ›Hexer‹. Einer der andern Knaben, die ihm Fleisch vorsetzten, machte ihm über die Schulter hinweg ein warnendes Zeichen, doch Menestheus sah es nicht oder achtete nicht darauf.
Der Kopf des ›Hexers‹ schob sich vor. Ich sah, wie seine Nasenflügel vor diesem süßen, fremdartigen Geruch zitterten. Doch seine Klugheit hielt ihn zurück, oder er vertraute seinen Knaben. Er wandte den Kopf ab und schob den Krug von sich, eine Geste, so einfach wie die eines Tiers, und doch war bei ihm etwas Königliches daran. Einer der Burschen packte Menestheus am Arm und machte ihn darauf aufmerksam, daß ich winkte. Doch er mußte an den Bänken der Kentauren vorübergehn, und sie hatten den Wein gewittert. Jetzt streckte einer den Arm aus und griff nach dem Krug; dann stritten sich zwei, zogen den Krug hin und her und schlürften daraus.
Menestheus kam auf mich zu, war aber keineswegs aus der Fassung. Ich war jetzt schon verärgert, denn ich hatte ihm die Warnung des Pirithoos weitergegeben. Was ihm denn eingefallen sei, fragte ich. Er sah mich selbstbewußt an und erklärte:

»Ich fand, Herr, daß man es ihm gegenüber an Achtung ermangeln ließ. Erst wurde er hier hinausgesetzt, und dann hatte man ihm den Wein vorenthalten, den alle Bediensteten des Palastes trinken dürfen. Er ist doch ihr Lehrer, auch wenn er ein Kentaur ist.«

»Lehrer?« sagte ich. »Er ist ein König. Und er war seit seiner Geburt nie unter einem Dach. Seine Burschen wissen, was er ist, und lieben ihn. Das ist echte Liebe. Du liebst nur deine eigenen Vorstellungen oder, mit einem Wort, dich selbst! Wenn du bereit bist zu lernen, bevor du lehrst, wirst du ein Mann sein.«

Unterdessen leckten die Kentauren den Bodensatz aus dem Krug; sie hatten ziemlich viel von dem Wein vergossen, es konnte also nicht viel Schaden angerichtet worden sein; und so sagte ich Pirithoos nichts, der mit seiner Braut flüsterte. Das Mahl ging zu Ende, und bald wäre die Zeit für die Tänze gekommen.

Die Frauen standen auf. Es war bei den Lapithen Sitte, daß die Braut mit ihrem Gefolge zwischen den Gästen wandelte, die sie mit Blumen und Segenssprüchen überschütteten, bevor das Tanzen begann, das damit endete, daß sie fortgetragen wurde. Der Abend war angebrochen, und im Hause entzündete man die Fackeln. Hippolyta und ich tauschten ein Lächeln, als die Braut davonschlüpfte. Unsere eigene Hochzeit war erheblich anders gewesen.

Die Musik setzte ein. Die Frauen zogen durch die Halle, reizende Kinder trugen Fackeln, und die Braut ging am Arm ihres Vaters. Sie gingen durch die Türen hinaus, und wir hörten Jubeln und Singen im Hof, das immer weiterdrang. Dann aber veränderte sich der Lärm; er wurde laut und wüst; ein alter Mann schrie aus größerer Entfernung wütend, und Pirithoos sprang auf. Als ich ihm folgte, hörte ich eine helle Stimme rufen: »Theseus!« Es war Hippolytas Stimme, die über eine Schlacht hinwegtrug.

Erregt sprangen die Männer auf und eilten nach der Türe. »Wartet!« rief ich. »Bewaffnet euch!« An den Wänden hingen alte Siegestrophäen, und manche Männer, die von weither gekommen waren, hatten ihre Waffen an der Türe abgestellt. Ich nahm die Streitaxt eines Lapithen und ein Schwert. Während wir uns rüsteten, kamen drei oder vier Kinder hereingestürzt, die Festkleider schmutzig und zerrissen, und ihr Schreckensschrei gellte noch, während sie liefen. Wir hatten keine Zeit, sie zu beruhigen, sondern eilten in die Dämmerung hinaus.

Der Hof war leer, die Bänke der Bauern umgeworfen. Das Getöse kam von außerhalb der Tore. Draußen allerdings war es wie bei der Plünderung einer Stadt; schreiende, sich sträubende Frauen wurden zwischen Fleisch und dicker Milch auf die Tische geworfen, und Kentauren machten sich über sie her oder knurrten einander an; die Bauern, die zu Hilfe gekommen waren, schrien jetzt selbst ebenso laut wie die Frauen um Hilfe. Das war keine Schande für sie, denn Kentauren haben Titanenblut in sich, und wenn sie toll werden, haben sie die Kräfte von zwei oder drei Männern; einer hatte einem armen Ding den Arm ausgerissen. Durch all das stürmte ich, schrie meinen Kriegsruf und Hippolytas Namen; als sie antwortete, war es, als höbe sich die schwarze Nacht. Über zuckende oder tote Leiber, über Speisen und Schalen und Fackeln hinwegspringend, fand ich sie, die mit einem Messer vom Tisch des Vorschneiders die Braut verteidigte. Der alte Herr, ihr Vater, lag zertrampelt und blutig vor ihnen auf der Erde. Gerade als ein Kentaur ihr das Messer entreißen wollte, kam ich zurecht, um ihm den Kopf zu spalten. So dick war der Schädel, daß die Axt sich beinahe in meiner Hand drehte und ich Mühe hatte, sie herauszuziehen. Ich gab sie Hippolyta, zog mein Schwert, und nun kämpften wir Seite an Seite. Pirithoos hatte die Braut hinter einem Baum in Sicherheit gebracht und ging mit seinem langen Speer ans Werk. Das Gekreisch der Frauen wurde gedämpft, dagegen stiegen Kriegsrufe auf und das wilde Geheul der Kentauren.

Ich war schon bei manchen blutigen Gefechten dabei, doch dies war das blutigste und auch das unheimlichste, denn es war weder Krieg noch ein Töten von wilden Tieren, und doch von beidem das Schlimmste. Ich habe fast alle Einzelheiten vergessen und bin dessen froh. Aber ich erinnere mich, daß ich mit dem Schienbein an den mächtigen Weinkrug stieß, den die Kentauren im Hof gestohlen hatten; den Weg dazu hatten sie gewittert, wie sie das tun, wenn sie in die Pferche eindringen und rauben. Und ich erinnere mich, daß ich den ›Hexer‹ erblickte. Sein Tisch war umgeworfen, und er stand vor seinem Ehrenstuhl mit einem Knaben an jedem Arm. Er hatte sie zu sich gezogen, als wären es seine eigenen Kinder; und seine alten, gelben Zähne waren entblößt. Er trotzte allen, niemand durfte an die Knaben rühren. Er brüllte seinem Volk in der Kentaurensprache zu, versuchte, sie zu besänftigen. Doch sie waren zu toll, um zu hören; und während ich das Schauspiel betrachtete, wanden sich die Knaben in seinen Armen, befreiten sich, zogen die kleinen goldenen Dolche aus den edelsteinbesetzten Gürteln und flogen schreiend wie Falken in den Kampf. Einige Zeit hatte ich viel zu tun; doch nachher schaute ich wieder nach dem ›Hexer‹. Er stand allein, seine haarigen Arme hingen neben den gebeugten Knien herab, so daß die Gelenke beinahe zum Boden reichten; der Kopf war ihm in die Schultern gesunken, und er blickte vor sich hin. Ich hatte gehört, daß die Kentauren zu nahe der Erde sind, um zu weinen, wie Menschen es tun. Da aber sah ich es.

Endlich war es vorbei. Die Kentauren liefen brüllend in die Berge, wo die Lapithen sie nachher jagten wie Wölfe. Jene, die noch übrigblieben, flohen in das wilde Hinterland, und in Thessalien gibt es heutzutage keine mehr.

Als das Getöse der Schlacht verhallte, taten wir, die wir Gäste des Landes waren, unser möglichstes für die Verwundeten und trugen die Toten ins Haus. Die toten Menschen meine ich; denn die Lapithen sahen die Kentauren nicht länger als Menschen an und verbrannten sie am nächsten Tag ohne Feierlichkeit wie verseuchtes Vieh. Und doch meinte ich, daß sie mit der Zeit durch die Freundschaft mit Menschen selber menschlicher geworden wären; dieses unglückselige Fest hatte das Vieh in ihnen geweckt und den Menschen verdrängt. Vielleicht hatte der ›Hexer‹ Söhne gezeugt, und zweifellos hatten wir sie erschlagen. Er ging mit den Resten seines Volkes davon, um die Bürde seiner Priesterschaft auf einem andern Berg wiederaufzunehmen; und so kann ich das nicht wissen.

Hippolyta, über und über verschrammt, half den Frauen ins Haus, und ich ging auf den Hof, um den Brunnen dort zu reinigen, als ich unterwegs auf den jungen Menestheus stieß, der kreideweiß war. Es gab eine Menge zu tun, aber er stand dabei und sah kläglich aus. Ich war besudelt und blutig und von den Klauen der Kentauren verwundet; ich dachte an die Toten, an die junge Braut, die auf ihrem jungfräulichen Bett weinte, denn ihr Vater war nicht bestattet, und wer würde nach einer so unheilvollen Nacht Kinder zeugen wollen? Meine Wunden schmerzten, als ich ihn erblickte. »Das ist dein Werk«, sagte ich, »du geschniegelter, vordringlicher junger Besserwisser. Gefällt es dir noch immer?« Und damit versetzte ich ihm einen Schlag über den Kopf.

Er warf mir einen Blick zu und verzog sich. Ich möchte sagen, daß er wieder einmal seinem Vater ähnlich sah. Manchmal habe ich mich gefragt, wieviel Gutes mit seiner Einbildung vermengt war, und ob man ihn, mit ein wenig mehr Mühe, zu ändern vermocht hätte. Ich bezweifle es; es war seine Natur, daß er alles eher glaubte, als daß er im Unrecht war. Jedenfalls hatte ich die Geduld verloren. Er ging mit seinen eigenen Gedanken davon, die er mich nicht mehr wissen ließ; und als ich sie ein nächstes Mal kennenlernte, da war es zu spät.

14

Wir kehrten heim und sahen den Knaben wieder, der unter Chryseis' Pflege gedieh; selbst in dieser kurzen Zeit war er gewachsen. Die Edlen und das Volk aber hatten Kreta nicht, wie ich gehofft hatte, vergessen; doch das war unwichtig neben einigen Nachrichten, die ich von Pirithoos in Thessalien erhalten hatte und mit denen ich allein fertigwerden mußte.

Weit im Norden, jenseits von Euxinos und Ister, war unter den Völkern eine lebhafte Bewegung entstanden. Die unendliche Ebene hinter dem Nordwind ist so weit von dem Meer entfernt, daß die Leute ein Ruder, das man hinbringt, für einen Fächer halten; doch es wüten dort Stürme, und Völker zerschellen wie Schiffe an den Küsten. Die südlichen Thrazier hatten es von den nördlichen vernommen, die es wiederum von den südlichen Skythen hatten, und sie wiederum von den Skythen im Norden, daß ein Volk, genannt die Schwarzmäntel, aus den mächtigen nordöstlichen Weiten komme und die Ebenen vor sich auffresse. Was für ein Volk das war, das konnte er mir nicht sagen, nur, daß sie keine Götter verehrten, abgesehen von Nacht und Tag, und daß der Schrecken vor ihren büschelgeschmückten Speeren einherlief wie der kalte Wind vor dem Regen.

Pirithoos glaubte nicht, daß sie bis zu den hellenischen Ländern vordringen würden; dazu waren sie zu weit, und da sie große Herden hatten, kamen sie nur langsam vorwärts. »Doch«, sagte er, »wenn sie südwestlich vordringen, so werden sie die Skythen nach Süden abdrängen, und die Skythen werden landlos und gierig über uns herfallen, wie es den Erzählungen nach unsere Väter getan haben. Wir wollen nur hoffen, daß wir uns besser wehren können als das Küstenvolk, das vorher hier gewesen ist. Und wenn die Schwarzmäntel einen andern Weg einschlagen, so muß es nie dazu kommen. Aber, Theseus, hör auf mich! Wenn es doch dazu kommen sollte, werde ich alle Hände voll zu tun haben. Wenn du in schlechten Zeiten gute Freunde brauchst, so solltest du doch wieder an die kretische Heirat denken. Du weißt, daß ich nicht die Absicht habe, deine Dame geringzuschätzen; sie hat mehr Verstand als irgendeine Frau, die ich kenne, und ich schwöre, daß sie nie einen Wunsch gehegt hat, der dir schaden könnte. Sie muß das ebenso einsehen wie ich.«

Das waren seine Worte zu mir. Sollte er auch an sie irgendwelche Worte gerichtet haben, so weiß ich nichts davon. Doch eines Nachts in Athen, als ich wach im Bett lag und über diese Dinge nachdachte, legte sie die Arme über meine Brust und sagte: »Theseus, wir sind, was wir sind. Aber du mußt die Kreterin heiraten!«

»Wir sind, was wir sind«, erwiderte ich. »Und wenn ich ihr gebe, was du haben solltest, wirst du es nie haben.«

»Ich bin eine Kriegerin, die dich zu ihrem König erwählt hat. Meine Ehre ist es, deiner Ehre zu dienen. Nichts kann dieses Gelübde lösen; es ist die Wahrheit meines Herzens. Mach mich also nicht zur Verräterin.«

»Und der Knabe? Im Hause des Minos ist schlechtes Blut. Muß ich dort ein Reis pfropfen, um ihn zu übergehn?«

Schweigend lag sie eine Weile da; dann sagte sie: »Er ist in der Hand eines Gottes, Theseus. Ich spürte es, als ich ihn trug. Er schien stärker zu sein als ich. Ich glaube, daß er das auch fühlt. Manchmal sehe ich, wie er zuhört.«

So sprachen wir über das Kind; doch sie unterbrach sich und sagte: »Heirate die Kreterin, Theseus. Seit du mit ihr verlobt bist, hast du sie nicht ein einziges Mal besucht. Kannst du deinen Statthaltern und den kretischen Großen dort für alle Zeit vertrauen? Natürlich nicht; und es hat dich bedrückt.« Sie kannte immer meine Gedanken, auch ohne daß ich etwas davon sagte. Schließlich schlief sie ein; ich aber lag wach. Als die ersten Vögel zwitscherten und der Himmel sich erhellte, da wußte ich, was ich tun wollte.

Ich rief meine Edlen zusammen und sagte ihnen, ich hätte ihre Ratschläge und das Wohl des Königsreichs bedacht und würde nach Kreta segeln und die Tochter des Minos zur Frau nehmen. Doch um den Frieden im Lande zu erhalten, würde ich sein altes Gesetz achten, das dort dem Glauben der Vorväter angemessen ist; die Erbschaft überträgt sich durch die Mutter, und eine Frau, die einen Ausländer heiratet, verliert das Erbe, wenn sie aus ihrem Land in seines übersiedelt. So würde ich sie denn in Kreta lassen mit dem entsprechenden Hofstaat und einer geziemenden Leibwache und sie aufsuchen, wenn ich in den Geschäften des Reiches nach Kreta käme. So wären beide Reiche in guter Hut.

Sie waren überglücklich. Ich hatte gut daran getan, ihnen klar zu machen, daß auch diese Königin eine Dienerin der Göttin sein könnte. Beinahe dankten sie mir dafür, daß ich sie nicht hierherbringen wollte.

In diesem Jahr schickte ich den kretischen Tribut zurück und verlangte nur, man möge ein Haus für die Braut und für mich bauen, für den Fall, daß ich hinkäme. Ich wählte die alte Festung am südlichen Fluß bei dem Tempel der heiligen Drei. Ich hatte ohnehin geplant, diese Befestigung zu verstärken, und es war einfach, sie auch schöner auszugestalten. Nicht um alles auf der Welt hätte ich das Labyrinth wieder aufbauen lassen, in dessen Staub man noch den Zorn der Götter riechen konnte. Deukalion hatte den westlichen Flügel hergerichtet, und damit war ich durchaus zufrieden.

So verging das Jahr, während das Haus gebaut wurde. Das Kind wuchs und wuchs. Sobald der erste Dunst in seinen Augen sich geklärt hatte, glichen sie völlig den Augen seiner Mutter, waren grau wie eine wolkenlose Dämmerung; und das silbrige Haar, mit dem er geboren war, hatte sich kaum verdunkelt. Sie liebte das Licht darin und wollte sein Haar nicht kräuseln lassen. Seine Haut war zart wie sein Haar; doch unter ein wenig Sonne glühte es wie eine goldene Frucht. Er war behend und kräftig und kletterte überallhin. Als er drei Jahre alt war, fand man ihn im Stroh einer Zuchtstute, Arme und Beine um das junge Fohlen geschlungen. Er hatte versucht, es zu reiten, und als die beiden jungen Geschöpfe zu Boden purzelten, beugte die Stute sich vor und leckte alle beide. Man konnte erkennen, daß er, wie seine Mutter sagte, das Blut des Poseidon hatte. Es war ein schwerer Abschied, als ich im folgenden Sommer die Reise nach Kreta antrat.

Das Leben hatte auf der großen Insel wieder in seine Bahnen gefunden, wie es das überall tut, wo Menschen wohnen. Wenn man sich von den zerstörten Festungen fernhielt – ich selber hatte einige während des Krieges verbrannt –, so waren nur wenige Schäden zu bemerken. Die Felder waren bestellt, die Weinstöcke grünten, vor der eingestürzten Mauer blühte der Mandelbaum. Neue Häuser wurden gebaut, weniger vornehm als die früheren, aber recht behaglich und schön. Die Töpfer waren wieder am Werk, sofern es sie noch gab, und hatten eine neue Mode aufgebracht; diesmal schufen sie Vögel.

Die eingeborenen Kreter begrüßten mich so herzlich wie an dem Tag, da ich sie gegen das Labyrinth geführt hatte. Ihnen gefiel es, daß ich meine Hochzeit unter ihnen wie ihr eigener König feiern wollte und nicht als Eroberer. Einige der hellenischen Edlen, die sich von mir fernhielten und in meiner Abwesenheit das Volk unterdrückt hatten, waren weniger erfreut. Die besten und bedeutendsten unter ihnen waren zuverlässig gewesen, und doch hätte es nicht gut getan, die Reise nach Kreta noch viel länger zu verschieben. Nachdem ich die dringendsten Ge-

schäfte erledigt hatte, fuhr ich zu Deukalion, um meine Braut zu begrüßen.
Was immer er auch bei sich denken mochte, empfing er mich doch ungemein höflich. War ich erst einmal verheiratet, so hing sein Thron mehr als vorher von meinem Belieben ab. Er war nur dem Namen nach König gewesen, und jetzt blieb ihm kaum das; doch auch der Schatten war ihm wertvoll oder vielleicht mehr noch seiner Frau. Sie kam im Geklirr edelsteinbesetzter Gewänder und in einer Wolke von ägyptischen Düften auf mich zugeschwebt, schmachtete eine Weile und zog sich dann mit lebhaftem Spiel ihrer Augen zurück, um die Prinzessin zu holen.
In all der Zeit hatte ich vor meinem geistigen Auge das Kind gesehen, das den Stierjungen liebte und in ihrem mit Affen und Blumen bemalten Kinderzimmer unter Tränen lächelte. Nun erblickte ich eine kleine kretische Dame, die man bei der Hand führte und die vollkommen dem Bild glich, das man mir geschickt hatte. Ihr Haar war gedunkelt, die Augenlider mit einem Teig aus Lasurstein bemalt, die Brüste mit Korallenstaub. Ihr offenes Obergewand war über dem engen goldenen Gürtel aufgeschlitzt, der Rock mit seinen sieben Besätzen ließ nur die hennaroten Zehen sehen. Sie senkte die Augen und berührte die Stirne mit kleinen, spitzen Fingern, die sich, als ich sie nahm, in den meinen nicht rührten. Ich küßte ihre geschlossenen Lippen, wie man das in Kreta tun mag; unter dem Rot waren sie frisch und warm und ebenso reglos wie ihre Hand.
Später folgte den ganzen Tag lang der Prunk der Vermählung, die Opfer in den Tempeln, die Besprengung durch die Priesterinnen, die Gaben an die Verwandten; die Fahrt bei Sonnenuntergang in dem vergoldeten Wagen und das Fest, so hell und leuchtend wie zu Mittag mit dem duftenden Öl von tausend Lampen auf bemalten Ständern. Singend geleiteten die Frauen sie in das Brautgemach und taten, was bei Frauen eine Stunde in Anspruch nehmen mag. Und die jungen Leute führten mich

singend, Fackeln schwingend zu ihr. Dann hatte die Menge sich verzogen, die Türe wurde geschlossen, die Lampe brannte niedrig; es war mit einem Mal still, nur hinter der Türe tönten leise die Harfen der Nachtmusik.
Ich lag bei ihr, nahm ihr Kinn in meine Hand und wandte ihren Kopf mir zu. Mit dunklen, stummen Augen schaute sie auf. Man hatte ihr die Schminke des Tages abgewaschen und die Farben für die Nacht aufgelegt; es waren weniger grelle Farben, doch noch immer war sie dahinter verborgen. »Sieh, Phädra«, sagte ich und zeigte ihr die alte Narbe quer über meiner Brust, »ich trage noch immer das Kennzeichen des Stierhofs; erinnerst du dich daran, wie man dir gesagt hat, ich sei tot?«
Sie antwortete gezwungen, als wären wir in einem Empfangssaal: »Nein, Sohn des Aigeus.« Sie glaubte, daß ihre Augen nichts verrieten, doch sie war jung; mir sagten sie, neben vielem andern, daß sie die Tochter des Minos war; und da war kein Zweifel möglich – sie wußte alles.
»Ich bin noch immer Theseus«, sagte ich. »Und ich habe dir erklärt, wenn die Stiere mich nicht töteten, würde ich König sein und zurückkehren, um dich zu heiraten. Und hier bin ich. Doch das Schicksal kommt nie in jener Gestalt, in der es die Menschen erwarten. Denk daran, was sich zwischen damals und heute über uns ereignet hat; Krieg und Erdbeben und Veränderung und alle jene Möglichkeiten, die das Leben den Menschen unter der Sonne bringt. Und dennoch habe ich nicht vergessen, wie du um meinetwillen geweint hast.«
Sie sagte nichts. Doch ich hätte für alle Zeiten eine schlechte Meinung von mir gehabt, wenn ich bis zum Morgen bei einer Frau gelegen hätte, die ich nicht erwärmen konnte. Noch nie hatte es einen Sohn oder eine Tochter aus dem Hause des Minos gegeben, in denen nicht etwas von dem Feuer des Helios gebrannt hätte, aus dessen Samen sie stammten. Ich war hier, um meinem Königreich zu dienen. Wäre ich einfach an meine

Pflicht gegangen, ohne den Versuch, die Dinge besser zu machen, als sie waren, und hätte ich das Feuer unerweckt gelassen, wäre vielleicht die Gestalt der späteren Ereignisse anders gewesen. Doch ich hatte Mitleid mit ihr, denn das Schicksal war ihre Herrin gewesen wie auch meine. Und dann liegt es in meiner Natur, nach dem Sieg zu begehren, auf diesem wie auch auf andern Gebieten. Kein Mensch kann dem vorbestimmten Ende entgehn, von dem Tage an, da er geboren ist.

Meine Zeit war mit Geschäften erfüllt, die ich nur allzu lang vernachlässigt hatte. Wenn ich ihr tagsüber begegnete, war sie still und zurückhaltend und hatte das gefällige Wesen und die Anmut, wie sie den hochgeborenen Damen in Kreta jedermann gegenüber beigebracht werden. Nur selten hob sie die Augen zu den meinen. Bei Tageslicht sprachen wir nicht von der Nacht, noch tauschten wir die geheimen Zeichen Liebender aus. Doch die Nacht hat ihre eigenen Gesetze; und als es soweit war, hätte es mir leid getan, sie zu verlassen, wenn ich anderswohin gefahren wäre als in mein Heim.

15

Die hellenischen Länder waren ruhig und, weil dem Volk meine Hochzeitsfeier entgangen war, machte ich aus den Isthmischen Spielen, die in diesem Jahr stattfanden, ein großes Fest. Ich weihte dieses Fest dem Poseidon mit einer Hekatombe schwarzer Ochsen und bestimmte, daß sie von jetzt an und für alle Zeiten jedes zweite Jahr veranstaltet werden sollten. So gönnte ich dem Volk ein prächtiges Schauspiel, ohne es in Beziehung zu der Hochzeit zu bringen, denn das wäre eine Kränkung für Hippolyta und unsern Sohn gewesen.

Als er begann, sich herumzutummeln, fanden sogar seine Mutter und ich, daß er für unsere Ruhe gar zu wagemutig war. Mit fünf Jahren verzog er sich, um auf die großen Felsen unterhalb der Festung zu klettern. Mit sechs stahl er ein Luchsjunges aus seinem Bau zwischen den Klippen, und dann, als er die Mutter jaulen und klagen hörte, wäre er nochmals hingeklettert, um es ihr zurückzubringen, wenn nicht irgendwer ihn abgefangen und ihm das Leben gerettet hätte. Als der kleine Luchs einging, weinte er um ihn, obgleich er sich selbst, ohne eine Träne, schwarz und blau schlagen konnte.

Kurz darauf war er zur Schlafenszeit nicht zu finden. Seine Amme versuchte das vor seiner Mutter zunächst verborgen zu halten, und seine Mutter vor mir. Als es spät wurde, ließ ich die Wachen ausrücken und den Felsen absuchen. Der Mond leuchtete taghell, doch sie fanden keine Spur von ihm. Hippolyta ging auf und ab, die Arme über der Brust gekreuzt, die eine Hand zog an dem Zopf, und sie flüsterte allerlei Mondbeschwörungen aus dem Pontos. Plötzlich, als sie aufwärts schaute, griff sie nach meinem Arm und zeigte hinauf. Da saß der Knabe auf dem Dach des Palastes, zwischen zwei Zinnen der Mauer, seine Füße baumelten über den Rand, das Gesicht war himmelwärts gekehrt und ruhig wie ein Stein. Wir eilten hinauf, blieben reglos stehn, denn wir fürchteten, ihn zu erschrecken. Seine Mutter bedeutete mir, ich solle nicht sprechen, und pfiff leise. Daraufhin schwang er sich vom Dachrand fort und kam so leicht auf uns zugelaufen, als wöge er nur so viel, wie man im Traum wiegt. Nach der Besorgnis war bei mir der Ärger erwacht; doch in dieser Stille, vor seinem reglosen Gesicht und den geweiteten Augen konnte ich meine Stimme nicht erheben. Er sah uns beide an und sagte:

»Was ist denn? Ich war ja in Sicherheit. Ich war bei der Frau.«

Ich überließ es seiner Mutter, ihn wegzuführen, denn sie verstand ihn am besten. Doch einige vom Palastgesinde waren uns gefolgt und hatten es gehört; und daraus entstand der Klatsch, daß der Knabe gelehrt werde, die Göttin über die Götter zu stellen.

Für solche Gerüchte war die Zeit ungeeignet; denn Phädra hatte einen Knaben geboren.

Ich war nach Kreta gefahren, um ihn zu sehen, ein lebhaftes kleines Geschöpf mit einem Büschel schwarzem Haar, das, wie die Pflegerinnen mir sagten, auszufallen pflegte. Immerhin bewirkte es, daß er sehr kretisch aussah. Phädra hatte ihre Freude an ihm und an sich selbst und schien zufriedener zu sein. Doch mir hatte es viel zu denken gegeben. Wir hatten ihn Akamas genannt, was auf der Insel ein alter königlicher Name war; denn es war gewiß, daß er mir in Kreta nachfolgen würde. Doch meine Königreiche auf dem Festland hatte ich in meinem Herzen Hippolytos gegeben, selbst wenn das bedeutete, daß das Reich geteilt würde.

Ich war überzeugt, daß das Volk eher ihn erwählen würde als einen Fremden, wenn er sich auch nur ein wenig Mühe gab, sich beliebt zu machen. Er sah durch und durch hellenisch aus; sein Mut war schon in aller Munde; er haftete an dem Rücken seines Kentaurenpferdchens wie nur einer von den Knaben des ›Hexers‹. Von den Staatsgeschäften verstand er nichts und kümmerte sich auch nicht darum; doch er hatte eine sichere Witterung für das, worauf es bei den Menschen ankommt, und erkannte einen Lügner als solchen, obgleich er die Lüge nicht verstand. Ich hatte gelernt, mich vor jedem vorzusehen, der ihm mißfiel. Immer aber, kommend und entschwindend wie eine Wolke, blieb diese geheime Fremdartigkeit.

Eines Nachts, als wir im Bett miteinander sprachen, erwähnte ich das seiner Mutter gegenüber. »Natürlich«, sagte ich, »muß er Artemis ehren. Um deinetwillen wäre ich böse, wenn er es nicht täte. Doch des Volkes wegen müssen wir darauf achten, daß er ihr nur gibt, was ihr gebührt, und Ehrfurcht vor den Olympiern zeigt. Du weißt, was davon abhängt.«

»Theseus«, erwiderte sie, »ich weiß, was die Leute sagen; daß ich ihn irgendeinen geheimen Dienst gelehrt habe. Aber du weißt es besser; du kennst das Mysterium, das nicht für Männer ist. Was er auch haben mag, es kommt aus seinem Innern.«

»Alle Kinder erzählen sich Geschichten. Das wird sich hoffentlich auswachsen. Aber er macht mir Sorgen.«

»Als ich ein Kind war«, sagte sie, »erfand ich eine Spielgefährtin. Aber ich war einsam. Er, wenn er allein ist, wird vor Freude singen. Und er macht sich überall Freunde. Doch die Zeit wird kommen, da alles von ihm abfallen wird. Ich habe gesehen, wie das mit einem langen Blick nach irgend etwas begonnen hat; nach einer Blume oder einem Vogel oder einer Flamme.«

Im Dunkeln machte ich das Zeichen gegen den bösen Blick.

»Ist das Behextheit? Sollen wir dem nachgehn?«

»Dann würde er bestimmt dahinsiechen. Er ist stärker und größer als seine Artgenossen. Ich habe dir gesagt – ein Gott ist mit ihm.«

»Er sagte ›die Frau‹. Du warst doch Priesterin; kannst du ein Omen oder ein Vorzeichen erkennen?«

»Ich war Jungfrau, Theseus«, erwiderte sie ruhig. »Zu mir wird sie nicht mehr sprechen. Manchmal, während des Tanzes, käme die Erleuchtung. Doch ich habe den Jungfrauenfelsen verlassen.«

Nur kurze Zeit darauf hörte ich außerhalb des Palastes ein gedämpftes Gemurmel, als ob Leute sich bemühten, leise zu reden; und so schickte ich einen Diener aus, um zu erfahren, was es gab. Einer von den älteren Edlen des Palastes kam und brachte den Diener des Priesters im Tempel des Zeus mit; er hatte eine blutende Wunde am Arm. Mit langem Gesicht, aber zufriedenen Augen berichtete mir der Edle, daß mein Sohn das getan hatte. Der Knabe hatte anscheinend ein Zicklein für das Opfer angebunden gesehen und hatte angefangen, es zu liebkosen. Als der Mann kam, um es zum Altar zu holen, da leistete der Knabe Widerstand. Der Diener tat, was seine Pflicht von ihm verlangte, worauf Hippolytos seinen Spielzeugdolch zog und ihn angriff. »Wie gut«, sagte der Edle und genoß das wie würzigen Wein, »daß es der Diener gewesen war und nicht der Priester selbst.«

Gewiß, das war ein Glück; aber ein Frevel war es trotzdem, und der ganze Palast wußte es. Abgesehen davon, daß es Unglück bringen konnte, hätte er kaum Schlimmeres tun können, als den König Zeus zu beleidigen. Um seiner Mutter Sicherheit willen wie auch zu Ehren des Gottes mußte ich vor dem Volk Gerechtigkeit üben.

Der Knabe kam, noch gerötet und aufgeregt, Tränen der Wut in den Augen, doch es ernüchterte ihn, als er vor mich geführt wurde. Er sollte sich schämen, sagte ich, einen Diener zu schlagen, der sich nicht wehren konnte. Vermutlich hätte ich mit König Zeus beginnen sollen, denn er zog schließlich vor, daß Könige Ehrenmänner waren. Wie ich sehen konnte, traf es ihn.

Er sagte: »Gewiß, Vater. Aber das Zicklein konnte auch nichts tun; wie steht es mit ihm?«
»Das ist doch ein Tier«, erklärte ich, »ohne Verstand und ohne eine Ahnung vom Tod. Um seinetwillen wolltest du den König des Himmels berauben?«
Er schaute mir mit den Augen seiner Mutter ins Gesicht und sagte: »Es wußte es. Es hat mich angesehen.«
Um seinetwillen war es, daß ich nicht weich gegen ihn sein durfte.
»Hippolytos«, sagte ich, »du bist jetzt sieben Jahre alt, und in all der Zeit habe ich nie meine Hand gegen dich gehoben. Weil ich dich liebe. Aber weil ich dich liebe, muß ich dich jetzt züchtigen.« Er sah nicht erschrocken aus, sondern musterte mich prüfend und versuchte zu verstehn. »Du hast den Gott erzürnt«, fuhr ich fort. »Irgendwer muß dafür leiden. Du mußt es sein, denn du hast das Unrecht getan. Oder würdest du lieber frei ausgehn und zulassen, daß er das Volk verflucht?«
»Wenn es einer sein muß«, sagte er, »dann will ich es sein.«
Ich nickte. »Brav, mein Junge!«
»Aber«, er sah mich wieder an, »warum sollte Zeus das Volk verfluchen, wenn es ihm doch nichts getan hat? Du würdest gewiß nicht so handeln.«
Just als hätte ein erwachsener Mann gesprochen, antwortete ich ihm: »Das weiß ich nicht. Es ist das Wesen der Notwendigkeit. Ich habe den Erderschütterer Poseidon das Labyrinth zertrümmern gesehen, und er hat die Bösen und die Guten vernichtet. Die Gesetze der Götter sind jenseits unseres Wissens. Menschen sind nur Menschen. Komm, damit wir es hinter uns bringen.«
Es war hart für mich zu tun, was, wie ich wußte, getan sein mußte. Ich mußte ihn züchtigen, damit die Gerechtigkeit ihren Lauf nahm. Aber er gab keinen Laut von sich. Danach sagte ich: »Das war königlich ertragen, und König Zeus wird es gefallen.

Jetzt laß es nicht umsonst gewesen sein, sondern achte die Götter.«

Er schluckte. »Dann wird er das Volk nicht verfluchen; und kann ich das Zicklein haben?«

Ich bewahrte meine Geduld und schickte ihn zu seiner Mutter. Natürlich wurde einen Monat lang davon gesprochen, und es geriet nie ganz in Vergessenheit. Sie war eine Dienerin der Artemis, die junge Tiere liebt. So war das ein fetter Bissen für ihre Feinde, die zumeist vorher meine Feinde gewesen waren. Sie war nur ihre Waffe. Es waren die älteren Edlen, deren Macht über ihre Leibeigenen und Sklaven ich gebändigt hatte; sie haßten die Veränderung und beneideten die aus dem Stierhof Gekommenen mit ihrer Jugend, ihrer Fröhlichkeit, ihrer fremden Lebensart. Und diese wiederum waren nicht dumm, sondern merkten es und ließen erkennen, daß sie auf der Seite der Amazone waren. So entstanden, wo es nur Wetteifer zwischen Mann und Mann gegeben hatte, zwei Parteien im Palast.

Oft, das wußte ich, trafen Hippolyta Nadelstiche im Dunkeln, von Leuten, die eine offene Feindschaft nicht gewagt hätten. Diesmal aber waren es nicht Leibeigene, die man fortschicken konnte. Und diesmal hielt sie es auch nicht vor mir geheim. Sie war nicht länger ein unbändiges Mädchen, sondern hatte genausoviel Verständnis wie ein Mann; sie war um meinetwillen besorgt und um unseres Sohnes willen.

So zornig ich auch war, mußte ich doppelt vorsichtig sein, wenn ich Recht sprach, um die Schalen im Gleichgewicht zu halten und den Gegnern keine Gelegenheit zu geben, etwas gegen sie zu unternehmen. Ich glaube, daß man Spione hinter ihr herschickte, wenn sie in die Berge ritt, denn man hätte gern festgestellt, daß sie dort geheime Riten übte. Und ich weiß, daß man versuchte, den Knaben dazu zu verwenden. Denn da er ganz unbefangen war, erzählte er uns, wie er ausgefragt wurde, ohne daß er verstanden hätte, was das zu bedeuten hatte. Obgleich seine Mutter nichts zu verbergen hatte, war doch gerade in seiner Unschuld eine Gefahr; ihre Freundinnen, die das Lachen liebten, mochten im Scherz sagen, was im Ernst nicht gut klang, und die Phantasie des Knaben konnte von schlauen Köpfen verdreht werden. Ich warnte ihn nicht; er war durchsichtig wie Wasser, es würde herauskommen und noch mehr Verdacht erregen. Ich hatte das Vertrauen zu seiner eigenen Natur, daß er zu denen, die er nicht leiden konnte, auch nicht allzu frei sprach.

Meine Art ist es, die Dinge ans Tageslicht zu bringen und auszukämpfen. Mich quälte es, daß ich so behutsam sein mußte. Doch noch immer drangen Gerüchte vom Norden zu uns; zumeist töricht und verstümmelt und doch mit einem Schimmer von Wahrheit dahinter. Das Schiff mußte unversehrt sein, wenn der Sturm kam.

Und bald wußte ich, daß er kam, denn ich erfuhr es von Pirithoos. Er schickte mir den Bruder seiner Frau mit einem Brief unter königlichem Siegel, den er mir nur geben sollte, wenn wir allein waren. Darin hieß es: ›Die Schwarzmäntel wenden sich südwärts. Es sind die Stämme östlich vom Euxinos, die sich auf die Wanderung machen. Sie kommen zum Hellespont herunter, und ich glaube nicht, daß die Meerenge sie hemmen wird. Wenn nicht, so erreichen sie noch in diesem Jahr Thrazien. Rechne nicht damit, daß der Winter ihr Vordringen verlangsamt, denn Hunger und Kälte werden sie nur um so schneller vorwärtstreiben. Das übrige wird Kaunos dir berichten.‹

Ich wandte mich zu dem Lapithen, der darauf gewartet hatte. Er sagte: »Das ist eine Botschaft, die Pirithoos lieber nicht niederschreiben wollte. Und sie lautet: ›Warne deine Dame! Die kämpfenden Frauen von Sarmatia, die der Göttin dienen, reiten mit ihren Männern; und die Mondjungfrauen führen sie an‹!«

16

Das sagte ich ihr nicht, denn ich meinte, um uns Sorgen zu machen, hätten wir noch Zeit genug. Ich teilte ihr wie allen andern mit, daß Kaunos uns auf der Durchreise einen freundschaftlichen Besuch abgestattet habe. Doch als wir an jenem Abend im Bett waren, sagte sie: »Nun, was gibt's?« Und hatte es mir entlockt! Durch meine Brust hindurch konnte sie meine Gedanken spüren.

Als sie es hörte, schwieg sie lange; sie lag in meinen Armen. Endlich sagte sie: »Vielleicht ist der langhaarige Stern wiedergekommen.«

»Was?« fragte ich. »Haben die Mondjungfrauen auch früher schon ihr Heiligtum verlassen?«

»So heißt es. Es heißt, daß, solange eine Eiche braucht, um zu wachsen und zu sterben, das Volk von Pontos hinter den Bergen an dem Gestade eines andern Meeres gelebt habe. Dann kam jener Stern mit dem wilden Haar, das über den ganzen Himmel flatterte; und er zog die Völker wie eine Flut mit sich. Die Priesterin jener Zeit erkundete die Voraussagen und erklärte, das Land könne nicht gegen die Horden der Kimmerier gehalten werden; und so zogen sie mit dem Volk und kämpften in der Vorhut. Als sie Pontos erreichten, fiel ein Teil des Sterns auf die Erde nieder. So nahmen sie das Land in Besitz und behielten es.«

Ich erinnerte mich an den Donnerstein. Doch sie sprach nicht gern mit einem Mann von diesen heiligen Dingen.

»Es ist kein Spaß«, sagte ich, »für ein ganzes Volk, den Hellespont zu überqueren. Dann kommt Thrazien, ein wildes Land, voll von tapfern Kriegern. Irgendwo nördlich vom Olympos werden sie zum Stehn gebracht werden, und wir werden sie nie zu Gesicht bekommen.«

Sie lag ruhig, doch sie schlief nicht. Ich spürte den Gedanken ihres Herzens, wie sie meinen spürte.

»Was hast du, kleiner Leopard? Was fürchtest du? Ich halte deine Ehre so hoch wie meine. Nie würde ich von dir verlangen, gegen geschworene Gefährtinnen zu kämpfen, nicht einmal, wenn sie den Felsen stürmen sollten. Kommt es dazu, so ist es an der Zeit, daß du eine Frau bist, entweder krank oder schwanger. Oder die Omen werden dir sagen, daß du weder auf der einen noch auf der andern Seite kämpfen sollst. Überlaß das alles mir.«

Sie klammerte sich an mich. »Glaubst du, ich könnte dir von den Mauern zusehen und nicht zu dir hinunterspringen? Du weißt, daß wir sind, was wir sind.«

In dem Licht des ausgestirnten Himmels sah ich ihre Augen wie im Fieber glänzen. Ich streichelte sie und redete ihr zu, sich keine Sorgen zu machen. Es würde nie dazu kommen. Schließlich schliefen wir ein. Doch sie weckte mich auf, als sie sich hin und her warf und seufzte und halb trunken vom Schlaf den Kriegsruf der Mondjungfrauen ausstieß. Ich hatte ihn auf dem Jungfrauenfelsen gehört. Ich weckte sie, ich umarmte sie, bis sie wieder einschlief. Doch am nächsten Tag sandte ich, ohne ihr etwas zu sagen, nach Delphi, um den Gott zu fragen, was zu tun wäre.

Unterdessen waren die Bewohner des Palastes noch immer im Zwist miteinander, und der Knabe wurde kräftiger. Er ritt in die Berge, verlor unterwegs seinen Knecht und wurde auf einem Berggipfel oder an einem Bach gefunden, wie er zu sich selber redete oder die Augen ins Leere richtete. Und doch war kein Zeichen von Wahnsinn an ihm zu bemerken; er war von rascher Auffassung und, um die Wahrheit zu sagen, konnte besser schreiben und lesen als ich. Nach dem Diebstahl des Zickleins tat er auch nichts Aufreizendes, sondern war zu seiner Umgebung sehr liebenswürdig. Doch eines Tages kam ein Edler zu mir und erzählte mir, als ob es ihm gegen seinen Willen entfahren wäre, daß der Knabe sich in einer Höhle in den Felsen einen Tempel der Göttin eingerichtet habe.

Ich antwortete leichthin; doch als es dämmerte, stieg ich selber hinunter, um mich davon zu überzeugen. Der Pfad war steil und gefährlich und nur für wilde Ziegen geeignet. Endlich kam ich zu einem kleinen Vorsprung, der nach der See schaute, und zu einer mit Felsblöcken verschlossenen Höhle. An ihrem Eingang war etwas eingemeißelt; es war sehr alt und verwischt, doch ich sah, daß es ein Auge war. Das Heiligtum war lange verlassen gewesen, aber auf dem felsigen Vorsprung lagen Blumen und Muscheln und farbige Steine.

Ich sagte nichts zu dem Knaben, fragte aber seine Mutter, ob sie es wisse. Sie schüttelte den Kopf. Später, als sie ihn schmeichelnd dazu gebracht hatte zu reden, erzählte sie mir: »Theseus, er hat das Zeichen nicht einmal gesehen; du sagst doch, daß es verwischt ist. Und ich merke, daß er seine Bedeutung nicht kennt. Wie sollte er auch? Das ist Frauensache. Und doch sagt er, daß die Frau dorthin kommt.«

Mich überlief es. Aber ich lächelte und sagte: »Er sieht die Götter in deiner Gestalt; das ist alles. Und wer bin ich, daß ich ihm daraus einen Vorwurf machen sollte?« Sie hatte durch den Neid meiner Edlen und die Unwissenheit der Bauern schon Schwierigkeiten genug.

Bald drangen vom Norden her die Nachrichten zu uns, daß hinter dem Hellespont große Kriege ausgebrochen waren, und daß das Volk von seinen Festungen aus kämpfte. Es hieß, daß sie ihre Ernten verbrannt hatten und lieber den ganzen Winter wie die Vögel leben wollten, wenn dadurch die Horde aus dem Land der Väter vertrieben wurde. Es brauchte keinerlei Ahnungsvermögen, um zu erkennen, wohin das führen mußte.

Kurz danach kam mein Abgesandter aus Delphi zurück, umkränzt von guten Nachrichten. Der Gott hatte gesagt, der Felsen werde nicht fallen, bevor das kommende Geschlecht jenem gleich wäre, das vergangen sei; es werde ein Sturm ausbrechen, doch er werde abklingen, wenn das bestimmte Opfer gebracht wäre. Der Abgesandte hatte gefragt, was geopfert werden müsse, und das Orakel hatte erwidert, die Gottheit, die es verlange, werde es auch auswählen.
Darüber dachte ich nach. Am nächsten Tag hatte ich einige Stück von all den Tieren auf die Burg gebracht, die den Göttern lieb sind, und hatte unter ihnen Lose werfen lassen. Das Los fiel auf eine Ziege, die ich der Artemis opferte. So war das Orakel erfüllt worden. Das Tier sträubte sich am Altar und wehrte sich gegen seinen Tod. Es ist niemals gut, wenn das Opfertier nicht einverstanden ist. Aber ich hatte getan, was verlangt worden war.
Der Herbst brach in diesem Jahr kalt und früh an. Ich schickte nach Argos um drei Schiffe mit Getreide, speicherte es in den Gewölben unter dem Felsen und schärfte dem ganzen Volk ein, zur Erntezeit keine großen Feste zu veranstalten, sondern die Nahrungsmittel aufzubewahren. Überallhin drangen die Gerüchte; es war zu spät, um zu schweigen, denn das hätte die Furcht nur gesteigert. Und in dem Monat nach der längsten Nacht kam die Nachricht, daß die Horde den Hellespont überquert hatte. Sie hatten das ohne Schiffe fertiggebracht; der Winter selbst hatte ihnen eine Brücke geschlagen. In dem großen Frost waren mächtige Eisblöcke vom Euxinos heruntergetrieben und hatten die Meerenge gesperrt; und rund um sie war die Wasserstraße zugefroren. Sie hatten in einer Nacht und einem Tag die Enge trockenen Fußes überschritten. Jetzt fielen sie wie verhungerte Wölfe über Thrazien her.
In meinem Herzen wußte ich nun, daß sie nach Attika kommen würden. Ich rief die Stammesführer und befahl, alle Festungen

mit Nahrung und Waffen zu füllen. Zum Glück war die Ernte gut gewesen. Drüben in Euboia, wo die Meerenge sie schützen würde, hatte ich ein Lager für Frauen, Kinder und alte Leute bauen lassen, dazu einen großen Pferch für das Vieh. Die Fröste waren vorbei; schon waren die ersten harten Knospen an den Feigenbäumen; diesmal würde es kein Eis geben. Jenen, die Gold besaßen, erlaubte ich, es im Felsen zu verwahren, und sah darauf, daß es genau abgerechnet wurde. Dann opferte ich Poseidon und Athene, den Göttern der Stadt, und sorgte auch dafür, daß den toten Königen in ihren Gräbern geopfert wurde. Im Andenken an Ödipus und seinen Segen ging ich nach Kolonos und brachte auch ihm Opfer dar.

Den ganzen Winter über schob die Horde sich südwärts vor und plünderte Weiler und Gehöfte. Einige kleinere Festungen fielen, doch die großen, wohin die Leute mit Vieh und Vorräten geflohen waren, leisteten Widerstand. So lebte die Horde denn von der Nachlese auf den Feldern, von Wurzeln und Wildbret; von alten Pferden und krankem Vieh, das zu retten nicht der Mühe wert war, und der Beraubung einsamer Höfe, die nachher eingeäschert wurden. Pirithoos sandte mir, als sie Thessalien erreichte, eine Botschaft, bevor die Tore der Festungen sich schlossen. Und dann wußte ich, daß es nicht mehr lange dauern werde.

So beförderten wir die Herden von Attika hinüber nach Euboia, und nach ihnen alle, die nicht kampffähig waren. Es war ein Tag der Tränen. Ich brachte Hera, der Göttin des häuslichen Herdes, ein Opfer dar, um die Hoffnungen zu stärken. Hippolytos aber schickte ich nicht hinüber. Ich wollte ihn nicht aus meiner Hut dorthin entlassen, wo die Feinde seiner Mutter die Gelegenheit wahrnehmen konnten. Ich schickte ihn in die andere Richtung über das Meer, nach Troizen und zu Pittheus, meinem Großvater. Er und meine Mutter würden ihn schon verstehn, wenn es überhaupt jemand konnte; und dort wäre er ebenso sicher, wie ich es in meiner Kindheit gewesen war, als mein Vater um seinen Thron kämpfte. Nachdem er von seiner Mutter Abschied genommen hatte, sagte auch ich ihm Lebewohl. Er war blaß und schweigsam, aber er bat nicht darum, bleiben zu dürfen. Das hatte er vermutlich schon von ihr erbeten. Schließlich raffte er sich zu einem Lächeln auf, denn er erinnerte sich, daß man Kriegern vor der Schlacht zulächeln muß. Ich sah in ihm den Stoff zu einem König. Doch er war noch zu jung, als daß ich zu ihm hätte sagen können: ›Wenn ich sterbe, hinterlasse ich dir dieses Königreich, aber du wirst darum kämpfen müssen.‹ Der alte Mann in Troizen kannte meine Pläne, aber er war wohl schon gebrechlich und konnte kaum mehr sehr lange auf der Erde weilen. Ich empfahl den Knaben den Göttern und sah sein helles, leuchtendes Haar in dem hellen, leuchtenden Sonnenlicht verschwinden, als er davonsegelte.

Nun kamen Tag für Tag neue Nachrichten, denn die Flüchtlinge strömten durch die Pässe über den Parnaß, halbtot von der Kälte im Gebirge, Kinder auf dem Rücken und mit erfrorenen Zehen, die ihnen von den Füßen absterben würden. Ich schiffte sie nach Euboia hinüber oder schickte sie nach Sunion. Und auf den Pässen stellte ich Wachtposten mit großen Scheiterhaufen auf, damit sie uns warnen könnten. Meiner Meinung nach bedeutete Attika das Ende der Wanderung. Bis jetzt hatten die Scharen nur um die Nahrung des Tages gekämpft; hier unten mußten sie kämpfen, um sich seßhaft zu machen.

Die Flüchtlinge erzählten ihre Geschichte, und meine Leute lauschten ihnen mit Ohren, die von der Furcht geschärft waren. Und in jeder Geschichte war die Rede von den Kriegerinnen, den Sarmatinnen, die als Mitgift den Kopf eines von ihnen im Kampf getöteten Feindes bringen mußten; und die hellgekleideten Mondjungfrauen waren gegen Furcht und Waffen durch einen Zauber gefeit, und sie führten die Vorhut. All das erfuhr ich von den Fliehenden, wenn ich sie befragte. In meiner

Hörweite sprachen meine eigenen Leute nie davon. Wir beide wußten, was das zu bedeuten hatte.
Eines Morgens stand Hippolyta von unserm Lager auf, trat zu den Waffen an der Wand und kleidete sich in die Tracht, die sie trug, wenn sie ihre Leibwache einübte.
Ich sprang auf und legte meine Hand auf ihre, um sie zurückzuhalten. Sie schüttelte den Kopf. »Es ist an der Zeit«, sagte sie. »Nur ruhig, kleiner Leopard!« Sie wirkte magerer, und es war, als loderte eine Flamme in ihrem Innern. »Ich habe dir gesagt, daß du mich das erledigen lassen sollst. Ich nehme diese Burschen wieder in die Palastwache zurück; du brauchst nicht länger die Verantwortung für sie zu tragen.«
Sie sah mich forschend an. »Dir haben sie es also nicht gesagt! Und so muß ich es tun, denn sie alle sind in Sorgen. Deine Edlen haben das Gerücht ausgesprengt, die Jungfrauen kämen um meinetwillen; um meine Schmach zu rächen, weil du die Kreterin geheiratet hast. Sie behaupten, ich hätte ihnen eine Botschaft gesandt.«
Ohne zu wissen, was ich tat, nahm ich ihr einen Wurfspieß aus der Hand; und dann merkte ich, daß ich ihn zwischen meinen Händen zerbrochen hatte.
»Liebster«, sagte sie da, »jetzt hast du dein eigenes Omen gegeben. Mit solchen zerbrochenen Waffen wirst du in die Schlacht gehn, wenn du im Zorn Spaltungen zwischen deinen Häuptlingen und den Kriegern schaffst. Du kannst nichts tun, Theseus. Die Athener werden glauben, was sie sehen können. Ich muß für mich selber eintreten; das kann kein anderer tun.«
»Als wir einander zum ersten Mal begegneten, nanntest du mich einen Seeräuber. Und was bin ich Besseres für dich gewesen, wenn dies das Ergebnis ist?«
»Pst!« sagte sie. »Das sind Worte.« Und sie küßte mich. »Hier sind Schicksal und Notwendigkeit; und wie wir, sind sie, was sie sind.«

Dann ging sie hinaus, rief ihre Leibwache zusammen und sprach zu den jungen Leuten von der bevorstehenden Prüfung, bei der sie Ehre einlegen müßten. Und dann erst ließ sie sie nach dem Ziel werfen. Die Burschen sangen den Päan auf sie, und die Partei der Edlen sah niedergeschlagen drein. Es war schon richtig, daß sie getan hatte, was ich nicht zu tun vermochte. Nachher ging sie heiter und lachend ihrer Tätigkeit nach. Das täuschte alle, nur nicht mich.

In jener Nacht brannte unsere Liebe so hell, wie sie am Euxinos gelodert hatte. Doch nachher in der Stille, da das Herz alles sagt, was es weiß, sagte sie: »Ist es auch gewiß, daß sie mir unrecht getan haben? Was, wenn ich dies wirklich über das Land gebracht hätte!?«

Ich versuchte, sie zu beruhigen. Es gibt Dinge, die man am besten unausgesprochen läßt, um ihnen keine Macht zu geben. Doch sie flüsterte: »Was ich dir gegeben habe, Theseus, hatte ich vorher den Jungfrauen gelobt. Hast du das geahnt?«

»Ja, doch in uns war ein Gott; was hätten wir tun können?«

»Vielleicht nichts. Wenn zwei Götter um uns kämpfen, so ist das unser Schicksal. Aber der Verlierende wird zornig sein, und ein Gott ist er dennoch.«

»Der Sieger auch. Vertrauen wir auf den Stärkeren!«

»Wir wollen Treue bewahren. Man wechselt auf dem Schlachtfeld nicht das Lager ... wir sagten, der Jungfrauenfelsen sei weit entfernt, doch jetzt ist er gekommen, um uns zu finden.«

»Schlaf, kleiner Leopard. Morgen wird es Arbeit geben!« Und darin hatte ich recht. Bevor die Sterne verblaßt waren, loderten die Warnzeichen auf dem Parnaß, und bei Tagesanbruch war Kriegsrauch auf den Bergen.

Zwei Tage brauchten sie, um durch die Pässe zu kommen. Die Wachen, die ich aufgestellt hatte, behinderten sie dadurch, daß sie Felsblöcke hinunterrollten und von der Höhe her schossen. Für größere Aufgaben hatte ich keine Mannschaften übrig. Bald sahen wir von den Mauern die dunkle Flut in die Ebene strömen wie Wasser, das den Damm gesprengt hat. Ich zog ihnen nicht entgegen. Dazu waren wir zu schwach. Die Männer von Eleusis mußten ihre eigenen Befestigungen verteidigen, und die Männer von Megara hatten den Isthmus zu sperren. Und wenn sie alle mit uns in die Ebene gezogen wären, hätte die Flut uns dennoch fortgeschwemmt.

Ich vertraute auf meinen Felsen, wie meine Väter es weit über Menschengedenken hinaus getan hatten. Es würde eine Belagerung werden, doch eine umgekehrte; wir mußten durchhalten und sie aushungern. In diesen ersten Monaten waren die Felder von allem entblößt; die Feinde konnten uns nicht einschließen und in aller Ruhe abwarten. Um sich überhaupt zu ernähren, mußten sie durch die Gegend streifen. Doch die Bauernhöfe waren leer, die Festungen aber wohl ausgerüstet und bemannt. Ich rechnete damit, daß sie sich nach und nach durch die Not und in vergeblichen Angriffen abnützen würden; und dann, wenn sie zersprengt und geschwächt wären, wollte ich meine Stunde wählen.

Als sie näherkamen, sah ich, daß sie Vieh mit sich führten. Doch es war mager von den kümmerlichen Winterweiden, und wenn sie mit diesen Tieren fertig wären, gäbe es keine andern. Wir aber, wir konnten es lange aushalten und unsere Kräfte bewahren, denn wir hatten Gerste und Käse und Trauben und Olivenöl und Wein.

Die Leute von Eleusis hatten ihr Vieh und die unnützen Mäuler nach Salamis hinübergeschickt. Und dorthin schickte ich auch meine Schiffe. Wir hatten Zeichen verabredet, Rauch bei Tag und Feuer bei Nacht. Sie wußten, was ich, wenn die Zeit kam, mit ihnen vorhatte.

Die wandernden Haufen kamen jetzt über die Ebene angerückt; das Vieh langsamer, die Krieger vorn und an den Flanken, mit Pferden und in Kriegswagen, umringten die Horde. Ich erinner-

te mich an die alten Geschichten aus der Zeit, da unsere eigenen Väter so vom Norden her gekommen waren; in den Augen des Küstenvolkes, das von dem Felsen ausschaute, den es nicht zu halten vermochte, mußten sie ebenso gewirkt haben. Wie mochte der Felsen gefallen sein – durch Verrat oder durch einen Angriff? Dann rief ich den Herold und sagte: »Gib das Feuerzeichen!«
Er blies; und aus den Häusern draußen, außerhalb der Mauern, stieg zuerst dünner Rauch auf. Bald züngelten Flammen aufwärts, denn im Innern war Strauchwerk angehäuft. Damit hatte ich zugewartet, bis der Feind in Sicht war, um ihn einzuschüchtern. Bald herrschte auf dem Felsen eine Hitze wie im Sommer; wir husteten im Rauch, und die Krieger, deren Heimstätten verbrannt wurden, lächelten grimmig. Die Männer, die das Feuer angezündet hatten, kamen heraufgestiegen, und dann wurden die Tore geschlossen, und hinter ihnen rollten wir mächtige Mühlsteine herbei. So war der Felsen versiegelt.
Jetzt, nach all der Hast, all der Mühe, gab es eine Pause. Das Feuer hatte den Rauch gefressen, die fernen Hügel schienen in der aufsteigenden heißen Luft zu tanzen und sich zu kräuseln; man hörte nichts als das Heulen der Flammen und das laute Prasseln des Holzes. Die ganze Nacht loderte es auf und zerfiel und flackerte abermals in die Höhe und leuchtete so stark, daß die Wachen nicht darüber hinwegschauen konnten. Doch bei Morgengrauen war die Horde auf dem Marsch, und gegen Mittag stand die Vorhut vor der Burg.
Bald war die ganze Ebene zwischen uns und dem Hafen voll wie von schwärmenden Ameisen. Es ließ sich gut erkennen, daß sie von Kriegern angeführt wurden; sie besetzten die niedrigen Hügel gegenüber dem Felsen und begannen Schanzen aufzuwerfen.
Auf dem Dach des Palastes hielt Hippolyta neben mir Wache.

Ihre Augen waren ebenso gut wie meine. Die Gewänder der Skythen wirkten von weitem, wenn man die Verzierungen nicht sah, dunkel. Selbst von hier aus konnte man die hellen Farbenflecke nicht verkennen, die sich vor der Front bewegten, die Mondjungfrauen in Scharlach, Safran und Purpur. Ich erinnerte mich daran, wie sie mir erzählt hatte, die Führerinnen hätten ihre eigenen Farben, an denen man sie erkannte. Ich wandte mich zu ihr und bemerkte, daß sie mir ins Gesicht schaute. So stand sie eine Zeitlang, und dann sagte sie: »Ich habe nichts gesehen als deine Feinde. Komm, gehen wir ins Haus.«

So begann die Belagerung. Die Feinde besetzten alle Hügel: den Pnyx, wo ich das Volk zur Versammlung einberief, den Hügel des Apollo und der Musen, den Hügel der Nymphen, alle bis auf den Hügel des Ares, der sich dem großen Tor gegenüber erhebt. Er lag in Bogenschußweite, und meine kretischen Schützen deckten ihn. Eines Nachts, als der Mond verdunkelt war, schlichen die Feinde dort hinauf und errichteten eine Schanze. Von da an fielen manche Pfeile innerhalb unserer Mauern nieder, doch wir konnten von oben herab besser schießen, und sie rückten nie in großer Stärke an.

Die Nächte waren am schlimmsten. Da brannten auf der Ebene scheinbar so viele Wachtfeuer, wie der Himmel Sterne zählt. Doch, wie ich den Leuten auf den Mauern erklärte, wenn ich meine nächtliche Runde machte, viele waren Kochfeuer, an denen sie ihre Vorräte aufaßen, und sie hatten ein ganzes Volk mitgebracht, während wir hier nur Krieger waren. In Regen und Schnee, ausgeruht oder müde, machte ich in den frühen Morgenstunden immer meine Runde auf den Mauern. Zum Teil konnte man sehen, daß gute Wacht gehalten wurde, zum Teil allerdings weniger, denn die verheirateten Männer wurden neidisch. Bis auf die Priesterinnen gab es ja nur eine einzige Frau auf dem Felsen, und das war Hippolyta. Oft nahm sie mir einen Teil der Runde ab. Sie kannte jedes Mannes Namen ebensogut wie ich. Jetzt waren die alten Männer, deren Haß sie am heftigsten verfolgt hatte, mit den Frauen in Euboia, die Parteien wurden schwächer, und die Gefahr, die uns umdrängte, schloß uns alle aneinander. Mut und Unerschütterlichkeit und herzhaftes Gelächter, das waren die Schätze unseres Daseins, und man konnte sie nicht so entschlossen zur Schau tragen wie sie, ohne von allen geliebt zu werden.

Und dann wurde eines Morgens beim jungen Tageslicht ein Pfeil gefunden, der von dem Hügel des Ares herübergeschossen worden war. Er hatte einen Sichelkopf, ein Zeichen von Zauberkraft, und um den Schaft war ein Brief gewickelt. Keiner konnte die Sprache lesen, und so brachte man ihn zu mir. Hippolyta, die bei mir war, nahm ihn mir aus der Hand. »Ich kann es lesen«, sagte sie.

Sie las den Brief in ruhiger Haltung, doch ich merkte, wie ihr Gesicht sich verzog, als hätte dieser Brief alles Blut aus ihr getrunken. Schließlich schwieg sie, doch nicht lang. Und dann sagte sie laut, so daß alle Krieger rund um uns es hören konnten: »Dieser Brief ist für mich; man verlangt von mir, daß ich die Feinde einlassen soll, weil ich doch selbst eine Mondjungfrau gewesen war.«

Nur ich, der ich so nahe stand, daß ich sie berühren konnte, sah, daß sie zitterte.

»Wenn noch mehr dergleichen kommen«, fuhr sie fort, »will ich es nicht sehen. Bringt solche Botschaften dem König.«

Man hörte die Krieger flüstern, doch ich merkte deutlich, daß sie sie lobten. Dann sagte Menestheus eifrig, als fürchtete er, es könnte ihm jemand zuvorkommen: »Haben sie ein Zeichen angegeben? Oder einen Namen, der nachts zu nennen wäre?«

Ich nahm ihr den Brief aus der Hand, zerriß ihn und warf die Fetzen in den Wind.

»Ihre Ehre ist meine Ehre«, sagte ich. »Hältst du es eines Kriegers für würdig, Fallen zu legen und alte Gefährten in einen

Hinterhalt zu locken? Wenn ein Mann hier das täte, möchte ich ihn in der Schlacht nicht hinter meinem Rücken haben.«
Damit sah ich ihn fest an, und er wurde rot und drückte sich. Als wir allein waren, sagte sie: »Sie hätten es geahnt; und so war es besser, geradeheraus die Wahrheit zu sagen.«
»Ja, kleiner Leopard«, erwiderte ich. »Aber jetzt erzähl mir alles. Womit haben sie dir gedroht, wenn du dich weigerst?«
»Ach, sie werfen mir vor, daß ich weitergelebt habe, nachdem ich meine Jungfrauschaft verloren hatte. Und dann sagen sie, die Göttin würde mir verzeihen, wenn ich die Burg verriete, denn du hast mich gegen meinen Willen genommen!«
Sie lächelte. Doch als ich sie in den Armen hielt, da spürte ich auf meiner Wange stumm die Tränen tropfen wie Blut. Da wußte ich, daß sie sie verflucht hatten. Und der Fluch hatte keinen weiten Weg zurückzulegen.
Mein eigener Körper schien zu frösteln und zu welken, als fühlte ich es mit ihr. Doch ich zwang mich zu einem Lächeln, denn Flüche nähren sich von Furcht; das habe ich häufig gesehen.
»Apollo wird es von dir nehmen«, sagte ich. »Er kann einen Mann selbst von dessen Mutter Blut reinigen; das wird eine Kleinigkeit für ihn sein. Er ist der Bruder der Artemis, und sie muß ihm gehorchen. Einmal hat er selber ihr doch eine Jägerin weggenommen, mit ihr ein Kind gezeugt, und ihr Sohn hat eine Stadt gegründet. Du wirst sehen – er wird dein Freund sein. Mach dich bereit, wir wollen zusammen zu dem Heiligtum gehn!«
Sie sagte, sie wäre bereit; doch einige der Hausleute hatten mit mir zu reden, und während ich beschäftigt war, verzog sie sich allein. Als sie wiederkam, sah sie ruhig und gefaßt aus und sagte, der Gott habe ihr ein Zeichen dafür gegeben, daß er den Fluch abwenden wolle. Da war ich denn froh und dachte nicht länger daran.
Zwei Nächte lang war alles ruhig. Ich vermutete, daß die Feinde

auf ein Zeichen von ihr gewartet hatten. In der dritten Nacht versuchten sie, die Mauern zu ersteigen.
Kurze Zeit vorher hatte ich jene Männer ausgewählt, die am besten im Dunkeln sahen, und hatte jeder Nachtwache einen oder zwei beigegeben, welche die Runde machten. Ohne diese Maßregel hätte der Angriff gelingen können; er wurde von geschickten Kletterern angeführt, die sich Gesicht und Leiber schwarz gefärbt hatten. Auf das Warnungszeichen hin warfen wir Fackeln hinunter und zündeten das Buschwerk an; bei dieser Beleuchtung zielten wir mit Speeren und Pfeilen und Schleudern. Hippolyta stand mit ihrem starken, kurzen kretischen Bogen neben mir und zielte ruhig wie nach einer Scheibe. Seit der Brief gekommen war, hatte sie sich verändert; ich spürte, daß sie nicht länger nach zwei Richtungen hin und her gerissen wurde. Als die Toten unten fortgetragen wurden, stand sie ganz gelassen und unberührt da. Sie sang mit unseren Männern das Siegeslied, ging dann mit mir, war freundlich und sprach nur wenig. Ihr Gesicht ließ mich im Fackellicht an ihren Sohn denken.
Im Verlauf der Zeit sahen wir, wie das Vieh auf der Ebene dahinschwand; und Banden von Skythen streiften ringsum durch das Land. Nur selten brachten sie Rinder ein, zumeist armselige Ziegenherden, und oft schien es, als hätten sie Verluste gehabt. Dann stieg eine Rauchsäule aus irgendeiner Festung des Hymettos oder gegen Eleusis zu auf, deren Befehlshaber noch aushielt, und so erfuhren wir, daß ein Angriff abgeschlagen worden war, und eine stärkere Rauchsäule meldete, daß der Feind viele Männer verloren hatte. Doch eines Tages stand über dem Kithairon statt des Rauchzeichens eine große Wolke, und wir sahen von dorther nichts mehr. Es war die Festung, die Prokrustes besetzt gehalten hatte; mit so vielen zornigen Geistern in sich war von ihr nicht viel Gutes zu erwarten gewesen. Diesmal kehrte die Bande reich beladen zurück, und wir

hörten von unsern Mauern den Jubel. Doch die Festung war für eine Besatzung versorgt gewesen und nicht für einen Volksstamm. Bald mußten sie immer weiter und weiter auf Raub ausziehen.

Noch zweimal versuchten sie einen nächtlichen Angriff auf den Felsen. In der siebenten Morgendämmerung nach dem Angriff sahen wir, wie die Horde sich zusammenschloß und geschäftig war wie ein Teig, darin es gärt, und da wußten wir, daß sie bei Tag anzugreifen gedachten.

Vom Süden und vom Westen kamen sie herangeschwärmt, stiegen über die Leiber der Gefallenen, schleppten Leitern und gekerbte Baumstämme mit sich, um die Mauern zu erklimmen. Als sie anrückten, rief ich den Kriegern zu: »Haltet diesmal aus, und wir werden siegen. Das ist eine Hochflut. Sie sind jetzt verzweifelt, und sie werden nicht den Mut haben, es nochmals zu versuchen. Blauhaariger Poseidon, Pallas Athene, Herren der Burg, rettet eure eignen Altäre! Helft uns in unserer Stunde!«

Auch diesmal hatte ich längs der Befestigungen Steine aufhäufen lassen: Kieselsteine für Schleudern, handgroße Steine zum Werfen und große Blöcke mit Hebeln und Stangen darunter. Wir warteten ab, bis die Hänge von Menschen wimmelten, und dann begannen wir. Unsere Waffen sparten wir uns für den Nahkampf auf.

In dieser Schlacht konnten wir die Krieger zum ersten Mal deutlich sehen; die Skythen in ihren Lammfellmänteln und den weiten, an den Knöcheln zusammengebundenen Hosen, auf dem Kopf Lederhelme; die Sarmaten, die paarweise fochten, ein Mann und ein Jüngling hätte man meinen können, wenn wir die bartlosen nicht an ihrem kreischenden Schlachtruf als Frauen erkannt hätten. Sie sahen wild und schmutzig und ungepflegt aus; doch wenn ich eine sinken sah, wenn ich sah, wie ihr Gefährte sich über sie beugte, da schaute ich doch gern in eine andere Richtung. Wohin man aber blickte, in der Vorhut mit

Bogen und Wurfspieß, schlank und flink und kühn wie Kampfhähne, waren die Jungfrauen der Göttin, leichtfüßig in der Verzückung der Schlacht, ohne Furcht oder Wunden zu spüren, bis sie starben.

Hinter dem Kampfgewühl standen jene, die nicht kämpften, auf den Hügeln und beobachteten. Kein Mensch konnte feststellen, wie das Verhältnis zwischen Kämpfern und unnützen Mäulern war. Von meinem Platz aus berechnete ich, daß die beiden Gruppen an Zahl ungefähr gleich sein mochten. Die meisten Schwachen, Alte und Kinder, mußten wohl bei der Winterwanderung über das Gebirge und unterwegs zugrunde gegangen sein. Die Zuschauer waren zumeist Frauen – nur die Amazonen und die Sarmatinnen kämpfen –, doch ich sah auch Hirten bei dem Vieh und war erstaunt, daß sie an diesem Tage die Wache nicht Knaben überlassen hatten. Doch Hippolyta sagte: »Ach, das dürften Sklaven sein, die keine Augen mehr haben. Die Skythen blenden ihre Kriegsgefangenen; auf diese Art können sie Kühe melken und Käse machen, aber nicht davonlaufen.«

»Dann sollten wir siegen«, sagte ich. »Zeus, der Barmherzige, ist mein Zeuge, daß ich dem Volk bessere Gesetze gegeben habe als diese.« Und ich erzählte diese Geschichte den Männern auf den Mauern, um sie zum Widerstand zu stärken. Nun schwoll die zweite Angriffswelle; konnten wir sie brechen, so hatten wir das Schlimmste überstanden; das wußte ich.

Der Felsen hatte so manche Belagerungen ausgehalten. Unten in den Höhlen hatten wir die großen erzbeschlagenen Piken gefunden, mit denen man Leitern samt den heraufkletternden Männern umstürzen konnte. Rund um die Mauern sah ich, wie die Leitern angelegt wurden und die Männer aufstiegen. Kriegsschreie und Todesschreie gellten, Steine rollten und krachten und mähten die brüllenden Männer nieder; Pfeile fielen zu Boden oder bohrten sich ins Fleisch; die Schlacht tobte um den

Felsen wie ein stürmisches Meer. Hippolyta stand neben mir auf der westlichen Mauer, wo sich der Abhang zu den Toren senkt und der schwächste Punkt der Befestigung ist. Dort hatte ich die kleinen, dunklen kretischen Bogenschützen in ihren gesteppten Wämsern aufgestellt und die hellenischen Speerwerfer, die hochgewachsenen jungen Männer, die bei den Spielen Preise errungen hatten. An jenem Tage schleuderte auch ich Speere. Unten am Fuß des Abhangs begann es zu sieden. Hier wurde ein Angriff vorbereitet.
Wir hörten einen Päan, der wie ein Wolfsgeheul tönte. Ein dichter Schwarm stieg aus dem Gedränge den gewundenen Fußpfad herauf, wie eine zornige Schlange, die sich aufwärts ringelt. Und wie bei einer Schlange hob sich der Kopf deutlich ab. Denn an der Spitze waren die Amazonen, und weit vor ihnen stieg eine Mondjungfrau herauf, in der Hand das Sichelbeil der Königin.
Die Pfeile schwirrten, die Wurfspieße flitzten, Leiber stürzten vom Rand des Hangs auf die Felsen in der Tiefe. Doch das Mädchen eilte weiter, behende wie auf einer Jagd, sprang auf einen Felsenvorsprung neben dem Pfad und stieß einen lauten, hellen Schrei aus. Die Sprache war mir nicht mehr so fremd, wie sie es einst gewesen war.
»Hippolyta! Hippolyta! Wo ist deine Treue?«
Sie trat neben mir vor, während ich ihr zurief, vorsichtig zu sein, und den Schild vor sie hielt. Sie führte die hohle Hand an den Mund und rief:
»Hier ist sie! Bei meinem Mann und meinem König! Dies ist mein Volk!« Sie fügte noch mehr hinzu, das ich nicht Wort für Wort verstehen konnte. Doch ihre Stimme sagte: ›Haßt mich nicht! Ich kann nicht anders!‹
Einen Augenblick lang stand das Mädchen reglos da. Und auch Hippolyta rührte sich nicht; sie wartete. Ich fühlte, daß sie nur hören wollte: ›Was sein muß, muß sein; es war unser Schicksal!‹

Doch die Amazone unten schrie gellend wie ein kreisender Adler:
»Abtrünnige Hure! Deinen Mann werden die Hunde fressen und dein Volk die Raben, und wenn du es mitangesehen hast, stürzen wir dich vom Felsen hinunter!«
Hippolyta atmete schwer und erschauerte. Dann aber preßte sie die Lippen fest aneinander; sie schob meinen Schild beiseite und legte einen Pfeil an die Sehne. Doch ich konnte ihre Angst merken, und ihre Hand bewegte sich langsam. Unversehrt sprang die Jungfrauenkönigin in die Menge zurück. Wohin sie verschwand, sah ich nicht, denn es gab allzu viel zu tun.
Fast bis zu den Toren trieben sie ihren Angriff vor; doch am Ende warfen wir sie zurück. Nach und nach verloren sie ihren Schwung und wankten und strömten wie schmutziges Wasser in die Ebene hinunter; nur einen Schlamm von Leichen und Steinen ließen sie liegen. Unsere Freude war zu tief, als daß wir gejubelt hätten. Alte Krieger umarmten die Gefährten neben sich, manche Männer sangen allein ein Danklied zu ihren Schutzgöttern und gelobten ihnen Opfer. Hippolyta und ich gingen Hand in Hand über die Mauern, wie Kinder bei einem Fest, und lobten und grüßten die, an denen wir vorüberkamen. Wir waren an jenem Abend zu müde, um zu sprechen, sondern sanken, einer dem andern in den Armen, auf das Bett und schliefen. Doch ich hatte mich um Mitternacht wecken lassen wie gewöhnlich, denn der Sieg sollte uns nicht sorglos machen. Die Feinde waren es, nicht wir, die unvorsichtig gemacht werden sollten.
Ich rechnete mit drei Tagen. Am ersten würden sie ihre Wunden lecken und darüber wachen, ob wir unsern Sieg ausnützen wollten. Wenn wir es täten, würde es teuer zu stehn kommen. Am zweiten Tag würden sie beraten, was jetzt zu tun wäre, und ihre Vorräte mustern. Am dritten, wenn ich nicht sehr im Irrtum war, würde die Hälfte ihrer Krieger auf die Suche nach Lebens-

mitteln ausziehen. Sie hätten keine andere Wahl. Und da sie das Land schon meilenweit in der Runde ausgeplündert hatten, würden sie nicht vor Anbruch der Nacht zurück sein. Und genau so vollzog es sich. Am dritten Abend gab ich den Befehl, die Feuerzeichen anzuzünden, nachdem wir alles, was sonst nötig war, erledigt hatten. Um unser Vorhaben nicht merken zu lassen, sangen wir rund um den Scheiterhaufen laute Gesänge, als wäre es zu Ehren eines Gottes. Sie kannten unsere Gebräuche nicht, und das Gebet hatten wir wahrhaftig dringend nötig. Wein und Öl, die wir ausschütteten – denn Trankopfer waren alles, was wir zu geben hatten – ließen die Flammen höher auflodern. Ich fragte den Priester, welchen Gott wir als Beschützer in der Schlacht wählen sollten, und er schaute in den Rauch und sagte, ich solle zu Phobos, dem Schrecken, dem Sohn des Ares, beten. Als ich die Hände erhob, sah ich auf dem Berg von Salamis ein einziges Licht, ein Feuerzeichen, das ›ja‹ bedeutete.

Athene schenkte uns einen dunklen Himmel. Das war ihre zweite Gunst; um die erste hatte ich sie schon angefleht. Denn da selbst im Dunkeln ein Heer, das den Hang hinunterstieg, nicht unbemerkt bliebe, mußten wir einen andern Weg einschlagen. Das war ein heiliger, geheimer und den Männern verbotener Weg; mein Vater hatte mir davon erzählt, aber ich hatte ihn vor dem letzten Abend nie gesehen, da ich allein zu der Priesterin ging, um die Erlaubnis zu erwirken.

Hier war es immer Nacht. Der Weg führte durch die Höhle der Hausschlange in das tiefste Mark des Felsens. Die Mündung lag, wie mein Vater mir erzählt hatte, in der westlichen Böschung, unterhalb des Fußes der Mauern, doch sie war mit unbehauenen Steinen derart verschlossen, daß selbst ich, der ich ja davon wußte, die Stelle nie entdeckt hatte. Und sie konnte nur von innen geöffnet werden.

Die Priesterin war alt, sie hatte im Heiligtum ihren Dienst versehen, bevor wir Athene von Sunion zurückgebracht hatten. Doch neben der Hausschlange war sie ein kleines Kind. Von der Schlange behaupteten manche, sie sei Erechtheus selbst, der alte Schlangenkönig, der Begründer unseres Geschlechts. Weder mein Vater noch mein Großvater hatten sie je zu Gesicht bekommen; und als die alte Frau mit ihrer Lampe vor mir herging, waren meine Hände kalt vor ehrfürchtiger Scheu. Der Weg war steil, die Stufen klein und flach; häufig mußte ich, der ich doch nicht groß bin, den Kopf beugen. Als wir aber die Höhle erreichten, verlor sich das Dach über den engen Mauern im Schatten. Es war ein Spalt im lebenden Gestein, der bis hinauf zu den Grundlagen führte, darauf der Palast stand. Obgleich nur die nackten Füße jeder einzelnen Priesterin die Fliesen betreten hatten, war doch eine handspannentiefe Höhlung entstanden.

An der steilen, rauhen Mauer, weit bis ins Dunkel hinauf, waren Bilder wie von Kinderhänden gezeichnet; kleine Männer mit Bogen und Speer, auf der Jagd nach wilden Tieren, die kein Mensch je erschaut hatte. Im Flackerlicht schienen sie zu springen und zu rennen. Schließlich ließ sie mich nicht weitergehn und wies mit der Hand; dort war ein schmales Loch in der Mauer, ein Spalt in einem Spalt. Sie hob die Lampe und blieb, den Finger an den Lippen, stehn. Tief unten sah ich dicke Windungen in der Stärke einer Menschenwade, die sich hoben und krümmten. Ich legte die Hand vor den Mund, und mein Haar sträubte sich.

Von einem Vorsprung nahm die Priesterin eine bemalte Schale mit Milch und setzte sie vor das Loch. Die Windungen entrollten sich, wälzten sich näher, und ich sah das Glitzern eines Auges. Der Kopf hob sich, knochenfahl, mit seltsamen, verblichenen Zeichen bedeckt; die Augen waren blau und milchig und sahen mich nicht; sie blickte nur nach dem Schicksal. Das Maul war geschlossen, dazwischen aber flitzte eine gespaltene Zunge hervor, tauchte in die Milch und trank. Die Priesterin streckte die

verwitterten Hände aus. Trotz all dem klebrigen Schweiß, der mich bedeckte, sah ich in ihren Augen eine Danksagung.
Da die Schlange ihre Zustimmung gegeben hatte, führte die Priesterin mich bis zum Ende des Ganges und zeigte mir die alten Zeichen, die dort eingemeißelt waren und sehen ließen, wo die Hebestangen anzusetzen waren. Und nachdem sie alle heiligen Dinge verdeckt hatte, führte ich meine Maurer hierher, und nun war der Weg offen; das sollte der Weg zur Schlacht sein.
Im Dunkeln, vor dem Hahnenschrei, bewaffneten wir uns. Als ich nach meiner Rüstung griff, hemmte mich Hippolyta. »Diesmal«, sagte sie, »will ich es halten wie andere Frauen.«
Sie gürtete mir das Schwert um, und als ich den Schild auf die Schulter gehängt hatte, gab sie mir meinen Helm. Ich sagte lächelnd, daß keine andere Frau auch nur halb so diensteifrig wäre, und schob den Schild zur Seite, um sie zu umarmen. Wir standen zusammen in der großen, gewölbten Schale der Stierhaut; als sie ihr Gesicht an meines preßte und es mit den Fingern streichelte, da spürte ich, wie aus ihrem Schweigen eine Sorge auf mich übersprang, und ich flüsterte: »Was hast du, kleiner Leopard?« Doch sie antwortete leichthin, wich zurück und setzte sich den Helm auf.
Ich blickte auf die glitzernden goldenen Bänder, die tanzten und das Lampenlicht auffingen.
»Bald wird es Tag sein«, sagte ich. »Und draußen hast du Feinde. Trag doch etwas weniger Auffallendes!«
Sie lachte und schüttelte den Helm, daß die Bänder blitzten. »Und wirst du es auch tun?« fragte sie. Denn ich hatte scharlachrote Federn am Helm, damit meine Leute mich sehen konnten. »Oder soll ich nicht an deiner Seite bleiben, für den Fall, daß sie wissen, wo ich zu finden bin? Wir sind, was wir sind, Liebster. Und wir wollen unsern Stolz bewahren!«
So gingen wir denn zusammen zu den Kriegern.

Jeder Mann hatte sich, bevor er den geheiligten Bereich betrat, gereinigt und hatte gebetet. Jetzt schlichen sie geräuschlos, die Hand vor dem Mund, abwärts; nicht einmal die Nähe eines Feindes hätte sie so eingeschüchtert wie die Angst vor der Höhle. Eine Fackel rauchte in einem uralten Sockel; wenn ein Mann hustete oder das Erz klirrte, so widerhallte es von allen Seiten her, und das Echo erstarb wie das Plappern wachender Schatten.

Ich ging als erster, denn die Männer mochten Unheil befürchten. Kein Licht durfte am Ausgang zu sehen sein; und so wirkte, nach dem letzten Tasten im Dunkeln, die bewölkte Nacht hell. Ich wartete, während die Aufklärer den Weg vor uns erkundeten, und da fühlte ich, daß ich diese Stelle kannte. Als ich mich umsah, erblickte ich Zeichen auf dem Felsen, und bei näherer Prüfung nahm ich ein eingemeißeltes, von der Zeit verwittertes Auge wahr. Mein Fuß trat auf eine knirschende Muschel; auf der Fliese der Schwelle waren verwelkte Blumen. Insgeheim machte ich im Dunkel ein Zeichen gegen das Böse. Seit Menschengedenken war diese Stelle nicht geöffnet worden. Woher hatte er, der Knabe, sie gekannt?

Einmal erkundet, war der Weg leicht. Die Männer gingen, einer hart hinter dem andern, stolperten, legten die Hand vor den Mund. Es schien die halbe Nacht zu dauern, und schon fragte ich mich, ob wir noch Zeit genug haben würden. Doch alle waren durch, bevor die Sterne zu verblassen begannen. Zuletzt kam Hippolyta, die darauf geachtet hatte, daß sich alles in guter Ordnung vollzog und dem Heiligtum die schuldige Ehrfurcht erwiesen wurde. Als ihre Hand mich berührte, gab ich das Zeichen zum Aufbruch. Jeder Mann teilte es dem nächsten mit, und das tönte wie raschelndes Röhricht.

Wir schlichen über den ebenen Boden zu dem Hügel des Apollo. Er ist der höchste in der Kette und beherrscht die übrigen. Schon krähten die Hähne. Der Horizont war schwarz gegen das

langsam aufhellende Dunkel. Wir erreichten den Fuß des Hügels und stiegen zwischen den Bäumen aufwärts.
Wir ließen ihnen keine Zeit, uns zu erspähen. Als wir beim ersten Grau des Tages in offenem Gelände waren, stießen wir ein gewaltiges Kriegsgeschrei aus und griffen das Lager an. Die Omen waren günstig; Phobos war unser Freund. Ihre Wachen hatten den nördlichen Ausgang beobachtet, nicht aber die Stelle, wo die Mauer ungebrochen war. Ihr erstes Geschrei bewies, daß wir sie überrascht hatten. Und ehe die Morgendämmerung den Gipfel des Parnaß färbte, waren wir Herren des Hügels.
Er war nur mit Kriegern bemannt gewesen; die Horde hielt sich auf der Ebene unten; zwischen den Toten fanden wir auch einige Sarmatinnen, doch keine Mondjungfrauen. Waren sie hier gewesen, so hatten sie sich entfernt, um die andern Befestigungen in Bereitschaft zu setzen. Aber ich hatte nicht die Absicht, ihnen dazu die Zeit zu lassen. Meine Herolde bliesen ihre Hörner, und die Hörner Amyntors antworteten von dem Felsen. Er war hinter mir an der Arbeit gewesen; die großen Tore waren geöffnet worden, und er griff, gedeckt von den kretischen Bogenschützen, den Hügel des Ares an, um den Gegner in der Flanke zu fassen.
Der Tag erwachte klar und kalt. Er schien auf den Felsen und auf das starke Haus des Erechtheus mit den roten Säulen und den abwechselnd weißen und blauen Steinen, das Haus meiner Väter, das ich auf einen einzigen Wurf gesetzt hatte. Über die Ebene hinweg schien es kaum einen Steinwurf entfernt zu sein; wurden wir aber besiegt, so würde ich nie mehr in seine Mauern zurückkehren. Ich wandte mich nach der Ebene von Piräus und dem Meer, denn dorthin wiesen meine Leute mit lautem Jubel.
Die Banden der Plünderer kehrten vom Süden her zurück. Dort gab es keine guten Nachrichten. Doch hinter ihnen leuchtete die Bucht von Phaleron von Schiffen. Es waren die Schiffe von

Salamis, die Flotten von Athen und Eleusis, die Flotte der Salaminier, die nun alle in die Schlacht eingriffen.
Vor uns auf dem Hügelkamm wimmelte es von skythischen Kriegern. Sie deckten den Gipfel des Pnyx. Wir waren jetzt höher als sie; doch wir mußten von unten her stürmen, und diesmal half uns keine Überraschung mehr. Ich hörte das Gebrüll der Horde dahinter. Doch aus der Ferne blies Amyntor den Siegesruf; er hatte den Hügel des Ares erobert. Nun war es Zeit. Ich hob die Hände zu Zeus. Irgendwo, über dem Himmel, saß er, seine große Waage in der Hand. Ich warf auch meine Gebete in die Waage. Doch es würde mehr als meiner Gebete bedürfen, um die Schale sinken zu lassen.
Hippolyta berührte meinen Arm. »Horch«, sagte sie, »eine Lerche singt.«
Sie schwebte über uns, trällerte ihre Musik, schwang sich in der blauen Luft auf und nieder. »Sie bringt uns den Sieg«, sagte Hippolyta und lächelte mir zu, und ihre grauen Augen waren so klar wie ein Lerchenlied. Die frische Brise spielte mit ihren glitzernden Federn und der Fahne des blonden Haars, das gegen ihre noch immer vom Kampf gerötete Wange schlug. Sie war nichts als Gold und Feuer.
Ich erwiderte ihr Lächeln und sprach. Ich weiß nicht, was ich zu ihr sagte. Eine seltsame Leichtigkeit war in meinem Kopf, und alles widerhallte darin wie in einer hohlen Muschel. Die Hügel, die Schlacht, das Meer mit den farbigen Segeln, der Palast und die Krieger schimmerten hell wie Bilder, von einem kunstgeübten Kreter an die Wände eines großen Raumes gemalt, darin ich allein stand. Nur mein Schicksal mit mir, vom Gott gesendet. Meine Seele wartete auf das Wort.
Die See war fern, die Schiffe wie Spielzeug darauf. Und doch schien es mir, daß ich Tosen hörte. Zuerst von weitem, dann näher, und das Brausen wuchs in meinen Ohren. Doch ich wußte, daß es nicht die Stimme sterblicher Wellen war.

Ich hatte dieses Brausen schon früher gehört; als ich in Troizen den Stein hob und das Schwert meines Vaters darunter hervorzog; als ich mich dem Gott opferte, um nach Kreta zu gehn. Dies ist weit über Menschengedenken hinaus das Merkmal der Erechthiden. Bei den großen Wendungen des Schicksals kommt es, und sobald die Tat geantwortet hat, erstirbt es wieder. Doch nun wuchs es, als toste die Flut, die es geschaffen hatte, rund um meine Seele, um sie von ihrer Vertäuung loszureißen und auf einen küstenlosen Ozean hinauszutreiben. Ich verstand den Sinn. Eine große Feierlichkeit schloß sich um mich, der große Kummer der Einsamkeit, eine gewaltige Erhebung. Es war die Stimme der Moira, die Stimme, die den König ruft.

Die Flut würde gegen den Felsen brausen, hatte Apollo in Delphi gesagt, und würde durch das Opfer abgewendet werden, das der Gott selbst erwählen wollte. Warum hatte ich nicht erkannt, daß in so großer Gefahr nur ein einziges Opfer möglich war? Ich hätte früher heiraten sollen, dachte ich. Ich hinterlasse Kinder als Erben und ein geteiltes Reich. Kreta würde abfallen. Doch auch das war Schicksal. Der Gott meiner Geburt, der blauhaarige Poseidon, hat es in seinen Händen, wie er mich in seinen Händen hat. Er hat mir meine Rolle zugeteilt: das Opfer für das Volk darzubringen. Mehr braucht ein Gott einem Menschen nicht zu sagen. Ich werde auf diesem Schlachtfeld sterben; dahin hat mein ganzes Leben mich geführt. Doch ich habe mein Königreich gerettet und es groß gemacht, und die Rhapsoden werden meinen Namen nicht in Vergessenheit geraten lassen. So sei es denn; ich hatte immer mehr um Ruhm als um lange Tage gebetet. Vater Poseidon, ich bin bereit, nimm das Opfer hin!

So sagte ich und betete still; denn Krieger, die in die Schlacht gehen, müssen von Sieg hören, nicht von Tod. Und das Wogen der See wuchs ständig und stark rund um mich, eine große

Stimme des Triumphs trug mich in die Höhe und machte meinen Körper leicht. Ich wandte mich zu Hippolyta, die in ihrem Mut, ihrer Schönheit neben mir stand. Sie, selbst sie, von allen sterblichen Dingen meinem Herzen das nächste, schien jenseits dieses kristallenen Walls zu sein, darin ich allein mit dem singenden Gott war. Hätte ich das Nahen eines gewöhnlichen Todes gespürt, so hätte ich Abschied von ihr genommen und ihr geraten, was sie für sich und unsern Sohn tun sollte. Doch ich ging mit dem Schicksal, und das Schicksal sagt: Was sein wird, wird sein.

Dies ist unsere letzte Tat, sagte ich in meinem Herzen; unser letzter gemeinsamer Kampf. Gehen wir mit den Göttern, gehen wir stolz und mit Kampfeslust. Zu weinen wird sie noch Zeit haben.

Unerschütterlich sah sie mich aus ihren klaren Augen an. Ich wußte nicht, wieviel Zeit verstrichen war, seit ich die Stimme Poseidons gehört hatte. Anscheinend war niemand ungeduldig, es konnte also nicht gar so lange her sein. Sie sagte zu mir: »Ich sehe dich vom Sieg umhüllt, als schiene ein Licht durch dich hindurch.«

»Auch durch dich«, erwiderte ich, denn anscheinend war auch sie von einer feierlichen Gegenwart berührt worden. »Im Namen des Gottes also! Komm! Es ist Zeit!«

Und ich gab dem Herold das Zeichen zum Angriff.

Wir eilten in die Senkung zwischen den Hügeln hinunter; dann schützten wir uns mit den Schilden gegen die Pfeile und stiegen den Pnyx empor. Dort oben war der Mann, der mein Leben dem Gott senden würde; oder die Frau, denn die Mondjungfrauen gellten ihr schrilles Kriegsgeschrei, hell wie Fasanenhähne in der Morgensonne. Der Hügel war steil, doch meine Füße waren leicht, als trüge die Flut des Schicksals mich hinauf. Etwas aber behinderte mich; das war mein schwerer Schild aus scheckiger Stierhaut. Es machte mich lachen, daß ich, dem Tod geweiht,

mich aus Gewohnheit mit dieser Last schleppte, die keinen andern Sinn hatte, als mich zu schützen. Ich löste die Schnalle der Schlinge, warf ihn von mir und stürmte weiter. Nicht meine Sache war es, den Augenblick zu wählen, da ich fallen sollte.
Ich war froh, als ich den Schild los war. Das machte mich freier, da ich doch ohnehin ganz in der Hand des Gottes war. Das ist ein Mysterium, das ich nur Königen verrate, denn nur sie geht es an: Seid willig und fürchtet nichts, denn der Gott wird in euch eindringen und euren Kummer beheben. Ich gebe euch diesen Rat, denn noch hat kein Mann gelebt, der ihn geben konnte. Bestimmt muß es zu etwas gut sein, für einen Führer des Volkes in kommenden Zeiten. Warum sonst hätte ich gelebt?
Die Krieger stürmten, sangen und jauchzten mit mir, bis der steile Hügel ihnen den Atem raubte. Keiner rief mich an, warum ich denn schildlos ginge; sie sahen, daß der Gott mich begeisterte, und glaubten, ich wüßte von einem Omen, daß ich nicht fallen konnte. Das verlieh ihnen ein Glücksgefühl.
Selbst Hippolyta machte mir keinen Vorwurf, sie hielt sich neben mir, wenn sie nicht gerade stehnblieb um zu schießen. Die Mondjungfrauen über uns hatten sie erblickt; sie brüllten ihr Kriegsgeschrei und schüttelten die Fäuste. Hippolytas Gesicht aber war ruhig und verzückt. Selbst als sie auf der Schanze die Jungfrauenkönigin Molpadia sah, die das heilige Beil hob und die Göttin anrief, änderte das nichts an ihrem Ausdruck.
Jetzt war der Kamm nahe. Pfeile und Steine und Wurfspieße flogen links und rechts von mir und flogen an mir vorbei, als hätte der Gott mich in seine hohle Hand eingeschlossen. Wenn ich falle, dachte ich, wird die Kraft, die ich fühle, in mein Volk überströmen; meine Leute werden bei meinem Tod den Mut nicht verlieren. Ich empfand Liebe für sie, keinen Haß gegen den Feind, der tat, was er mußte, wie es unser eigenes Volk in jener fernen Zeit getan hatte. Ihr Schicksal war zwischen ihnen und den Göttern, und nicht anders war es mit unserm.

Die Königin der Jungfrauen legte das Beil nieder und griff nach dem Bogen. Als sie zielte, da spürte ich die Musik des Gottes sich erheben wie tausend süßtönende Hörner. Sie sang mir zu, daß ich mein Volk und den Felsen nicht verlassen solle, daß mein Schatten an großen Tagen von Freude und Gefahr hierher zurückkommen werde, herbeigerufen von ihren Päanen und Gebeten. Und als der gebogene Bogen sich straffte, dachte ich: ›Jetzt ist es!‹ Doch kein Pfeil durchbohrte mich. Nur die Musik hörte in einem Augenblick auf, brach ab, erlosch derart, daß mein Kopf durch die Stille benommen war, und statt dessen hörte ich einen Schrei.

Der goldene Helmschmuck fiel, der sich so leichtherzig geschüttelt hatte; ging nieder in sinkendem Geflatter wie das Gefieder eines getroffenen Vogels. In enger Gemeinschaft mit dem Gott, meines Todes sicher, hatte ich nicht gesehen, daß sie vor mich gesprungen war. Sie fiel, die Hände ausgestreckt, auf die Knie; bevor ich sie fassen konnte, schlug sie vorwärts hin, drehte sich dann zur Seite, und in ihrer Brust steckte der Pfeil. Ich kniete auf den scharfen Steinkanten und nahm sie in die Arme. Die Stimme des Gottes, die windgeborene Leichtigkeit, war vorüber wie der Traum, aus dem man zu einem grausamen Tag erwacht. Ihre Augen wanderten, schon vom Tod geblendet; nur ihre Hand tastete dahin und dorthin. Als ich sie in meine Hand nahm, griffen die Finger zu, und die Lippen bewegten sich zu einem Lächeln.

Sie öffneten sich, um zu sprechen; doch nur der Todesseufzer entrang sich ihnen. Ihre Seele stockte einen Augenblick lang, hing an dem flackernden Atem. Ein heftiger Ruck, ein Schauder, als wäre eine starke Saite gerissen. Dann wurde sie schwer, und ich wußte, daß sie dahin war.

Ich kauerte neben ihr nieder, rings von der Schlacht umwogt. Wenn meine Leute an mir vorübergestürmt wären und mich im Stich gelassen hätten, ich hätte es nicht gewußt. So beugt sich der Wolf zu seiner Gefährtin, die der Jäger erlegt hat, betäubt, verständnislos, und wenn er sie beleckt und von der Stelle rückt, wo sie gefallen ist, späht er aus, ob nicht doch noch Leben in ihr ist.

In mir aber war das Wissen eines Menschen. Ich sah, wie sie mir insgeheim entglitten war, mich mit Apollo getäuscht, ihn, den Liebhaber einer Jägerin, beschworen hatte, sie an meiner Statt sterben zu lassen.

Ich hob die Blicke zum Gipfel des Hügels, woher Lärm zu mir drang. Molpadia hatte ihr Beil zum Himmel gehoben, und die Amazonen erhoben in wildem Lachen ein Triumphgeschrei.

Da sprang ich auf. Um mich herum sah ich die Burschen von ihrer Leibwache stehn. Sie weinten, indes meine Augen trocken waren; viele Tage vergingen, bevor ich auch diesen Trost fand. »Bleibt bei ihr, bis ich wiederkomme!« sagte ich zu den Nächststehenden.

Hinter ihnen waren die Krieger; und die ganze Schar hatte die Blicke auf mich gerichtet. Sie waren bereit, sie hatten mich früher gekannt, als ich selbst mich gekannt hatte. Doch jetzt spürte ich es, wie der Wolf es spürt. Daß es für den Schmerz des Verlustes keine Heilung gibt, sondern hemmungslose Wut frißt und sich nährt.

Ich sprang auf einen Felsen, wo ich weithin sichtbar war, und stieß meinen Kriegsruf aus.

Dreimal schrie ich, und mit jedem Mal stieg meine Schar höher hinauf, als hätte ich das Meer angerufen. Oben auf dem Hügel sah ich die Hände der Bogenschützen und Schleuderer sinken, sie sahen einander an. Und ich stürmte vorwärts.

Ich erinnere mich deutlich, wie ich den Hang und die Schanze hinaufkletterte. Mit Händen und Füßen und dem Schaft des Speers arbeitete ich mich auf den Wall. Und dann war ich mitten unter ihnen. Doch nachdem ich zu töten begonnen hatte, war mir nicht mehr viel von jenem Tag bewußt.

Ich weiß, daß ich mein Schwert nicht zog, denn es war unbefleckt in seiner Scheide. Bald nachdem ich die Höhe erstiegen hatte, war ein Beil in meiner Hand. Das Beil war gut; während es rund um mich her biß und schlug, spürte ich, wie sehr das meinem Bedürfnis entsprach. Ich kümmerte mich nicht darum, ob meine Leute mir folgten; ich fühlte, daß sie da waren, roten Funken gleich, die hinter meiner Wut einherströmten. Ich hätte sie hinter mir lassen können, wenn ich vorwärtsgeeilt wäre; doch ich war gründlich und tötete auch rechts und links. Ich vermochte den Durst nicht zu stillen, der mich trieb. Wo noch ein Mann am Leben war, schlug ich zu; ihr Blut rieselte an dem erhobenen Beil herunter und klebte an meinen Knöcheln. Doch den Schmerz in mir konnte ich nicht töten. Ich konnte das Schicksal nicht töten, nicht die Götter noch das Wissen, das mein Herz zerriß – daß ich auch gegen sie erzürnt war. Warum hatte sie sich eingemischt, da doch alles gut stand? Sie hatte zuviel auf sich genommen. Wir waren gleichberechtigte Kampfgenossen, doch nur einer war der König. Ich hatte meinem Schicksal die Hand gereicht und mein beendetes Leben als den Sang des Harfners angesehen. Es hätte keine Trennung geben müssen, da sie selbst ihr Leben so leicht nahm. Hand in Hand hätten wir den Fluß nach dem Haus des Hades überqueren können. Doch sie hatte mich allein gelassen, mit meinem Volk am Hals und ohne einen Gott, der mich geleitet hätte, um König zu sein und zu leben.

Meine Seele schrie nach Rache und nahm sie, wo ich sie nehmen konnte. Bald war auf dem Hügel Pnyx niemand mehr übrig, den ich töten konnte; ich eilte über den Sattel auf den Hügel der Nymphen zu. Dort waren die Feinde auf dem Gipfel, und ich schrie ihnen zu. Einige wenige Pfeile flogen, doch die Verteidigung brach rasch zusammen, und ihrem Gekreisch hörte ich an, daß sie auf der Flucht waren. Hinter mir riefen Männer, nun hätten wir die Stadt gerettet. Aber ich hatte nur die Empfindung, daß allzuviele davonkämen; bei der Verfolgung stürzte ich. Einer von meiner Leibwache half mir aufstehn, ich sah mich um und erblickte die Skythen, die die Abhänge hinunter in die Ebene flohen, und dort wurden sie von den Männern von den Schiffen erwartet. Dahinter aber, auf dem Hügel vor uns, sah ich bewaffnete Krieger, rief, man solle auch sie nicht entkommen lassen, und stürmte voran. Ihr Führer trat vor, ich stieß meinen Kriegsruf aus, doch er schrie mir entgegen:

»Herr, ich bin es! Es möge einer sich um den König kümmern; er kann nicht sehen. Amyntor ist es, Theseus. Das Feld ist unser. Und wie steht es mit dir, Herr? Was hast du?«

Ich senkte das Beil, und die Männer, die mich gehalten hatten, traten zur Seite. Langsam klärten sich meine Augen, und ich sah das Heer von der Burg, das hier jubelnd mit meinem Heer zusammentraf. Manche Männer weinten vor Freude. Ich stand da, fürchtete zu erwachen, während sie gedämpft um mich her sprachen, wie Menschen es an einem Sterbebett tun. Einer sagte: »Er muß einen Schlag auf den Kopf empfangen haben.« Doch ein anderer antwortete: »Nein! Wo ist die Amazone?« Und da verstand ich; und ich antwortete: »Auf dem Hügel Pnyx. Ich will sie heimbringen.«

Ich machte mich auf den Weg, dann blieb ich stehn und sagte: »Zuerst bringt Molpadia; sie hat eine Schuld zu bezahlen.«

Ein Hauptmann aus Athen, der neben mir gekämpft hatte, meldete, sie sei tot. Das gefiel mir nicht, und ich fragte, wer sie denn getötet habe.

»Nun, Herr«, sagte er, »du selber und mit ihrem eigenen Beil, sobald du die Höhen erstiegen hattest. Da ist es, in deiner Hand. Du hast es während der ganzen Schlacht gebraucht.«

Ich wischte das Beil im Gras ab und betrachtete es. Es hatte einen schlanken Stiel und ein Blatt wie ein Halbmond, in dessen Erz silberne Zeichen eingegraben waren. Als sie damals auf der Höhe des Jungfrauenfelsens auf mich zugeritten war, hatte sie

es in der Hand gehabt. Die ganze Zeit hatte es mich begleitet, als hätte es meine Gedanken gefühlt.
Seit jenem Tage bin ich mit keiner andern Waffe in den Kampf gegangen. Selbst nach Jahren schien es noch ihren Druck in sich zu haben. Doch alle Dinge verblassen. Es hat ihre Hand vergessen und kennt nur meine.
Sie lag auf dem Hügel, und um sie standen die jungen Leute. Sie hatten sie ausgestreckt und auf einen Schild gelegt. Da sie nicht wagten, den Pfeil zu berühren, hatten sie den Jüngsten nach der Burg geschickt, um den Priester des Apollo zu holen. Er hatte sie als tot erklärt, den Pfeil herausgezogen und sie mit einem scharlachfarbenen, blaugefütterten Bahrtuch bedeckt, und die Burschen hatten Hippolytas Hände auf ihr Schwert gelegt. Zu mir sagte der Priester:
»Der Gott Päan hat ihr das Omen gesandt. Doch sie fragte, ob es sein Wille war, es geheim zu halten; und er erfüllte ihren Wunsch.«
»Herrn«, sagten die jungen Leute, »eine Bahre wird gebracht. Sollen wir sie den Hügel hinuntertragen?«
»Ihr habt gut getan«, erwiderte ich, »doch jetzt ist es genug. Überlaßt sie mir.«
Ich hob das Bahrtuch auf und nahm sie in meine Arme. Ihr Körper war kalt, die Glieder hatten begonnen zu erstarren. Ihr Schatten war schon fern. Ich hielt eine Leiche mit ihrem Gesicht. Als ich sie verließ, war sie noch wie eine Schlafende gewesen.
Am Fuß des Hügels kam man uns mit der Bahre entgegen, und ich legte sie darauf; die Schlacht hatte lang gedauert, und ich war müde. Als wir uns dem Felsen näherten, hörte ich die Päane des Sieges. Das reizte meinen Ärger; und doch war es das, was sie zu hören gewünscht hätte.
Bald mußte auch ich Dank sagen, als ich für die Athener vor den Göttern stand; das war mein Amt. Die Stadt war für tausend Jahre gerettet worden. Von diesem Tag, dachte ich, wird gesun-

gen werden; und mir war es, als hörte ich den Gesang: ›So fiel König Theseus, gab sein Leben für sein Volk hin; in der Blüte seiner Jahre, die Geliebte neben sich, geehrt von Göttern und Menschen.‹

Der Schweiß der Schlacht war an mir erkaltet. Ich spürte einen scharfen Wind vom Meer her. Der Palast stand auf seinem Felsen und wartete. Mittag war noch nicht lange vorbei. Ich konnte nicht sagen, womit ich diesen Tag füllen sollte; und vor mir lagen Jahre. Sie hatte mir meinen Tod genommen, ein Liebender für den andern; am Ende war sie eine Frau gewesen. Sie, selber einst eine Königin, hätte wissen sollen, daß nur ein König sich für sein Volk darbringen kann. Die Götter sind gerecht; aber man kann ihrer nicht spotten.

Sie hatte ihrem Mann das Leben gerettet, damit er um sie weinen könnte. Doch der König war gerufen worden, und der König war gestorben.

17

Ich habe seither alle Meere befahren und viele Städte geplündert. Wenn es keinen Krieg gab, zog ich alljährlich mit Pirithoos auf Abenteuer aus. Um neue Dinge zu sehen und von Tag zu Tag zu leben, ist es besser als Wein oder Schlafmohn und passender für einen Mann. Ich bin unter rauchendem Schnee zwischen Skylla und Charybdis hindurchgesegelt und am Sirenenfelsen vorbei, wo die Strandräuber ihre Mädchen hinschicken, um den Seefahrer mit ihrem Gesang anzulocken. Ich habe eine Sirene gefangen, und so kann ich davon erzählen. Frauen hatte ich in Menge, doch keine auf lange Zeit. Ein Gesicht, über fremde Mauern erspäht, nicht ohne List und Gefahr zu erobern; hat man sie gewonnen, so kann sie deinen Sinn fesseln, und du magst glauben, daß sie nicht sein wird wie die übrigen.

Mein Volk vergab mir das viele Jahre lang, weil ich die Stadt gerettet hatte. Der Winter war lang genug, damit ich das Königreich in Ordnung bringen konnte; wenn ich fand, daß hinter meinem Rücken die Bedrückung wuchs, so fuhr ich mit schwerer Hand darein. Doch im Frühjahr hatte ich all das satt, war der königlichen Gemächer überdrüssig, wo meine Waffen allein an der Wand hingen. Da wollte ich die Türe schließen und wieder das Meer befahren.

Wäre ich das ganze Jahr in Attika geblieben, so hätte ich vermocht, den jungen Hippolytos zu holen und ihn vielleicht als meinen Erben anerkennen zu lassen. Jedes Frühjahr war ich halb und halb daran. Doch dann rief die See, riefen neue Orte, an die keine Erinnerung sich heftete. Ich wollte ihn noch ein Jahr in Troizen lassen; dort, beim alten Pittheus und bei meiner Mutter, war er glücklich. Als ich hörte, er sei auf drei Königreiche in der Runde als ›Kouros von den Jungfrauen‹ bekannt, gedachte ich, ihn unterwegs in Troizen zu besuchen. Doch der Wind war ungünstig, und so ließ ich es bleiben. Ich erinnerte mich an sein hartnäckiges Schweigen. Der Knabe in Kreta, der heiter und umgänglich war, würde stundenlang auf meinem Knie sitzen und Geschichten von meinen Seefahrten hören; zu ihm hätte ich sprechen können. Obgleich man, wenn man ihn ansah, kaum sagen konnte: ›Dort geht ein König!‹

Am Ende des Winters brachte ein Bote einen Brief vom alten Pittheus. Es war der erste, den ich seit dem Kretischen Krieg erhielt. Darin stand, er fühle den Druck des Alters – die Schrift war die eines Schreibers, und die Unterschrift sah aus, als wäre eine Spinne in die Tinte gefallen. Es sei an der Zeit, einen Erben zu ernennen, und er habe Hippolytos gewählt.

Das war mir nie in den Sinn gekommen. Er hatte Söhne ohne Zahl gezeugt; gewiß, von seinen gesetzlichen Kindern war nur meine Mutter übrig. Er hätte auch mich wählen können, doch da er sah, wie ich derzeit lebte, konnte ich ihm keinen Vorwurf machen. Und wenn auch Troizen zu meinen Königreichen gehörte, hätte ich das Meer aufgeben müssen. Ich fand, der alte Mann habe recht getan. Das verliehe dem Burschen, wenn er nach Athen kam, einen Rang, und das Volk könnte eher bereit sein, ihn auch hier gelten zu lassen, und wenn ich nicht mehr da war, könnte er die Königreiche vereinigen. Das erinnerte mich daran, daß es vier Jahre her war, seit ich mich zuletzt in Troizen gezeigt hatte. Der Knabe mußte jetzt siebzehn sein.

Als die Zeit zum Segeln gekommen war, fuhr ich hin. Das Schiff wurde in den Hafen gerudert, und ich sah, wie die wartende Menge sich teilte, um einen Wagen mit drei Pferden durchzulassen. Ein Mann stand darin. Er war das Kind, das ich beim letzten Besuch gesehen hatte.

Er fuhr tadellos zu der Landestelle. Die Leute beugten die Stirnen, sobald sein Blick sie erreichte, und sie taten es lächelnd. Soweit war alles gut. Als er auf den Boden sprang und junge Männer hinzuliefen, um seine Pferde zu halten, sah ich, daß er den größten um einen halben Kopf überragte.
Als Führer von Kriegern bin ich daran gewöhnt, große Männer um mich zu haben. Auch in der Schlacht bin ich auf viele gestoßen und habe sie besiegt. Ich konnte nicht sagen, warum dies hier mich reizte, als wäre ich es, der geringer geworden oder durch das Alter verkümmert wäre.
Dann erschaute mein Auge seine Schönheit. Auch das reizte mich. Er war wie das Bild eines Gottes; es wirkte wie eine gewisse Hoffart, doch das war es nicht. Als er mich mit der ernsten Ehrfurcht begrüßte, die einer fremden Gottheit gebührt, sah ich seine grauen Augen, vom langen Schauen gebildet, wie es Seemannsaugen sind, doch ruhiger. Sie schienen schlicht und offen zu mir zu sprechen, in einer Sprache, die ich nicht kannte. Es waren nicht mehr ihre Augen.
Hohe Bäume wuchsen an ihrem Grabhügel. Die Jungen von der letzten Paarung unserer Hunde waren gealtert und gestorben. Ihre junge Leibwache hatte Söhne, die nun mit Waffen umzugehn lernten. Und ich – sie hätte kaum mehr das Gesicht erkannt, das mir jetzt die Spiegel zeigten; graubärtig, von Salz und Sonne gedunkelt. In all diesem Niedergang war sie gleichsam wieder gestorben. Jetzt aber, abseits von dem Wagen, hatte ich sein Haar gesehen, hell wie Bernstein, die Haltung, die Freude an den schnellen Pferden, und einen Augenblick lang hatte sie wieder gelebt. Nun war sie dahin und für immer. Er führte mich zum Wagen, stieg auf, schlang die Zügel um sich und hielt die Pferde eisern fest, damit auch ich aufsteigen konnte. Das Volk jubelte, er beugte sich über das Gespann, als wäre er ein gemieteter Fahrer, überließ die Huldigungen mir, wandte sich aber mit einem schüchternen Lächeln zu mir, um zu sehen, ob der

Jubel mich freute. Er war doch noch ein Knabe. Was ich empfunden hatte, schien mir jetzt seltsam und töricht. Das war mein und ihr Sohn, und wenn ich nicht stolz war, so mußte ich wahrhaftig schwer zu befriedigen sein.

Ich lobte seine Pferde und seine Fahrkunst und fragte ihn, seit wann er mit drei Pferden fahre. Noch nicht lange, sagte er; ein Paar hatte er schon seit seinem vierzehnten Jahr gehabt, doch das dritte war nur für große Tage und Feste bestimmt. Abermals lächelte er. Ich hatte ihn lange in diesem kleinen Königreich gelassen, obwohl es ein großes in Athen gab. Ich hatte nicht erwartet, ihn so zufrieden zu finden. Wir trabten durch die Hafenstadt, die drei Pferde liefen in seinen großen leichten Händen, als wären sie nur ein einziges Pferd. Er achtete sogar auf die herrenlosen Dorfhunde, beugte sich vor und warnte sie mit einem Peitschenhieb. Alle Grüße überließ er mir, nur wenn die Kinder ihm zuriefen, lächelte er ihnen zu. Seine bloßen Schultern schimmerten vor mir, braun und breit, wie die blinkenden Flanken der Pferde; seine Lederhosen waren anliegend und fest. Mit seinen starkknochigen Händen und Füßen würde er noch größer werden. Als ich hier ein Kind gewesen war, bevor ich zu meinem Vater kam, und zu glauben versuchte, ich wäre der Sohn eines Gottes, war es diese Gestalt, zu der ich aufzuwachsen flehte; doch ich mußte mich mit dem abfinden, was mir gegeben wurde. Nun, es haben sich Männer, denen mehr mitgegeben wurde, schlechter gehalten.

Während wir die Stadt verließen, wies er auf dies und jenes hin, erzählte mir die Neuigkeiten des Königreichs, herzhaft wie ein junger Bauer, nicht aber wie ein Dorftölpel, in der Meinung, damit sei die Welt erfüllt. Sein Verstand war anscheinend recht gesund. Ich fragte mich, was er hier zu tun gefunden hatte. Denn nach Attika und Kreta wirkte dies alles doch sehr kleinlich. Er war gerade in die offene Straße eingebogen, als eine Frau mit einem schreienden Kind in den Armen aus einer Hütte lief und sich in den Weg stellte. Statt ihr zuzurufen, sie solle doch acht geben, brachte er das Gespann mit einem Ruck zum Stehn, zog noch einmal fest an den Zügeln und streckte, ohne ein Wort, die Arme aus. Die Frau reichte ihm das Kind, das schwarz im Gesicht war und am ganzen Körper zuckte. Er hielt es, er streichelte es; bald hatte es Atem und Farbe wieder, beruhigte sich, und er gab es der Mutter zurück.

»Du weißt«, sagte er, »daß du das auch tun kannst und besser als ich.« Sie schien ihn zu verstehn, segnete ihn und sagte, es geschehe jetzt nur selten. Als wir weiterfuhren, wandte er sich zu mir. »Verzeih, Herr. Aber es sah diesmal wirklich schon halbtot aus; sonst hätte ich dich nicht warten lassen.«

»Ganz in der Ordnung«, erwiderte ich. »Ich sehe gern, daß du dich um alle deine Kinder kümmerst, auch um jene, die leichtherzig gezeugt sind.«

Er hob den Kopf, die grauen Augen waren weit offen. Dann lachte er. »Ach, es ist nicht mein Kind, Herr; es ist das Kind des Holzfällers.« Er lächelte noch vor sich hin, dann aber wurde er ernst, und es schien, als wollte er etwas sagen. Doch er besann sich anders und fuhr weiter.

Vor dem Palast begrüßte mich meine Mutter. Als ich ein Knabe in Kreta gewesen war, schien sie in einem Jahr um fünf Jahre gealtert zu sein; seither, in diesem stillen Palast, war sie nicht älter geworden und hätte die Mutter meines Sohnes sein können und nicht meine. Einige ihrer Halbbrüder waren auch da, um mich willkommen zu heißen, Männer noch in ihrer Blüte, und ich beobachtete, wie sie sich ihm gegenüber verhielten. Schließlich war er ja ebenso wie sie ein Bastard. Doch sie hatten sich anscheinend mit ihm abgefunden wie das ganze Volk. Vielleicht bewirkte das jene Gabe des Heilens. Kein Mensch hatte mir ein Wort darüber mitgeteilt, doch ich hatte ja auch keine Nachrichten eingeholt.

Im Palast sagte meine Mutter zu mir: »Ich will nachsehen, ob der Vater bereit ist. Ich habe ihm gesagt, daß du kommst, Theseus, aber er vergißt rasch. Jetzt endlich läßt er sich von den Frauen waschen und kämmen. Hippolytos, steh nicht so verträumt da; kümmre dich um deinen Vater und sieh zu, daß man ihm Wein bringt.«

Er schickte den Diener fort und reichte mir selber den Wein. Als ich ihn aufforderte, sich zu setzen, nahm er einen Schemel und setzte sich, die Arme leicht über den Knien gefaltet. Ich sah die langen Muskeln, erinnerte mich, wie er die Zügel gehalten hatte, und dachte: ›Was für Arme, um eine Frau zu umfassen!‹ Es war Zeit, daß er an eine Heirat dachte; wenn Pittheus zu alt war, um das in die Wege zu leiten, mußte ich es wohl in die Hand nehmen.

Doch als ich ihn fragte, ob er ein Mädchen im Sinn habe, sah er verblüfft drein und erwiderte: »O nein, Herr. Es ist zu spät, um daran zu denken.«

»Zu spät?« Ich schaute ihn verwundert an. Aber mein Lachen hätte ihn gekränkt, und daraus wäre nichts Gutes entstanden. »Nun, Junge, was auch geschehen sein mag, alles geht vorüber. War es ein Mädchen oder ein Knabe?«

»Ich glaubte, Herr, daß du es weißt.« Jetzt war er sehr ernst geworden, und das bewirkte, daß er älter aussah und nicht jünger, wie das bei jungen Menschen häufig vorkommt. »Ich habe das alles zum Opfer gebracht. Das ist erledigt und vorbei.«

Seit ich ihn am Hafen erblickt hatte, war ein Unbehagen in mir geweckt worden. Und jetzt war es, als ob eine Türe sich knarrend öffnete, um mir den alten Feind zu zeigen. Aber ich schaute nicht auf. »Du bist jetzt ein Mann«, sagte ich. »Der Erbe eines Königreichs. Du mußt dein Spielzeug beiseitelegen.«

Seine Brauen, die stärker und dunkler waren als sein Haar, zogen sich schräg zusammen. Ich merkte, daß seine Ruhe nicht der Demut entstammte.

»Nun, Herr, nenne es, wie du willst; wie aber sollen wir dann sprechen? Es wird schwer genug sein, auch wenn wir beide es versuchen. Jedenfalls sagen Worte nicht viel.«

In meinem Herzen verdroß mich seine Geduld. Es war gleichsam die Geduld eines großen Hundes, der den kleinen zuschnappen läßt.

»Was ist es also? Laß es mich wissen. Du bist deiner Mutter einziger Sohn. Glaubst du nicht, daß ihr Blut es wert ist, weitergegeben zu werden? Schätzt du das so gering?«

Eine Weile lang sagte er gar nichts. Sein ruhiger Blick schien zu bedeuten: ›Was wird dem Mann jetzt noch in den Sinn kommen?‹ Auch das ärgerte mich. Schließlich erwiderte er: »Sie würde nicht so denken.«

»Nun!« drängte ich. »Nur heraus damit! Hast du ein Gelübde getan?«

»Ein Gelübde? Ich weiß nicht. Ja, vermutlich; aber das macht keinen Unterschied.«

»Du weißt es nicht?«

Er war so jung, daß er kaum erwartete, ein Mann meines Alters könnte ihm folgen. Und so gab er sich große Mühe mit mir.

»Gelübde binden den Menschen, wenn er seine Ansicht wechselt. Ich werde ein Gelübde tun, wenn es verlangt wird. Das macht keinen Unterschied.«

»Welchem Gott?« fragte ich. Es war besser, die Sache zu klären.

»Wenn ich ein Gelübde ablege«, erwiderte er, »so dem Asklepios, sobald ich bereit bin.«

Das war etwas Neues. Dahinter waren Dinge, von denen er nicht reden wollte, wie das immer gewesen war. Das aber hatte er ganz unbefangen gesagt. Er war, so sagte ich mir, seit seiner Geburt ein Rätsel gewesen.

Ich befragte ihn und erwartete, hochgespannte Reden zu hören. Doch er sagte: »Es hat mit den Pferden angefangen.« Und dann hielt er inne und dachte nach. »Ich habe sie gepflegt. Ich hatte immer ein Gefühl dafür. Vielleicht kommt es von Poseidon.« Er hatte ein süßes Lächeln; eine Frau wäre davor geschmolzen. »Dann hatte ich Gelegenheit, es auch an Menschen zu versuchen, und das überraschte mich. Ich begann mich zu fragen: Wozu sind die Menschen da?«

So eine Frage hatte ich nie gehört. Ich schreckte davor zurück. Wenn ein Mensch begann, sich solche Fragen zu stellen, wo wäre da ein Ende? Es war, als schaute man in einen dunklen Wirbel, dessen Mitte sich immer tiefer abwärts drehte. Ich sah den Knaben an. Er wirkte weder krank noch verschüchtert; nur ein wenig verwirrt, wie etwa ein Knabe, wenn das Mädchen, in das er vernarrt ist, gerade am Fenster vorübergeht.

»Das«, sagte ich, »ist die Sache der Götter, die uns geschaffen haben.«

»Ja, aber zu welchem Zweck? Wir müßten uns dafür eignen, was immer es sein mag. Wie können wir leben, bevor wir es wissen?«

Ich musterte ihn; die Worte klangen verzweifelt, und doch sah er aus, als wäre er von innen erhellt. Er merkte, daß ich ihm aufmerksam zuhörte, und das genügte, um ihn weitersprechen zu lassen. »Einmal bin ich mit meinem Wagen nach Epidauros gefahren. Ich führe dich hin, Herr, wir können morgen fahren, dann wirst du sehen ... nun, wie dem auch sei, wir fuhren dem Meer entlang, wir hatten den Wind im Rücken ...«

»Wir?« Ich erwartete, etwas Aufklärendes zu hören.

»Ach, so empfindet man es mit einem Gespann; es ist, als wäre man eine Einheit.« Ich hatte ihn abgelenkt; es dauerte eine Weile, bis er wieder bei der Sache war. »Die Straße war gut und klar, und nichts hemmte die Pferde. Ich ließ sie laufen, und sie sprengten daher wie ein Donner. Und damals fühlte ich es. Ich fühlte, wie der Gott durch mich hindurch in die Pferde einzog. Wie ein langsamer Blitz, der nicht brennt. Es sträubte sich mir das Haar auf dem Kopf. Und ich dachte: ›Das ist es, das ist es, wofür wir geschaffen sind. Um die Götter herunterzuleiten, wie die Eiche den Blitz leitet, um den Gott in die Erde zu bringen.

Wozu?‹ Der Wagen jagte neben dem Meer, alles war blau und schimmernd, unsere Mähnen flogen im Wind, die Pferde liefen freudig, wie sie es wild auf den Ebenen tun. Und ich wußte, wozu es geschah; aber man kann es nicht sagen, das Leben vergeht mit den Worten.« Er sprang auf, als wäre er gewichtlos, ging auf das Fenster zu, als schwebte er in der Luft. Dort stand er und schaute hinaus, die Sonne beschien ihn, strahlte ohne Hitze, gelassen. Dann kam er wieder zu sich und sagte ganz schüchtern: »Nun, aber all das kann man spüren, wenn man ein krankes Hündchen in den Händen hat.«

Als hätte sie es gehört, kam eine säugende Hündin, schwer von Milch, eine Wolfshündin, und stemmte die Pfoten gegen seine Brust. Er stand da, rieb ihr die Ohren. Genau so hatte ich seine Mutter stehn gesehen, nachdem ich sie, die Achtzehnjährige, heimgebracht hatte. Er war unsere lebendige Liebe, und durch ihn konnten wir für alle Zeit leben. Ohne ihn starben wir.

»Wenn du die Heilkraft von einem Gott empfangen hast«, sagte ich, »dann ist es um so wichtiger, Söhne zu zeugen und diese Kraft auf sie zu übertragen. Die Unsterblichen werden dir bestimmt nicht Dank wissen, wenn du die Kraft vergeudest.« Er fand aus seiner Verzückung zurück und entdeckte, daß er am Ende doch Worte brauchen müßte. Ich konnte merken, wie er sie erwog; wie ein Rassepferd, das Baumstämme zieht. »Das ist es ja«, sagte er. »Sie nicht zu vergeuden, darauf kommt es an. Diese Macht verlangt alles von einem Menschen; geht man dem oder jenem nach, so ist sie vergeudet. Jetzt etwa Mädchen; wenn ich einmal daranginge, ob ich nun heiratete oder nur mit einer bei den Dionysien anfinge, dann könnte ich nachher nicht ohne sie leben. Sie sehen so reizend aus, so lieb wie kleine Füchse. Sehr wahrscheinlich, daß man nie genug von ihnen haben könnte, wenn man einmal begonnen hat. Viel besser, gar nicht zu beginnen.«

Ich starrte ihn benommen an. Ich konnte gar nicht glauben, daß

ich ihn verstanden hatte. Zuletzt sagte ich: »Treibst du Scherz, oder willst du dich über mich lustig machen? Willst du vielleicht behaupten, daß du noch jungfräulich bist? Mit siebzehn Jahren?«
Er errötete. Das war nicht Sittsamkeit, das merkte ich. Er war Manns genug, um eine Beleidigung zu fühlen. Das war ein Krieger, aber ein Krieger unter höherem Befehl. Er erwiderte ganz ruhig: »Nun, Herr, das gehört zu dem, was ich meine.« So gab es nicht einmal eine wilde Saat auf den Bergen von Troizen oder in den Gehöften, um die Kette fortzusetzen; nichts. Ich dachte daran, wie sie ihn mir am Morgen nach den Mühen einer ganzen Nacht gezeigt hatte. Jetzt warf er mir unsere Hoffnung ins Gesicht. Wäre er eine Frau gewesen, so hätte man ihn zum Gehorsam zwingen können; einen Mann aber kann man nicht zwingen zu zeugen. Er war der Herr; und ihm lag nichts daran. Alles, was ich zu sagen wußte, war: »In deinem Alter hatte ich in Troizen Kinder, die schon laufen konnten.«
Die Spannung verflog von seiner Stirne wie eine Sommerwolke. Er war guter Laune. »Das weiß ich, Herr. Ich werde doch hoffentlich meine eigenen Brüder kennen.«
»Du nimmst das leicht!« Da ich verärgert war, setzte ich noch etwas hinzu. Auf dem Verdeck eines Kriegsschiffes wäre es eine Nichtigkeit gewesen. Ich wußte, daß es sich für einen Sohn nicht ziemte, dergleichen von seinem Vater zu hören; aber diese Bedenken wogen bei mir nicht mehr.
Er fuhr auf. Dann sah er jammervoll drein. Wenn er über mich zornig gewesen wäre, so hätte ich das wohl besser ertragen. Doch nein; er war über sich selbst erzürnt, weil er versucht hatte, mir sein Herz auszuschütten. Das empfand ich als die schlimmste Schmähung; denn der tiefste Grund meines Zornes war Liebe, war Stolz auf ihn. Wäre es der junge Akamas in Kreta gewesen, nun, er hätte sich, den Riten von Attis gemäß, verschneiden lassen mögen, und ich hätte es wohl verwunden; ein

braver Junge, gewiß; aber wo er herkam, gab es dergleichen in Menge.
Durch sein Schweigen hindurch glaubte ich ein Gelächter zu hören, das nicht aus Männermund kam; aus dem Labyrinth, von den Hügeln auf Naxos, von dem Jungfrauenfelsen, von der Höhle hinter dem Auge. Sie umschlangen sich zu einem Rundtanz, drei in einer, und ich hörte ihr flüsterndes Gelächter – die Mutter, die Jungfrauen, die alte Priesterin.
Da platzte mein Zorn aus mir heraus. Doch ich dämpfte meine Stimme, wie ich das zu tun gelernt hatte. Um einen größeren Mann zu erreichen, gibt es bessere Wege als zu schreien. Unter anderm sagte ich, es sei schändlich, die Erbschaft von Troizen anzunehmen, einen greisenhaft verblödeten König zu beschwindeln, der einmal groß gewesen war und Söhne besaß, die getan hatten, was recht war; in seinen letzten Tagen seine Hoffnung zu täuschen!
»Er hat dich geliebt«, sagte ich. »Schämst du dich nicht?«
Er öffnete den Mund nicht; aber sein Gesicht antwortete für ihn. Es wurde rot, und die Muskeln um den zusammengepreßten Mund hoben sich. Er war kein Mann, der so oder so viel Verwendung für Worte hatte; dem Griff seiner Hand nach dem Fenstersims sah ich an, daß es nicht Worte waren, was ihm gut getan hätte. Nun, er mochte glauben, daß ich ihn nicht verstand; doch jedenfalls kannte ich diesen Zorn besser als sonstwer.
Beinahe hätte ich ihm das sagen können. Aber während wir einander schweigend maßen wie Feinde auf dem Kampfplatz, trat meine Mutter ein und sagte, der König sei bereit. Sie schaute von einem Gesicht zum andern, sagte aber nichts. Und wir beide mieden wie Knaben ihre Blicke.
Meinen Großvater hatte man im Bett mit Kissen gestützt; er war sauber wie Distelwolle. Seine Hände von Knochen und milchweißer Haut lagen auf der blauen Decke ausgebreitet, die kaum mehr einen Körper zuzudecken schien. Als er mich be-

grüßte, hielt er seine Hand so tief wie zu einem Kind, und ich sah, daß seine Augen umwölkt waren. Ich kniete neben ihm; er streichelte mein Haar und sagte mit einer Stimme wie raschelndes Schilf:

»Sei ehrlich, mein Junge; das ist alles, was wir zu tun wissen. Die Götter wissen, was damit zu tun ist.«

Er döste wieder. Doch meine Jugend kehrte mir zurück. Ich erinnerte mich, wie ich den Ruf erhalten hatte, zu den Stieren von Kreta zu gehn, wie das Volk geweint hatte, wie mein Vater mir vorgeworfen hatte, daß ich ihn in seinen späten Jahren seinen Feinden auslieferte – ja, und das war richtig. Und doch war ich gegangen und hatte nichts anderes tun können. Ich hörte Pferde und schaute aus dem Fenster. Unten auf der Straße fuhr der Bursche davon. Der Staub von seinen Rädern war von der Sonne rosig gefärbt. Als er die Biegung nahm, konnte ich mir ausmalen, wie seine Augen das Gelände verzehrten, bis er auf den ebenen Boden kam, wo er sie laufen lassen konnte.

Ich eilte zu den Ställen und rief nach einem Wagen und einem guten, frischen Gespann. Der Wagenlenker kam rasch hinzu, doch ich winkte ihm ab und ergriff die Zügel. Man reist nicht von Land zu Land, ohne manchmal mit geliehenen Pferden zu fahren, und sie wissen, wer der Herr ist. Ich lenkte sie aus dem Adlertor auf die Straße zum Meer. Die Leute von Troizen, die mich eben erst in Glanz einfahren gesehen hatten, standen da und starrten in meinen Staub, und erst als ich vorbei war, erinnerten sie sich daran, daß mir ein Gruß gebührt hätte.

Das Wasser der engumschlossenen Psiphinischen Bucht plätscherte auf schimmernde Steine. Auf dieser selben Straße war ich gefahren, um meinen Vater aufzusuchen und auf dem Isthmus meine Mannheit zu erproben; just in seinem Alter. Und jetzt galoppierte ich, bis mir die Zähne klapperten, was ich nur konnte, als wäre ich ein Knabe und wollte einen größeren Knaben besiegen. Und doch war es nicht so; ein Mann fährt nicht Jahr um Jahr zur See, ohne daß da und dort ein Gelenk steif wird. Meine würden mich morgen schmerzen. Dennoch aber gedachte ich mein Rennen heute zu gewinnen. Als eine lange Biegung ihn verbarg, kam ich näher. Er hatte mich nicht gesehen. Mein Wille kämpfte gegen seine Laune. Ich umfuhr das Vorgebirge; dort, ganz in der Nähe, war der Wagen, doch er stand leer neben der Straße. Gegen jede Vernunft, denn das Gespann war ganz ruhig, und die Zügel waren um einen Olivenbaum gewunden, pochte mein Herz bis in die Kehle hinauf. Dann, als ich sah, daß alles in Ordnung war, band ich meine eigenen Pferde neben seine und schlug den Pfad auf den Hügel ein.

Ich glaubte, da ich ihn kannte, er würde mich ein großes Stück klettern lassen. Doch er war nicht weit gegangen. Dort stand er in einem Steineichenhain. Und als ich leise auf ihn zuging, sah er mich der Bäume wegen nicht. Er keuchte heftig von der Fahrt und der Steigung und, wie ich merkte, auch vor Ärger. Seine großen Hände, die er neben sich herabhängen ließ, öffneten und schlossen sich, und er ging in der Lichtung auf und ab wie ein Tier in einem Käfig. Plötzlich hob er den Arm, und mit lautem Krachen brach er einen Zweig ab, so dick wie mein Arm. Er stampfte darauf, trat ihn mitten entzwei, und dann zerbrach er die kleineren Äste über seinem Knie. Blätter und weiße Splitter lagen rund um ihn. Er stand über diesem Trümmerhaufen und schaute hinunter. Dann kniete er nieder, tastete darin und stand, etwas in den hohlen Händen haltend, wieder auf. Jetzt war sein Griff nicht mehr hart, sondern zart und liebevoll. Doch das Ding war tot, was es auch sein mochte. Er ließ es fallen – ein kleines Ding, ein Vogel oder ein junges Eichhörnchen – und führte die Hand an die Stirne. Als ich seinen Kummer sah, da wußte ich, daß er wieder zur Besinnung gekommen war, und mir tat leid, was sich zwischen uns abgespielt hatte. Das genügte mir. Ich trat vor, streckte beide Hände aus und sagte:

»Komm, mein Junge, es ist vorbei. Jetzt kennen wir einander besser.«
Er sah mich an, als wäre ich vom Himmel gefallen; dann kniete er nieder und berührte meine Hand mit seiner Stirne. Als er sich erhob, küßte ich ihn, und jetzt, als er sich zu seiner ganzen Höhe streckte, empfand ich nur noch Stolz.
Wir sprachen eine Weile, lächelten über unser Wettrennen, und dann verstummten wir. Der Abend war weit fortgeschritten, die Bergspitzen glänzten golden über dem Wasser, das in ihren Schatten lag; in der Luft waren die Gerüche von Wrackstücken, von betautem Staub und Thymian und das Zirpen der Grillen. Ich sagte:
»Ich habe deine Mutter von den Jungfrauen fortgeführt, und sie verlangt, was ihr zukommt. Die Götter sind gerecht, man kann ihrer nicht spotten. Auch wenn du einer Gottheit dienst, die mich nie geliebt hat, sei treu, und du wirst mein Sohn sein. Treue ist das Maß des Mannes.«
»Du wirst sehen, Vater!« Zum ersten Mal seit seiner frühesten Kindheit nannte er mich so. »Du wirst sehen, daß ich auch dir treu sein werde.«
Er verstummte, und da ich merkte, daß er noch mehr zu sagen hatte, aber gehemmt war, fragte ich: »Ja?«
»Als ich klein war«, sagte er, »habe ich dich einmal gefragt, warum auch die Schuldlosen leiden, wenn die Götter erzürnt sind. Und da sagtest du: ›Ich weiß es nicht.‹ Du, der du mein Vater warst und der König! Darum habe ich dich immer geliebt.«
Ich gab ihm eine gütige Antwort und fragte mich, ob ich mich je in ihm auskennen würde. Nun, statt dessen mußte Vertrauen herrschen. Als wir zu unserm Wagen zurückgingen, fragte ich ihn, wohin er gefahren sei. Er sagte: »Nach Epidauros, um mich von einem alten Leiden heilen zu lassen, das ich schon für geheilt gehalten hatte. Doch statt dessen kamst du.«
Ich merkte, daß er seinen Zorn meinte. Seltsame Worte für einen

jungen Mann in seiner Vollkraft, just im rechten Alter für den Krieg!

Der Himmel erhellte sich im Sonnenuntergang; die Erde glühte, und sein Gesicht erstrahlte im eigenen Licht. Ich fuhr in Frieden heim, und der Schlaf in jener Nacht war süß. Doch nur den Göttern ist es gegeben, immer in Freuden zu leben.

18

In jenem Sommer segelte ich mit Pirithoos bis nach Sizilien, um die Stadt Thapsos zu plündern. Es war ein Nachtangriff von der See aus, und er gelang so gut, daß wir auf den Mauern waren, bevor zu den Waffen gerufen wurde. Ich konnte die Wachtposten schreien hören. Es tönte nicht wie gewöhnlich: »Theseus von Athen!«, sondern: »Theseus, der Seeräuber! Theseus, der Seeräuber!«

Ich war wütend, und die Leute von Thapsus mußten das bezahlen. Dennoch machte es mich nachdenklich. Alles, was ich damals am Ende jedes Jahres aufzuweisen hatte, war ein Haufen Beute und ein Mädchen, dessen ich bis zum nächsten Jahr überdrüssig war. Einst war es die Eroberung eines Räubernestes gewesen, eine Verstärkung der Grenzen, die Ausarbeitung von Gesetzen, um bessere Gerechtigkeit zu schaffen, alte Blutfehden zwischen zwei Stämmen wurden beigelegt, ein Bittsteller von seinem bösen Herrn befreit. Wenn ich es überlegte, schien mir, daß in diesem Jahr oder dem vergangenen oder dem davor nichts für mich von Bedeutung gewesen war.

Als wir an Italien entlangfuhren, dachte ich an das, was sich in Troizen ereignet hatte. Ich konnte die Dinge nicht länger treiben lassen. Hippolytos hatte seine eigene Erbschaft gewählt. Der junge Akamas, Phädras Knabe, mußte der Erbe meiner Königreiche sein. Er mußte nach Athen kommen und sich zeigen.

Es war nichts gegen den Burschen zu sagen, und man fand nicht wenig Gutes an ihm. Aber er war zu bequem und lebte in den Tag hinein. An Mut mangelte es ihm nicht, das hatte ich häufig bemerkt; doch es war kein Hauch von Ehrgeiz in ihm. Er war der Sohn der mir gesetzlich angetrauten Königin und hatte, wenn ich es wollte, den Anspruch auf die Reiche des Festlands. Doch, wie ich erkennen konnte, wartete er darauf, daß ihm Kreta in den Schoß fiele, und weiter hinaus dachte er nicht. Gewiß, er war durch und durch ein Kreter, ganz wie einer der anmutigen Prinzen des alten Reiches, die im Labyrinth an die Wände gemalt wurden, wie sie durch ein Feld von Iris gingen und den königlichen Greif an der Schnur hielten. Und es war auch richtig, daß ich ihn dazu gemacht hatte. In seinem ganzen Leben hatte ich ihn nur für wenige kurze Besuche nach Athen geholt. Er war, das diente mir zur Entschuldigung, ein zartes Kind gewesen. Die Wahrheit aber war, daß er sich, meinem Willen nach, mit Kreta begnügen sollte. Zu den Zeiten meines Vaters hatte es genügend Bruderkämpfe in Attika gegeben. Jetzt aber mußte er sich hier sehen lassen. Sonst würde das Volk ihn vergessen, und es war an der Zeit, daß er seinen Beruf erlernte.

Er hatte noch immer die Hilflosigkeit eines Kindes bewahrt. Immerhin war er zu alt, um sich nie zu fragen – und anscheinend hatte er es wirklich nicht getan –, wie lange er Kreta ohne die Unterstützung der Flotte des Festlands halten konnte. Daran mußte man denken; denn Deukalion war tot, und sein Sohn Idomeneus war ein ganz anderer Mann. Wenn er noch nicht darauf hinarbeitete, den Thron für sich zu gewinnen, so war es nicht Furcht, was ihn hinderte, sondern ein Stolz, der zu groß war, als daß er eine Niederlage hinnehmen wollte. Er hatte das Blut des Minos; und er war fünfundzwanzig, während ich schon über vierzig war und mich, wie jeder sehen konnte, nicht besonders schonte. Er würde eben eine Weile warten. War ich aber einmal nicht mehr da, so würde der junge Akamas beide Hände brauchen, um sich zu halten.

Die Frauen in Kreta haben sich immer in Staatsgeschäften ausgekannt, und so fragte ich mich, wie seine Mutter die Lage ansah, und inwiefern sie sich bemüht hatte, ihn vorwärtszuschieben. Er hatte eine echt kretische Ehrfurcht vor ihr; doch das letzte Mal schien er sich mir gegenüber wohler zu fühlen. Sie hatte nie von mir verlangt, daß ich sie nach Athen bringen solle, obgleich weder ihr Volk noch meines nach so langer Zeit etwas dabei gefunden hätte. Oft hatte ich daran gedacht, dann aber, wenn ich die geschlossenen Gemächer betrachtete, die noch immer ihren Widerhall bewahrt hatten, hatte ich es wieder um ein Jahr verschoben. Und so hatte ich ihr auch nichts gesagt, und es war nie ihre Art gewesen, sich offen auszusprechen. Sie war dreißig geworden, und das ist spät, um in einer fremden Umgebung zu beginnen. Auch war sie die Tochter des Minos; vielleicht lag ihr nichts daran, in die Schuhe der Toten zu treten, die nie ihre Schuhe gewesen wären, solange die Lebende sie getragen hatte. Oder an einen Ort zu gehn, wo ein Bastard ihrem Sohn vorgezogen worden war. Vielleicht hatte sie erfahren, daß mein Haus allzu viele Mädchen beherbergte, die, wenn ich fern war, nicht zu zügeln waren. Sehr wahrscheinlich spielten alle diese Dinge eine Rolle. Der Sommer war längst vorbei. Wenn ich es mir allzu lang überlegte, mußte ich es wieder um ein Jahr verschieben. So trennte ich mich denn von Pirithoos und fuhr mit vollen Segeln auf Kreta zu.

Der Knabe kam mir entgegen, lustig und lebhaft; er fragte, wo ich gewesen sei, was ich ihm mitgebracht hätte, und wann er schon mit mir segeln könne, obgleich er kaum dreizehn war. Auf dem ganzen Weg im Wagen plapperte er wie ein Star. Auf der Terrasse des königlichen Hauses stand wartend seine Mutter, klein, zierlich, edelsteingeschmückt, das schöne braune Haar glänzte in der Sonne, die entblößten Brüste waren rund und fest wie die Beeren unten im Weingarten, dessen Duft die warme kretische Sonne uns heraufwehte.

Als wir allein waren, sagte ich ihr, wie die Dinge standen. »Es wäre nicht gerecht gewesen, Hippolytos zu übergehn, nachdem seine Mutter im Krieg ihr Leben für mich und Attika hergegeben hatte. Wäre ich damals gefallen, da meine beiden Söhne noch Kinder waren, so hätte keiner von ihnen viel zu erhoffen gehabt. Doch sie hat sich der Artemis geopfert, um ihre Schuld zu zahlen. Die Götter wissen es am besten, und wir müssen tun, was uns zu tun übrig bleibt.«

»Ja«, sagte sie, »das ist richtig.«

Sie saß schweigend da, die spitzen weißen Hände im Schoß gefaltet. Beinahe hätte ich gesagt, sie müsse nicht nach Athen kommen, wenn sie nicht wolle. Ich spürte, daß die Worte darum baten, ausgesprochen zu werden, wie ein Hund vor einer geschlossenen Türe bettelt. Doch ich wußte auch, es würde auf sie wie eine Kränkung wirken. Sie hatte sich schließlich sehr viel gefallen lassen; meine Besuche zwischen Athen und meinen Seefahrten waren kurz gewesen. Ich hatte mich nie vor ihr mit meinen Weibergeschichten gebrüstet, doch die Inseln waren voll von Sagen und Liedern über die Seefahrten, bei denen ich Hippolyta erbeutet hatte, und sie mußte davon gehört haben. So sagte ich, sie sollte wohl dabei sein, um die Ehren ihres Sohnes zu teilen; und sie könne sich darauf verlassen, daß ich das Haus in Ordnung hielte und daß sie bedient würde, wie es sich geziemte.

»Ich würde gern Athen besuchen«, sagte sie ganz kühl und überlegte. »Was ist das aber für ein seltsamer junger Mensch, der ein Königreich verschmäht! Wird er nicht andern Sinnes werden? In diesem Alter stecken junge Leute voller Launen, und im nächsten Jahr ist alles vergessen.«

»Bei ihm nicht. Wozu er sich entschlossen hat, davon steht er nicht leicht ab.«

Sie hob die dunklen Brauen. »Du auch nicht.«

»Er hat seine Möglichkeit gehabt. Das weiß er. Und eher werden Pferde fliegen, als daß er lernt, Verschwörungen anzuzetteln. Darauf kannst du mein Wort nehmen.«

Und so, ohne daß viel mehr gesprochen wurde, erklärte sie sich bereit, zu kommen, und ich schenkte ihr einige Schmuckstücke, die ich in Sizilien erbeutet hatte. Meine Gedanken waren mehr bei Akamas gewesen. Wie würde er die Nachricht aufnehmen? Er sah erstaunt drein, als ob ihm dergleichen nie in den Sinn gekommen wäre; schlimmer noch, ich vermutete, daß er wirklich nie daran gedacht hatte. Als ich fertig gesprochen hatte, sagte er: »Vater, bist du auch ganz sicher, daß Hippolytos es nicht haben will? Ich könnte es nicht annehmen, wenn er es wollte; nicht von einem Freund!«

Wenn man ihm zuhörte, hätte ebenso gut von einem Knabengeschenk die Rede sein können, von einem Wagen oder einem Bogen. Und alle meine Zweifel an ihm kehrten zurück. Ein leichter Sinn, dachte ich; keine Bosheit, aber auch keine Größe. »Er ist dein Bruder«, sagte ich. »Findest du nicht, daß ich gerecht zwischen meinen Söhnen teilen sollte. Und ein Freund? Ihr seid einander ja noch nie begegnet.«

»Nicht begegnet? Natürlich sind wir einander begegnet, Vater.« Er riß die schrägen kretischen Augen mit der Überraschung eines Kindes auf, das entdeckt, seine eigenen Angelegenheiten hätten nicht die ganze Welt erfüllt. »Es war, als ich von Athen heimfuhr, nachdem ich zum letzten Mal bei dir gewesen war. Du hast einige Briefe nach Troizen geschickt, und wir waren eine Woche dort und haben auf günstigen Wind gewartet. Er kam sofort, als er erfuhr, daß ich da war, und wir haben die ganze Zeit miteinander verbracht. Einmal ließ er mich auf einer geraden Strecke den Wagen fahren; ganz allein habe ich gelenkt, sagte er; kaum daß er die Zügel berührte. Mein Hund Kaltschnauz war sein Gastgeschenk. Wußtest du das nicht? Sein Vater war einer der heiligen Hunde von Epidauros. Gewiß hat man dir berichtet, daß es Hippolytos war, der mich hinführte und heilte.«

»Heilte? Du warst doch ganz gesund, als du Athen verlassen hast?«

»Ja; aber als ich nach Troizen kam, hatte ich einen meiner Erstickungsanfälle.« Ich hatte vergessen, daß er als Kind bei diesen Anfällen ganz blau wurde. »Der Priester in Epidauros kannte sich sehr gut damit aus; er nannte es Asthma, und just das hatte auch Hippolytos gesagt. Du weißt doch, Vater, daß er beinahe ein Arzt ist? Er würde bestimmt Arzt werden, wenn er nicht König werden müßte. Nun, ich habe die Nacht in dem heiligen Hain geschlafen, und ich träumte richtig von dem Gott.« Sein braunes, lebhaftes Gesicht wurde feierlich, und er legte zwei Finger auf die Lippen. »Ich darf es nicht erzählen, aber es ist wahr. Dann verschwand Paian mit Musik, und ich war geheilt. Vater, kann Hippolytos nicht nach Athen kommen, während ich dort bin? Dann kann er auch sehen, wie der Hund größer geworden ist. Er ist wirklich mein bester Freund, und wir werden einander kaum mehr kennen, wenn wir uns nicht bald wiedersehen.«
»Warum nicht? Ich werde daran denken.«
Diese unvermutete Liebe kam wie ein Geschenk vom Himmel. Ich schämte mich, daß ich die beiden Knaben voneinander ferngehalten hatte; wer aber hätte die Pallantidenkriege vergessen können? Gewiß, er mußte kommen! Doch noch ein anderer Gedanke war dahinter; wenn der Ältere, einmal in Athen, sähe, wie schlaff die Zügel in den Händen des jungen Bruders lägen, würde er nicht selber nach ihnen greifen? Phädra hatte recht gehabt; woran ich mein Herz gehängt hatte, das gab ich nicht leicht auf.
Und dann schrieb er aus eigenem Antrieb an mich aus Troizen. Er wolle nach Eleusis kommen, um in die Mysterien eingeweiht zu werden, und erbat meine Erlaubnis. ›Ja, wahrhaftig‹, dachte ich, ›das Glück begleitet meinen Weg!‹
Ich ließ nach seinem Schiff ausspähen, und als es in Sicht war, stieg ich auf das Dach des Palastes, um es zu sehen. Ich erinnere mich, wie das weiße Segel die Sonne auffing, als das Schiff an Ägina vorüberkreuzte.

Als ich ihm nach Piräus entgegenfuhr, dachte ich, daß es zu früh wäre, um ihm vor dem Volk solche Ehre zu erweisen; doch das war mir gleichgültig. Er ging über die Planke, und ich merkte, daß er abermals gewachsen war. Sein Gesicht war kräftiger, die Weichheit der Jugend war daraus gewichen. ›Habe ich das bewirkt?‹ fragte ich mich. ›Nein, sie war es!‹ Es kam mir in den Sinn, daß alles, was sie noch von ihrem Vater gewußt hatte, war, wie er mit seiner Größe die Türe verdunkelt hatte.

Wir fuhren durch das Seetor und nach Athen. Ich spürte durch Jubel und Zurufe der Menschen ihre Gesinnung, wie der Schiffer das Wetter spürt. In seiner Knabenzeit war er der Sohn der Amazone gewesen, sonst nichts. Jetzt waren die Leute wie Kinder mit einem neuen Spielzeug; die Frauen umgirrten ihn, die Männer verglichen ihn mit Apollo Helios. Hätten sie gekonnt, so hätten sie zu mir gesagt: ›Warum hast du ihn von uns ferngehalten?‹

Im Palast war es nicht anders. Die alten Männer, die seine Mutter gehaßt hatten, waren tot und vergessen. Alles wurde vergessen. Ich, der ich nicht vergaß, hatte das lange genug gewußt. Junge Leute, die Kinder gewesen waren, als sie fiel, bewunderten, was sie seine hellenische Schönheit nannten. Dieses ›Hellene‹ hörte man überall, und häufig hatte es einen Sinn. Der dunkle Akamas mit seinem schlanken Wuchs und dem kretischen geschmeidigen Gang und dem singenden Tonfall war jetzt ein Fremder; es war seine Mutter, die den Schatten der Göttin auf sich trug und beobachtet werden mußte. Warum hatte ich das nicht vorhergesehen? Wenn Hippolytos die Hand nach seinem Geburtsrecht ausstreckte, hätte man es ihm hingeworfen wie eine Blume.

Er war seiner sicherer; die Gewohnheit, König zu sein, lebte jetzt in ihm; er brauchte von niemandem hin und her geschoben zu werden. Ganz gut und schön; aber ich verstand auch etwas von diesem Geschäft, und wir würden schon sehen!

Akamas kam uns in der Halle entgegen. Zunächst fühlte er sich von diesem großen Bruder eingeschüchtert; bald aber erinnerte sich Hippolytos an einige Späße, die sie miteinander getrieben hatten, und sie tollten und scherzten wie andere Knaben. Als wir in die inneren Gemächer kamen, fragte Akamas, ob es dort oben kalt sei. Da lachte Hippolytos und nahm ihn auf die Schultern, damit er es selber spüren könnte. Mitten in diesem Pferdespiel wurde der jüngere still, und der ältere wandte den Kopf. Phädra war hier und wartete darauf, begrüßt zu werden. Sie hatte schlecht geschlafen und war am Morgen mit ihren Frauen sehr übel umgegangen; ihr Haar war nicht in der richtigen Ordnung, und sie hatte nicht stillgehalten, während ihre Lippen bemalt wurden. Als sie merkte, daß sie übersehen wurde, grüßte sie Hippolytos kühl und vergeudete nicht viele Worte an ihn. Er war mit einem Lächeln gekommen, das um Vergebung bitten sollte, doch jetzt wurde er vor lauter Schüchternheit ernst. Und nachdem er die passenden Worte gesagt hatte, zog er sich mit seinem Bruder zurück, so rasch er konnte.

Bald folgte ich ihnen. Es tat mir leid, daß sie gekränkt war. Doch vielleicht war es besser, daß sie zuerst einen unvorteilhaften Eindruck von ihm hatte, als daß er ihr gar zu königlich erschienen wäre; der erste Eindruck haftet, heißt es. Ich bedauerte schon, daß ich sie überhaupt nach Athen gebracht hatte. Sie mußte ja in ihm die Schönheit ihrer Rivalin erkennen, und das war schlimm. Vielleicht sah sie auch in ihm schon den Burschen, der ihren Sohn verdrängen konnte; und das bedeutete immerhin eine Gefahr. Ich hatte alle Ursache, das zu wissen; das war es, was Medea in mir gesehen hatte.

So ließ ich ihn zunächst mit seinem Bruder ausreiten und jagen, damit sie nicht an ihn denken müßte. Sie sah ihn nur mit allen andern beim Abendessen in der Halle. Allerdings, er war tatsächlich ein prächtiger Anblick. Er ging bis zum Gürtel entblößt, eine Sitte, die ich aus Kreta mitgebracht hatte, und trug kurze, scharlachfarbene Hosen und ein breites Halsband, das der königliche Schmuck des Erben von Troizen war, aus goldenen Adlern mit ausgebreiteten Schwingen gefertigt. Seine glatte, braune Haut schimmerte golden, und das Haar, das er noch immer wie in seiner Kindheit ungekräuselt trug, breitete sich über seine Schultern wie Silber über Erz. Wenn er seinen Platz neben mir einnahm, konnte ich immer das Gemurmel der Frauen hören. Einst hatten sie auch um meinetwillen gemurmelt. Doch Männer müssen sich ihren Lebenszeiten entsprechend verhalten, sonst werden sie von den Göttern verlacht.

Bald darauf ging er nach Eleusis, um gereinigt zu werden. Es war noch um einen halben Monat zu früh, doch er sagte, er habe verschiedenes dort zu erfragen. Zuerst wollte er schon abends heimfahren, dann aber verzog er sich ganz in den Tempelbezirk und wurde nicht mehr gesehen. Später hörte ich von dem Hohepriester von Eleusis, von Priester zu Priester, er sei für die höhere Lehre auserwählt, die sie von Orpheus erhalten hatten, bevor die Mänaden ihn zerrissen, und die kaum je außerhalb der Priesterschaft gelehrt wurde.

Er fehlte mir, doch ich fand es am richtigsten, daß er fern war, denn Phädra war jetzt wieder sie selbst geworden. Ja, sie sah besser aus und beklagte sich auch nicht, wie zu Anfang, über das Wasser und die Luft von Athen und über die Unwissenheit des Volkes. Sie legte wieder mehr Wert auf ihre Kleidung und benahm sich Vornehmen gegenüber sehr freundlich. Sie hatte, wie ich annahm, gesehen, daß ihre Verdrossenheit ihrem Sohn schaden könnte. Als die Riten heranrückten und die Frauen sich neue Kleider anfertigten, sagte sie, daß sie auch eingeweiht werden wolle.

Ich bewunderte ihre Vorsicht. Das würde den Athenern gefallen, welche Angst vor dem alten Glauben hatten; denn in Eleusis sind, wie jedermann weiß, die Riten gemildert worden. Vor meiner Zeit wurde jedes Jahr ein toter König in das Ackerland eingeerdet. Als ich an der Reihe war, hatte ich andere Vorstellungen. Doch ich ehrte die Göttin, indem ich sie statt dessen mit einem Gott verheiratete und den großen Rhapsoden berief, um dem Dienst die rechte Form zu geben. Obgleich es ein Geheimnis war, konnten die Eingeweihten sagen, daß nichts Unziemliches mehr geschah, keine Gefahr war, von dem abgesehen, was daraus entsteht, daß man eine sterbliche Seele vor die Unsterblichen bringt. Und hinter jener Dunkelheit ist es hell.

So behinderte ich sie nicht, obgleich ich darin einen Ehrgeiz für ihren Sohn sah. Sie wollte sich unter den Frauen Freundinnen machen und war zu viel allein gewesen. Wer konnte überdies voraussagen, ob Hippolytos nicht seinen Sinn ändern würde? Manchmal fragte ich mich, ob die beiden Burschen die Sache nicht selber eines Tages vor einem Feuer auf dem Jagdgrund erledigen würden, ohne einem Dritten ein Wort zu sagen. Für junge Menschen ist es schwer, ihre Seelen den Älteren zu offenbaren. Was konnte man anders tun, als es den Göttern zu überlassen? Doch ich schaute meinem Wesen gemäß voraus und merkte, daß ich noch immer Pläne spann.

An den vorgeschriebenen Tagen ging sie mit den Frauen, um die Reinigungen gelehrt zu bekommen und zu hören, wessen sie sich enthalten müßte, und dazu gehörte auch unser Bett. Das war ihre Fastenzeit, nicht meine; es gab ein honigdunkles Mädchen, das ich aus Sizilien mitgebracht hatte, und das geschickt in den Tänzen der Aphrodite Peleia war. Um des Friedens willen hatte ich sie ferngehalten, aber ich war froh, als ich sie jetzt wiedersehen konnte.

Zwei Tage vor den Riten kehrten die Eingeweihten nach Athen zurück, so daß die Priester die Prozessionen ordnen konnten. Ich hatte Hippolytos dazu bestimmt, die jungen Leute anzuführen, da sein Bruder noch nicht das nötige Alter hatte. Man hätte wohl ein Übriges getan und Akamas genommen, wenn ich es verlangt hätte, doch keinesfalls konnte man sagen, er sei zurück-

gesetzt worden. Es ist ein starker Wein, der Jubel des Volkes an den großen Festtagen. Wenn Hippolytos einen guten Schluck davon trank, mochte er die eigene Seele erkennen.
Er kam unter den letzten, als die Agora schon voll war. Obgleich er magerer geworden war, glänzten doch Augen und Haut hell; er war gewaschen und gekämmt wie ein Kind, das derlei pflichtgemäß tut, während es doch lieber beim Spiel wäre. Aber er schien glücklich zu sein. Ich dachte: ›Ich habe die Saat des Lebens gepflanzt, doch daraus entsteht dieses Mysterium, ein Leben, darin ich ein Fremder bin. Die Wege der Götter sind dunkel.‹
Von nun an war ich wie vor allen großen Festen sehr beschäftigt. Als ich auf meinem Wagen heranfuhr, um die Männer von Athen zum Heiligtum zu führen, waren die jungen Leute schon vorangegangen; sie trugen das Bild des verlobten Gottes und die heiligen Gegenstände.
Unterwegs gedachte ich meiner eigenen Einweihung. Ich war der letzte gewesen, der in das alte Mysterium, und der erste, der in das neue eingeführt worden war. Obgleich ich von den Priestern und den Rhapsoden zum Teil gewußt hatte, was zu tun war, wohnte doch große Macht darin, große Angst und Dunkelheit, großes Licht und Segen. Das Verstreichen der Jahre und ihre Ereignisse hatten die Erinnerung abgewetzt. Jetzt aber dachte ich daran und an den Knaben, der es erleben sollte. Was hätte er mit den alten Riten angefangen? Mit dem Ringkampf auf Tod und Leben? Mit der herrschenden Königin, die ihn überwachte? Mit dem Hochzeitslager in der dunklen Höhle, dem schamlosen Fackelschein? Wäre er errötet und in die Berge entlaufen? ›Ja‹, dachte ich, ›bestimmt hat er davon gehört. Sie, der er dient, ist nicht immer eine Jungfrau; und vor allen ihren Gesichtern will sie den Weihrauch entzündet sehen. Er ist mehr zum Mann geschaffen als die meisten. Eines Tages wird die Braut zu ihm sagen: »Soll mein Altar für immer kalt bleiben?«‹

Es war ein schöner, schimmernder Abend. Die Eingeweihten entkleideten sich, Männer und Frauen, und wateten mit ihren Fackeln ins Meer – der letzte Ritus ihrer Reinigung. Einst hatte sie das von des toten Königs Blut gereinigt. Doch auch damals war es ernst und würdig; wie feierlich es jetzt ist, das weiß alle Welt. Lange Zeit führte die Fackel des Priesters, dann überholte sie eine andere, spiegelte sich im Wasser, getragen von einem größern Mann, der tiefer waten konnte. Irgendwo zwischen all den flackernden Lichtern war Phädra, von der guten Göttin beschützt, wo ihr kein Harm zustoßen konnte.
Die Lichter erloschen. Eine lange Pause folgte, dem Wiederanlegen der Kleider bestimmt. Durch das Dämmerlicht sah ich von der Burg nur die Bewegung von Schatten, sie sammelten sich, um in den geheiligten Tempelbezirk einzuziehen, wo alle Felsenlücken verschlossen worden waren, um das Mysterium zu bewahren. In der tiefen Stille stieg ein Singen auf, süß und gramvoll. Es war zu fern, als daß man die Gebete hören konnte. Der Abend versank wieder in Schweigen. Irgendwo heulte ein Hund, wie es Hunde tun, wenn sie Feierlichkeit spüren; das Heulen brach mit einem Jaulen ab, und alles war still.
Das ist die Zeit, um zu sterben. Mehr sage ich nicht; der Doppelt-Geborene wird verstehn. Und meine Gedanken waren bei der Toten. Abermals starb mein Herz mit ihr. Schließlich tönte in der Erde die Kupferplatte, die Stimme der Dunkelheit; selbst in der Ferne empfand man Ehrfurcht. Doch für mich barg es keinen Schrecken. Keine Angst, aber auch keine Verheißung.
Dann erglänzte das helle Licht; das stumme Wunder, der große Freudenschrei, der Hymnus. Neuentzündete Fackeln flackerten voran wie Leuchtkäfer aus einer Höhle, und der Tanz begann. Ich beobachtete seinen Rhythmus, unermüdlich wie der Lauf der Sterne, bis die Morgendämmerung über dem Gebirge anbrach. Dann führte ich das Volk hinunter, den Eingeweihten entgegen, um sie heim zu geleiten.

Als die aufsteigende Sonne einen funkelnden Seepfad nach Athen schuf, kamen sie uns am Gestade entgegen, in den neuen weißen Gewändern, bekränzt mit Weizenähren und Blumen. Die Gesichter waren vermutlich, wie man sie jedes Jahr sieht; manche noch halb benommen von der Furcht und der Herrlichkeit; einige, die seit langem verängstigt gewesen waren, glücklich darüber, daß sie es hinter sich hatten; manche freudig, weil sie in dem Land hinter dem Fluß ein glückliches Schicksal errungen hatten; und ich betrachtete die jungen Menschen und den Burschen, der sie anführte, und glaubte, er werde noch immer in Verzückung schlafwandeln und nur seine eigene Schau erblicken. Doch er sah um sich, froh und begeistert, als fänden seine Augen nichts, was nicht kostbar und lieb gewesen wäre. In seinen Zügen war großer Friede und Staunen; doch auch die Zärtlichkeit, die ein halbes Lächeln begleitet. Das Bild eines erwachsenen Mannes, der Kinder durch ein heiliges Spiel stolpern gesehen hat, eine Schönheit darin erkennt, von der sie nichts wissen, und einen Sinn, der ihr Fassungsvermögen übersteigt. So wirkte er.
Ich sprach den vorgeschriebenen Willkommgruß, die Priester gaben Antwort. Es war Zeit für die Eingeweihten, ihr Fasten im Kreise ihrer Freunde abzubrechen. Als Hippolytos mit lächelndem Gruß auf mich zukam, da flatterten große schwarze Schwingen vor der Sonne. Ein Rabe, aus den hohen Felsen hervorstoßend, um die Ebene zu mustern, hatte über uns haltgemacht; so tief schwebte er, daß man den veilchenfarbenen Glanz auf seiner Brust unterscheiden konnte, der Einlegearbeit auf kostbaren Schwertern gleich. Das Volk wies hinauf, man flüsterte einander zu und legte das Omen aus. Doch der junge Mensch schaute nur aufwärts, glücklich und stumm; man erkannte, daß er nichts sah als die Schönheit, die ausgespreitet im Winde hing. Als der Rabe sich noch tiefer senkte, streckte Hippolytos die Hand aus, als wollte er ihn grüßen; und beinahe berührte der

Rabe ihm die Fingerspitzen, bevor er in die Richtung von Salamis und nach dem Meer flog.
Ich beobachtete das und war verstört, bis ein Durcheinander unter den Frauen meinen Blick ablenkte. Es war Phädra, der man den Kopf abwärts hielt, und der man Wein einflößte. Infolge des Fastens und des langen Stehens und der starken Erschütterung durch die Riten werden bei den Mysterien immer ein oder zwei Frauen ohnmächtig. In diesem Jahr waren es vier, und ich dachte nicht mehr daran.

19

Sehr bald danach war es, daß Akamas eines Tages blaß war und umränderte Augen hatte. Als ich ihn fragte, wie er sich fühle, erwiderte er, es sei ihm nie besser gegangen. Seine Mutter aber erzählte mir, er habe in der Nacht einen Erstickungsanfall gehabt, den ersten seit Jahren.

»Ich will den Arzt schicken«, sagte ich. Ich meinte, es wäre ungünstig, wenn der nächste König an Leib und Seele so gebrechlich sein sollte. »Aber unterdessen könnte es ihm guttun, mit seinem Bruder zusammenzukommen. Hippolytos hat heute sehr viel zu tun; er segelt morgen. Doch anscheinend hat er dem Knaben schon einmal geholfen.«

Ich ließ ihn holen. Er hatte sich von seinen Freunden verabschiedet, und ihre Liebe umschwebte ihn wie ein sommerlicher Duft. Sie glitt an ihm herunter, diese Macht über Menschen, aus der er eine Herrschaft machen konnte. Wenn die Liebe kam, blühte er darin auf; das war genug für den Tag. Doch wenn die Ernte reifte, würde er sie umsonst hergeben.

Nachdem er einige Zeit mit Akamas verbracht hatte, kam er nachdenklich zurück und setzte sich neben meinen Stuhl. Er hätte sich niedergekauert wie ein Edelknabe, wenn ich ihm nicht den Schemel zugeschoben hätte. Das war nicht Demut, sondern die Gleichgültigkeit, die ein Mann sich leisten kann, der sechs Fuß und drei Finger groß ist. Er sprach ganz schlicht, wie ein guter Bauernknabe von seinem Ochsen spräche.

»Als er diese Anfälle zum letzten Mal hatte, da belastete etwas seine Seele. Nicht viel, wie Apollo ihm zeigte. Alles, was er brauchte, war frische Luft. Diesmal will er nicht reden, und das ist schade; doch, wie ich vermute, ist es nicht viel anders. Seine Mutter sieht nicht so gut aus wie vor dem Eleusischen Fest; findest du nicht auch, Vater? Vielleicht hat sie Heimweh nach Kreta.«

»Mag sein. Ich will sie wenigstens fragen. Ich weiß nicht, wie in diesem Zustand der Bursche Krieger ins Feld führen soll. Er könnte etwas von deiner Kraft brauchen. Nun, ihm wird es leid tun, daß du morgen segeln mußt.«

»Ach, ich habe ihm gesagt, ich würde noch ein oder zwei Tage bleiben, wenn du es erlaubst, Vater. Darf ich einen Boten zum Schiff schicken?« Abends ging ich in Phädras Gemach hinüber. Sie hatte es seit den Mysterien nicht verlassen. In jener ersten Nacht war sie müde gewesen. Ich hatte damals das Mädchen aus Sizilien gehabt, und so war das weitergegangen, ohne daß sie oder ich ein Wort darüber gesprochen hätten. Als ich eintrat, schaute sie schnell auf und ließ sich ihr Tuch reichen. Sie sah magerer aus und war gerötet, als hätte sie Fieber; es war etwas Gespanntes, Knisterndes an ihr, als sollte das Haar unter dem Kamm Funken sprühen.

Sobald die Mädchen fort waren, erkundigte ich mich nach Akamas, den ich eben ruhig schlafen gesehen hatte, und dann nach ihr. Sie sagte, es gehe ihr recht gut; sie habe ein wenig Kopfschmerzen, das sei nichts Besonderes, nur mache es sie müde. Ich sagte, Hippolytos habe sich um sie gesorgt, da setzte sie sich auf, lachte darüber, daß er sich einbilde, selber ein Arzt zu sein, und fragte, was er denn gesagt habe.

»In Troizen lacht man nicht über ihn«, erwiderte ich. »Dort glaubt man, er habe heilende Hände.«

»Nun, dann wird der Glaube sie heilen. Was hat er gesagt?« Ich erzählte es ihr. Sie straffte sich in ihrem Stuhl; dann sprang sie, das Tuch um sich gezogen, auf. Was mir denn eingefallen sei, schrie sie, solche Unverschämtheit zu gestatten? Weil dieser junge Mensch meinte, er sei zu gut für andere Leute, wolle ich ihm jetzt die Herrschaft über das Haus zugestehn? Wo denn mein Stolz sei? Ihre Stimme wurde schrill, sie zitterte von Kopf bis Fuß. Nie hatte ich sie so wütend gesehen. Ich meinte, es müsse wohl ihre Mondzeit sein, und erwiderte ruhig, der Bursche habe in aller Güte gesprochen und durchaus nichts Böses im Sinn gehabt.

»Nichts Böses? Woher weißt du das? Oh, da ist etwas dahinter! Warum will er mich aus dem Weg haben? Er will, daß wir vergessen werden, ich und mein Sohn, damit ihm vor dem Volk der erste Platz eingeräumt werde!«

»Da irrst du dich sehr.« Mit ihrer Besorgnis kam sie zu spät; diese Ironie machte mir Lust zu lachen. Doch ich beherrschte mich; sie war die Tochter des Minos. »Wie du weißt, hat er schon seine Wahl getroffen.«

Doch sie hörte nicht auf, von seinem Stolz, seiner Kälte zu sprechen. Solche Kleinlichkeit sah ihr gar nicht ähnlich. Ich fürchtete, daß sie meine Wünsche erraten hatte; es war ein tausendfacher Jammer, daß ich sie hierhergebracht hatte, wo sie für ihren Sohn ehrgeizig wurde. Immerhin wird nur ein Narr versuchen, Frauen Vernunft beizubringen, wenn sie ihre Zeiten haben. Ich ging und fand, da die Nacht erst begonnen hatte, andere Gesellschaft.

Am nächsten Tag nahm Hippolytos den jungen Akamas nach der Bucht von Phaleron mit, um dort mit ihm zu reiten und zu schwimmen; sie kamen, braun von Salz und Sonne, zurück, waren völlig entspannt und in bester Stimmung. Als ich sie beisammen sah, dachte ich: ›Er wird sich in allem auf Hippolytos stützen, und so wird es auch sein, wenn er König ist. Bis auf den Titel wird der ältere hier herrschen. Aber welch ein Leben ist das für einen Mann, wie er es sein wird? Gerissene alte Kuppler können das auch tun; oder Huren! Für das Volk vor den Göttern zu stehn, das allein heißt König sein! Die Macht an sich ist das Gekrätz ohne das Gold.‹

Ungefähr um diese Zeit sagte Hippolytos zu mir: »Vater, was für ein Mensch ist Menestheus? Was will er eigentlich?«
»Was er will? Eine hohe Meinung von sich haben. Und darum gibt er sich Mühe und begeht keine Fehler. Er ist ein nützlicher Mensch und wird ein guter Abgesandter sein, wenn man ihn davon abhalten kann, sich unberufen einzumischen.«
»Du denkst an Halai«, sagte er. Dort hatte es einen Streit gegeben, und ich hatte Menestheus geschickt, um mit den Häuptlingen zu reden.
»Nun ja«, erwiderte ich, »er hatte einen großen Tag geplant, da die Stämme zusammenkommen und vor einander und vor mir Reden schwingen sollten. Natürlich hätten sie jeden alten Zank, der vor Geschlechtern geschwelt hatte, hervorgeholt. Bis Mittag wären sie schon bei tödlichen Beleidigungen gewesen, bis Sonnenuntergang bei Drohungen, und auf dem Heimweg wäre das erste Blut vergossen worden. Und dann hätten wir zehn Jahre lang damit zu tun gehabt. Und das habe ich ihm auch gesagt. Als ich die Sache von ihm erfuhr, ging ich allein hinüber, sprach in aller Ruhe mit den Ältesten und erlangte ihre Zustimmung. Jeder mußte etwas aufgeben, doch es war ein Gewinn für die Bauern, die verhungert wären, wenn man die Ernten verbrannt hätte. Vielleicht hatte sich Menestheus einen gewissen Ruhm von dem Zusammentreffen versprochen; aber es waren die Leute von Halai, um die wir uns zu kümmern hatten.«
»War es der Ruhm, den er vermißte?« sagte Hippolytos. »Ich glaubte, es sei der Zorn. Er schien sehr unruhig zu sein. Ich weiß nicht, warum.«
Ich überlegte, denn er sagte solche Dinge nie leichthin. »Es hätte ihm keinen Nutzen gebracht.«
»O nein, nicht Nutzen. Er ist sehr aufrichtig. Was er auch täte, immer müßte es zunächst ihn befriedigen. Vielleicht hilft ihm der Zorn. Hast du aber bemerkt, Vater? Wenn ein Mann Unglück hat und wie sehr er auch leiden mag, Menestheus bemerkt es

gar nicht. Er hat nur Mitleid, wenn dem andern ein Unrecht geschieht. Er muß mit Zorn beginnen.«

»Sein Vater hat ihn geprügelt. Wie es so vielen andern ergangen ist. Warum kann nur Menestheus es nicht vergessen? Das weiß ich nicht. Nun, wenn man alles bedacht hat, so wiegt er leicht und ist es nicht wert, daß man viel Wesen mit ihm macht.«

So verlief es häufig, wenn wir von den Geschäften miteinander sprachen. Er war um nichts schlauer als in seiner Kindheit; und doch wollte er Ränke einfach durchschneiden, in denen ein schlauerer Mann sich verfangen hätte; er wußte kaum, daß es dergleichen gab, denn er hatte nichts, worin man ihn fangen konnte, weder Neid noch Groll noch Gier. Ja, aber er war wie der Mann, der unverwundbar gemacht wurde, bis auf die eine Stelle, wo der Gott, der ihn unverwundbar gemacht, ihn gehalten hatte. Nachher erkennt man das deutlich.

Ein oder zwei Tage später wurde mir gemeldet, die Königin sei krank.

Ich unterbrach meine Tätigkeit, denn ich war besorgt; aber ich war auch unwillig. Sie hatte meine Erlaubnis erhalten, abzureisen, da Athen ihr nicht zusagte; war sie geblieben, so zweifellos darum, weil sie Akamas nicht bei seinem Bruder und mir lassen wollte. Der Knabe hatte zu lange an ihren Röcken gehangen und brauchte Männer.

Als ich in ihr Gemach trat, waren alle Vorhänge zugezogen; sie lag in dunkelrotem Dämmerlicht und hatte ein Tuch auf der Stirne, das die Frauen ständig wechselten und in kaltem Wasser ausrangen. Der Raum selbst roch schwer und süß nach kretischen Düften.

Ich fragte, was der Arzt gesagt habe.

»Oh, ich kann ihn nicht in meiner Nähe ertragen; er kann nichts gegen meine Kopfschmerzen tun, aber er will mich nicht in Ruhe lassen, sondern redet, bis mein Kopf zersplittert.« Sie rückte hin und her und roch an einer Salbenbüchse, die ein Mädchen ihr

vor die Nase hielt. »Und Akamas macht mich verrückt mit seinem ewigen: ›Laß doch Hippolytos kommen!‹ Ach, laß ihn kommen, laß ihn kommen; ich weiß, daß er mir nicht helfen kann, aber es wird keinen Frieden geben, bevor ihr alle es selbst gesehen habt. Schick ihn her, schick ihn mit seinen großen, heilenden Händen, damit die Sache ein Ende hat!«
»Er wird kommen«, sagte ich, »sobald du danach verlangst. Aber ich halte nichts davon. Es wird dich nur noch mehr quälen.« Ich vermutete, daß sie sich über ihn lustig machen wollte, um eine Ablenkung für ihre Gereiztheit zu haben.
Sie riß das feuchte Tuch von der Stirne und streckte die Hand nach einem andern aus.
»Ja, ja«, sagte sie. »Aber ich habe all dieses Geschwätz so satt! Ich werde keine Ruhe haben, bevor es erledigt ist. Schick ihn, wenn es auch ein Unsinn ist; und dann kann ich ruhig schlafen.«
Ich fand den jungen Menschen. Er war im Stall und sprach über dem entzündeten Fuß eines Pferdes, das den Hals des Hippolytos beschnupperte, mit einem alten Stallknecht über Heilmittel für Pferde. Als ich ihn ins Haus geführt und mit ihm geredet hatte, sagte er: »Gut, Vater, wenn du es denn willst. Aber ich glaube, daß ich im Stall mehr Glück habe. Das Pferd vertraut mir, und es bedarf dessen, um einen Pfad für den Gott zu bahnen.«
»Ich weiß; sie ist müde und launisch; und du wirst vermutlich nicht viel Dank ernten. Geh trotzdem; es wird dich am Ende nicht umbringen!«
Ich erinnere mich noch, daß wir lächelten.
Als wir den Hof überquerten, dachte ich daran, wie häufig er jetzt ehrfurchtsvoll von Apollo sprach. Einmal hatte es nur die ›Herrin‹ gegeben. Doch er mochte die Verehrung Paians in Epidauros gelernt haben; schließlich sind sie ja Bruder und Schwester.
Phädras Frauen hatten die Vorhänge just nur spaltbreit geöffnet.

Ihr Haar war gepflegt worden, sie saß aufrecht vor frischen Kissen, und ihre Augen schimmerten bläulich. Ich führte den Burschen in das Gemach, und er stand neben dem Lager und wirkte, wie ich ihn nie gesehen hatte, linkisch und unbeholfen; die großen, langen Hände hingen ihm unsicher an den Seiten herab und schienen ihre eigenen Gedanken zu denken. Er murmelte ein paar Worte, um auszudrücken, wie leid es ihm tue, daß sie Schmerzen habe.

Es war mir lieb, daß sie freundlich antwortete.

»Ach, es kommt und geht. Aber heute ist es schlimm, und ich habe jetzt alles versucht – nur dich nicht. Tu also dein Bestes für mich!«

Er versank gleichsam in sich selbst, wie ich das bei Heilkräftigen schon gesehen habe, hatte die Augen weit geöffnet, dachte nach; dann legte er die Hand auf ihre Stirne und stand da, als lauschte er. Sie schloß die Augen. Dann legte er beide Hände an ihre Schläfen, drückte ein wenig, die Brauen zusammengezogen und noch immer mit jenem Ausdruck des Lauschens. Nach einer Weile wollte er die Hände fortziehen, doch sie faßte nach seinen Gelenken, und so wartete er noch eine Weile. Schließlich trat er zurück und schüttelte den Kopf.

»Es tut mir leid«, sagte er. »Ein Aufguß von Weidenrinde könnte vielleicht helfen.«

Sie öffnete die Augen. »Ja – nun ist es vorüber!«

»Vorüber?« Er beugte sich vor, um sie näher zu betrachten. »Wie merkwürdig! Das habe ich nie gespürt. Mich freut es, daß du dich besser fühlst. Hoffentlich wirst du jetzt schlafen. Leb wohl.«

Als wir gingen, sagte ich zu ihm: »Ich möchte dir für sie danken, da sie das vergessen hat.«

Lächelnd erwiderte er: »Das hat der Gott allein getan. Ich wünschte, ich wüßte wie. Nun zurück zum Pferd! Das ist ein einfacher Fall.«

In den nächsten Tagen ließ sie ihn einmal oder zweimal holen.

Das erste Mal führte ich ihn zu ihr, beim zweiten Mal war ich gerade beschäftigt, und so ging er mit ihrer Kammerfrau. Am Tag darauf ließ sie ihn wieder holen, er aber war ausgefahren und hatte seinen jungen Bruder mitgenommen. Im Grunde war er doch, wie ich ihr erklärte, geblieben, um dem Jungen zu helfen; und sie hätten nicht mehr viel Zeit miteinander zu verbringen.
Ich hatte noch immer in Halai zu tun, um die Grenzen festzulegen, die in einem jahrhundertealten Wirrwarr waren. An den meisten Tagen mußte ich hinüberfahren. In den Jahren meiner Seefahrten hatte ich die Zügel allzusehr schleifen lassen. Am nächsten Abend erfuhr ich, daß Phädra abermals um Hippolytos geschickt hatte, doch, obgleich im Hause, war er nicht gegangen. Als ich ihn fragte warum, sagte er kurz:
»Ich habe ihr eine Arznei geschickt; das wird ihr mehr helfen, als ich es kann.«
»Vielleicht«, meinte ich. »Geh aber aus Höflichkeit. Damit im Hause gute Stimmung herrscht.«
»Gehen wir denn miteinander«, sagte er, »und sehen wir, wie sie sich fühlt.«
»Ich habe keine Zeit.« Meine Antwort mag wohl brüsk geklungen haben; aber es war nicht seine Sache, mir zu sagen, was ich zu tun hatte. »Geh, bevor es zu spät ist.«
Er ging mit der Kammerfrau. Wir hatten eben erst gegessen; er war noch für die Halle gekleidet und trug das große goldene Halsband. Jetzt kommt es mir deutlich in den Sinn, obgleich ich es damals nicht sehr beachtete; er hatte seinen Gürtel aus Korallen mit Beschlägen aus Lasurstein, das Haar frisch gewaschen, war ein erfreulicher Anblick, und von seinem Bad duftete er nach süßen Kräutern.
Ich ging früh mit dem Mädchen aus Sizilien in mein Gemach und am nächsten Morgen hatte ich eine Ratssitzung. Erst gegen Mittag sah ich mich nach ihm um; und da hörte ich von seinem

Edelknaben, er sei die ganze Nacht fort gewesen und noch immer nicht heimgekehrt.
Wenn man seine Art kannte, fand man nichts Besonderes daran; aber ich ging zu Phädra, um sie zu fragen, ob er mir gehorcht hatte, bevor er sich entfernte. Sie war noch im Bett. Eines ihrer Mädchen lief weinend an mir vorbei, die Spuren von Schlägen auf der Haut; sie selbst war verstört, als hätte sie nicht geschlafen, und der ganze Raum wirkte mit Spannung gefüllt. Sie sah mich an, als haßte sie mich – doch es war sehr deutlich, daß niemand es ihr recht machen konnte –, und sagte: »Woher soll ich wissen, wo dein Sohn steckt? Und was liegt mir daran? Er mag sein, wo er will! Gestern abend war er so seltsam, so grob.«
»Grob? Das sieht ihm nicht ähnlich. Was hat er gesagt?«
Sie schalt weiter, ohne daß sich ihren Reden ein Sinn entnehmen ließ. Er habe kein Herz für die Leidenden; heilen bedeute ihm nur, seinen Stolz zu füttern; er habe irgendeine eigenartige Lehre empfangen, das sei sicher. Und sie fühle sich schlechter als vor seinem Besuch. Sie würde den ganzen Tag zu nichts taugen. Er solle ihr lieber nicht in die Nähe kommen; und doch sollte er sich wenigstens zeigen, um sich zu entschuldigen. So ging das weiter. Ich dachte an das verprügelte Mädchen und hatte den festen Eindruck, daß sie eine Kleinigkeit maßlos übertreibe, aber ich sagte, ich würde mit dem Burschen reden, sobald man ihn gefunden hätte. Da fuhr sie auf und fragte, wohin er denn gegangen sei. Bei dieser Gelegenheit sah ich ihr Gesicht deutlicher. Sie schien zu fiebern und war magerer geworden; aber sie sah darum nicht älter aus, wie das sonst bei Frauen zumeist der Fall ist. Jetzt, da all ihre Ruhe verschwunden war, erinnerte sie mich in ihrer Ungezügeltheit, in ihrer Schwäche zum ersten Mal seit unserer Heirat wieder an das eigenwillige kleine Mädchen im Labyrinth mit dem wirren Haar auf dem Kissen und den tränengeschwollenen Augen.

»Er wird schon zurückkommen«, sagte ich, »wenn er müde oder hungrig ist. Du weißt ja, wie er ist. Und wenn er kommt, werde ich ihn zurechtweisen. Jetzt laß einen richtigen Arzt holen, der die Kniffe seines Handwerks gründlich kennt, und laß dir ein Schlafmittel geben.«

Plötzlich klammerte sie sich an meinen Arm und weinte. Ich wußte nicht, was ich sagen sollte, und streichelte ihr das Haar.

»O Theseus, Theseus«, schluchzte sie, »warum hast du mich von Kreta hierhergebracht?«

»Nur um deiner eigenen Ehre willen. Wenn es dir aber gut täte, sollst du wieder nach Kreta zurückkehren.«

Sie zitterte am ganzen Leib und hielt meinen Arm so fest, daß ich ihre Nägel spürte.

»Nein, nein! Jetzt nicht! Ich kann dich nicht verlassen, Theseus, schick mich nicht fort, sonst sterbe ich.« Sie keuchte und schluckte und fügte hinzu: »Ich bin zu elend, die See würde mich töten.«

»Nur ruhig«, besänftigte ich sie. »Nichts soll geschehen, was du nicht wünschst. Wir wollen darüber reden, sobald du dich wohler fühlst.«

Vor all den Frauen war das ein unschickliches Schauspiel. Ich ging und sandte um den Arzt. Doch man meldete mir, er sei bei dem Prinzen Akamas, der sich sehr krank fühle. Man habe mich schon gesucht, um es mir mitzuteilen.

Ich ging in sein Gemach und erstickte beinahe auf der Schwelle; so voll war es von dem nach Arzneien riechenden Dampf, den der Gehilfe des Arztes aus einem Kessel aufsteigen ließ. Das Holz rauchte, und die Sklaven husteten, während sie auf den Knien versuchten, ein wenig Ordnung zu machen. Ich konnte den Knaben kaum sehen, der keuchend und blau in seinem Bett saß, während der Arzt ihm Zugpflaster auflegte. Ich schrie, sie sollten alle mit ihrem üblen Zeug verschwinden, bevor sie ihn erstickt hätten. Als ich ihn fragte, wie lange er nun schon in diesem Zustand sei, sagte er, seit gestern abend; er konnte die Worte kaum herausbringen.

»Nun«, meinte ich, »deinem Aussehen nach haben diese Dummköpfe mit ihrem Gestank nicht viel geholfen. Ich weiß nicht, was heute mit allen los ist.« Das Haus schien von Krankheit und Jammer erfüllt zu sein; und ich fühlte mich dabei gealtert. Meine Gedanken kehrten zu den Jahren der Amazone zurück, zu den raschen Wagenfahrten, da ich noch gewußt hatte, wozu ich gut war. »Ich will deinen Bruder suchen. Er kann nicht weit sein, und bestimmt bringt er mehr fertig als diese Leute!«

Er schüttelte den Kopf und versuchte, etwas zu sagen, aber seine Kehle war zugeschnürt. Ich wußte, daß er sich nicht gern sehen ließ, wenn er einen Anfall hatte. Als ich aufstand, um zu gehn, streckte er den Arm aus, als wollte er mich halten. Ich rief seine alte kretische Amme, die mehr Verstand hatte als die andern, und ging auf die Suche nach Hippolytos. Wenn Krankheit herrscht, dachte ich, sollte der Arzt sich nicht verziehen.

In seinem Gemach war nur sein Edelknabe und schaute aus dem Fenster; ein untersetzter, einfältiger Bursche von etwa fünfzehn Jahren. Als er mich erblickte, sagte er: »Ich weiß, wo er jetzt ist, Herr. Er ist den Felsen hinuntergegangen.« Und dann, als er mein Gesicht sah, fügte er hinzu: »O Herr, er ist völlig in Sicherheit; ich habe ihn dort sitzen gesehen.«

»Wo?« Ich war mit meiner Geduld beinahe zu Ende.

»Von hier oben kannst du es nicht sehen, Herr, aber du kannst es, wenn du hinuntersteigst. Ich meinte, ich wolle nachsehen. Ich kenne ja die meisten Stellen, wo er sich aufhält.«

Er war nicht in meinem Dienst, und so sagte ich ganz ruhig: »Warum hast du ihn nicht geholt?«

Er sah mich verdutzt an.

»Ich gehe ihm niemals nach, Herr, wenn er es mir nicht vorher aufträgt.«

Man erkennt recht gut, ob ein Hund beißen wird; und so erkannte ich auch deutlich, daß er mir nicht gehorchen würde, wenn ich ihm einen Befehl erteilte. Ich fragte darum nur, wo die Stelle sei.

»In der alten Höhlenmündung, Herr, an der westlichen Böschung, wo das Heiligtum der Herrin ist.«

Dort war es nach dem Skythenkrieg als Dank für den Sieg errichtet worden. Ich erinnerte mich an die Einweihung, das Blut, die Blumen, den unbehauenen Stein, wo die Blöcke wieder zusammengewälzt worden waren. Ich war seither nicht mehr dort gewesen. Es war das letzte Tor, durch das sie bei ihren Lebzeiten gegangen war. Jetzt aber hatte ich alle Leute dermaßen satt, daß ich selber hinunterging.

Der Weg war überwachsen und fast ebenso rauh wie damals, als die Höhle geöffnet worden war. Ich war nicht mehr ganz so geschmeidig wie damals, ein oder zweimal glitt mein Fuß aus, und ich stolperte. Doch schließlich kam ich ohne große Störungen hinunter.

Er saß mit dem Rücken an einem Felsen und schaute auf das Meer hinaus. Seinem Aussehen nach hatte er sich stundenlang nicht gerührt. Er wandte sich erst um, als ich fast neben ihm war. Aus seinen ersten Jahren kannte ich seine Launenhaftigkeit. So eine Veränderung aber hatte ich bisher nie an ihm beobachtet. Es war, als wäre ihm sogar seine Jugend entrissen, alle Blüte, aller Liebreiz. Hier saß ein wohlgestalter Mann mit einem Gesicht, das man schön nennen konnte, solange die Lebensfreude darin gewesen war, das jetzt aber verzerrt und verdrossen war wie das eines Bauern, dem der Ochs eingegangen ist; das sah ich zuerst – ein Verlust und keine Ahnung, welchen Weg er jetzt einschlagen sollte.

Er stand auf, war anscheinend nicht einmal überrascht, mich zu sehen. Auf seinem Rücken waren tiefe rote Striemen, vom Felsen eingegraben, an den er sich so lange gelehnt hatte.

»Ich glaubte, du würdest nach deinem Bruder sehen«, sagte ich. »Er ist halb tot, und ich habe dich den ganzen Tag gesucht.«

Er fuhr auf. Entsetzen in den Zügen, schlug er sich mit der Hand auf den Schenkel und rief: »Heilige Mutter! Das hätte ich wissen sollen!«

»Es hätte meinen Schuhen diesen Ziegensteig erspart. Aber du bist wohl dein eigener Herr. Nun, wenn du dem Jungen helfen willst, solltest du dich beeilen. Geh voran!«

Wir gingen zu dem Pfad, und dann blieben wir stehn. Ich glaubte, es habe ihn aus der Fassung gebracht, daß er bei dem Heiligtum gefunden worden war, und er übertriebe das, was ihn hierhergeführt haben mochte. Mit verzogenen Brauen und gequälten Augen stand er da. Meine Ungeduld dürfte sehr deutlich zu erkennen gewesen sein.

»Ich bezweifle«, sagte er schließlich, »daß ich ihm noch helfen kann. Bist du auch gewiß, daß er nach mir gefragt hat?«

»Mit dem Fragen ist es bei ihm vorbei. Fast auch mit dem Atmen. Willst du gehn oder nicht?«

Er stand still, und seine Augen mieden die meinen. Dann sagte er. »Gut, ich will es versuchen. Wenn er mich aber nicht haben will, dann werde ich ihn verlassen müssen.«

Er stieg aufwärts, leicht wie eine Katze, trotz seines hohen Wuchses, kürzte den Weg durch die Felsen ab, wobei ihm seine langen Arme behilflich waren. Ich folgte ihm in meinem eigenen Schritt und wartete in meinem Gemach.

Er blieb lange fort. Schon fragte ich mich, ob er sich wieder entfernt hatte. Doch schließlich hörte ich seine Stimme an der Türe. Und als die Türe sich öffnete, war es Akamas, der als erster eintrat. Er war gewaschen, gekämmt, angezogen; er sah zermürbt aus, hatte dunkelumränderte Augen, doch sein Atem ging wieder ruhig. Hippolytos stand hinter ihm und hatte den Arm um die Schultern des Knaben gelegt. In meinen Augen sah er

nicht besser aus als sein Kranker. Beide schienen nächtelang nicht geschlafen zu haben.
»Vater, ich werde morgen heimfahren. Kann Akamas mit mir kommen? Ich möchte ihn nach Epidauros führen. Dort können wir ihn heilen. Wenn er hier bleibt, wird es nicht besser mit ihm.«
Ich starrte sie an. »Morgen? Unsinn! Sieh den Jungen doch an!« Ich hatte mich kaum davon erholt, daß ich ihn wieder auf den Beinen sah. Er räusperte sich und sagte heiser, er fühle sich ganz wohl. »Und hör ihn doch!« sagte ich.
»Es ist nur eine Fahrt von einem Tag!«
Ich kannte diesen Ausdruck. Ebenso konnte man zu einem Esel reden, wenn er nicht vom Fleck will.
»Prinzen können sich nicht über Nacht davonmachen«, sagte ich. »Wie Viehräuber. Das würde ein Gerede geben. Kommt nächste Woche mit all dem wieder zu mir.«
»Er müßte fort. Du hast mich aufgefordert, ihm zu helfen, Vater, und das ist der einzige Weg.«
Der Knabe rückte näher an ihn heran, lehnte sich aber nicht an ihn, damit ich nicht glauben sollte, er sei schwach.
»Was soll all diese Hast?« Alle Leute schienen verhext zu sein. Ich konnte keinen Sinn darin erkennen. »Gestern noch war es dir gar nicht so eilig, und seither ist ja keine Botschaft gekommen. Du kannst warten, damit du Abschied nimmst und deinem Bruder noch ein wenig Ruhe gönnst.«
»Vater, ich muß fort.« Wieder sah ich den gequälten Blick, den er auch auf dem Felsen gehabt hatte. »Ich muß … ich habe ein Omen gehabt.«
Ich dachte an jenen Nachtvogel, der schlaflos in seinem Horst oben auf dem Felsen gehockt hatte. Und ich bekam ein unheimliches Prickeln; das gefiel mir nicht. Ich fragte ihn: »Von der Göttin?«
Er schwieg, die Lippen zusammengepreßt und eine tiefe Furche zwischen den Brauen. Dann nickte er.

Ich war hundemüde nach meiner Tagesarbeit, der Kletterei zwischen den Felsen und all dem Durcheinander. »Schön«, sagte ich. »Es dürfte auch nicht schlimmer sein, als den Buben mit Rauch zu ersticken. Und wer von euch wird es seiner Mutter sagen?« Die beiden schauten mich an wie Taubstumme. »Keiner natürlich; das wird mir zufallen!«

Ich ging sogleich, um es hinter mir zu haben. Phädra war noch im Bett; der Arzt hatte ihr einen Mohnaufguß gegeben. Doch sie war wach und schaute stumpf nach der Türe. Ich begann mit der Nachricht, die ihr doch Freude machen sollte, daß Hippolytos fortsegelte. Nachher sprach ich auch von dem Knaben. Obgleich ich merkte, daß sie sich gestrafft hatte und die Hände ballte, war sie doch ganz ruhig, als ich alles gesagt hatte, und ich konnte mich verziehen.

Meine Söhne segelten am nächsten Morgen. Es regnete, und ich ließ Akamas in Tücher hüllen. Hippolytos nahm auf dem Achterdeck Abschied von mir; er hatte einen dunklen Mantel um sich geschlagen, das blonde Haar wurde von Wind und Regen an seine Wangen gepreßt. Manchmal, bei der Jagd, hatte ich auch das Haar seiner Mutter so gesehen. Sie hatte keine Geheimnisse vor mir gehabt, die tiefer gewesen wären als der Schatten eines Blattes auf einem Bach. Ich hatte genau gewußt, woran ich mit ihr war.

Bis zuletzt sah er mich an, als hätte er sprechen wollen. Diese plötzliche Hast war seltsam gewesen; ich hatte ihm ja nichts Böses angetan, und so hätte er auch nicht so verschlossen gegen mich sein müssen. Mir schien es, als wäre eine gewisse Spannung in seinen Augen; doch er war nie ein Mensch von vielen Worten gewesen. Der Lotse rief: »Los!«, und die feuchten Rücken der Ruderer beugten sich vorwärts. Ich wartete nicht ab, bis sie auf das offene Meer hinausfuhren.

20

Der Herbst setzte ein. Ich hatte weniger zu tun als in andern Jahren, denn ich war den ganzen Sommer daheim gewesen. Die Räume wirkten leer; ich trat ein und hätte etwas zu sagen gehabt, was das Gesinde nichts anging, doch nur das Gesinde war da. Amyntor war längst tot, in einem Sippengezänk umgekommen, das seines Schwertes nicht würdig gewesen war. Bis zu diesen letzten Wochen hatte ich gelernt, nur mit mir selber Rat zu halten.

Ein Schiff aus Troizen brachte mir einen Brief von Hippolytos. Er sagte, Akamas befinde sich viel besser, er gehe nur jeden dritten Abend in das Heiligtum, um seine Arznei zu nehmen und zu schlafen. ›Und so, Vater, wirst du mir jetzt vergeben, daß ich gefahren bin? Es war nicht mein Wunsch; kein anderer Mann kann mich lehren, was ich von dir lerne. Und ich war glücklich.‹

Dieser Brief war in zwei Wachstafeln eingegraben und oft ausgebessert, als hätte er ihn viel Nachdenken gekostet. Ich legte ihn in die Truhe zu den Andenken an seine Mutter.

Das Haus war so still, daß man sich Frieden erhoffen konnte. Doch sobald ihr Sohn fort war, begann Phädra sich um ihn Sorgen zu machen; zunächst, daß er einen Anfall haben und sterben würde, ohne daß sie bei ihm wäre. Und dann, als die Nachrichten gut waren, daß er sie vergessen könnte. Sie schien beständig krank zu sein, und doch konnten die Ärzte keinen Namen für die Krankheit finden – abgesehen von dem Kummer um den Knaben. Ich versuchte, ihr vernünftig zuzureden; war es Liebe, wenn sie wünschte, er solle ungeheilt zurückkehren? Diese Anfälle konnten sein ganzes Leben zugrunderichten und das des Königreichs dazu. Mit einem Wort: es durfte nicht sein. Ich fürchtete einen Ausbruch, aber sie sagte ganz sanft:

»Du hast recht, Theseus. Und doch habe ich Tag und Nacht keine Ruhe aus Angst, er sei in Gefahr, und ein Gott warnt mich. Tu nur das eine für mich; laß mich nach Troizen zu deiner Mutter fahren und eine Zeitlang dort bleiben. Ich könnte auch die Ärzte in Epidauros aufsuchen. Laß mich gehen. Das ist doch bestimmt nicht zu viel verlangt!«

»Es ist immerhin nichts Geringes«, meinte ich. »Gegen Kreta wäre nichts einzuwenden; doch Troizen wird das Volk auf den Gedanken bringen, du solltest aus dem Weg geschafft werden. Solches Gerede können wir sehr wohl entbehren.«

Für Kreta war es jetzt zu spät, denn die Stürme hatten eingesetzt. Ich sah mich in ihrem Gemach um; das Durcheinander von Kleidern und Schmuckstücken, irgendwie aufgehängt oder auf den Boden geworfen, wenn sie sie gerade nicht verwenden wollte; Die Phiolen und Krüge und Spiegel, die Gefäße mit Arzneien überall, die stickige Luft eines abgeschlossenen Frauengemachs. Und ich gedachte lange vergangener Zeiten, da die Vorhänge weit aufgerissen waren, um die Sonne einzulassen, sauber geglättetes Holz roch nach Bienenwachs und Thymian, ein Bogen und eine Haube auf dem unbenützten seidenen Bett, eine Leier an die Fenstersäule gelehnt und auf dem Sims Krümel für die Vögel.

Jetzt schien der Raum mir verhaßt, verdorben, entweiht. Ich hatte nur den Wunsch, fort zu sein, doch die Monate für die Schiffahrt waren vorüber. Und so sagte ich:

»Gut denn; wir wollen beide nach Troizen fahren und nach dem Knaben sehen. Dann kann niemand Böses darüber schwatzen.«

Noch einmal bot sie mir an, allein zu fahren; sie würde dort keine Last sein. »Das wirst du gewiß nicht«, erwiderte ich, »solange du mit Hippolytos Frieden hältst. Er ist jetzt schon, bis auf den Namen, der Herr im Haus, und du wirst sein Gast sein. Mit jeder Beschwerde, die du hast, mußt du zu mir kommen.«

Ich sandte einen Boten über den Isthmus, um unser Kommen anzuzeigen. Doch die Wege waren schlecht, er stürzte in eine Schlucht, wurde von unwissenden Bauern gepflegt und konnte seine Botschaft erst bestellen, als wir selber schon aufgebrochen waren.

Nach der Krankheit des Akamas hatten die Priester in Athen die Omen befragt und erklärt, es sei ein Blutfluch da wegen der vor vielen Jahren in dem Krieg meines Vaters getöteten Panantiden. Ich vermutete, daß die Ärzte eifersüchtig auf Epidauros waren, doch um es jedermann recht zu machen und um die Eumeniden zu besänftigen, wenn sie wirklich erzürnt sein sollten, gab ich bekannt, daß ich meine Blutschuld aus Athen hinaustrüge und gereinigt wiederkehren würde.

Es war eine Herbstreise, langsam und öde. Die Straße war schlüpfrig oder durch die von den Bergen heruntergestürzten Felsblöcke versperrt. Die ledernen Vorhänge an den Sänften der Frauen konnten den prasselnden Regen kaum wehren. Ich war ganz steif, und ich fürchtete, Phädra könnte sich bei der Überquerung des Isthmus den Tod holen; doch sie ertrug alles heiter, aß gut und sah besser aus, obgleich alle ihre Frauen erkältet waren.

Wir bogen von der Küstenstraße ab, um in Epidauros haltzumachen. Das geschützte Tal war wie eine große Schale, um den strömenden Regen zu empfangen. Als der Diener mich unten in dem nach Tannen und Harz duftenden Gästehaus abtrocknete, sah ich auf die gewundene Lichtung hinaus mit den herbstlich gefärbten Blättern und dem nassen grünen Lorbeer. Die Schlafhäuser für die Kranken hatten ihre Türen gegen das Wetter geschlossen, von den Strohdächern tropfte es, und auf den Holzwänden waren feuchte Flecke. Die gelben Buchen ließen

ihre rieselnden Blätter in den Bach fallen, dessen Steine in dem Wirbel der offenen Schleusen klapperten und kreisten.
Im Bach waren Lachen, daraus hohe Kräuter sich hoben und die Köpfe senkten. Ein trauriges Bild, möchte man sagen. Und doch herrschte hier Ruhe, Seelenfriede und das Gefühl, mit den Jahreszeiten und den Göttern im gleichen Rhythmus zu leben ...
Ich hätte am liebsten alle meine Leute fortgeschickt, nur um in einer dieser strohgedeckten Hütten zu sitzen, den Regen strömen zu sehen, dem Bach zu lauschen und ohne jegliche Hast auf eine späte Sonne zu warten, die durch die Äste hindurch das Wasser sprenkelte, auf die süßen, feuchten Erdendüfte des Abends, auf den Ruf der Amsel, auf die Bachstelze, die durch das Gras trippelte.
Unser Kommen war nur kurz vorher gemeldet worden, doch Ärzte sind an Eile gewohnt. Alles war bereit und in Ordnung. Hätte ich geschrieen ›Hilfe! Ich sterbe!‹ so wäre es so ziemlich das gleiche gewesen. Bald erschien der Priester-König der Asklepiaden, gütig und lebhaft, und dennoch gleichsam dadurch abgekehrt wirkend, daß er die Geheimnisse der Kranken in sich barg, wie er es dem Gott gelobt hatte. Auch vor Königen durfte er sie nicht preisgeben. Er war jünger als ich, einfach gekleidet, mehr Priester als König, bereit, im Dienst des Gottes mit seinen Händen unter den Kranken tätig zu sein. Sein Königreich bedurfte keines Krieges, da es heilig war; noch bedurfte es des Reichtums, da die Spenden reichlich flossen. Als ich mich nach Akamas erkundigte, sagte er, der Knabe sei heute hier und fühle sich wohl; doch es wäre nicht gut, ihn zu wecken, nachdem er seine Arznei genommen hatte, und durch den Regen hierherzubringen. Er redete sehr höflich, doch er redete als König. Ich widersprach ihm nicht; die Stätte war allzu friedlich.
Da Phädra eine so weite Reise unternommen hatte, um den Knaben zu sehen, fürchtete ich, sie werde Schwierigkeiten machen; doch sie sagte ungeduldig, wenn es ohnehin keinen Zweck

habe, hier zu bleiben, so täten wir besser daran, uns zu beeilen und an das Ziel unserer Reise zu kommen.
Der Regen verzog sich unterwegs. Die Luft war mild und frisch. Als ich bei der Biegung der Straße zurückblieb, konnte ich in der Ferne die geweihten Hähne krähen hören; die Vögel des Lichts, die die Sonne begrüßen.
Bei Anbruch des Abends erreichten wir die Grenze von Troizen. Die Schatten der bewaldeten Berge ertränkten das Haus in der Dämmerung; große, faltige Streifen blutroten Lichtes streckten sich über den Himmel und färbten die Inseln; das Meer war von fahlem Blau. Auf der Straße vor uns glitzerte und flackerte es wie Fackellicht; Federn und Mähnen flogen; darüber war ein blasser Schimmer. Es war mein Sohn, der mir entgegenfuhr.
Im Zwielicht trafen wir uns. Er war in allem Prunk gekommen; sein Wagenführer hielt die Pferde, während er heruntersprang und ohne Rücksicht auf seinen Rang neben meine Räder trat. Seine verschatteten Augen waren beinahe schwarz. Als er mir vom Wagen half, begegneten unsere Blicke einander; und ein Dunkel rührte mich an, wie der erste Finger der Nacht den Palast angerührt hatte. Dieser Blick eines Kriegers, gewaffnet für eine verlorene Schlacht; warum sollte Mitleid darin sein? Es war das Antlitz des Schicksals. Und es war, als hätte er es mich gegen seinen Willen schauen lassen wie eine Todeswunde in einer letzten Hoffnung auf meine Hilfe, die, wie er wußte, fehlschlagen mußte.
Ich war müde von der Fahrt, die Glieder schmerzten, ich fror; mein Sinn war nur auf ein heißes Bad, einen gewürzten Wein und ein gutes warmes Bett gerichtet. Diese Seltsamkeit wirkte abkühlend auf meine Stimmung, den einzigen Teil an mir, der noch nicht gelitten hatte. Ich erinnerte mich an seine Flucht aus Athen, an die eigenartige Nachtwache vorher. Das kam, dachte ich, daher, daß man sich in die Mysterien der Frauen einmischte. Das konnte nichts Gutes zeitigen, nur schlimme Träume und

krankhafte Launen. Am besten war es, das leicht zu nehmen; und ich begrüßte ihn munter mit einem Scherzwort über die Reise.

Kummer und Sorge wichen aus seinen Zügen; er lächelte, wie man einen Mantel über Blut ziehen würde, weil man sich schämt, daß man es gezeigt hat. Dann trat er an Phädras Sänfte. Ich sah, wie er den Kopf beugte; sie aber öffnete die Vorhänge gerade nur eine Handbreit, als sie antwortete. Das mißfiel mir. Sie schuldete beiden ein besseres Benehmen, dem Erben des Königs Pittheus und meinem Sohn. Ein übler Anfang.

21

Der Kiesel bewegt sich auf dem Berg, vom Platz gerückt durch den Fuß einer Ziege oder durch den Regen. Eine Weile wackelt er und rollt, und eine Kinderhand könnte ihn aufhalten. Bald aber macht er große Sprünge, schnell wie von einer Schleuder abgeschossen; und schließlich springt er vom Felsen wie der Pfeil Apollos und kann durch einen Kriegshelm in den Schädel eines Mannes eindringen.

So schnell kam das Ende. Oder so scheint es heute. Doch die Zeit verging in Troizen, die Tage vergingen, selbst das Jahr konnte weiterrücken. Dunst hing in den Eichenwäldern der Berge und verwehte; die treibenden Eichenblätter lagen knöcheltief, und ihr Rascheln warnte das Reh vor dem Jäger; der Regen fiel über die Triften, und sie wurden zu Kissen aus Blättern, die an der Erde klebten, dunkel wie alte Häute und nach Rauch riechend.

Wie ein altes Schiff in einer völligen Windstille liegen bleibt, so war es mit Pittheus. Seine Augen waren jetzt milchweiß geworden und sahen nur noch wandelnde Schatten; und mit seinem Geist war es ungefähr ebenso. Er hatte meine Mutter gern bei sich; doch die halbe Zeit verwechselte er sie mit einer längst gestorbenen Beischläferin, die er im Krieg geraubt hatte, als er jung gewesen war. Er verlangte, sie solle singen, und um ihm zu gefallen, fragte sie alle alten Leute, welche Lieder das Mädchen gesungen hatte; doch keiner erinnerte sich auch nur an ihren Namen. Sechzig Jahre war es her, daß ein König in Troizen gestorben war; und wenn wir kamen, um ihn zu begraben, lebte keiner, der uns hätte sagen können, was früher der Brauch gewesen war. Das Ende dieses großen Lebens mußte es sein, dachte ich, was selbst dem Licht ein so merkwürdiges Aussehen verlieh, wie es vor dem Gewitter geschieht, wenn die fernen Inseln nah und klar wirken.

Meine Mutter war den ganzen Tag in seinem obern Gemach, kam nur heraus, wenn der Haushalt oder die Riten es erforderte, oder um sich auszuruhen. So beobachtete sie uns nicht; und wenn sie Omen des Todes in den Netzen der Spinnen sah oder in den Schreien der Vögel hörte, so war nichts Auffallendes daran.

Akamas war von Epidauros zurückgekommen, doch er schlief noch immer jede dritte Nacht im Hain, denn die Priester sagten, sie hätten noch keine Omen, die seine Heilung verkündeten. Die Stätte hatte ihn anscheinend ernst gemacht; seiner Gelassenheit und Ruhe nach hätte er selber ein Priester sein können. Seine Zeit im Hause verbrachte er beständig mit einem der Handwerker des Palastes und zimmerte eine Leier; das hatte man ihm als Opfer für Apollo geraten. Doch wann immer er seinen Bruder dazu bringen konnte, mit ihm auszugehen, folgte er ihm wie ein Schatten. Ich konnte merken, daß Phädra sie nicht gern miteinander fortziehen sah. Was aber hätte ich dem Knaben sagen sollen? ›Hippolytos ist um vier Jahre älter als du; die Jahre der Amazone, da deine Mutter, die Tochter des Minos und eines tausendjährigen Königreichs, in Kreta wartete, bis ich Zeit übrig hatte‹? In seinem Alter hätte er das selber erkennen dürfen.

Einmal sagte ich zu ihm: »Du müßtest mehr Zeit mit deiner Mutter verbringen; um deinetwillen hat sie in dieser schlechten Jahreszeit die lange Reise unternommen.«

Er zog sich gleichsam in sich selbst zurück, und dann sagte er ganz ruhig: »Sie nimmt es mir nicht übel, Herr; sie weiß, daß es mir jetzt besser geht.«

Einen Augenblick lang hätte es ein erwachsener Mann sein können, der so sprach, gewohnt, sich sein Urteil selber zu bilden. Doch es war wirklich so; wenn er einmal außer Sicht war, fragte sie nie nach ihm.

Mehr aus Anstand als aus freiem Entschluß hatte ich keine Beischläferin mitgenommen. In jedem Fall war es hoch an der Zeit, daß unsere Ehe in Ordnung gebracht wurde. Doch es gab nachts immer irgendwas; Ohnmachten, Kopfschmerzen, ungünstige Zeichen oder die Mondtage. Die Zeit war längst vergangen, da ich ihre Frauen aus dem Zimmer geschickt und mich mit ihr auseinandergesetzt hätte. Doch sie war bis zu diesem Jahr niemals ablehnend gewesen. Ich war noch nicht fünfzig, und keine Frau konnte je behaupten, ich hätte sie enttäuscht. Jetzt aber begann ich zu denken: ›Werde ich alt?‹ Die Herbstnebel wirkten auf meinen Geist, ich wurde unruhig, blieb im Hause, ging, des Regens wegen, nicht auf die Jagd. Ich hatte beschlossen, nach Athen zurückzukehren und Phädra in Troizen zu lassen. Doch am selben Abend fand sich unter den häßlichen Badefrauen ein neues, hübsches Mädchen; die Kriegsbeute eines vor kurzem gestorbenen Edlen. Es war deutlich, daß ihre Tränen seinen Schatten nicht stören würden. König Pittheus, meldete sie pflichtschuldig, habe sie geschickt, damit sie mir aufwarten solle. Ich hatte ihn an diesem Tag gesehen, er konnte den Abend kaum vom Morgen unterscheiden. Diese schüchterne Gabe kam von meinem Sohn.

Er ist doch ein braver Junge, dachte ich, und meint es gut mit mir. Und trotzdem war es seltsam und sah ihm nicht ähnlich. Obgleich ich das Mädchen behielt, das mir gut gefiel, nagte es doch an meinem Stolz, daran zu denken, daß allgemein erzählt wurde, ich schliefe allein. Ich sagte nichts, meinte, wie auch er, das wäre unziemlich. Und wir sprachen derzeit überhaupt wenig miteinander. Die Verdrossenheit, die ich bei unserer Zusammenkunft an ihm bemerkt hatte, war nicht gewichen, sondern gewachsen. Das war mehr als seine früheren Tagträume; irgend etwas stimmte nicht. Der Bursche brütete vor sich hin, ich hätte glauben mögen, er sei krank, wenn ich ihn nicht wie ein Berglöwe die Felsen hinaufklimmen gesehen hätte.

Der verschlossene, gequälte Ausdruck, den er in Athen im Tempel gehabt hatte, verschwand jetzt nur selten. Er magerte ab, am Morgen waren seine Augen schwer, er konnte den ganzen Tag fort sein, und kein Mensch wußte, wo. Wenn ich hörte, daß nach ihm gefragt wurde, merkte ich, daß er sogar die Regierungsgeschäfte vernachlässigte, Stunden dafür ansetzte, vergaß und fortging. Oft sah ich von den Mauern seinen Wagen auf der Straße nach Epidauros, als wollte er einen Preis erringen; dann kam er zurück, von Kopf zu Fuß mit Schlamm bespritzt, in tiefen Gedanken, die er kaum verdrängte, um mich mit einem Lächeln zu begrüßen. Oder er ging zu Fuß fort; ich erspähte sein helles Haar auf dem Pfad, der zu dem Eichenhain des Zeus und darüber hinaus führte. Meines Geistes Augen folgten ihm, an dem Felsen mit dem Auge vorbei. Was suchte er dort? Welches Omen? Würde er dort willkommener geheißen werden als ich?

Eines Tages kam sein junger Edelknabe zu mir und fragte verlegen, ob ich ihn gesehen habe; er habe eine Botschaft von der Königin für ihn. Als ich anbot zu lesen, was sie geschrieben hatte, gab er mir die Botschaft ganz unbefangen. Vielleicht war er einfältig; vielleicht aber auch weniger einfältig, als es den Anschein hatte.

Die Botschaft lautete: ›Theseus vermißt dich; vergißt du, daß er dein Gast ist? Was mich angeht, liegt nichts daran. Aber du kränkst und beleidigst ihn. Was ist es denn, das du fürchtest?‹

Ich sagte dem Edelknaben, ich würde die Sache schon erledigen, und ging geradewegs in ihr Gemach. Als wir allein waren, sagte ich zu ihr: »Was bedeutet das? Was hast du mit Hippolytos vorgehabt? Ist das dein Versprechen?«

Ich endete ruhiger, als ich begonnen hatte, denn ich konnte erkennen, daß sie nicht wohl war. Sie war zurückgesunken und hatte die Hand an ihren Hals gelegt. In der letzten Zeit hatte sie an Wallungen gelitten; und doch hatte sie sich geweigert, nach Epidauros zu gehn.

»Nun, beruhige dich«, sagte ich. »Mich trifft die Schuld. Ich hätte wissen sollen, daß ihr zwei euch nie vertragen werdet. Warum, das wissen wir beide; aber was nützt es, jetzt davon zu reden? Was geschehen ist, ist geschehen. Aber es ist lange her, und sie ist tot. Du bist hergekommen, um Akamas zu sehen; du weißt, daß es ihm gut geht. Der alte Mann kann jeden Tag sterben. Ich will keinen Zank in dieses Haus gebracht haben, wenn mein Sohn seine Erbschaft antritt. In zwei Tagen kehre ich nach Athen zurück. Kommst du mit mir?«

Sie starrte mich an; dann begann sie zu lachen. Zuerst leise, doch bald stieg es wild und kreischend auf. Ich rief ihre Frauen und verließ sie. Als ich sie heiratete, wußte ich, daß sie aus einem verdorbenen Geschlecht stammte, das keine Hemmungen kannte. Doch ich hatte an das Königreich denken müssen.

Hippolytos war, wie gewöhnlich, nicht im Haus. Nicht vor der Dämmerung schleppte er sich müde, abgearbeitet wie ein Ackerknecht, heim, sein Gewand von den Wäldern grün und braun befleckt. Er begrüßte mich mit einer Höflichkeit, die seine Nachlässigkeit nicht wiedergutmachte, doch ich gedachte dessen, daß er um meinetwillen das Schelten seiner Stiefmutter geduldig ertragen hatte, und so teilte ich ihm, ohne jeden Tadel, mit, daß wir nach Athen fuhren.

Er begann zu reden, stammelte, brach ab. Dann kniete er nieder und legte meine Hand auf seine Stirne. So lange verharrte er in dieser Stellung, bis ich ihn aufzustehn hieß. Langsam erhob er sich. Seine Augen tränten. Er stand still, holte tief Atem, während große, stumme Tränen ihm über die Wangen rannen. Schließlich murmelte er: »Es tut mir leid, Vater, ich weiß nicht, was es ist … es tut mir leid, daß du fortgehst.« Seine Stimme versagte, und er stieß hervor: »Vergib mir!« Und damit eilte er davon. Als ich mich umwandte, sah ich den jungen Akamas, der seinetwegen in der Nähe gewesen war – häufig hatte Hippolytos den Knaben abgeschüttelt, um allein auszugehn. Jetzt schaute Akamas ihm entsetzt nach und lief in eine andere Richtung. Er hatte eine zu hohe Meinung von Hippolytos, als daß er sich nicht geschämt hätte, ihn so unmännlich zu sehen.

Der Tag verstrich und die Nacht und der nächste Morgen. Ich weiß nicht, wie ich die Zeit verbrachte, die Erinnerung ist fortgespült. Aber kurz vor Mittag ging ich zu den Ställen, um nachzusehen, in welchem Zustand die für die Reise benötigten Pferde waren. Der Regen hatte aufgehört, doch graue Wolken bedeckten den Himmel, und der Wind, vom Meer her wehend, war feucht.

Plötzlich hörte ich ein gellendes Frauengekreisch. Einen Augenblick lang fühlte ich es meinen Kopf durchdringen; erst jetzt bemerkte ich den Beginn eines Schmerzes. Dann zerbrach das Kreischen in schrille Rufe, als würde die Frau geschüttelt, und ich dachte: ›Ihr Mann verprügelt sie!‹ Dann aber erscholl ein jäher Schrei: »Gewalt! Gewalt!« Und ich erkannte die Stimme. Die Augen meines Wagenführers begegneten meinen Augen. Und gleichzeitig stürmten wir vorwärts.

Er band zwei Pferde los, und wir sprangen auf. Die Schreie kamen aus dem Olivenhain hinter den Scheunen. Er war der Mutter Dia geweiht und hatte einen kleinen Altar, an dem meine Mutter im Frühjahr zu opfern pflegte, um die Bäume zu segnen. Wir ritten so nahe wir durften an die heilige Stätte heran, dann saßen wir ab und liefen.

Zwischen den Bäumen, unweit vom Altarstein, saß Phädra auf dem Boden weinend und jammernd, ihren Körper hin und her werfend, schlug mit den geballten Fäusten erst auf die Erde, dann an ihre Brust. Ihr Haar hing wild, ihr Gewand war offen, ihre Schultern, ihre Arme, ihre Kehle trugen große, rote Fingerspuren, deren Form deutlich zu erkennen war. Ich eilte auf sie zu. Sie klammerte sich an meine Arme, keuchte und plapperte; ich konnte den Worten nichts entnehmen. Als ich versuchte, sie aufzuheben, begannen die Kleider ihr vom Leib zu fallen; sie zog die Hände zurück, um ihren Gurt zu halten, ihr Atem ging schwer und stockend; dann richtete sie sich auf, den Rock mit der einen Hand haltend, und mit der andern wies sie durch den Hain. Ihre Stimme wurde zu einem rauhen Krächzen: »Dort! Dort!«

Ich hörte Männerstimmen, eilende Schritte, klirrende Waffen.

Ihr Geschrei hatte die Wache herbeigerufen. Sie kamen näher, doch die vordersten hatten ihre Worte gehört und waren schon auf der Suche zwischen den Bäumen wie Jagdhunde, die ihre Beute deutlich erspähen. Sie riefen einander zu; dann veränderten sich ihre Stimmen. Und als ich durch den Wald blickte, sah ich den Mann.

Er lief auf den Berghang hinaus, sprang über die Felsblöcke, wild wie ein Hirsch. Das Licht fing sich in seinem Haar, das im Seewind wehte. In ganz Troizen fand sich dieser Kopf nicht noch einmal.

Ich stand still. Ein gewaltiges Elend drang von meinem Kopf in meinen Körper. Für nichts anderes schien in mir Raum zu sein. Rund um mich tobte die Hetze und der Lärm. Meine Schläfen pochten in seinem Rhythmus. Nur die allerersten begriffen schon, hinter wem sie her waren. Doch als auch die andern es hörten, da wollten sie alle vorwärtsstürmen. Es gibt Gesetze, die tief bis ins Mark der Männer eingegraben sind und länger auf Erden als Fürsten.

Ich sandte einen, um die Frauen der Königin zu holen. Zu den andern sagte ich: »Tretet zurück! Laßt uns allein!«

Irgendwie hatte sie die Spange ihres Gewandes befestigt. Jetzt stand sie da und rang die Hände, als wüsche sie sie und vermöchte nicht, sie zu reinigen.

»Rasch!« sagte ich. »Keiner kann uns hören. Im Namen des Zeus – was ist geschehen? Sprich!«
Keuchend stand sie und mit jedem Atemzug entrang sich ihr ein Zähneklappern und sonst nichts. Noch immer beherrschte ich mich, gewohnt, Recht zu sprechen.
»Rede doch! Rasch, bevor sie ihn hierherbringen!« Sie aber schwankte nur hin und her und rang die Hände. Ein jähes, heißes Licht blitzte vor meinen Augen; ich trat auf sie zu und brüllte: »Sprich, Weib! Hat er es getan oder nicht?«
»Ja!« schrie sie und ließ den Mund klaffend offen stehn. Ich glaubte, nun werde sie abermals schreien, doch endlich kamen die Worte.
»In Athen hat es begonnen; er war damals hinter mir her, aber er sagte, das geschehe, um meinen Kopf zu heilen; in Athen wußte ich es noch nicht. Hier war es, daß er es mir sagte, hier in Troizen. Ich bin beinahe vor Angst gestorben. Ich wagte nicht, es dir zu sagen ... wie konnte ich zu dir von deinem Sohn sprechen? Wie er war, was er im Sinn hatte! Er begehrte mich, ja, ja! Doch es war mehr, es war mehr! Das ist die Wahrheit, Theseus. Er hatte der Göttin das Gelübde abgelegt, ihre Herrschaft wiedereinzuführen.«
Wir waren allein im Hain neben dem uralten Altar. Die Männer, die ich fortgeschickt hatte, waren auch hinter dem Flüchtigen her. Mächtige Hände schienen meinen Kopf zu pressen, ihn in die Erde zu drücken.
»Er sagte, er habe die Omen, daß er die Tochter des Minos heiraten und zur Göttin auf Erden machen müsse. Dann würde die Macht zurückkehren, und wir würden die Welt beherrschen. Ich schwöre es dir, Theseus. Ich schwöre es bei diesem heiligen Stein.« Ein heftiger Schauer schüttelte ihren Leib »›Laß mich mit dir herrschen‹, sagte er, ›und dich lieben; und wenn die Herrin mich ruft, wird es nichts für mich sein zu sterben. Denn wir werden wie Götter sein und ewig in der Erinnerung leben.‹«

Der Lärm der Verfolgung war abgeebbt. Jetzt kam die Schar wieder zum Hain zurück. Er mußte stehn geblieben sein, um sie zu erwarten. ›Noch nicht!‹ dachte ich. ›Können sie mir nicht Zeit lassen?‹ Es war, als bärste meine Stirn. Ich sehnte mich danach, allein zu sein, wie ein wunder Mann sich nach Wasser sehnt. Doch ihre Stimme hastete weiter.

»Ich sagte zu ihm: ›Wie kannst du so reden, solange dein Vater lebt?‹ Und er erwiderte: ›Er ist unter ihrem Fluch, und das Land leidet darunter. Sie ruft Männer und setzt sie wieder ab, und er hat seine Frist gehabt.‹«

Durch das Pochen in meinem Kopf hindurch hörte ich die Stimmen der Männer. Er ging in ihrer Mitte, frei, und sah vor sich hin wie ein Mann, der zum Tode geführt wird.

Aus dem Palast waren die Frauen gekommen. Sie duckten sich zwischen den Bäumen wie aufgescheuchte Vögel, flüsterten und murmelten, drängten einander vorwärts und stießen leise Rufe des Entsetzens über die Schrammen und die zerrissenen Kleider Phädras aus. Plötzlich packte sie meinen Arm.

»Töte ihn nicht, Theseus! Töte ihn nicht! Er konnte nichts dafür! Er war wahnsinnig, wie es die Mänaden sind!«

Ich dachte an Naxos; an die blutigen Hände, das zerfetzte Fleisch; das schlafende Mädchen, mit Blut und Wein besudelt Überall schien Blut zu sein; es war die Farbe des summenden Himmels. ›Es ist wie die Warnung vor dem Erdbeben‹, dachte ich, und dann verflog der Gedanke. Ihre Hände auf meinem Arm waren wie die Hände ihrer Schwester. Ich schob sie fort und machte den Frauen ein Zeichen. Der vierschrötige kleine Altar sah mich an, jeder Spalt im Gestein ein grinsendes Maul und jedes Loch ein Auge.

Da waren sie. Er stand vor mir. Sein Haar war zerrauft; wo es ausgerissen worden war, blutete ein Fleck. Über der Schulter war sein Gewand zerfetzt. Sein Blick begegnete meinem Blick. So steht ein Hirsch, wenn du ihn müde gehetzt hast und er nicht

weiterkann; so steht er und schaut dich an, als sähe er ein Traumbild, und erwartet den Speer.
Die Frauen schlichen zu Phädra; die eine umhüllte sie mit einem Mantel, eine andere hielt ihr ein Gefäß an die Lippen; sie warteten darauf, daß ich befahl, sie fortzuführen. Ihre Schrammen dunkelten; sie hätte eine verprügelte Sklavin sein können. Das Unbehagen, das Geräusch in meinem Kopf machten mich fast toll; ich fand meine Hand an meinem Dolch. Das Gekreisch von Vögeln erscholl, übertönte das vogelgleiche Gekreisch der Frauen, aus dem Kuhstall brüllte das Vieh, das Geheul eines Hundes wollte nicht aufhören. Das waren die Geräusche der Erde; all das war wahr. Ich wies auf meine Frau, die erschauernd in ihrem Mantel stand, und sagte zu meinem Sohn:
»Hast du das getan?«
Er sprach nicht. Aber er richtete seine Augen auf sie. Es war ein langer, dunkler Blick. Sie bedeckte ihr Gesicht und brach in ein von dem Stoff ersticktes Jammern aus. Ich gab den Frauen ein Zeichen; sie führten sie fort. Zwischen den Bäumen noch hörte man sie flüstern.
Sein Blick begegnete dem meinen; und da verschloß sich sein Gesicht, sein Mund war wie ein Siegel. All diese Zeit, während das Grauen in mir stieg, zur Wut anwuchs, flackerte noch eine Hoffnung, wie der Wächter einer zum Verderben bestimmten Stadt allein auf der Mauer aushält. Doch kein Zeichen kam; keine Botschaft würde mich erreichen. Jetzt fanden sich alle Feinde meines Lebens in ihm.
Ich sprach. Doch die Worte sind mir entfallen. Bald nachher war ich krank geworden, und als ich wieder zu mir kam, waren die Worte verschwunden. Manchmal aber wache ich auf, und ihr Klang verblaßt gerade. Irgendwo in mir sind die Worte, und ich fürchte mich einzuschlafen, denn mein Schlaf könnte sie auslösen.
So klar schien seine Schuld zu sein, wie die fernen Berge vor

dem Sturm; wie er Akamas nach Troizen gebracht hatte, damit sie nachkam; er hatte mir eine Frau geschickt, um mich von ihr fernzuhalten, hatte Tag um Tag meine Gegenwart gemieden, damit ich seine Gedanken nicht erraten sollte. Er hatte geweint, als er hörte, daß sie Troizen verließ. Heute war es seine letzte Gelegenheit gewesen. Es schien alles so klar, als hätte ein Gott es mir ins Ohr geschrien. Und wahrhaftig, meine Ohren klangen.

Als ich die Worte sprach, die ich vergessen habe, da zogen die Männer alle sich von ihm zurück. Er war noch nicht König von Troizen und würde es niemals sein. Er hatte die heiligen Gesetze des Herdes gebrochen, hatte der Gattin seines Vaters Gewalt angetan; und ich war nicht nur sein Vater, nicht nur sein Gast, ich war der Großkönig von Attika, Megara und Eleusis, der Hüter von Theben und der Herr von Kreta. Wie konnte man hier wagen, meinen Feind zu erwählen?

Er stand da und hörte mich an. Nicht ein einziges Mal teilten sich seine Lippen zu einer Antwort. Doch gegen Ende sah ich, wie seine herabhängenden Hände sich ballten, wie seine Nüstern sich weiteten, seine Augen starrten wie Augen, die man in der Schlacht über einem Schild sieht. Er tat einen Schritt vorwärts, biß die Zähne zusammen, dann trat er wieder zurück, und ich las in seinen Zügen klar wie Worte aus Marmor: ›Ein Gott hält mich zurück, bevor ich diesen kleinen Mann nehme und zwischen meinen Händen zerbreche.‹ Und dann, wenn ich gekonnt, hätte ich ihn totgeschlagen.

Der Zorn, der in mir aufstieg, schien der Zorn der Erde selbst zu sein. Er stieg durch meine Füße auf, wie das Feuer aus der Erde in einem brennenden Berg aufsteigt, bevor es das Land verheert. Und dann, als wäre mein Geist von der Flamme entzündet, wußte ich, daß es wahr war. Es war nicht mein Zorn allein. Der Hund hatte geheult, die Vögel hatten geschrien, und mein Kopf hatte sich verkrampft, und doch hatte ich Poseidons

Warnung nicht gespürt, weil mein Zorn gleichzeitig mit seinem entbrannt war. Jetzt aber spürte ich sie und spürte, daß es bald geschehen werde.

Der Gott, mein Vater, stand neben mir, um das bittere Unrecht zu strafen, das mir angetan worden war.

Es war wie ein Blitz in meiner Hand. Sie alle schauten mich verängstigt an wie etwas, das mehr als sterblich war. Ja, auch er. Und in der Kraft des Gottes stampfte ich mit dem Fuß auf den Boden und rief:

»Geh aus meinen Landen und aus meinem Blick für immer! Geh mit meinem Fluch und dem Fluch des Erderschütterers Poseidon. Und hüte dich vor seinem Zorn, denn bald wird er entbrennen!«

Einen Augenblick lang war er da, mit weißem Gesicht und starr wie ein Stein; im nächsten war der Platz leer, und das Volk starrte ihm nach. Die Menschen standen da und schauten; doch keiner folgte ihm, wie sie einem andern Mann gefolgt wären, um ihn aus dem Land zu steinigen. Sie hatten ihn geliebt; vermutlich schien es ihnen, als wäre sein Wahnsinn und seine Verdammung vom Himmel geschickt, und da täten sie am besten, ihn den Göttern zu überlassen. Er war fort; und als die Wut wie ein Fieber sich in mir abzukühlen begann, spürte ich die Übelkeit des Erdbebens genau, wie es immer gewesen war. Ich schloß die schmerzenden Augen. Ein Bild blitzte dahinter auf, als hätte es hier gewartet; die Haine von Epidauros in Frieden und Regen gebadet. Dann erinnerte ich, der ich Priester ebenso war wie König, mich daran, wie ich mein ganzes Leben, seit ich als Kind in Poseidons Heiligtum gewesen war, seine Warnung verwendet hatte, um das Volk zu retten, nie aber zu einem Fluch.

Ich kam zu mir und blickte mich um und sagte zu dem Volk von Troizen: »Ich habe das Zeichen Poseidons empfangen. Er wird die Erde erschüttern; und bald. Warnt die Leute in den Häusern,

sie mögen ins Freie gehn. Und sendet eine Botschaft in den Palast!«
Sie erzitterten vor Ehrfurcht und begannen davonzulaufen. Ich hörte bald die Hörner der Herolde. Dann war kein Mensch mehr bei mir geblieben bis auf meine Leute aus Athen, die unsicher in einiger Entfernung standen und in ihrer Angst nicht wußten, ob sie näherkommen oder fortlaufen sollten. Ich war allein, hörte den Lärm des Entsetzens, der sich von der Burg bis hinunter nach Troizen ausbreitete, und hinein mischte sich ein anderes Geräusch, das Stampfen der Hufe eines Dreigespanns auf der Straße unten. Es ließ mich, da der Zorn des Gottes so nahe war, erschaudern. Und so hörte ich es zuerst, ein böses Schlagen auf die Erde, das mir durch den Kopf drang. Dann entsann ich mich; jeder Seele in Troizen hatte ich meine Warnung weitergegeben. Nur für ihn hatte ich sie in Dunkelheit gehüllt, so daß er sie kaum begriffen hatte.
Ich stand auf der zitternden Erde, und mein Herz pochte noch von meinem eigenen Zorn und vom Zorn des Gottes. Der Palast war wie ein Bienenstock, den ein Pferd umgestoßen hat; Frauen liefen mit Kindern, mit Pfannen, mit Bündeln und Diener mit wertvollen Gegenständen. In den großen Toren war ein Gedränge. Man brachte den alten Pittheus in einer Sänfte hinaus. Ich schaute in die Ferne. Weit unten verschwand der lichte Kopf in den Windungen der Straße zum Psiphischen Gestade. Das schnellste Gespann von Troizen konnte ihn jetzt nicht mehr einholen.
In mir wirkte kalt und bedrückend die Angst vor dem Erdbeben, wie ich sie als Kind gekannt hatte, und überschattete alles andere; der größte Zorn des Menschen ist wie die Spur eines Kinderfußes vor dem Zorn des Gottes. Die alte Gewohnheit ließ es mich fühlen; nicht so stark wie bei manchen andern Gelegenheiten, die ich erlebt hatte, zum mindesten nicht hier; denn es schien, als wäre hier nur der Saum, der Mittelpunkt dagegen

weiter entfernt. Ich wandte mich um, wie ein Hund seiner Witterung nach, und ich spürte, wie die Haare im Nacken sich sträubten, als ich das Meer erblickte.

Das Wasser in der Bucht war reglos wie geschmolzenes Blei. In der windstillen Luft hörte ich Pferde wiehern und schreien, als die Stallknechte sie aus den Stallungen auf das Feld hinausführten. Dann aber, durch den Lärm hindurch, hörte ich in der Nähe eine Stimme, mühsam und heiser rufen: »König Theseus! Herr!«

Ein hochgewachsener Krieger, der im Palast den jungen Leuten das Ringen beibrachte, hastete durch den Hain auf mich zu, eine Last in den Armen. Als ich mich umdrehte, legte er sie auf den Boden. Es war Akamas. Er wehrte dem Mann, der versuchte, ihm den Kopf zu stützen, hob sich selber auf seine Ellbogen, kämpfte um Atem; sein Leib war gekrümmt wie ein Bogen, er keuchte und zuckte. Der Mann sagte zu mir: »Er wollte kommen, Herr. Ich habe ihn dort unten gefunden; er hatte versucht zu laufen und war gestürzt. Herr, er sagt immer wieder, er müsse dich sprechen, bevor er stirbt.«

Der Knabe hob eine Hand und streckte die andere nach mir aus; er winkte mir, ich solle näher kommen. Sein Gesicht war ganz fahl um den bläulichen Mund. Mit mühsamem Atemzug sagte er: »Vater!« und griff mit beiden Händen nach der Brust, als wollte er sie aufreißen, um Luft einzulassen. Seine Augen waren auf meine gerichtet; nicht mit Schrecken beladen, sondern mit Worten.

Ich beugte mich über ihn, den Sohn, der mir noch geblieben war. ›Kann es sein‹, dachte ich, ›daß das Zeichen des Gottes auch über ihn gekommen ist und er nicht die Kraft besitzt, es zu ertragen? Und doch erweist er sich dadurch als mein echter Sohn; er wenigstens!‹ Zu ihm sagte ich: »Nur Ruhe, Junge, es wird nicht lang dauern, und die Angst wird vorübergehn.«

Er schüttelte den Kopf, und ein rauher Ton entrang sich seiner würgenden Kehle. Sein Gesicht rötete sich wie das eines Ge-

hängten; dann vermochte er Atem zu holen und schrie den Namen seines Bruders.
»Nicht, nicht!« sagte ich. »Du bist krank, und du weißt von nichts. Ruh dich aus und schweige.« Seine Brust hob und senkte sich, kämpfte, um Worte auszustoßen. »Sei ruhig. Später wirst du es begreifen.« Tränen des Schmerzes und der Anstrengung hatten seine Augen gefüllt; und halb von Sinnen, wie ich war, tat er mir doch leid. »Nur still!« sagte ich. »Er ist fortgegangen.«
Ein so heftiger Krampf packte ihn, daß mein Geist vom Erdbeben abgelenkt wurde. Es war, als sollte er nie mehr atmen. Er war fast schwarz, als er sich jetzt straffte, sich aufrichtete, die Arme zum Himmel hob. Sein Atem krächzte in seiner Brust, und er schrie laut: »Paian Apollo!« Da stand er schwankend, wandte sich zu dem Mann, der ihn gebracht hatte, und sagte heiser, aber völlig ruhig: »Ich danke dir, Sirios; du kannst jetzt gehn!«
Der Mann sah mich an, und auf mein Nicken entfernte er sich. Ich half dem Knaben, sich wieder niederzulegen, und kniete neben ihm. Noch bevor er sprach, streiften mich Schatten, und ich fröstelte. Doch ich sagte mir, daß es das kommende Erdbeben sei.
»Nun ruhig«, sagte ich. »Sonst fängt es wieder an.«
»Ich kann sterben. Früher hatte ich Angst.« Er bewahrte diese rauhe, flache Stimme, schonte sie wie ein halbtotgepeitschtes Pferd. Er war sehr schwach. »Ich kann sterben, wenn ich es dir, vorher sage. Hippolytos ... das, um dessentwillen du ihn verflucht hast ... es ist nicht wahr.«
»Still; das ist vorüber. An den Göttern ist es, zu richten.«
»So mögen sie mich hören! Mögen sie mich erwürgen, wenn ich lüge!« Seine Augen weiteten sich, und er hielt den Atem an; dann klärte sich seine Kehle. Doch er flüsterte, um seine Kräfte zu schonen. So mußten Räuber aussehen, wenn sie blaß und wispernd in ein königliches Grab einbrachen. »Er hatte nein gesagt.

Sie hat es verlangt, sie …« Seine Finger gruben sich in den Boden. »… in Athen«, sagte er. »Ich habe es gehört!«
Ich starrte vor mich hin, ich wußte, daß diese Wunde tödlich war; bald würde ich beginnen zu bluten, bald würden die Schmerzen mich martern. Der Knabe streckte die Hand aus, und ich nahm sie, obgleich ich ihm nur wenig Gedanken zuwandte. Einzig und allein ein Gott konnte ahnen, was er gelitten haben mußte; er, ein Kreter, für den die Mutter die Gottheit auf Erden ist!
Er lispelte, die Diebesstimme flüsterte weiter: »Damals bin ich beinahe gestorben. Ich haßte auch ihn, um dessentwillen, was er zu ihr gesagt hatte. Zu mir aber sagte er später: ›Ich hatte unrecht, in Zorn zu geraten. Sie hat mir vertraut.‹ Am nächsten Tag, als ich krank war, kam er zu mir, um mir zu sagen, es tue ihm leid. ›Hab keine Angst, Akamas‹, sagte er. ›Ich werde es dem Vater nicht berichten und auch sonst keinem Menschen auf Erden. Ich schwöre es dir, aber der Eid, den man einem Gott leistet, ist größer. Ich habe ihr den Eid des Asklepios geleistet, und damit ist ein Mensch bis zu seinem Tode gebunden.‹«
Mir fehlte selbst die Kraft, ihm zu sagen, nun sei es genug. »Du verstehst«, fuhr er fort, »das war das Geheimnis ihrer Krankheit. Und so mußte er es bewahren.«
Das Bild der Frau erstand vor mir. Verschrammt wie eine Sklavin, die Angst einer Sklavin und auch die Lügen einer Sklavin. Wäre ihre Geschichte wahr gewesen, so hätte sie ihm das Gesicht zerkratzt, hätte ihn gebissen. Sein zerfetztes Gewand, das ausgerissene Haar – er war daran gezogen worden, nicht fortgestoßen. Die Spuren auf ihren Schultern und ihrem Hals, sie waren die Merkzeichen nicht seiner Lust, nein, seines Zornes, die Wut des Löwen, der auf allen Seiten die Stangen der Falle sieht. Als sie kreischte, hatte er sie in wildem Zorn geschüttelt, hatte die eigene Kraft vergessen. Und ich, von allen Männern ich – wie hatte ich das nicht zu erkennen vermocht?

»Er sagte zu mir«, die Stimme des Knaben wurde stärker, »›wir wollen zusammen fortgehen und die Gäste Apollos sein. Alles Böse ist eine Krankheit, und seine Musik heilt sie. In Epidauros wird alles gut sein‹.«

Ich stand auf. Mir schwindelte, meine Füße zitterten. Die flache, ölige See machte mich elender als ein Sturm. Ich schaute auf die Straße nach Epidauros, die Straße, die dem Gestade entlang führt.

»Vater, es ist wahr. Ich schwöre. Ich schwöre. Wenn ich lüge, möge Apollos Pfeil mich treffen! Es ist wahr. Rasch, Vater, gebiete dem Erdbeben Einhalt!«

Ein Grauen überlief mich. Laut schrie ich ihn an: »Ich bin kein Gott!« Doch seine dunklen Augen, an meine geheftet, waren gleichsam mehr als nur seine eigenen Augen. Er hatte den Tod herausgefordert, hatte seine Furcht als Opfer dargebracht; und noch war die Heiligkeit nicht von ihm gewichen. Der Gott in ihm hatte den Gott in mir angerufen; doch es war kein Gott, der geantwortet hätte, nur das Gefühl eines Unbehagens in der Erde.

»Bleib hier«, sagte ich. »Ich gehe und finde ihn!«

Ich eilte den Olivenhang hinab, rief meinen Leuten zu, die mit angstverzerrten Gesichtern hinter mir herstapften. Über meine Schulter sah ich den alten Ringkämpfer, wie er zu dem Knaben zurückkehrte, der ganz ruhig dasaß. Welche Fessel an jenem Tag in ihm zerrissen sein mochte, weiß ich nicht. Aber von jener Zeit an wurden die Anfälle kurz und mild, und jetzt, da er die Mannheit erreicht hat, sind sie ganz vorüber.

Unten, auf der Pferdeweide waren die Tiere angepflockt worden, damit sie beim Erdbeben nicht durchbrannten. Die meisten wieherten und stampften an ihren Pflöcken. Ich suchte mir ein ruhiges Paar aus und rief nach einem Rennwagen. Es war das erste Mal, daß ich meine Stimme erhob, wenn ein Erdbeben nahte, seit ich ein Kind gewesen war.

Als ich sie nach der Küste trieb, fühlte ich weder Angst noch Scheu, nur etwas Seltsames wie hohes Fieber. Die Pferde spürten es in mir, sie jagten vorwärts und bedurften kaum der Peitsche; es war, als wollten sie sich des Mannes hinter ihnen entledigen. Und so ging es auch mir.

Es ist Zeit, dachte ich, es ist noch Zeit. Er ist fort. Seit wann? Solange es braucht, die Saiten an eine Leier zu spannen und zu stimmen; ein Schiff aus dem Hafen zu rudern; ein paar Biegungen auf der Straße zu nehmen. Und dann dachte ich: ›Wann?‹

Während ich über Schlammpfützen fuhr, dachte ich an die junge Sklavin, die er mir geschickt hatte, damit ich im Zank mit Phädra nicht die Wahrheit erraten sollte. Er hatte für mich und für seinen Bruder gefürchtet; daß er selbst in Gefahr war, hatte er nur zu spät erkannt. Es war nicht seine Art, solche Dinge vorauszusehen.

Die Straße stieg an; in weiter Ferne, zwischen zwei Zypressengebüschen, erblickte ich seinen Wagen. Während ich schaute, verlangsamte er seine Fahrt. Er hatte mich gesehen! Er wartet, dachte ich, alles ist gerettet. Ich winkte, um seinen Blick auf mich zu richten. Doch er hatte die Fahrt nur verlangsamt, um seinen Pferden eine Erholung zu gönnen. Schon war er wieder weiter. Er hatte drei Pferde angespannt; nun, er ging ja – endgültig fort. Als er sie antrieb, waren sie störrisch, das sah ich. Doch im nächsten Augenblick war er außer Sicht.

Die Straße war gut; es hatte drei Tage nicht geregnet. Ich peitschte mein Gespann, doch jetzt war eine Veränderung da. Auf der Weide hatten sie nichts gemerkt, nun aber merkten sie es. Sie scheuten und widerstrebten, sie bäumten sich wiehernd; ich hatte die größte Mühe, sie zu halten. Und wie ich da stand, mich gegen die Zügel stemmte, sah ich über die ungebärdigen Köpfe hinweg die Bucht. Und sie hatte sich geregt. Während ich beobachtete, zogen die Wasser sich zurück und gaben den Meerboden frei, den noch kein Lebender gesehen hatte, nichts als Tang und vermodernde Schiffstrümmer. Und noch immer zogen sie sich zurück, als schluckte ein ungeheures Maul dahinter sie auf.

Ich wußte, was die Pferde wußten. Der Wagen wandte sich, ein Tier mit drei Köpfen, erfüllt von einer einzigen Angst. Wir bogen von der Straße ab auf das Bauernland, durchquerten frischbesäte Felder, zerstörten Wassergräben, brachen durch junge Reben. Die Frau des Bauern und all ihre Kinder liefen, als sie den Lärm hörten, aus ihren Türen. Der Gott war ihr Freund. Er sendete mich als Segen zu ihnen. Wer kann die Wege der Unsterblichen ergründen?

Die Pferde rasten weiter, an den Reben vorbei in ungerodetes Buschwerk. Die Räder sprangen und schlingerten über Lehmklösse und Steine. Ich hatte die Zügel um mich gewunden, doch nur mit einer einzigen Schlinge, weil ich dergleichen befürchtet hatte. Als das Buschwerk die Pferde hemmte, machte ich mich frei und sprang ab. Ich fiel und rollte und stand durchrüttelt und wund auf und erschauerte in der Berührung des Bodens. Alles Vieh in den Ställen muhte und brüllte. Ein Ziegenbock mit bösen Augen öffnete das Maul zu einem wilden Schrei. Und damit setzte das Erdbeben ein.

Der Boden bebte und rüttelte; es war ein Poltern von Steinen, als stürzte das Bauernhaus in Schutt zusammen. Ich hörte die Frau jammern, und der Mann schrie ihr, heiser vor Schrecken, von den Feldern her zu. Die Kinder begannen zu kreischen und die Hunde zu heulen. Die Erdbebenkrankheit klärte sich in meinem Kopf und in meinem Bauch. ›Es ist vorüber‹, dachte ich. ›Warum aber fühlte ich diese Angst?‹

Ein Hase raste an mir vorbei, streifte fast mein Bein und eilte in großen Sprüngen bergaufwärts. Und dann sah ich das Wasser kommen.

Die Bucht füllte sich wieder, wie sie sich geleert hatte, doch in einer mächtigen, rauschenden Woge erstürmte sie das Gestade.

Sie spülte über den Damm von Psiphia, hob die Fischerboote wie Spielzeug an der Schnur eines Kindes. Just über die Wagenstraße unterhalb von mir strömte die Salzsee und stieg über das bebaute Land; erschöpfte sich, hielt inne und zog sich von dem überschwemmten Land zurück. Es war eine Totenstille, und in diesem Schweigen, bevor das Geschrei der Menschen einsetzte, hörte ich vom Norden her, auf der Straße, das angstvolle Wiehern scheuender Pferde, gemischt mit dem mächtigen Gebrüll eines Stiers.

Ich fragte nicht: ›Was ist das?‹ Es war die Stimme meiner Furcht. Den Lärm übertönend, wie der Kriegsruf eines Königs in der Schlacht, hörte ich einen Schrei, den ich unter den Schreien von tausend Männern erkannt hätte. Er brach ab, verstummte. Das wilde Gewieher erhob sich, hielt inne, erhob sich wieder. Mein eigenes Gespann, in den Spuren rund um den eingesunkenen Wagen gefangen, wieherte ängstlich.

Ich lief auf meine Pferde zu, zog an dem wirren Zaumzeug, rief, irgendwer solle mir behilflich sein. Die Bauersleute stöberten noch immer in ihren Trümmern; nachdem der Gott vorbeigezogen war, hatten sie kein Ohr für Könige. Ich befreite mit meinem Dolch das Pferd, das nicht lahm war und knotete die Zügel zusammen. So weit konnte es mein Gewicht wohl noch tragen. Nichts war mehr übrig, was man eine Straße nennen konnte. Es war alles Schlamm und Treibholz, Rinnen und Steine. Das Pferd war nur zum Ziehen bestimmt gewesen, es rutschte und stapfte und stolperte, und ich wagte nicht, es zu hetzen.

Im Schlamm zappelten und quälten sich sterbende Fische; neben der Straße wurde ein Zischen laut; das Pferd scheute und hätte mich beinahe abgeworfen. Ein großer Delphin pfiff durch seine Nasenlöcher und versuchte, sich zum Meer zu schnellen. Die Straße stieg an, denn die Küste ist hier steil; bald wäre sie oberhalb der Flutgrenze; doch noch immer hörte ich Pferde wild wiehern, dort wo sie schon vorher gewiehert hatten, und manchmal innehalten, wie ein Tier in der Falle erschöpft innehält, bevor es von neuem beginnt. Der Stier brüllte abermals, ein Gebrüll aus Wut oder Angst. Im Kampf mit meinem Pferd, das wieder ängstlich geworden war, lauschte ich auf eine andere Stimme. Doch keine Stimme rief.

Auf der Höhe der Steigung bog sich die Straße. Und dann sah ich und sprang vom Pferd und lief.

Weniger als einen Bogenschuß weit, an der Küste, unterhalb der Straße regte sich eine wirre, blutige Masse von Tieren; drei verstümmelte Pferde, die wild um sich schlugen, und darüber, die Straße versperrend, von der sie heruntergestürzt waren, stand ein Bulle, das Haupt gesenkt. Er brüllte vor Furcht und Wut und taumelte im Versuch, den Boden zu stampfen; lahm auf einem Vorderfuß, denn die Flutwelle hatte ihn aus der zerbrochenen Einfriedung hierhergeschwemmt. Hier hatte er sich auf das Land zurückgekämpft, bedeckt mit Tang und Schlamm; ein schwarzer Bulle des Poseidon, ein Bulle aus dem Meer.

Dort unten waren auch Leute. Als ich lief, waren sie gerade bei den Pferden und erschlugen sie mit Hacken. Eines nach dem andern stieß seinen letzten Schrei aus; nun regten sie sich nicht mehr. Doch die Männer beugten sich über etwas anderes. Sie hatten ihn aus den Zügeln befreit, als ich dazukam, und zogen die Splitter des Wagens heraus, die sein Fleisch durchbohrt hatten wie Speere. Er lag da, ein blutiger Haufe wie die Pferde; ein herrliches Geschöpf und überall zerbrochen, zerrissen, besudelt, zerschunden auf Fels und Sand. Die Tiere waren stumm; totes Fleisch, aller Pein ledig; er jedoch regte sich und stöhnte. In seinem blutenden Gesicht waren die Augen offen und blickten in meine Augen.

Die Männer riefen mir zu, meldeten mir, wer er war. Sie hielten mich für einen vorüberziehenden Wanderer, denn sie sahen mich ohne Pferd und Wagen, verschlammt, verschrammt; und sie riefen mir alle miteinander die Nachricht zu, wie es Männer in ihrem Entsetzen tun. Sie hatten auf den Feldern oben gearbeitet, ihr Gehöft hatte den Anprall überstanden, und sie hatten alles mitangesehen. Sie erzählten mir, wie die Pferde bei dem Erdbeben gescheut hatten; doch irgendwie hatte er sie wieder in die Gewalt bekommen. Da aber war das Wasser aufgewallt und oben drauf der Bulle, just mitten in die Straße geschwemmt. Und dann ... sie wiesen auf die zerrissenen Zügel, die ihn noch an dem Platz des Wagenführers festhielten. Er stemmte eine Hand auf den Boden und versuchte, sich aufzurichten, sank aber mit einem Schrei zurück, sein Rückgrat war gebrochen. Irgendwer sagte: »Er ist fertig!« Doch die Augen öffneten sich abermals. Zwei von den Männern erörterten die Frage, von welchem Gehöft der Stier gekommen sei, und wer das Recht habe, ihn zu behalten; ein anderer meinte, man müsse ihn dem Poseidon opfern, sonst wäre der Gott zornig und würde noch einmal zuschlagen. Doch der Mann, der die Zügel abgeschnitten hatte, sagte zu mir:

»Höre, Freund; schlechte Nachrichten werden immer am besten von einem Fremden gebracht. Willst du nicht nach Troizen gehn und es dem König melden?«

»Ich bin Theseus«, sagte ich. »Ich bin sein Vater.«

Da rissen sie die Münder auf und rieben sich die Stirnen; sie konnten die Blicke gar nicht von mir wenden, von einem beschmutzten, ungekämmten Mann, verstört und stammelnd, dessen Gesicht sie kaum angesehen hatten, weil sie annahmen, es sei einer ihresgleichen. Ich schickte sie, eine Bahre aus Weidengeflecht zu holen, einer bot mir seinen Kittel an, um damit das Blut zu stillen. Und dann waren wir zwei allein.

Er blutete aus einem Dutzend Wunden und auch aus seinem Innern heraus. Ich wußte, daß jede Hilfe vergebens war; doch ich wollte es nicht wissen, beugte mich über ihn und tat unnütze Dinge. Während ich das tat, sagte ich ihm, daß ich alles wisse,

und bat ihn um ein Zeichen. Seine Augen waren leer. Doch nach einer Weile änderte sich ihr Ausdruck; und seine Lippen bewegten sich. Er redete zu mir. Er erkannte mich nicht; doch Sterbende sind froh, nicht allein zu sein. Und er sagte:
»Nicht einmal die Götter sind gerecht!«
Dann schwieg er lange. Ich legte ihm meine Hand auf den Kopf und küßte ihn und versuchte, mich ihm verständlich zu machen. Ich konnte nicht feststellen, ob er mich hörte. Eine kurze Zeit waren seine Augen halbwach; sie starrten aufwärts, in bitterer Einsamkeit; dann wurden sie wieder leer. Sein Blut drang durch sein zerfetztes Gewand, und sein Gesicht wurde fahler. Endlich kamen die Männer mit der Bahre. Als wir ihn darauf legten, schrie er laut, doch man konnte nicht wissen ob sein Geist klar war. Ich half ihnen, ihn zu tragen, dann kamen noch zwei Männer. Sie hatten den Stier getötet, da sie ihn nicht fortschaffen konnten. Wir brachten die Bahre auf die Straße, und die Männer fragten:
»Sollen wir ihn ins Haus tragen, Herr? Oder nach Troizen?«
Ich hörte ihn atmen. Seine Hand bewegte sich. Ich berührte sie und sagte: »Nein. Nach Epidauros.« Und da schlossen sich seine Finger um meine.
Die Wolken hatten sich geteilt. Über dem Meer war es noch immer dunkel, doch über dem Berg zeigte sich schon ein blauer Fleck. Alle Vögel sangen laut, wie sie das nach einem Erdbeben tun, wenn sie wieder in ihrem Bereich herrschen wollen oder bloß froh sind, daß sie überlebt haben. Ein Mann war gegangen, um noch einige Träger für die Bahre zu holen, denn sie war zu schwer, und die Leute konnten sie nicht beständig tragen. Er war ganz still, und ich hoffte, daß er nichts spürte. Doch als einmal die Bahre rüttelte, da sah ich, wie seine Zähne sich im Schmerz zusammenbissen.
Die Männer waren erschöpft, und die andern waren noch nicht gekommen. Neben der Straße war ein Platanengehölz und ein

kleiner Wasserlauf, ein winterlicher Bach. Hier war der Boden eben. Und ich sagte zu den Trägern: »Ruht euch aus!«
Einer von ihnen hatte seine eherne Schale an den Gürtel gebunden; er füllte sie aus dem Bach, und ich befeuchtete den Mund meines Sohnes, denn seine Lippen waren trocken. Seine Augen waren geschlossen gewesen; doch jetzt öffnete er sie und schaute aufwärts, wo die Zweige mit wenigen goldenen Blättern sich gegen das Blau abhoben. Seine Hand berührte mein Gelenk, und er flüsterte: »Hör mich!«
Über uns schwebte eine Lerche. Aus dem Bach tönte ein leises Plätschern. Und auf dem Hügel blies ein Hirtenjunge auf seiner Pfeife, der, als das Erdbeben donnerte, nicht mehr zu verlieren gehabt hatte als die Vögel.
»Hör«, flüsterte er und lächelte. »Epidauros!«
Ich sah ihn an. Jetzt war es unverkennbar, daß er niemals lebend nach Epidauros gelangen konnte; und so erwiderte ich: »Ja.«
Er schloß die Augen wieder. Sein Atem ging so ruhig, daß ich ihn nicht hören konnte. Und ich dachte, nun sei das Ende da. Die Männer zogen sich einige Schritte zurück, und ich kniete neben ihm, das Gesicht mit den Händen bedeckend.
Und dann sagte er: »Vater!«
»Ja?« Ich beugte mich zu ihm; nach der Art, wie er das Wort hervorstieß, erkannte ich, daß er wußte, wie es um ihn stand.
»Vergib mir dein Blut«, sagte ich. »Wenn auch die Götter es mir nicht vergeben, noch ich selber. Aber vergib du mir!«
»Vater«, flüsterte er. »Es tut mir leid. Ich war zornig. All das mußte geschehen. Weil ...« Er sah mich an, wollte sagen, daß er nicht die Kraft habe, zu Ende zu reden, wollte mich um Verzeihung bitten. Ich sah, daß seine Augen erloschen. Sein Kopf sank zurück, lag unter dem blauen Himmel, sein Gesicht wurde ruhig und klar wie der Himmel. »Ich hatte einen wahren Traum«, sagte er. »Ich werde jetzt als redlicher Mann sterben.«

Seine Finger drückten meine Hand. So kalt waren sie, als spräche er schon von jenseits des Flusses zu mir. »Vater … opfere dem Asklepios einen Hahn für mich … vergiß es nicht!«
»Ich werde daran denken«, sagte ich. »Und sonst noch etwas?«
Er antwortete nicht. Bald öffneten sich seine Lippen; in einem Seufzer stieg seine Seele auf, und ich drückte ihm die Augen zu. Bald darauf kamen einige von den Priester-Ärzten aus Epidauros, welche die Nachricht vernommen hatten. Sie brachten seinen Leib in den Tempel, obgleich es, wie jedermann weiß, gegen das Gesetz ist, Leichen in den Tempel zu legen. Sie sagten, sie könnten noch nicht ganz sicher sein, daß er wirklich tot war; gleichzeitig sprachen sie mit ihren Augen zu mir, wie das Ärzte tun. Er war ihnen sehr teuer gewesen. Selbst als sein Leib kalt wurde, wärmten sie ihn und wollten es noch nicht zugeben. Und wie ich hörte, wandten sie sich, als all ihre Kunst versagte, zu einem alten Zauber des Küstenvolks, den ihr Gesetz ihnen verbot, und der seit hundert Jahren nicht mehr ausgeübt worden war. Der Priester-König starb bald darauf, plötzlich während seiner Tätigkeit getroffen, den schnellen Tod des Apollo. Und es hieß, der Gott sei erzürnt gewesen, weil der Priester-König versucht hatte, den Toten zu erwecken.
Das kann ich nicht sagen; denn ich ging und überließ ihnen die Leiche. Ich wußte, daß er tot war und kein Gott ihn wiedererwecken würde. Auf mich wartete, was in Troizen getan werden mußte.
Das Jammern der Frauen empfing mich; unterdessen war die Nachricht schon stückweise hierher gedrungen, und alles war bekannt. Meine Mutter führte die Klage an, pries ihn weinend mit den Worten, die ihr zuströmten, und aus denen sie nachher einen Totengesang formen würde. Sie unterbrach sich, um mir entgegenzugehn. Die andern Frauen bedeckten die Augen mit ihrem Haar.
Sie hatte nichts zu sagen, denn sie hatte den Fluch so lange

vorhergesehen; und so umarmte sie mich mit den üblichen Worten jeder Mutter. Ich küßte sie – denn er war ihr wie ein jüngster Sohn gewesen – und sagte, wir würden später miteinander sprechen. Dann fragte ich nach Phädra.

»Die Frauen waren zornig«, erwiderte meine Mutter. »Und ich warnte sie; nicht um ihrer selbst willen, aber aus Angst, es könnte etwas Unziemliches geschehen. Sie wird wohl in ihrem Gemach sein.«

Ich ging durch den leeren Palast hinauf. Jene, die mich sahen, wichen mir eilig aus. Doch es waren nur wenige Menschen da. Ein alter Diener, auf den ich an einer Ecke stieß, meldete, daß König Pittheus schlafe; keiner hatte gewagt, ihm die Nachricht zu bringen. Ich blieb einen Augenblick lang stehn; doch ich hatte genug anderes zu tun. Besser für ihn, er wäre gestern gestorben! Doch es heißt ja, daß das Ende des Menschenlebens Kummer sei.

Als ich die Treppe hinaufstieg, dachte ich an die Geschichte, die Phädra mir erzählt hatte; daß Hippolytos geschworen hätte, den alten Glauben wieder einzuführen, wie er es gesagt habe. Daß eine Frau, die eben auf dem Feld vergewaltigt wurde, sich einer so langen Geschichte erinnern konnte! Und doch zu lang, um in einem einzigen Augenblick erfunden zu werden; selbst im Drang der Angst. Jetzt erkannte ich es. Ja, sie erinnerte sich an jedes Wort! Viele Nächte mußte sie daran gearbeitet, mußte sie ihre Rede auf diese oder jene Art zusammengestellt haben, um sie in solche Vollendung zu bringen, wie es nur Harfner können; um sie so vollkommen erdacht zu haben. Es waren die Worte gewesen, die sie selbst zu ihm gesprochen hatte!

Ich kam zu ihrem Gemach und klopfte an die Außentüre. Niemand antwortete. Da ging ich in mein Gemach und versuchte die Türe zwischen den beiden Gemächern. Auch sie war verschlossen. Ich rief ihr zu, sie solle öffnen; doch noch immer Stille. Ich lauschte und spürte, daß die Stille atmete. Die Außen-

türe war stark, diese aber war dünn; es brauchte nicht lang, um sie aufzubrechen.
Das Gemach war leer. Dann schaute ich noch einmal und sah in einem Kleiderhaufen eine Bewegung. Ich zerrte die Kleider fort und zog Phädra heraus. Sie duckte sich vor mir, sie kroch vor mir, umklammerte meine Knie, schluchzte und flehte. Wie eine Sklavin, dachte ich; wie eine verlogene Sklavin. Die Tochter eines tausendjährigen Königreichs. Noch war die Spur seiner Finger an ihrem Hals. Ich packte sie bei diesem Hals und schob sie von mir. Bevor ich ihre Augen und ihre Erwartung gesehen hatte, mochte ich kaum gewußt haben, was ich zu tun plante. Doch sie selber zeigte mir, was sie verdiente.
Sie starb schwer. Als ich glaubte, nun sei es längst vorbei, und sie losließ, begann sie noch einmal, sich zu regen. Schließlich ließ ich sie fallen; sie lag reglos da, ein Bündel mehr in dem Wirrwarr von Kleiderbündeln, die nach Kreta rochen.
Und dann dachte ich: ›Werden ihre Lügen sie überleben? Es gibt immer Leute, die gern das Schlimmste glauben. Ich hätte sie vorher zwingen sollen, vor dem Volk Zeugnis abzulegen. Abermals habe ich ihm gegenüber versagt.‹
Und dann sagte ich: »Bei Zeus, sie soll für ihn sprechen! Selbst jetzt! Sie soll meines Sohnes Ehre reinigen, lebend oder tot!« Im Raum war Tinte und Papier. Ich kann schreiben, wie die Kreter schreiben. Ich schrieb kleine Buchstaben wie eine Frau. Hier, in Troizen, würde das genügen.
›Ich habe Hippolytos verleumdet, um meine eigene Schande zu verhüllen. Ich habe ihn begehrt, und er hat sich mir versagt. Ich kann mein Leben nicht länger ertragen.‹
Diesen Brief befestigte ich mit einem Band von ihren Kleidern an ihrer Hand. Als ich das tat, sah ich, daß die innere Beuge ihres Armes weiß und zart war, ihre Brust rund, fest und schön. Ich entsann mich seiner schweren Augen am Morgen, seiner tagelangen Wanderung, seiner Erschöpfung, als er heimkehrte.

Hatte er die Versuchung empfunden? Und wenn auch! Es ist der harte Kampf, der den Kranz verdient. Nun, er war gerächt. Ich machte aus einem Gürtel eine Schlinge, knüpfte sie an ein Leintuch und schlang es um einen Dachbalken. Als sie hing, warf ich unter ihren Füßen den Stuhl um, auf dem ich gestanden war. Dann ging ich hinunter, um die eingeschlagene Türe zu zeigen und was ich dahinter gefunden hatte.
In ganz Troizen wird sein Name in Ehren gehalten. Immer heiliger ist sein Andenken. Alljährlich opfern die Mädchen an seinem Grab und schneiden sich das Haar ab. Ich habe für ihn getan, was ich konnte. Vielleicht war es nicht, was er selber gewünscht hätte, wenn es ihm noch vergönnt gewesen wäre zu sprechen. Doch ein Mann kann nur geben, was er hat, denn er ist, was er ist.

22

All diese Dinge stehen vor mir, als wären sie gestern gewesen. Das Gestern ist es, was ich vergesse.

War ein Sommer vergangen, seit die Hand des Gottes mich geschlagen hatte? Waren es zwei oder drei? Ich weiß, daß ich mit Pirithoos zur See gegangen bin – denn ein Mann muß irgendwo sein, solange er unter der Sonne wandelt –, und als wir Seeräuber von Melos, die Schiffe mit Beute bis zum Rand gefüllt, erspähten, fielen wir über sie her, um ihnen die Beute abzunehmen. Dann schwindelte mich, vor meinen Augen wurde es schwarz. Und als ich sie wieder öffnete, war es Nacht. Ich lag auf einem Strohsack in einem Bauernhaus; Frauen schwatzten, und zwei meiner Leute beugten sich über mich und ließen sich von den andern bezeugen, daß sie gesagt hatten, ich sei noch am Leben, und siehe – meine Augen hatten sich wirklich geöffnet!

Sie alle fragten mich, wie ich mich fühlte. Doch als ich zu antworten versuchte, war die Hälfte meines Mundes empfindungslos, und meine Worte verwischten sich wie die eines Trunkenen. Und als ich mich regte, gab nur meine rechte Hand eine Antwort. Ich streckte sie aus, um die linke zu betasten, und da schien sie die Hand einer Leiche zu fühlen.

Meine Leute berichteten mir, bevor es zum Kampf kam, und als ich den Kriegsruf ausgestoßen hatte, sei ich zusammengebrochen wie ein Toter. Es war zu spät, um die Schlacht zu vermeiden. Sie war hart gewesen, und es habe so viele Gefallene gegeben, daß am Ende keiner den Sieg für sich beanspruchen konnte, und die übriggebliebenen Schiffe hätten sich flügellahm zurückgezogen. Als ich nach Pirithoos fragte, erzählten sie mir,

sein Schiff sei gerammt worden und mit Mann und Maus untergegangen. Ich hörte das alles, wie man Dinge ohne jeden Sinn hört.
Alle, die von meinen Mannschaften geblieben waren, befanden sich hier in der Hütte bei mir; kaum ein Dutzend. Die andern waren gefallen oder ertrunken. Sie hatten meinen Körper aufbahren und einhüllen wollen, um ihn zur Beerdigung heimzubringen, und als sie das Segel um mich wickelten, merkten sie, daß ich noch am Leben war. Sie hatten die Wunde gesucht, aber nichts gefunden; ich sei gefallen, sagten sie, bevor die Pfeile und Speere zu fliegen begonnen hatten.
Die Bauernfrauen löffelten mir Milch in den Mund und wischten mir das Gesicht ab. Dann hieß ich sie alle, sich zu entfernen, und lag lange da, allein mit meinen Gedanken.
Vielleicht war es die Mutter, die mich geschlagen hatte. Ich hatte ihr zwei Töchter aus ihren Heiligtümern geraubt und ihre Verehrung in Eleusis eingeschränkt. Alle, die dem alten Glauben anhängen oder ihn noch fürchten, behaupten, es sei die Mutter gewesen. Es mochte aber auch Apollo gewesen sein; denn ich war ohne Schmerz niedergeworfen worden, wie Männer unter seinen sanften Pfeilen fallen; und da ich nur halben Tadel wegen des Todes seines guten Dieners verdiente, hatte er mich auch zur Hälfte leben lassen. Doch schließlich bin ich zu dem Glauben gelangt, daß es der Erderschütterer Poseidon gewesen ist, weil ich seinen Segen in einen Fluch verwandelt hatte. Das glaube ich, und dazu habe ich guten Grund.
Ich spürte keinen Schmerz in meinem Körper und sehr wenig in meinem Geist. Zunächst machte ich den Göttern kaum einen Vorwurf daraus, daß ich nicht tot war. Doch ich, der ich vergessen hatte oder mich wenig mehr darum kümmerte, daß ich kein Mann mehr war, erinnerte mich, daß ich ein König war. Oft hatte ich zu mir gesagt, daß ich nicht sterben sollte, bevor ich die Mannheit erreicht hatte. Dennoch war ich auf Abenteuer ausge-

zogen und hatte mir gesagt: ›Wenn es so verhängt ist, wird es eben geschehen.‹ Doch nie hatte ich daran gedacht, daß ich tot und lebendig sein könnte.
Als einer meiner Leute zurückkam, fragte ich ihn, ob das Volk hier wisse, wer ich war. Nein, sagte er, man halte mich einfach für den Kapitän des Schiffes. Es waren unwissende Menschen, sie kannten nur die Sprache des Küstenvolkes und auch die nur unbeholfen. Ich befahl ihm, es dabei zu lassen.
Zu meinem Besitz gehört auch eine kleine Insel nördlich von Kreta, von dem offenen Meer umspült. Dort pflegten Pirithoos und ich anzulaufen, um unsere Schiffe auszubessern, frisches Wasser zu holen und manchmal, um unsere Beute zu verstecken, bis wir sie heimbringen konnten. Wir hatten dort eine kleine Befestigung und darin ein Haus, das von einer oder zweien unserer früheren Beischläferinnen behütet wurde, bei denen wir noch immer gern verweilten, obgleich sie alt wurden. Dorthin ließ ich mich bringen, als es möglich war, mich überhaupt auf ein Schiff zu tragen; und dort lag ich den ganzen Tag oder saß in einem Stuhl, in den man mich hob, betrachtete eine kleine Mauer mit einem Feigenbaum, ein Tor und ein Stückchen Meer. Die Frauen fütterten mich und hielten mich sauber und pflegten mich wie ein kleines Kind. Stunde um Stunde saß ich und beobachtete einen Vogel, der an einer Feige pickte, oder ein vorüberziehendes Segel und dachte daran, wie ich meine Feinde in Angst erhalten könnte bis zu der Zeit, da ich reif war zu sterben. Doch während das Kind auf seine Pflegerin wartet, daß sie ihm seine Milch bringt oder den Schwamm, mußte der König immer noch denken. Den Krieger, den Liebhaber, den Ringer, den Sänger, sie alle hatte er überlebt. Anscheinend ist er noch immer Theseus.
Es gab Gold auf der Insel, wie ich schon erzählte, und ein Boot, das Männer bedienen konnten. Ich schickte sie um Vorräte aus und fragte mich, ob ich sie je wiedersehen würde; warum sollten

Menschen bei mir, den die Götter verlassen hatten, aushalten? Doch sie kamen zurück, das Boot mit Vorräten für den Winter gefüllt. Vier lange Jahre ist mein Leben in ihren Händen gewesen. Einer war, wie man mir berichtete, unter ihnen, der zu seinen Gefährten sagte: »Nehmen wir doch das Gold und fragen wir ihn, wo das übrige ist. Einen kranken Mann zum Reden zu bringen, ist leicht. Dann können wir ihn erschlagen und die gute Nachricht dem Idomeneus in Kreta verkaufen.« Das erfuhr ich von ihnen, als sie es schließlich satt hatten, mich fragen zu hören, was denn aus dem Mann geworden sei. Und später zeigten sie mir sein Grab.

Nachdem ich erwogen hatte, was wohl das Beste sei, schickte ich den Vorsänger meiner Ruderer, der auch ein guter Harfner und ein kluger Bursche war, nach Athen mit einem Brief, den ich mit meinem Siegel gesiegelt hatte. Ich schrieb, ich hätte Omen und Orakelsprüche empfangen, die mich anwiesen, in ein geheimes Heiligtum unter der Erde hinabzusteigen, um dort von der Mutter Dia gereinigt zu werden, die ich gekränkt hatte. Ich würde mit Glück reichbeladen heimkehren und meine Feinde vernichten; unterdessen solle mein Rat herrschen und die Gesetze wahren, um mir nach meiner Rückkehr Rechenschaft ablegen zu können. Ich beauftragte den Mann, einen großen Umweg zu machen, unterwegs häufig das Schiff zu wechseln und vom Norden her nach Athen zu kommen. Er dürfe nicht wissen, in welchem Heiligtum ich gereinigt würde, denn ich hätte mich unterwegs von ihm getrennt; wenn man ihn dränge, solle er erklären, zuletzt habe er mich in Epiros gesehen. Dort gibt es in den Bergen zahlreiche Höhlen, durch die man, der Sage nach, in das Land des Hades eindringen könne. So machte er sich denn auf den Weg; er erledigte seine Aufgabe gut, und ich vergalt es ihm auch reichlich. Keiner meiner elf Leute und ihre Söhne braucht je Not zu leiden.

Es war nicht weiter wichtig, meinte ich, ob die Athener meine

Geschichte Wort für Wort schluckten. Wenn sie glaubten, ich sei meiner eigenen Gründe wegen fortgegangen und käme zurück, wann es mir genehm war, so genügte das.
Die Frauen hegten und pflegten mich. Sie waren gutherzig gewesen, als ich ihnen diese Ruhestätte gegeben hatte, wo sie behaglich altern konnten; und damals hatte ich nicht geglaubt, daß ich dieselbe Ruhestätte auch für mich brauchen würde. Sie holten die uralte weise Frau der Insel, die jeden Tag kam und meine gelähmte Körperhälfte mit Öl und Wein rieb, weil sie sagte, das Fleisch würde sonst absterben. Sie kannten die Geschichten des Küstenvolkes, die bis zur Zeit der Titanen und der ersten Menschen auf der Erde zurückreichen; und wie ein Kind ließ ich sie nie ohne eine Geschichte von mir scheiden. Ich war es nicht gewöhnt, stillzusitzen, es sei denn, wenn ich darüber nachdachte, was jetzt zu tun wäre. Manchmal schien es, als würden die Tage nie enden; und wenn die Nacht kam, lag ich wach und schaute nach den Sternen und zählte die Stunden bis zum Morgen.
Ich dachte über mein Leben nach, über die guten und die bösen Tage; über die Götter und das Schicksal. Wieviel von des Menschen Leben und Seele sie für ihn machen, und wieviel er selber macht. Und wenn Pirithoos mich nicht geholt hätte, als ich nach Kreta aufbrechen wollte? Was für ein Mensch wäre aus mir geworden? Welcher kretische Sohn war ungeboren geblieben in den Jahren, die Hippolytos geschaffen hatten? Oder wenn Phädra an einem andern Tag ›Gewalt!‹ geschrien hätte? An einem Tag, da die Erdbebenkrankheit nicht in mir war? Doch ich hatte schon den Mann gezeugt, der den Schrei gehört hatte. Schicksal und Wille, Wille und Schicksal, Erde und Himmel bringen das Korn miteinander zum Keimen; und wonach das Brot schmeckt, das weiß niemand.
Eines Morgens, als ich schon einen Monat oder vielleicht eine Jahreszeit hier gewesen war, lag ich wach, da der Tag anbrach.

Die Hähne hatten gekräht, und ich konnte den dunklen Rand des Meeres gegen den glimmenden Himmel sehen. Meine Gedanken waren weit fort, beim Stiertanz oder bei irgendeinem längst vergangenen Krieg; da erzitterte der Boden unter meinem Bett, und meine Schale fiel von dem Ständer neben mir. Stimmen eben erwachter Menschen erfüllten das Haus und riefen den Erderschütterer Poseidon an. Die Hähne begannen wieder zu krähen; ich erinnerte mich, wie sie vorher gelärmt, wie sie alle gleichzeitig gekräht hatten. Ihnen hatte der Gott seine Warnung gesandt; nicht aber mir.
Und da wußte ich, wer mich geschlagen hatte und warum. Die Unsterblichen sind gerecht; man kann ihrer nicht spotten. Er hatte seinen Sohn verworfen, wie ich meinen Sohn verworfen hatte.
Eine der Frauen kam, um zu sehen, ob ich keinen Schaden gelitten hatte, hob die gefallene Schale auf und ging wieder. Als alles ruhig geworden war, stützte ich mich ein wenig auf meinen unversehrten Arm und schaute quer durch den Raum nach dem Tisch. Dort war das Messer, mit dem mein Essen zerschnitten wurde. Wenn ich mich aus dem Bett über den Boden rollte, konnte mein Arm es bestimmt erreichen. Die Erde war meines Gewichts müde und hatte es lange genug getragen.
Um mich zu drehen, hob ich den linken Arm mit dem rechten. Und als ich die Hand betrachtete, sah ich, daß die Finger sich bewegten, Griff um Griff. Nur ein wenig; doch meinem Willen gehorchend, streckten sie sich und bogen sich wieder. Ich berührte sie; das Gefühl darin war stumpf, aber es war vorhanden. Das Leben kehrte in sie zurück.
Die Sonne ging auf. Ich dachte an Athen und an all das, was ich dort aufgebaut hatte. Und ob auch das Zeichen des Gottes mich verlassen hatte, sagte doch alles, was in mir war: ›Mein!‹ Und so lebte ich und wartete.
Die Jahreszeiten vergingen. Langsam, Monat um Monat kroch

das Leben in die toten Glieder zurück wie der Saft in einen verdorrten Baum. Nach der ersten Bewegung, nach dem ersten Gefühl dauerte es lange, bis ein wenig Kraft zurückkehrte. Ich stand auf die Schultern von zwei Männern gestützt, dann auf einen Mann, dann hielt ich mich an dem Stuhl; doch noch ein Jahr verstrich, bevor ich allein gehn konnte. Und dann zog ich einen Fuß nach, wie ich das auch heute noch ein wenig tue.

Eines Tages im Frühjahr rief ich die Frauen, um mir Haar und Bart stutzen zu lassen, und verlangte einen Spiegel. Ich sah um zehn Jahre älter aus, mein Haar war beinahe weiß, der linke Winkel des Mundes, der linke Winkel des Auges waren noch ein wenig herabgezogen, und diese Seite meines Gesichts sah immer verdrossen aus. Doch die Menschen würden mich wohl erkennen. Als ich bereit war, griff ich nach meinem Stab und ging in den Sonnenschein hinaus. Meine Leute erblickten mich und jubelten mir zu.

An jenem Abend ließ ich meinen Steuermann Idaios holen und sagte zu ihm: »Nun werden wir bald heimsegeln.«

Und er erwiderte: »Herr, ich glaube, daß es an der Zeit ist.«

Ich fragte ihn, was er meine; er sagte, er habe gehört, es gebe Unruhen in Athen oder irgendwelche Unordnung, doch die Leute, von denen er das hatte, waren unwissende Inselbewohner und konnten sonst nichts berichten.

Wenn meine Leute kamen und gingen, hatten sie sich klüglich so nahe an die Wahrheit gehalten wie nur möglich; sie sagten, sie seien meine Seeleute, die ich auf der Insel zurückgelassen hatte, um einen Stützpunkt für meine Schiffe zu haben. Das Volk will nichts mit einem Seeräubernest zu tun haben. Mit dieser Geschichte sollten sie Nachrichten für mich einholen und erfahren, was geredet wurde.

Idaios hatte behauptet, er habe mir alles gesagt; jetzt aber bekannte er, daß er schon seit einem Jahr Gerüchte von Athen vernommen hatte. »Herr, ich kenne dich. So oder so, wenn du zu wenig oder zu viel getan hättest, wärst du daran gestorben. Nun, das muß ich jetzt verantworten. Ich tat, was ich für das Beste hielt.«

Es war lange her, daß andere beschlossen hatten, was für mich das Beste war! Doch ich schuldete ihm viel zu viel, um ihm grollen zu dürfen. Von seinem Standpunkt aus hatte er recht gehabt; und ich bin noch immer froh, daß wir als Freunde schieden.

Und doch, als ich nach Athen kam, da wünschte ich häufig, ich wäre lieber auf der Insel gestorben; plötzlich und von der Hand des Gottes. Man sagt, daß der Mensch beim zweiten Mal ohne Schmerz dahingeht. Während ich dort war, an dem kleinen Fenster saß, eine Heuschrecke an einem Blatt nagen oder eine Eidechse Fliegen fangen sah, da glaubte ich, ich wäre unglücklich; doch in meinem Geist besaß ich noch immer die Früchte meines ganzen Lebenswerks, den Menschen kommender Zeiten sichtbar. Ich war reich, doch ich wußte es nicht.

Was für ein Mann war dieser Menestheus? Hippolytos hatte es mich einst gefragt. Er hatte tiefer in ihn geschaut als ich, und doch nicht tief genug. Sein eigener Geist war zu redlich, um nicht in andern Menschen nur sein eigenes Ebenbild zu erblicken, sondern das Kind eines Gottes, das danach schrie, befreit zu werden. Er hätte nie bis zum Kern der Schlingen des Labyrinths vordringen können, noch mit jenem schielenden Auge sehen, noch Begierden lesen, die sich selber nicht einmal kennen – er, der seinen ganzen Willen den Göttern des Lichtes zugewandt hatte. Nein; selbst als König hätte er nicht erkannt, womit er zu tun gehabt hätte. Doch vielleicht hätte ein Gott, der ihn liebte, für ihn gekämpft. Für mich kämpfte keiner.

Einen Eroberer, einen Nebenbuhler hätte ich verstehn können. Er hätte sich dessen bemächtigt, was ich geschaffen hatte, und damit geprahlt. Seine Rhapsoden hätten Lieder über das große Königreich gesungen, das er für sich und seine Kindeskinder dem Theseus abgewonnen hatte. So ein Mann hätte mich nie am Leben gelassen.

Menestheus aber … er ist wie ein Arzt, der über den Kranken trauert, ihm ein Gift gibt und ihm einredet, es werde ihm guttun. Er hat noch einen andern Menschen in sich, dem er gehorcht, dessen Gesicht er aber nie gesehen hatte.

Nach und nach, während ich fort war, gelangte die Macht in seine Hände. Doch ich bin nicht einmal sicher, daß er es listig darauf angelegt hatte; das heißt, jener Menestheus, den Menestheus kannte. Er würde von sich sagen, er habe die Menschen gelehrt, frei zu sein, sich selbst zu vertrauen, die Köpfe vor Mensch und Gott hoch zu tragen, kein Unrecht zu dulden. Vielleicht hätte er diese Dinge ehrlich gelehrt; wenn der ganze Mann sie gewünscht hätte.

Wollte er, daß das Volk ihn lieben sollte? Er selber liebte keinen Menschen um dessentwillen, was in ihm war; für Menestheus war ein Mann tot, wenn er nicht ein Fall war, für den man zu kämpfen hatte. Hatte der Mann sich aber, auf Drängen des Menestheus, mit mächtigen Feinden eingelassen, wo Menestheus nicht die Kraft hatte, ihn zu stützen, und hätte er sein eigenes Unrecht sechsfach gesteigert, dann mußte er sechs Männer hassen, wo er vorher einen gehaßt hatte; desto mehr würde Menestheus ihn lieben und es sich als Verdienst anrechnen, sein Freund gewesen zu sein. Zu meiner Zeit, wenn ich mit einem wilden Vieh wie Prokrustes abzurechnen hatte, rührte ich mich nie, bevor ich ihn nicht rasch vernichten und seine Gefangenen befreien konnte. Menestheus dagegen, wenn er eine Bedrückung merkte, würde, lange bevor er zuschlagen konnte, drohen und sich blähen, damit man ihn als Feind des Bösen pries; dann wurde der Mann zornig und kränkte alle, die zu kränken in seiner Macht stand; und Menestheus konnte noch über größeres Unrecht die Stimme erheben. Männer, die im Stillen, ohne Zorn das Richtige taten, hielt er für feige oder

bestechlich. Zorn begriff er; doch bevor das Unrecht geschehen war, empfand er kein gütiges Verständnis für die Menschen, und gerade damit hätte er das Unrecht verhindern können.
Er haßte alle Bräuche, ob sie nun überlebt waren oder nicht. Er haßte jeden Gehorsam, ob das Gesetz gut war oder schlecht. Er hätte alle Ehre und Ehrfurcht auf Erden ausgerottet, um zu verhindern, daß ein Mann sich auch nur einen einzigen Skrupel mehr machte als angemessen. Vielleicht war im Grunde seines Wesens nur Haß, und was immer er um sich fand, hätte er gern vernichtet. Denn gewiß, wenn es Menschen gewesen wären, die er geliebt hätte, oder die Gerechtigkeit, dann hätte er auf den von ihm geschaffenen Trümmern etwas Rechtes aufbauen können.
Früher, wenn ich versuchte, meine Feinde zu verstehen, war es, um Pläne gegen sie zu schmieden. Warum es jetzt versuchen, da es zu Ende war? Warum sich nicht damit begnügen zu fluchen? Doch weil der Mensch ein Mensch ist, muß er sehen und denken, wenn nicht vorwärts, so rückwärts. Wir sind geboren, um zu fragen: Warum? Und so enden wir. So haben die Götter uns geschaffen.
Hätte er mich in Athen vergiften oder erstechen lassen, wenn er es gewagt hätte? Die Leute im Palast ließen merken, daß sie noch immer an mir hingen; er hätte das nicht lange überlebt. War es Schlauheit oder Willensschwäche oder der Wunsch, von sich selber gut zu denken, was ihn bewog, mich am Leben zu lassen, um gegen das Chaos der zerbrochenen Königreiche zu kämpfen, um die es schlechter stand als zur Zeit meines Vaters? Als ich ihn seiner schlechten Verwaltung wegen verbannte, da ging er, aber nicht sehr weit. Man brauchte nicht mehr weit zu gehn, wenn man das attische Königreich verlassen wollte.
Kreta war vor mehr als zwei Jahren abgefallen; dort ist Idomeneus König. Während ich siech war, wußte das auf der Insel jeder Mensch bis auf mich. Megara hatte einen Fürsten aus

seinem alten Herrschergeschlecht gefunden, und es heißt, daß man derzeit, um den Isthmus zu überqueren, wieder eine Wache von siebzig Speerträgern braucht. Nur Eleusis bewahrt sein Mysterium unverändert, wie Orpheus es gestaltet hat. Dort gibt es ein Leben, das über seines oder meines hinausgewachsen ist. Es wird mehr als eines Menestheus bedürfen, um dem ein Ende zu machen. Mehr als Dunkelheit; ein größeres Licht!

Die Geheimhaltung meiner Krankheit hatte gegen mich gekämpft. Einige vom Küstenvolk hatten etwas gehört. Wilde unwissende Leute, die nicht wußten, wo sie es anbringen sollten, es aber dahin und dorthin bliesen wie Distelsaat. Vielleicht hat die alte weise Frau es in einige ihrer Geschichten verwoben. Die Wahrheit vermengte sich mit der Lüge, die ich aussprengte. Es hieß, ich sei in die Erde hinabgestiegen, um eine heilige Priesterin zu rauben, die Göttin habe mich verflucht, und ich hätte vier Jahre dort in einem Zauberstuhl zugebracht, mit dem meine Gliedmaßen verwachsen gewesen wären; daß meine Beine dahingeschwunden seien und mein linker Fuß hinke, denn als man mich schließlich freigegeben hätte, sei das Fleisch fortgerissen worden. Aus all dem legt man sich zurecht, daß die Götter nicht mehr mit mir sind und mein Glück vorbei. Doch selbst wenn man die Seezeichen verfehlt, kann man immer noch in den Hafen gelangen.

Ich sah den jungen Akamas, den ich bei einem vertrauenswürdigen Häuptling in Euboia zurückgelassen hatte. Dort wird er wohl in Sicherheit sein. Das Volk von Athen haßt ihn nicht, sieht in ihm aber doch vor allem den Kreter, während Menestheus aus dem alten Herrschergeschlecht stammt. Ich kann Akamas kaum einen Vorwurf daraus machen, daß er Menestheus nicht in den Arm gefallen ist, denn er war erst fünfzehn Jahre alt, als Menestheus sein Werk begann. Er war über meine Veränderung so entsetzt, daß er seinen ganzen Witz aufbieten mußte, um das nicht merken zu lassen; und es war schwer festzustellen, was er eigentlich dachte. Doch anscheinend haßt er Menestheus nicht, hält ihn sogar für einen Mann, der sein Bestes getan hat. Jahr um Jahr, während er aufwuchs, schrumpfte sein Erbteil zusammen; und sein Ehrgeiz scheint sich rückwärts entwickelt zu haben. Von seiner Mutter sprechen wir nicht.

Am glücklichsten fühlt er sich unter den andern Burschen in Euboia, er tanzt, reitet, hat Liebschaften – für Mädchen hat er nicht viel übrig – und ist in allem Übrigen, wie er eben sein kann. Ich vermag den Tag zu sehen, da Menestheus die Männer von Athen in einen fernen Krieg führt, vor dem er sie hätte bewahren sollen, und Akamas wird unter seinem Befehl den Schild tragen; erringt er unter seinen Gefährten Ehren, so wird er nicht mehr verlangen. Und doch ist er mein Sohn. Und wie ich selber sah, hat ein Gott ihn berührt. Eines Tages, glaube ich, in einer Stunde der Not für Athen, wird der Gott wieder sprechen und der Stadt einen König zurückgeben.

Und ich? Ich kann nicht mehr aufrecht in meinem Wagen stehn, noch einen Schild tragen; die Finger meiner linken Hand haben ihren Griff nie völlig wiedererlangt. Und ich, der ich auf dem Felsen von Athen stand und den Ansturm der nördlichen Horden brach; der ich den Isthmus gesäubert und die Gebräuche von Eleusis umgewandelt habe; der ich im Throngemach des Labyrinths den Minotaurus tötete und die Grenzen Attikas bis zu der Insel des Pelops vorschob, ich werde nicht im Hause meiner Väter sitzen und zuhören, wenn die kleinen Kinder sagen: ›War das einmal Theseus?‹

Menestheus hat gesät; mag er ernten! Und doch ist dies mein Volk, und ich versuchte es zu warnen, bevor ich fortging. Geschlecht um Geschlecht haben sich die Fluten im Nordland erhoben; sie erhoben sich zu meiner Zeit, und sie werden es wieder tun. Ich weiß, daß sie sich erheben werden. Doch mein Gesicht hat sich verändert und meine Stimme auch. Das Volk glaubte, ich hätte dieses Übel als einen Fluch über die Stadt

herabgerufen. Und so bin ich von Athen geschieden. Vielleicht sind die Götter gerecht; doch der Mann lebt nicht mehr, der imstande gewesen wäre, es mir zu zeigen.
Ich machte mich auf die Fahrt nach Kreta. Idomeneus ist ein Mann, den ich begreifen kann. Da er nun sicher in seiner Macht thront, wird er edel sein. Und ich habe ihm nie ein Unrecht zugefügt, um dessentwillen ich mich schämen müßte. Würde ich mich in meinem alten Palast im Süden niederlassen, um dort meine Tage zu enden, so wäre er gewiß höflich und großzügig und gönnte mir dem Namen nach die Königswürde, wie ich sie seinem Vater gegönnt hatte. Auf einer kretischen Terrasse sitzen und zu sehen, wie die Trauben dunkeln – ein Mann kann Schlechteres tun, wenn er doch Besseres nicht mehr tun kann. Und so brach ich von Euboia auf. Doch der Wind des Schicksals wehte mich nach Skyros.
Es ist eine stürmische Insel, geformt wie die Stirne eines Stiers. An dem einen Horn hängt die Burg, unter der eine hohe Klippe sich reckt, aus Angst vor solchen Seeräubern, wie auch ich einer gewesen war. Nicht daß Skyros das Schlimmste für mich gewesen wäre. Steinige Felder und halbgefüllte Kornbehälter sind es, von denen man berichtet, und ich habe nie die Armen beraubt. König Lykomedes bot mir einen Willkomm, als wären die letzten zehn Jahre nicht vergangen. Als wir bei unserm Wein saßen, erzählte er mir, daß er selber häufig auf Abenteuer ausfährt, wenn die letzte Ernte gar zu kläglich war. Das hatte ich gehört, obgleich unsere Pfade sich nie gekreuzt hatten. Er ist ein Mann aus dem Küstenvolk, mit dunklem Bart, umwölkten Augen, einer, der nicht alle seine Gedanken verrät. Man sagt, er sei im Tempel in Naxos aufgewachsen, als Sohn einer Priesterin und des Gottes.
Davon redeten wir nicht. Wir tauschten alte Seegeschichten aus; und er erzählte mir, er sei, wie Pirithoos, in seiner Jugend auf die Berge der Kentauren geschickt worden. Der alte ›Hexer‹

lebe noch immer in irgendeiner hohen Höhle auf dem Pelion, das Volk verringere sich, doch die Schule daure fort. Einer der Knaben, der Erbe des Königs von Phlia, sei gerade als Gast hier in Skyros, verborgen, um dem Schicksal eines frühen Todes zu entrinnen, das seine Mutter, die Priesterin, in den Omen erschaut hatte. Sie hatten eine Insel gewählt, damit er nicht davonlaufen könne; denn das Todeslos bringe dauernden Ruhm mit sich, und der Knabe wäre am Ende einverstanden gewesen.

Als wir am Fenster saßen, zeigte Lykomedes ihn mir, wie er die lange Treppe des Felsens heraufstieg. Da kam er, aus dem Abendschatten in den letzten Kuß der Sonne, frisch und federnd wie der Mittag, den Arm um einen dunkelhaarigen Freund gelegt. Der Gott, der ihm diesen flammenden Stolz gesandt, hätte nicht Liebe zufügen sollen, die darin verbrannte. Er sah mich nicht, und doch sprachen seine Augen zu meinen. König Lykomedes stand neben meiner Schulter und sagte: »Er ist irgendwo draußen gewesen, als dein Schiff einlief. Für ihn wird es der große Tag seines Lebens sein, wenn er erfährt, daß du hier bist. Wenn ich ihn, um seines Vaters willen, davon abzuhalten versuche, etwas besonders Verwegenes zu tun, gibt er mir immer zur Antwort: ›Theseus hätte es getan!‹ Das ist sein Prüfstein für einen Mann.«

Er winkte seinem Diener: »Geh, sag Prinz Achilles, er solle sich waschen, sein bestes Gewand anziehen und herkommen!« Ich meinte, es sei ein langer Tag und eine rauhe Fahrt gewesen, und ich zöge vor, den Knaben erst morgen zu sehen. Da rief er den Mann zurück und sprach nicht mehr davon, sondern führte mich in mein Gemach. Es war unweit der Spitze des Felsens, denn der Palast ist in das Gestein gebaut wie ein Schwalbennest. Im Glühen der sinkenden Sonne konnte man die ganze Insel überschauen und darüber hinaus die graue Flut.

»Bei klarem Wetter«, sagte er, »sieht man Euboia. Ja, dort das

Licht muß ein Wachtfeuer sein. Aber du bist ja an Adlerhorste gewöhnt. Dein Felsen ist wohl noch höher.«

»Nein«, erwiderte ich. »Deiner hat den Hügel darunter und meiner eine Ebene. Dieser hier reicht bei weitem höher. Doch wenn du eine Klippe mit der andern vergleichst – nur den bloßen Absturz –, so dürfte kein großer Unterschied sein.«

»Wenn mein Haus von deinem Heim zu dir spricht«, meinte er, »so laß es das Deine sein, und ich bin zufrieden.«

Ich legte mich hin, denn ich war müde, und schickte meine Diener fort. Ich dachte, bevor ich einschlief, an den kühnen, leichtfüßigen Knaben, der den morgigen Tag erwartete. Es wäre gut, ihm das zu ersparen. Mochte er sich das Bild von seinem Theseus bewahren, der für den Gott in ihm selber sprach. Wozu einen Gott gegen einen lahmen alten Mann mit verzerrtem Mund vertauschen? Ich konnte ihm als Warnung dienen, als Warnung vor seiner Zukunft. Doch das würde ihn nicht anders machen. Der Mann, vom Weibe geboren, kann seinem Schicksal nicht entrinnen. Was also nützte es, ihm seinen kurzen Morgen mit den Beschwerden der Zeit zu verderben? Er würde es nicht erleben, sie selber kennenzulernen.

So dachte ich, als die Müdigkeit mir die Augen schloß. Ich schlief, und ich träumte von Marathon.

Mir war es, als weckte mich ein gewaltiges Schlachtgetöse. Ich sprang von meinem Lager auf; ich war in der Hütte der alten Hekaline, war wieder jung und hatte die Waffen neben mir. Ich griff nach ihnen und eilte hinaus. Die Sonne schien hell; am Strand lag eine große Flotte von Kriegsschiffen, angefüllt mit fremdländischen Kriegern, die an das Gestade sprangen. Für Seeräuber waren es zu viele; es war Krieg, und ein großer Krieg, denn alle Männer von Athen waren da, ausgerückt, um ihre Felder zu verteidigen. Wie man es in Träumen erlebt, war etwas Seltsames an ihnen; sie hatten eherne Helme mit gebogenem Kamm wie ein Wiedehopf und kleine, runde Schilde, mit allerlei

Tieren bemalt. Doch ich wußte, daß es mein Volk war, und nur wenig zahlreich waren sie der großen Masse gegenüber, ganz wie es bei uns der Fall war, als die Skythen kamen. Ich dachte an die Stadt, an die wartenden Frauen und Kinder, und ich vergaß, daß ich je von Athen Unrecht erlitten hatte. Noch einmal war ich der König.

Es wurde nur zu Fuß gekämpft; wo die Streitwagen waren, weiß ich nicht. Doch gerade da stimmte ein Häuptling den Päan an, die Waffenträger stießen ihr Kriegsgeschrei aus und griffen an. Ich dachte: ›Sie wissen, daß ich mit ihnen bin! Marathon hat mir immer Glück gebracht, und ich bin das Glück von Marathon!‹ Meine Füße waren leicht, als ich durch das Gedränge bis zu der Vorhut gelangte; und als ich die Reihen der Barbaren erreichte, war in meinen Händen das heilige Beil von Kreta, mit dem ich den Minotauros erschlagen hatte. Ich schwang es über meinem Kopf; die Fremden wichen, und nun erkannten mich die Männer von Athen und begannen, meinen Namen zu rufen. Die Feinde waren in vollem Rückzug zu ihren Schiffen, sie kletterten hinauf, stürzten, ertranken. Es war ein Sieg, ein eindeutiger, klarer Sieg. Wir erhoben ein mächtiges Triumphgeschrei; und mein eigenes Schreien weckte mich. Ich lag, den Mond im Gesicht, an dem Fenster, das auf die Felsen von Skyros hinunterschaute. Geräusche wandern weit in einer stillen Nacht. Selbst in dieser Höhe vernahm ich das Rauschen des Meeres.

Der Traum war zerronnen; warum hinterließ er mir nicht den Kummer eines Verlustes? Hoffnung kommt in diesen Wogen, wie Wasser einen ausgetrockneten Pfuhl füllt. Hier vom Fenster sehe ich das Meer glatt wie einen Spiegel, vom Mondlicht überglänzt; und doch wächst das Rauschen. Ist es also wahr, wie Ödipus mir in Kolonos sagte, daß die Macht wiederkehrt? Die Götter sandten mich als Führer zu ihm; jetzt sandten sie Lykomedes zu mir. »Wenn mein Haus von deinem Heim zu dir spricht, so laß es das Deine sein!«

Ja, es steigt; nicht hoch und begeisternd, wie es auf dem Pnyx gewesen war, aber stetig, sicher und stark. Alle Bitterkeit verschwindet darin. Ich will meinen Tod nicht Fremden darbringen wie Ödipus von Theben. Vater Poseidon mag ihn haben, um der Not meines Volkes zu gedenken. Es wird keine Zeit kommen, wie mein Traum sie vorausgesagt. In dem Traum hatten sie keinen König über sich. Vielleicht wollte er das Opfer nicht darbringen. Sie erkannten mich, sie riefen meinen Namen. Manch ein Harfner hat ihn vor ihnen besungen. In den Gesängen der Rhapsoden und den Erinnerungen der Kinder werde ich nicht auf den Felsen zerschmettert worden sein.

Diese Terrasse hängt am lebendigen Gestein. Ich sehe einen Pfad darunter, der um die Klippe führt. Das sollte genügen. Wenn ich von hier aus hinunterstürze, könnte behauptet werden, Lykomedes habe mich ermordet. Es wäre unhöflich, meinem Gastfreund diese Schmach anzutun. Doch nur Akamas ist noch da, der den Blutzoll verlangen könnte, und er, obgleich ein halber Kreter, weiß sehr wohl, wie die Erechthiden sterben.

Den Pfad haben bestimmt Ziegen ausgetreten. Der Knabe Achilles könnte es wohl wagen, hier heraufzuklettern. Es ist kein Steig für einen lahmen Fuß, doch um so besser. Man wird es für einen Unfall halten – nur jene nicht, die wissen.

Die Flut beginnt. Ein schwellendes Meer, ruhig, stark und schimmernd. Unter dem Mond zu schwimmen, vorwärts, immer vorwärts, mit den Delphinen zu tauchen, zu singen … mit dem Wind in meinem Haar zu springen …

Nachwort

Die Sage von Theseus, wie sie den Griechen der klassischen Periode überliefert wurde, ist am Ende dieses Buches kurz zusammengefaßt. Hier mag es immerhin angebracht sein, auseinanderzusetzen, wie ich die Geschichte seiner Jugend bis zu seiner Rückkehr aus Kreta in einem früheren Buch ›Der König muß sterben‹ dargestellt habe.

Dort wird angenommen, daß im mykenischen Griechenland zwei Formen göttlichen Königtums bestanden haben. Die Pelasger oder das Küstenvolk und die Minoer verehrten die Mutter Erde, deren Gemahl eine minderwertige, rasch abgenützte Erscheinung war und nach jeder Ernte geopfert wurde, so daß seine Jugend und Manneskraft immer ersetzt werden konnte. Obgleich in Kreta eine griechische Eroberung die erbliche Königswürde eingeführt hatte, blieben noch Teile des alten Kults bestehen. Ariadne war durch das Recht der Geburt seine Hohepriesterin.

Doch die Vorfahren des Theseus, patriarchalische Eindringlinge aus dem Norden, sahen in ihren Göttern unmittelbare Vermittler zwischen dem Volk und den Himmelsgöttern, von deren lebenspendendem Regen die Ernten abhingen. Auf dem König lastete darum die edle Pflicht, sein eigenes Leben als höchstes Opfer darzubringen, wenn in Zeiten großer Krisen die Omen es verlangten. Theseus, dessen ganze Lebensgeschichte eine Spannung und einen Konflikt zwischen diesen beiden Prinzipien bedeutet, wächst, in meiner Erzählung, in Troizen mit dem Gefühl seiner königlichen Sendung auf, erzwingt nach dem von den Riten verlangten Königsmord die Einführung des olympischen Kults in Eleusis, kommt zu seinem Vater nach Athen, nachdem er die Straßenräuber auf dem Isthmus in einem Feldzug bezwungen hat. Als Erbe des Königs Aigeus anerkannt, bringt er sich freiwillig zum Opfer dar, als der kretische Tribut an Jünglingen und Jungfrauen fällig ist.

Der Untergang dieser jungen Menschen muß, nach Ansicht der meisten Gelehrten, mit dem gefährlichen Spiel des Stierspringens zusammenhängen, wie es in der minoischen Kunst so oft dargestellt wird, und ich habe den Minotauros als Menschen geschildert, als Sohn aus dem Ehebruch der Königin Pasiphae, der es darauf abgesehen hat, den sterbenden König Minos aus dem Weg zu schaffen und sich selbst des Thrones zu bemächtigen. Theseus gelingt es durch seine Geschicklichkeit und seine Überlegenheit beim Stiertanz, seine Gruppe von Athenern lebendig beisammenzuhalten, bis er in der Wirrnis, die einem der großen kretischen Erdbeben folgt – ihm ist das Erbteil zugefallen, nahende Erdbeben zu spüren –, die unterdrückten Leibeigenen und die gefangenen Stiertänzer in einem erfolgreichen Aufstand anführt. Ariadne, die sich in ihn, den unvergleichlichen Stiertänzer, verliebt und ihm bei seiner Verschwörung geholfen hat, segelt mit ihm nach Athen. Doch als das Schiff in Naxos anlegt, entdeckt er zu seinem Entsetzen, daß sie sich, im Rückfall in die wildesten Riten des alten Glaubens, zu den Mänaden bei der alljährlichen Dionysischen Orgie gesellt hat und mit ihnen den jungen König in Stücke zerreißt wie Agave in den ›Bakchen‹ des Euripides. Er verläßt sie, die in erschöpftem Schlaf liegt, und segelt allein in die Heimat. Und damit beginnt ›Der Bulle aus dem Meer‹.

Die Amazonen der klassischen Sage sind anscheinend das Produkt von zwei verschmolzenen Traditionen. Ich halte es nicht für nötig – obgleich ich sie mir nicht zu eigen gemacht habe –, Herodots Bericht von einem Stamm anzuzweifeln, dessen Frauen, nach der Ermordung aller ihrer Männer, lieber selbst eine

Kampfgemeinschaft bildeten, als länger noch den Jammer der Sklaverei zu erdulden, wie sie in der Ilias Hektor schildert, und wie sie sich auch in historischen Zeiten nur so wenig geändert hatte. Dennoch habe ich vorgezogen, teils weil es so viel besser zu der Rolle der Amazonen bei dem großen Eroberungsfeldzug paßt, aus ihnen kriegerische Priesterinnen der Artemis zu machen, wie sie, nach dem Bericht des Pausanias, verwendet wurden, um ihren Tempel in Ephesos zu hüten. Viele Völker, viele Religionen haben solche Vereinigungen wie Priesterinnen, die manchmal als Leibwachen geheiligter Könige überleben. Megathenes fand sie in den arischen Königreichen von Nordindien im Jahre 300 v. Chr., ebenso wie Richard Burton zweitausend Jahre später, obgleich eine lediglich dekorative Funktion ausübend.

Die Amazonen von Pontos gehören der Tradition nach zu dem Volksstamm der weißen Skythen, daher ihr silbriges Haar; der Zopf, zu dem das Haar geflochten ist, kann jahrtausendelang auf Abbildungen von Mädchen oder Göttinnen gefunden werden. Die ephesischen Amazonen sollen mit Zymbeln und Rasseln getanzt haben; doch dem Waffentanz hat ein Tanz zum Muster gedient, den ich selber, allerdings von Männern und Knaben getanzt, gesehen habe – die muselmanische ›Khalifa‹. Es ist eine seltsame, eindrucksvolle und zweifellos ehrliche Vorführung, die scharfen Spitzen und Schneiden können von den Zuschauern geprüft werden, wenn die Musik den Höhepunkt erreicht, so wird das Fleisch durchbohrt, ohne zu bluten.

Obgleich in der späteren Sage Theseus Phädra erst nach Hippolytos Tod in der Schlacht heiratet oder nach einem treulosen Verlassen, das sie dazu reizte, einen Rachekrieg gegen ihn zu führen – eine Version, die Plutarch als Fälschung verwirft –, war doch die Eheschließung mit der kretischen Prinzessin oder wenigstens die Verlobung eine so offenkundige dynastische Notwendigkeit, daß sie bald nach der Eroberung der Insel

stattfinden mußte. Die Sage weiß von mehreren Kindern, die sie ihm geboren hat, sagt aber nur wenig von Akamas. Nach einiger Zeit, da er in Euboia einen Zufluchtsort gefunden hatte und als Edelmann erzogen worden war, doch ohne irgendwelche Thronansprüche, zog er anscheinend einfach als Krieger in den Trojanischen Krieg. Dort bewährte er sich so tapfer und vertrauenswürdig, daß er für die opfermutige Schar im Hölzernen Pferd auserwählt wurde. Von einem Streit mit Menestheus, der die Athener als König anführte, wird nichts berichtet. Manchen Berichten nach wurde Menestheus getötet, nach andern ist er gestorben, wieder andere erzählen, er sei von den Athenern abgesetzt worden. Jedenfalls folgte ihm Akamas auf den Thron nach. Unter welchen Umständen, ist nicht bekannt.
Seine Rolle in Phädras Drama habe ich ihm zugeteilt. Theseus erfuhr jedenfalls die Wahrheit; jeder Erzähler hat es auf andere Art ausgelegt und eine göttliche oder menschliche Enthüllung beigebracht. Die immer wiederkehrenden Elemente sind die versuchte Verführung, das Schweigen des jungen Mannes vor der Verleumdung, Theseus' Anrufung des Poseidon und der dem Meer entstiegene Stier. Da die Laufbahn des Theseus nicht die eines dummen Kerls war, bedurfte es unbedingt mehr als einer brüsken, wilden Anklage, um ihn davon zu überzeugen, daß sein Sohn ihn derart hintergehn wollte. Euripides läßt Phädra sich selbst erhängen und eine schriftliche Anklage gegen Hippolytos hinterlassen, die für ein so niedriges Vorhaben fast zu groß ist. Ich habe die letzten Worte des sterbenden jungen Mannes bei Sokrates ausgeliehen, denn ich hielt es für eine sehr erwägenswerte Möglichkeit, daß Sokrates, der seinem Tod mit so unerschütterlicher Festigkeit entgegensah, sein Opfer als Dank für einen offenbarenden Traum darbrachte.
Der tote junge Mann verschwindet in Mysterien. Manche berichten, in Troizen habe man sein Grab gekannt, es aber Fremden nicht gezeigt; manche, daß Artemis ihn nach Epidauros

gebracht habe, wo Asklepios ihn vom Tod erweckt habe, für diese Anmaßung aber von Zeus getroffen worden sei. Dann sei der junge Mann von der Göttin nach Italien versetzt worden, wo er, als alter Mann verkleidet, in dem heiligen Wald von Virbius umgeht. Einmal erzählte mir der Medizinmann eines merkwürdigen afrikanischen Stammes eine Geschichte mit ähnlichem Ausgang von einer englischen Königin Johanna, die Johannesburg gegründet hatte und nachher von den Buren ermordet worden war. Ihr Sohn, obgleich bis zum Jünglingsalter vor ihnen versteckt gehalten, wurde dann auch ermordet. Sie begruben ihn in Pretoria, setzten aber, um das Verbrechen zu verheimlichen, auf sein Grab das Standbild eines alten Mannes, das ich als Krügerdenkmal erkannte. Wenn man in der Nähe der Statue steht, so hört man, wie mein Gewährsmann behauptet, eine leise Stimme; doch wenn die Polizei jemanden lauschen sieht, so jagt sie ihn davon ...

Die erstaunlich ausgedehnten Raubzüge des Theseus bei der Verfolgung verschiedener Frauen sind häufig festgestellt und in religiösem Sinn mit der Abschaffung der Heiligtümer von Göttinnen ausgelegt worden. Mir aber scheint es, daß die alte, sehr aristokratische Ausübung der Seeräuberei diese Episoden weit müheloser erklärt.

Im Jahre 490 v. Chr. landeten die Perser bei Marathon und wurden, trotz überwältigender Überzahl, von den Athenern geschlagen. Später berichteten die Sieger, Theseus sei bewaffnet auf dem Schlachtfeld erschienen, um sie zu führen, wie die kämpfenden Engel von Mons. Das verlieh seinem Heldenkult in Athen großen Aufschwung; und im Jahre 470 wurden die Knochen, die man als seine Knochen erklärte, nach einem Feldzug, für den die Geschichte seiner Ermordung durch Lykomedes sicher eine gute Propaganda abgab, von Kimon aus Skyros in die Heimat gebracht. Die Sage weiß von den Erben des Theseus nichts dergleichen zu berichten; und eine andere Version, nach der Theseus ausglitt und von der Klippe fiel, blieb lebendig. Die Ähnlichkeit zwischen seinem Tod und dem seines Vaters ist sehr auffallend.

Das letzte Wort mag wohl am besten Plutarch überlassen werden:

›Sein Grab ist ein Heiligtum und eine Freistatt für entlaufene Sklaven und alle Männer niedrigen Standes, die einen Mächtigen fürchten; zur Erinnerung daran, daß Theseus, als er noch lebte, die Bedrückten schützte und die Bitten der Flehenden gütig anhörte.‹

Die Theseus-Sage, wie sie im klassischen Griechenland erzählt wurde

König Aigeus von Athen, durch die Feindseligkeit Aphrodites mit Unglück und Kinderlosigkeit geschlagen, begründete die Verehrung der Göttin in seiner Stadt und ging, das Orakel in Delphi zu befragen. Es trug ihm auf, seinen Weinschlauch nicht aufzubinden, bevor er die Heimat erreicht habe, sonst würde er eines Tages an Kummer sterben. Auf seinem Rückweg durch Troizen erzählte er seine Geschichte dem König Pittheus, der vermutete, daß damit auf eine sehr wichtige Geburt hingedeutet werde, und den betrunkenen Gast zu dem Bett seiner Tochter Aithra führte. In derselben Nacht wurde ihr in einem Traum befohlen, zu dem Inselheiligtum der Athene hinüberzuwaten, wo auch Poseidon sich zu ihr legte. Als Aigeus erwachte, ließ er sein Schwert und seine Sandalen unter einem Altar des Zeus und hieß Aithra, wenn sie einen Sohn gebar, den Knaben nach Athen zu schicken, sobald er imstande wäre, den Stein zu heben. Das vollbrachte Theseus, als er erst sechzehn Jahre alt war; er war damals bereits ein Jüngling von heldenhafter Gestalt und Kraft, gewandt im Schlagen der Leier und der Erfinder des wohlgeregelten Ringkampfes.

Für seine Wanderung nach Athen wählte er den Weg über den Isthmus, um sich gegen dessen Gefahren zu bewähren, überwand ganz allein alle Ungeheuer und Tyrannen, denen sonst die Wanderer zur Beute fielen. In Megara erlegte er die Riesenwildsau Phaia, und in Eleusis erschlug er König Kerkyon, der

die Vorüberziehenden zum Ringkampf auf Leben und Tod zwang und tötete.
Als er in Athen ankam, ahnte die Zauberin Medea, seines Vaters Geliebte, wer er war, und um ihres eigenen Sohnes Nachfolge zu sichern, überzeugte sie Aigeus davon, daß dieser gewalttätige junge Mensch eine Bedrohung seines Thrones sei. Aigeus bereitete einen vergifteten Trank vor, den er ihm bei einem großen Fest reichen wollte. Doch zur rechten Zeit ließ Theseus das Schwert sehen. Da riß Aigeus ihm den Becher von den Lippen und umarmte ihn freudig; die Zauberin aber entkam auf ihrem von geflügelten Drachen gezogenen Wagen.
Unter allgemeiner Begeisterung erklärte Aigeus seinen Sohn zum Erben des Reiches; Pallas, der bisherige Erbe, und seine fünfzig Söhne wurden von dem jungen Prinzen erschlagen oder in die Verbannung getrieben. Weiteren Ruhm errang Theseus dadurch, daß er einen wilden Stier bezwang, der die Ebene von Marathon verwüstete. Bald darauf aber senkte sich tiefe Trauer über die Stadt, denn das Schiff aus Kreta lief in den Hafen ein, um den alljährlichen Tribut an Jünglingen und Mädchen zu holen, die dem Minotauros zum Fraß vorgeworfen werden sollten.
König Minos von Kreta war von Poseidon zum Dank für ein Gelübde mit einem herrlichen Bullen beschenkt worden, der als Opfertier bestimmt war; doch der König hatte ihn für sich behalten. Um Minos zu bestrafen, suchte Aphrodite seine Gattin Pasiphae mit einer furchtbaren Leidenschaft für den Stier heim, welche die Königin dadurch stillte, daß sie sich in einer hohlen, von dem kunstfertigen Daidalos gezimmerten Kuh verbarg. Das Ergebnis dieser Verirrung war der Minotauros, ein Geschöpf mit dem Körper eines Mannes und dem Kopf eines Stiers, das sich von Menschenfleisch nährte. Um seine Schmach geheimzuhalten, ließ Minos ein unergründliches Labyrinth bauen, darein er sich zurückzog; im tiefsten Raum des Labyrinths hauste

der Minotauros, und dorthin wurde ihm seine Nahrung an Menschenopfern zugeführt.

Athen hatte für diesen Zweck sieben junge Männer und sieben Jungfrauen zu liefern. Unter ihnen war auch Theseus; der glaubhaftesten Version nach auf eigenen Wunsch, nach andern Auslegungen durch das Los bestimmt. Bei der Abfahrt trug der Vater ihm auf, das schwarze Segel des Opferschiffs mit einem weißen zu vertauschen, wenn er lebend heimkehren sollte.

Bei seiner Ankunft in Kreta wurde er von Minos wegen seiner angeblichen Abstammung von Poseidon verhöhnt und aufgefordert, einen Ring wiederzubringen, den der König in das Meer warf. Theseus empfing von den Meernymphen nicht nur den Ring, sondern auch die Krone der Thetis. Dieses Heldenstück wurde belohnt; Ariadne, die Tochter des Königs, verliebte sich in ihn und gab ihm insgeheim einen Knäuel, mit dessen Hilfe er den Rückweg aus dem Labyrinth fände, und ein Schwert, um den Minotauros zu töten.

Nachdem er das vollbracht hatte, rief Theseus die athenischen Jünglinge zusammen; die Mädchen aber waren von den Jünglingen getrennt gewesen. Das hatte Theseus schon in Athen vorausgesehen und zwei tapfere, aber mädchenhaft wirkende junge Leute den Platz von zwei Mädchen einnehmen lassen. Sie brachen das Tor der Unterkunft der Mädchen auf, und so konnten alle miteinander nach Athen entfliehen. Ariadne, die sie begleiten wollte, wurde von Theseus auf der Insel Naxos verlassen, wo der Gott Dionysos sie fand, sich in sie verliebte und sie zur Führerin seiner Mänaden machte. Theseus aber vergaß, das schwarze Segel gegen ein weißes zu vertauschen, und Aigeus, der ihn tot glaubte, stürzte sich von der Akropolis in die Tiefe oder von einer hohen Klippe in das Meer. Theseus aber folgte ihm auf dem Thron.

Während seiner Herrschaft soll er Attika geeinigt und den drei Ständen, Grundbesitzern, Bauern und Handwerkern, Gesetze gegeben haben. Er schützte schlechtbehandelte Diener und Sklaven, und sein Tempel blieb bis in geschichtliche Zeiten eine Freistatt. Pirithoos, der König der Lapithen, wollte auf dem Gebiet des Theseus Vieh rauben, aber die beiden jungen Krieger fanden Gefallen aneinander und schworen sich ewige Freundschaft. Theseus nahm an der kaledonischen Eberjagd teil und an der Schlacht der Lapithen gegen die Kentauren, und es heißt, daß er es dem Herakles gleichtun wollte. In einem Feldzug gegen die Amazonen raubte er ihre Königin Hippolyta. Zur Rache fielen die Amazonen in Attika ein, doch Hippolyta kämpfte an der Seite des Theseus, bis ein Pfeil sie tötete. Aber sie hatte ihm schon einen Sohn, Hippolytos, geboren. Nach ihrem Tod ließ Theseus Phädra holen, die jüngste Tochter des Königs Minos, und heiratete sie. Hippolytos war unterdessen zu einem kräftigen, schönen Jüngling herangewachsen, ein begeisterter Reiter und Wagenführer und dem keuschen Kult der Artemis ergeben, der Schutzgöttin seiner Mutter. Bald aber wurde Phädra von einer verzehrenden Leidenschaft für ihn gepackt, und sie schickte ihre alte Amme zu ihm, um für sie zu sprechen. Als Hippolytos sie entrüstet abwies, erhängte sie sich, hinterließ aber einen Brief, darin sie ihn beschuldigte, ihr Gewalt angetan zu haben. Ihr Tod überzeugte Theseus von der Wahrheit dieser Anklage, er verstieß seinen Sohn und rief auf ihn den Todesfluch herab, den sein Vater Poseidon ihm anvertraut hatte. Als Hippolytos mit seinem Wagen die Küstenstraße entlangfuhr, sandte der Gott eine mächtige Woge, die einen Seebullen trug, vor dem die Pferde scheuten. Der zermalmte Leib des Hippolytos wurde zu Theseus gebracht, der unterdessen, zu spät, die Wahrheit erfahren hatte. Von nun an wandte sich das Glück von Theseus. Als er Pirithoos helfen wollte, Persephone zu entführen, wurde er in der Unterwelt gefangen gehalten, bis nach vier Jahren Herakles ihn befreite. Bei seiner Rückkehr fand er, daß in Athen Rechtlosigkeit und Aufruhr herrschten. Da es ihm nicht gelang, dem Gesetz wieder Geltung und Kraft zu verschaffen, verfluchte er die Stadt und segelte nach Kreta. Unterwegs machte er in Skyros halt, wo er, durch den Verrat seines Gastfreundes, von einem hohen Felsen ins Meer stürzte.